古典文獻研究輯刊

十 編

曾 永 義 主編

第 1 冊

〈十編〉總目

編 輯 部 編

中國古代文學竹子題材與意象研究（上）

王 三 毛 著

國家圖書館出版品預行編目資料

中國古代文學竹子題材與意象研究（上）／王三毛 著 -- 初版
-- 新北市：花木蘭文化出版社，2014〔民103〕
目 6+228 面；19×26 公分
（古典文學研究輯刊 十編；第1冊）
ISBN 978-986-322-902-5（精裝）
1.中國古典文學 2.文學評論 3.竹
820.8   103014140

ISBN-978-986-322-902-5

古典文學研究輯刊
十 編 第一冊   ISBN：978-986-322-902-5

中國古代文學竹子題材與意象研究（上）

作　　者　王三毛
主　　編　曾永義
總 編 輯　杜潔祥
副總編輯　楊嘉樂
編　　輯　許郁翎
出　　版　花木蘭文化出版社
社　　長　高小娟
聯絡地址　235 新北市中和區中安街七二號十三樓
　　　　　電話：02-2923-1455／傳眞：02-2923-1452
網　　址　http://www.huamulan.tw 信箱 hml810518@gmail.com
印　　刷　普羅文化出版廣告事業
初　　版　2014 年 9 月
定　　價　十編 18 冊（精裝）新台幣 32,000 元

〈十 編〉總 目

編輯部　編

《古典文學研究輯刊》十編　書目

《古典文學研究輯刊》十編
各書作者簡介・提要・目次

第一、二冊　中國古代文學竹子題材與意象研究

作者簡介

　　王三毛，男，1974 年生，安徽樅陽人。1997 年畢業於安慶師範學院中文系，獲學士學位。2007 年、2010 年分別畢業於南京師範大學文學院，獲碩士、博士學位。現就職於湖北民族學院文學與傳媒學院。主要研究方向爲中國古代文學與文化。出版專著《南宋土質研究》，發表論文《宋末詩人盧梅坡考》、《南宋王質〈紹陶錄〉的版本及其他》等。

提　要

　　竹子是中國文學中最爲重要的植物題材與意象之一。竹子的自然生長優勢和古代社會廣泛的種植與悠久的應用，使其成爲中國社會最普遍的文化植物之一，同時也賦予其在文學世界的表現優勢，形成了品目繁富的題材系統和意象群類。從竹製品到相關藝術品，從生殖崇拜到道教、佛教內涵，從民俗象徵到比德意義，古代竹文化內涵極其豐富。

　　本書屬於古代文學題材意象研究，也是文學研究與文化研究相結合的一次嘗試。上編三章以竹文化研究爲主，兼及重要的竹意象，探討了竹生殖崇拜、竹與道教、竹與佛教等方面文化意義及其在文學中的表現。下編四章以竹題材文學研究爲主，兼顧相關竹文化內涵，闡述了古代文學中的竹子題材與意象，分別研究了竹、竹林意象以及竹子的比德象徵，也考察了竹子相關

傳說，如「竹葉羊車」傳說、孟宗哭竹生筍故事以及湘妃竹傳說。

目　次

上　冊

第三冊　北宋新黨文人文學研究

作者簡介

　　吳肖丹，廣東潮州人，文學博士，廣州文藝批評家協會成員。師從戴偉華教授從事唐宋文學研究，在《華南師範大學學報》、《南昌大學學報》等期

刊發表學術論文 10 篇，參與國家社會科學專案 1 項，曾獲「廣東省研究生學術論壇優秀論文」等獎勵，在《羊城晚報》等報刊發表專論 10 餘篇。

提 要

學界對熙豐黨爭、北宋黨爭與文學的關係、舊黨文人及文學的研究，比較充分，但對新黨文人及文學的研究則未全面展開。新黨文人是一個龐大的群體，以支持參與熙豐變法、在變法引發的文人分野中從屬王氏一派的中央官僚爲主體，這些對政壇產生過重大影響的人物，不乏學術與文學皆有突出成就者。自南宋以來「君子不道」的處境及因此導致的新黨文人詩文集的散佚，使新黨文人及文學在文學史上處於被遮蔽的狀態。作爲改革派，新黨文人與保守的舊黨文人在地域文化傾向、出身階層和學術取向上存在許多差異。他們大多通過科舉入仕，不乏狀元、舉進士甲科的英才，以文學、經術爲畢生事業，有豐富的著述；新舊黨人不因政見影響的交往，比比皆是。

本書擇取了創作材料較爲充分的新黨文人，大體以他們與王安石、熙豐變法的關係爲序展開探討。王荊公體與新學的精神有密切的聯繫。其他新黨文人稟性各異，學術各有所長，仕途經歷、心態也有所不同，兼之地域、家族、交遊等多種因素，都與他們文學創作有千絲萬縷的關係，是本書多角度展開文學研究的基礎。這些文人展示了新黨文人多樣化的群體生態，也以突出的成就證明了他們文學史上的重要地位。

目 次

第四冊　中國小說文化研究

作者簡介

張同勝（1973～），男，文學博士，山東省昌樂縣人。現爲蘭州大學文學院副教授、碩士生導師、比較文學與世界文學研究所代所長、中國水滸學會常務理事等。主要研究中國小說和比較文學。學術專著主要有：《〈水滸傳〉詮釋史論》、《〈西遊記〉與「大西域」文化關係研究》等。已發表學術論文60多篇。主持完成省部級項目多項。

提　要

本書是一部學術論文集，所探討的問題主要集中在從文化的角度剖析中國小說敘事的民族性，或從中國小說的敘事來探究中華文化的民族特質。全書每篇學術論文的選題皆新穎別致，視角獨特犀利，大處著眼，小處入手，以問題爲導向，作「小題大做」之微觀研究，重視理論思辨和文獻考據，開闊了寬廣的視野，對中國小說的文化研究多有新的發現和論述，體現了作者獨立思考、銳意創新的學術風範，對於推進中國小說的學術研究具有重要的價值和意義。

目　次

第五冊　中國人的忠義情結──《水滸傳》人物忠義論

作者簡介

　　王志武，又名王志儒，陝西師範大學文學院教授，博士生導師，從事古典文學教學研究工作，1993 年 10 月開始享受國務院特殊津貼。著有《紅樓夢人物衝突論》（1995 年 11 月），《金瓶梅人物悲劇論》（1992 年 9 月），以上二

書分獲由讀者投票評選的第一、第七屆全國圖書「金鑰匙」獎，獲獎圖書名單分別見於《光明日報》1988 年 1 月 13 日第四版和《新聞出版報》1994 年 3 月 25 日第二版。《競爭中的強者：三國演義人物競爭論》（1989 年 11 月），獲 1989～1992 年度陝西優秀社科成果獎；《古代戲劇賞介辭典》（1988 年 5 月），獲陝西省第三屆優秀社科成果獎；《紅樓夢》評點本（1997 年 12 月）；《中國古典小說戲曲研究論集》（2006 年 5 月），《元明清文學》（1983 年 4～9 期《陝西教育》雜誌連載，並收入《中國古代文學》1986 年 1 月出版）；《中國人的善惡困惑：西遊記人物善惡論》（2013 年 2 月）；《好人忘不了》（2013 年 2 月）。主編《三名文品》（含《古代文學卷》《現代文學卷》《當代文學卷》《外國文學卷》《藝術卷》），《延安文藝精華鑒賞》（1992 年 10 月）。另在《光明日報》等報刊發表論文多篇。

提　要

　　忠臣薄命，義士多磨，這就是《水滸傳》的主旨。

　　宋江是忠臣義士的典型代表，他的一生貫穿著忠義二字。

　　成也忠義，敗也忠義。

　　當宋江沒有把忠義和替天行道在實際上聯繫在一起時，忠義這種道德觀念對發展壯大梁山隊伍起了積極作用；當宋江把忠義作為一種僵死的封建道德教條與替天行道的政治目標在實際上捆綁在一起時，便把梁山隊伍引入了歧途。

　　判斷引入「歧途」還是「正路」，標準就是「世道」「人心」。「世道」指歷史潮流，「人心」指民意向背。正路是順潮流，向民心，取代宋徽宗；邪路是逆潮流，背民心，忠保宋徽宗。

目　次

第六、七冊　紅樓十二正釵意象研究

作者簡介

　　王秋香，一九五四年出生，台灣省彰化縣員林鎮人。國立中山大學中國文學系博士，曾任教於中學多年，現任教於空中大學、大葉大學。平日喜研文藝創作理論與寫作技巧，對文學理論與批評、詩論、美學亦喜沙獵。

提　要

　　本論文旨在探究紅樓十二正釵意象群，藉著各意象意旨之剖析及意象與人物對應關係的歸納、統整，使審美意識更加提升。意象是主觀抽象之情志

思維透過客觀的物象、事象經文字或藝術媒介，藉譬喻、象徵或神話形式表達出來的具體形象，其曲折隱晦的表達方式可產生朦朧含蓄之美。意象之於文本正如深埋於土中的寶礦，當挖掘出來熠煜生輝，光彩照人。意象的探討為從事文學批評重要的一環，其多義性也提供了讀者多角度的探索以喚起審美經驗，促發讀者從各層面去省思，使文本呈現開放性。意象更可推動情節發展，烘托氛圍，且由意象群的疊加更可凸顯人格特質，展現美學意涵。

曹雪芹把生活中的美感經驗熔鑄於意象中，讓讀者藉意象體驗或優美或悲涼的情境，也可捕捉各角色的風姿神貌及感受詩意的氛圍。全書中詩一般的意象系列，賦予了這部巨著以無窮的藝術魅力。以往《紅樓夢》的研究較注重評點、索隱及考證、批評及諸釵之人物評論，扣擊文本審美情趣之力道失之薄弱，本論文擬由意象切入，由諸釵之家世、形貌、居處、詩才，多方面披沙撿金搜尋其意象群及各意象之意旨，發現文本中意象與人物之對應有一個人物對應多個意象或一個意象對應多個人物，意象與人物間多形式的對應關係，每個角色有多個意象群烘托，每個意象又有多個意旨，這文外重旨之多義性使文本更富有張力與美學意涵，激發讀者再創造的能力。梳理諸釵與意象的多重聯系，更有助於理解此一形象及其文化淵源。

紅樓十二正釵意象群深層中隱藏著紐帶互相勾連著，其間存在著同質同構或異質同構的關係，使文本呈顯著衰颯、悲涼的審美意涵。《紅樓夢》之不朽在其擁有濃郁的美學氛圍，而此氛圍的呈現歸功於其意象敘事，由中心意象、陪襯意象、補充意象及聯想意象組成的意境令人流連、激賞，且由意象的疊加使人物形象更加豐厚飽滿，韻味深長，也將《紅樓夢》簇擁成一詩性的文本，呈顯著濃厚的美學意蘊，有關十二正釵之意象群更是其中之翹楚，值得品味、探討。

目　次
上　冊

下　冊

第八冊　《聊齋誌異》中神祇形象研究

作者簡介

　　梅光宇，國立中正大學法律系學士暨中國文學研究所碩士。好求知但不求甚解，喜愛遊戲、閱讀、創作與翻譯，主要譯作包括《戰鎚 Online》、《魔獸世界》、《星海爭霸》等遊戲主線劇情及相關小說。現任台灣華晉文創有限公司總監、上海巨兔網絡科技股份有限公司董事長，從事電子書與遊戲的開發設計工作。

提　要

　　蒲松齡在〈聊齋自誌〉中說：「披蘿帶荔，三閭氏感而為騷；牛鬼蛇神，長爪郎吟而成癖。……知我者，其在青林黑塞間乎！」這些話充分表現出他以鬼神寄託思想的創作意旨。《聊齋》神祇故事包含許多貫串全書的主題意識，故筆者認為，以神祇為《聊齋》研究的切入點是十分能探究作者思想與創作本意的方式。

　　本論文彙整了《聊齋》諸位神祇的形象，並與其他領域裡的神祇形象對比，發現在《聊齋》的世界裡有一位代表形而上的「天」，崇高而至善的至上神「帝」。在祂之下，有著源自人鬼系統的官僚化神和超自然神。官僚化神有善有惡，超自然神則多為善神。這樣的區別源自於人欲和神性的鬥爭。透過這樣的系統，《聊齋》表達出善惡鬥爭的主題，卻也表達出人類若能堅守神聖善性，哪怕只一念為善，不僅能感動俠客與真神，更能以此凌駕邪惡鬼神，使之畏懼，創造了一個「天人感應、善惡有報」的理想世界。透過《聊齋》，蒲松齡不僅反映現實、諷刺貪暴，同時肯定天、神、人、善四者本是同一，人定與天定為一體兩面，天道與人志能互相感通的世界觀與價值理念。正如其在〈會天意序〉中所言：「所以天地之常變，人事之得失，兩相徵驗」。

目　次

第九冊　國族與歷史的隱喻——近現代武俠傳奇的精神史考察（1895～1949）

作者簡介

高嘉謙，國立政治大學中國文學博士，現任臺灣大學中文系助理教授。主要研究領域爲中國近現代文學、臺灣文學、馬華文學。著有博士論文《漢詩的越界與現代性：朝向一個離散詩學（1895～1945）》。主編《抒情傳統與維新時代》（上海：上海文藝，2012）、馬華文學的日本翻譯計畫「臺灣熱帶文學」系列（京都：人文書院，2010～2011）。

提　要

本論文主要探討清末民初俠義公案與武俠小說興起及演變過程中的內在敘事理路，及其隱含的國族與歷史的寫作企圖。全文共由六章組成，分做兩階段的處理，處理的對象則是橫跨 1895～1949 年間的重要武俠文本。緒論部分除了針對論文架構與理論的說明，另也描述出一個武俠熱的知識場景，探討攸關武俠消費與經典化歷程的文化、文學建制與中國性議題。第二章以「現代性與雅俗流變」爲題，簡單勾勒自晚清到五四的小說嬗變所凸顯的現代性問題，從而處理武俠敘事在「近代小說化」（novelization）進程中與民國的通俗小說體系所呈現的被壓抑現代性，辯證性的呈現武俠小說的「現代」意義。第三章的論述以「武俠」爲對象，在精神史的框架下檢視一個生成於近代中國的消費話語，試圖爲其建構歷史與文化的語境，以文化符碼形構的歷程及身體中介個體與國體的國族想像帶出一個「武俠」實踐的知識準備和武裝形式。對於小說雅俗辯證與「武俠」文化歷史的處理，基本可視爲第一階段的論述。第二階段的論述開展，就直接針對俠義公案及武俠小說進行文本化的個案分析。

第四章從晚清俠義公案的「武俠化」進程，藉由「武」和「俠」兩個關鍵元素的分析引導出詭譎的正義結構的辯證，探討其中招安、俠隱與革命的內在轉折。第五章則鎖定民國武俠傳奇的「寓言化」現象，討論武俠小說紀實與虛構的敘事策略，進而選擇身體、成長、和江湖三個主題面向進行寓言化的解讀，以期在武俠文本內建的社會與歷史空間中捕捉豐富的現代意義與消費趣味。身體作爲武俠小說中膨脹與壯碩的主體，卻投映了近代中國隱然可見的歇斯底里式的身體與身體法制化的進程。成長所意味的俠客闖蕩江湖

的磨難與轉變，則縮影了從晚清留美幼童到民國革命青年的「少年中國」藍圖。而江湖呈現為武俠傳奇時空體的魅力所在，更在地理空間與文化時間的操作上寄託民間廣場與烏托邦想像的實踐，以揭示一個「文化中國」的美學品味和意義。最後一章的總論與展望，則以金庸的集大成回應武俠的敘事傳統與消費魅力，及總結本論文未能處理的課題，以作為下一次論述的起點與展望。

目　次

第十、十一冊　明代流傳之元雜劇版本及其曲文改編研究

作者簡介

　　陳富容，曾任南榮技術學院講師，現代銘傳大學應用中文系助理教授，教授「歷代文選」及「詞曲選」等專業課程。畢業於國立中興大學中國文學研究所博士班，受業於顏天佑教授門下，學術專長為中國古典戲曲，著有碩士論文《馮夢龍戲劇理論研究——以其八部改編劇為例》、博士論文《明代流傳之元雜劇及其曲文改編研究》等書。

提　要

　　本文以明代流傳的元雜劇版本為討論對象，確認其為後人認識元雜劇面貌之主要途徑，並將各版本按照其來源及內容，分別為「元雜劇的近真本」、「明代宮廷演出本」、「過渡曲本」及「文人改編本」四個階段，針對各階段版本共有的「曲文」部分加以比對分析，從中發現元雜劇內容的階段性演變。

　　首先，由「篇」的角度進入，討論「明本元雜劇之曲牌與套式改編」，大範圍的針對元雜劇之曲牌套式，做整體的比對分析。主要比較重點在於曲牌數目的增減、名稱的異同、及順序的調整。接著，對於曲文之「句」，提出「明本元雜劇之句數與句式改編」的討論。而本章所謂「句數」問題，乃針對元曲中可以增減句數的曲牌而發，主要在討論各階段版本對於曲牌增句、減句之運用概念；所謂「句式」問題，則是以每一曲牌多少句、每句多少字、應為單式或雙式等格式慣例，檢驗各階段版本之使用狀況。並將可能造成句式混亂的「襯增字」，一併納入討論。最後，則探討「明本元雜劇之音律與文辭改編」的問題，主要是針對明人討論最多的音律及文辭等問題，作曲文之「字」的分析。在音律上，分為「聲調格律」及「用韻」二個範疇；文辭上，則討論明人對於情節、曲意及修辭上的意見。

經由以上各章節的比較結果，除了呈現出各版本曲文階段性的面貌外，更藉此進一步分析了各階段版本曲文改編的緣由，使我們更加瞭解各版本曲文運用的概況及其階段性的改編意義。

目　次
上　冊

第十二冊　呂天成戲曲理論研究

作者簡介

　　黃韻如：1980 年生。臺北人。臺灣師範大學國文系學士，臺灣大學中文所碩士，現爲臺灣師範大學國文所博士班候選人。碩士論文題爲《呂天成戲曲理論研究》。曾發表〈呂天成「戲曲情境說」研究〉、〈論陳鍾麟《紅樓夢傳奇》之改編特色與意義〉、〈從王國維「境界說」發展三歷程之演析探其「戲曲意境說」之內涵〉、〈徐大椿《樂府傳聲》之曲唱體系〉等單篇期刊論文。

提　要

　　呂天成（1580～1618）乃明代最重要的戲曲理論家與批評家之一，但後人對於其戲曲理論的探索尚未有全面而深入的專論。筆者欲在前人的基礎之上進行深入探討，進而準確把握呂天成《曲品》自身理論體系和理論內涵，並追尋探隱，辨明其理論得以建構的歷史軌跡和承遞關係，以達到對呂天成戲曲理論的全面掌握。

　　本論文首先探討呂天成劇論產生的背景，從時代、地域、曲家群、曲論家群等角度著眼，力求建立完整的時空背景圖貌。進一步著力於建立呂氏戲曲理論之體系，注意其理論與前代戲曲理論的承傳關係及其對後代曲論之影

響。呂天成的戲曲創作理論與品評觀點與其對於戲曲發展史的觀念有關，故筆者從史、論、評三個方面著眼，並注意各種藝術審美標準間的關聯性，期能梳理呂氏戲曲理論，架構綿密的理論體系，以揭示其理論內蘊，確立其在曲論史上的地位。

　　本論文分配章節如下。〈緒論〉乃在說明研究動機、前人研究成果、研究方法、內容提要與預期成果。第一章〈《曲品》的撰作背景、呂天成生平及其寫作動機〉，從明代劇壇創作情況、戲曲理論的發展，以及地域因素三方面，對《曲品》的撰作背景加以考察。並概述呂天成的家世、生平、創作生涯、師承友朋與《曲品》的寫作動機及體例。第二章〈品評標準與批評角度〉，指出呂天成對於戲曲發展史與戲曲流派承傳的觀念與其品評標準之間的密切關係，並歸納其品評標準，凸顯其品評標準的原則與特徵。由此而延伸論述呂氏對戲曲功能與創作思想的看法，並指出其重視作家與作品的關係，以及《曲品》中的觀眾、讀者位置。第三章〈論故事、題材、情節、布局與結構〉，從戲曲的藝術要素出發，論述《曲品》中的敘事理論，指出故事題材、情節、布局、結構四者概念的差異，進而歸納分析《曲品》中的故事題材論、情節論、布局論與結構論，並透過其與其他曲論家的比較，凸顯其理論特點。第四章〈當行本色論與雙美說〉，闡明呂天成曲論中「當行本色論」與「雙美說」之間密切的關聯性，並說明其內涵意義，同時揭示其在呂天成戲曲理論系統中的統攝地位。第五章〈戲曲情境說〉，闡述呂天成戲曲情境說的內涵與特色，及其在戲曲意境理論史上的重要價值與地位。首先分析呂天成如何將意境概念從詩詞理論轉化為戲曲理論。而後歸納呂天成戲曲情境說的品評術語與概念，析出構成戲曲情境的三大要素：（一）情景（二）情境（三）趣味。接著闡發三者的內涵，並進一步指出這三個範疇對古典劇論的開拓意義。最後歸納呂天成對戲曲情境的審美要求有三：（一）以真情為本（二）追求逼真自然（三）新穎脫套。〈結論〉乃在歸納呂天成戲曲理論體系，並指出其戲曲理論之得失與評價，凸顯其在戲曲理論史上的地位、價值與影響力。

目　次

第十三冊　南管樂語、腔調及其體製之探討

作者簡介

　　吳佩熏，1987 年出生，雲林人。臺灣大學中文系、中文研究所碩士班畢業。現爲政治大學中文系博士生。小學開始接觸南管音樂，跟隨臺北華聲南

樂社的創辦者 先師 吳昆仁先生習唱。大學期間曾上過王心心老師開的南管通識課，大四時又回歸臺北華聲南樂社的行列。平日除了唱曲之外，琵琶、三絃、二絃稍有演練，並與社團參與全國春、秋季祭典的整絃排場，或是應邀至文化藝文活動中演出。目前研究領域為南管、戲曲、音樂文學。

提　要

　　本文以南管樂語、腔調和音樂體製之建構為主要論述重點。第一章統整與音樂最緊要相關的五個樂語，先回顧相關論述，再逐一考察其名與實。第二章針對南管使用的語言和文字，分析語言與音樂的互動關係，〈南管的腔調〉一節，著重在泉腔內在構成的因素；〈南管的載體〉一節，則試在前人研究基礎上，檢討各載體的音樂結構。第三章結合文學和音樂的角度，說明南管音樂發展的程度，並提出南管音樂的縱向體製與橫向體製。檢閱南管相關之研究，兼顧音樂體製、語言腔調、文學格律的系統研究較為少見，本文嘗試綜合性的探討，以印證南管於中國歌樂長河中，對歷代韻文學的承繼與開展。

目　次

表格目錄

第十四冊　宋代山水遊記研究

作者簡介

　　陳素貞，1960 年生，中央大學中文系畢業，台灣師範大學國文研究所碩士、東海大學中文研究所博士。著有《北宋文人的飲食書寫——以詩歌為例的考察》、〈宋代鱗介題詠中的自然觀察與書寫〉、〈一種反常合道的生命美學—談北宋飲食饋酬中的戲與乞〉、〈琴高魚：一段詩人與傳說共譜的魚餚典事〉、〈浩瀚與私密梅堯臣雪冬會飲的詩意空間〉、〈記憶、變遷與展望：921 後十年在地餐飲風貌之考察與大坑意象的重塑〉等，目前為中臺科技大學副教授、東海大學中文系兼任副教授。

提　要

　　本文的主旨，在顯揚宋代山水遊記的成就與價值，其次研究其寫作技巧，並從宋人的遊記中，體會宋人對自然的態度，從儒家積極而樂觀的山水精神，進而引導吾人走向情理並發的理想人生。本文研究對象，以宋人文集中的遊記文章為主，輔以各文學總集、專集，以及古今圖書集成等編中，搜集宋人的遊記作品，加以整理與分析，完成《宋代山水遊記初探》。全文共分八章：

　　首章：緒論。界定宋代山水遊記的範圍，說明本文寫作的旨趣與研究範疇。

　　第二章：宋代山水遊記的承繼與開展。說明歷代山水遊記的發展，以及傳統因素的承傳與開展。

　　第三章：宋代山水遊記的時代背景及其影響。探討宋代政治社會、學術思想、文學藝術等各方面相互錯綜的關係，以明瞭宋代遊記的特質。

　　第四章：宋代山水遊記的發展及其重要作家與作品。以時代為序，透過北宋、南宋以及遺民時期的作家與作品，說明宋代山水遊記的發展情況。

　　第五章：研究宋代山水遊記的題材與內容。

　　第六章：研究宋代山水遊記的形式結構與寫作技巧。

　　第七章：說明宋代山水遊記的成就及其對後代文學的影響。

　　第八章：總結

目　次

第十五、十六、十七冊　蘇軾佛教文學研究

作者簡介

　　吳明興，民國 47 年 8 月 4 日，生於臺灣省臺中市，祖籍福建省南靖鄉。

　　學歷：國立空中大學人文學士，南華大學宗教學研究所碩士，佛光大學文學研究所博士、湖南中醫藥大學醫學博士、白聖佛教學院佛教學系研究部研究。

　　文化工作資歷：曾任《葡萄園》詩刊主編、腳印詩刊社同仁、象詩社社長、《四度空間》詩刊編委、《曼陀羅》詩刊編委、臺北青年畫會藝術顧問、《妙華》佛刊撰述委員、曼陀羅現代詩學研究會副會長、香港文學世界作家詩人聯誼會會員、香港當代詩學會會員、江蘇《火帆》詩刊名譽成員、湖南《校園詩歌報》副主編、黑龍江哈爾濱出版社編委、湖南省《意味》詩刊編委、中國散文詩研究會常務理事、圓明出版社總編輯、華梵大學原泉出版社總編輯、如來出版社總編輯、中華大乘佛學總編輯、昭明出版社總編輯、雲龍出版社總編輯、知書房出版社總編輯、米娜貝爾出版社總編輯、慧明出版集團總經理兼總編輯、湖南中醫藥大學附屬醫院醫師、育達科技大學應用中文系、玄奘大學中國語文學系教師，主講「東西文化」、「應用文」、「中國現代詩」、「中國現代小說」、「中國現代文學史」諸教程。現任瑞士歐洲大學教授、法鼓佛教學院佛教學系助理教授，主講「華嚴學」、「天台學」、「大學國文」、「第四級產業」諸教程。

　　文化工作成果：親自「審、編、讀、校、刪、訂、考、潤」出版的叢書有《般若文庫》、《生活禪話叢書》、《薩迦叢書》、《花園叢書》、《密乘法海叢書》、《根本智慧叢書》、《曲肱齋全集》、《流光集叢書》、《大乘叢書》、《昭明

文史叢書》、《昭明文藝叢書》、《昭明心理叢書》、《昭明名著叢書》、《頂尖人物叢書》、《科學人文叢書》、《雲龍叢刊》、《佛學叢書》、《famous 叢書》、《全球政經叢書》、《弗洛伊德文集叢書》、《經典叢書》、《人與自然叢書》、《創造叢書》、《新月譯叢》、《花園文庫》、《春秋文庫》等，已出版者凡四百餘種，發行達百餘萬冊。

寫作成果：撰有散文詩百餘篇、創作詩數千首，已在海內外將近三百種報刊、雜誌發表大量創作。並著有學術論文《蘇軾佛教文學研究》、《延黃消心痛膠囊對急性心肌梗死模型大鼠抗心肌細胞凋亡作用機理的研究》、《天台圓教十乘觀法之研究》、《詩人范揚松論》、〈天台智顗學統研究〉、〈文學與文學出版品傳播通路在臺灣的出版現象綜論——以二十世紀最後十五年為考察範圍〉、〈華美整飭的樂章——論高準〈中國萬歲交響曲〉〉、〈鋤頭書寫——閱讀陳冠學《田園之秋》〉、〈鋤頭書寫的佛教語境——再閱讀陳冠學《田園之秋》〉、〈北宋文學思潮的佛學根源導論〉、〈從古典化裁序論新詩集《聖摩爾的黃昏》〉等，凡百餘萬言。名列瀋陽出版社版《臺港澳暨海外華文新詩大辭典》、北京學苑版《中國現代抒情名詩鑑賞大辭典》、河南中州古籍版《古今中外朦朧詩鑑賞大辭典》、湖南文藝版《當代臺灣詩萃》與《散文詩精選》、臺北九歌版《中華現代文學大系》、臺北幼獅版《幼獅文藝四十年人系》、臺北正中書局版《中國新詩淵藪：中國現代詩人與詩作》、天津人民版《中國文學家大辭典》、四川西南師範大學中國新詩研究所《1996 年卷中國詩歌年鑑》、廣州教育出版社版《二十世紀中國新詩分類鑑賞大系》、北京中國文聯版《地球村的詩報告》等。作品已被選入百餘種文選、詩選、年度選，並被香港中文大學譯成英文，省立臺灣美術館製成畫展海報、在新加坡被譜成歌曲，且出版有個人詩集《蓬草心情》。

曾獲獎項：全國優秀青年詩人獎、第三屆詩粹獎、中國散文詩評選二等獎、甘肅馬年建材盃新詩特別榮譽獎。

提　要

蘇軾是博綜該練型的文化學家，從其諸體文本的書寫內容來看，可以看到文學家、文論家、政治家、儒學家、佛學家、道學家、中醫藥學家、鉛汞學家、書法家、畫家、藝術學批評家、水力學家、農家等家數的集大成身影，但我們卻不能因此而稱蘇軾為雜家，因為蘇軾在許多學門中，都有極其專精的成就。其中被現當代研究最廣的論域，雖非文學莫屬，然而，值得注意的

是，一旦把蘊涵在其文藝學文本中諸家的思想要素，從字裏行間給釐析掉，乃至於存而不論，那麼，以文學稱名的蘇軾勢將不復存在。

通讀蘇軾現存的所有文本，讀者不難看出，意圖從單一的研究方法與思想進路，一窺蘇軾的文化學全豹，是很難清楚闡明蘇軾的生命意識與書寫風華所粲發出來的精神圖式，具備何等伸縮離合的思維運動狀態，因爲深深結構在蘇軾文藝學文本中的各家思想要素，片面的來看，既具有獨立性又具有不完整性。從單一學門的獨立性來觀解，蘇軾在各學門中的自成家數，雖沒有甚麼疑義，然而，一旦從不完整性來看，蘇軾的自成某一單方面的家數，卻是以其各自獨立的思想背景，在文藝學文本的書寫中，以有意識的思維方法，做爲彼此共構的此在，而被具體體現在同一文本之中。

就各家數的思想背景而論，各有其義界不相混淆的互文性根源，但在蘇軾文化學的宏觀視域中，讀者亦不難發現，任何微觀的詮釋，始終都存在著研究者以既定方法與既定立場所產生的趨避現象。大體來看，研究文學者在趨進蘇軾文學時，往往以其文藝學趨向，有意識的避過蘊藉在其文藝學文本中思想背景選擇性的傳承，及其有意識的賦予新義的開展方式。又如從莊學的視域來研究蘇軾的文學，也因往往是在論莊而不知不覺的失去蘇軾做爲寫莊者的主體性，蘇軾應該始終被置放在做爲論述對象來論證的莊學思想制高點，纔不至因過度詮莊而不見蘇。因此，不論從哪一條進路來研究蘇軾，一直都存在著難以克服的諸多盲點。

論者認爲，研究蘇軾最鮮明的盲點，是做爲佛學家的蘇軾及其在文藝學文本中，以業習文字來開展第一義的問題之上。如把蘇軾的文藝學研究置放在佛教學之上來論證蘇軾的佛教文學，那麼，讀者所將看到的是佛教學做爲蘇軾文學的書寫素材而被書寫技法所操弄，以至失去蘇軾佛教學所灌注的佛道之道。反之，如把蘇軾的佛教學研究置放在文藝學之上來論證蘇軾的佛教學文藝學，讀者也祇能從一個有限的側面，看到形象模糊的文豪蘇軾。因此，論者看到了不論從哪一條研究進路論證蘇軾的文藝學文本，都免不了在論述的進程中，存在著顧此失彼的理論破綻。

基於對蘇軾跨學門的文藝學文本的覆案，就蘇軾佛教文學的跨論域研究來省思，論者最終在蘇軾會通化成的文化學觀照視域之下，發現了蘇軾以極具自覺性的圓通思想，在任何文本形式的書寫中，有意識的把可輕易被區辨出來的各個獨立學門的貫時思想，置放在盛宋時文革新的共時的思想平臺

上，進行互根互用的融攝與銷釋，使其成爲在無方所的思想運動形態中，體現出隨緣任運的超越之思，而有從蘇軾禪文學研究全面將之上升到佛教文學研究的抉擇，並將蘇軾的佛教文學從宗門教下的相互管帶式的接受與發用之中，照察其與世學的博綜關係，是如何從相適應的覺知，沿著蘇軾生命朝向上一路的開顯，而證立其義理之於文藝學書寫的合法性根據。

本論文共開爲七章，從蘇軾的文學、佛學思想趨近蘇軾佛教文學的論域，係一整全生命實踐下的產物，並在最終申詳，這衹是蘇軾文學佛教學研究的開始。

第二章〈蘇軾佛教文學發生論〉，以信史爲根據，從中印思想的會通，敘明中國士大夫對佛教學的接受、排拒、涉入與護持，及轉而弘揚的一般現象，進而提出北宋皇室以護佛爲隱在家法的特殊論題，係成就佛學與文學會通的主導思想，並揭明蘇軾佛教文學並非理論預設下的產物，而是在思想充分準備的前題之下，在文化上以和而不同的開放態度，進行舉一全收的結果。

第三至第六章，專論蘇軾文學思想與佛學思想離合融通的思維進路，是如何在蘇軾勝義文學觀的總體觀照之下，被導入文藝學創作實踐的書寫之路，並以蘇軾的諸體詩文文本，內證蘇軾的筆墨佛事所奠定的無情說法的法喜典範，與雙照真俗的妙悟詩學，且在尋常日用的圓覺境中，以真實相體現遊戲三昧的遊戲法，做爲圓運悲心的行持指撝，從而在三界火宅中，照了當相的解脫境，進而就蘇軾兼容繁複的文學格調來審視，意圖顯明蘇軾拓展與豐富了中國大乘文學的創造空間，是如何型塑九百年後二十一世紀蘇學研究的一大論域，以論者認爲，如無法恰如蘇軾之所是的將其文藝學的佛學互文性，自其文藝學文本及其思想根源的佛教學元典，給如實的彰示出來，是無法證明論證的有效性是如何有效的，因而論者每不惜辭費，無非認爲在最大的可能範疇之內，申詳蘇軾佛教文學的實踐之道，是既源於正確領悟佛教義學，又源於對文藝學書寫在技藝上已達爐火純青，而在進行假藉文字傳移的創作當際共構的結果。

最後，在第七章〈餘論：這衹是一個開始〉中，論者主要釐辨了朱熹對蘇軾佛教文學選擇性儱侗所遺留的批評問題之後，指出以片面思想研究中國佛教文學的專斷性，不但無益於中國自東晉南北朝以迄於今的中國涉佛文藝學的正確研究，反因其對既定意識形態的固滯所並存的自我遮蔽，不僅使人無法正確欣賞已成爲中國文化四大支柱的佛教宗教學義項下不可逆轉的事

實，反而徒然暴露出其學術不夠週延的片面性危機，從而意圖申明錯誤詮釋法的集體退場，是以全球化的視域，跨越華夷之辨的等觀之道，乃至於超越任何既定形態的預設觀解，都合當被一如研究對象所已然給出的客觀實際，做為和而不同的導正與化成之道，庶幾在此一義界之上所顯明的新義，是與時俱進的如實說，而非僅止於私意的指涉。

目　次

上　冊

第十八冊　世出世間——元代詩僧文跡初探

作者簡介

　　王君莉，陝西大荔人，父諱英武，母王瑞霞大人。北京師範大學古籍與傳統文化研究院文獻學專業，師從李軍教授。現為西安翻譯學院教師。

提　要

　　一位位詩僧在生死間這樣那樣地生活過了，——為了斷生死而修行，在

修行中生活，在生活中了斷生死。詩僧的生活不外世出世間，活動不外佛事和文事，以文事做佛事。本文力圖從浩瀚的文獻中梳攏出一個元代詩僧的大致生活面貌，包括：一、出處。劉秉忠和釋大訢皆爲積極入世的仕進典範，然而他們身居官場，志在山林，故一生以不能退隱爲缺憾，所謂得意而失志。二、德行。孝爲德之本，元代以孝治國，詩僧們則提倡把佛事和孝行結合起來，出家而踐履孝道。三、情感與交往。詩僧和文士的交往、詩僧之間的友誼、師徒之間的父子情，是出世間的一點世間溫暖或者說人間火。四、詩生活。釋英與劉秉忠和釋大訢正相反，他捨棄了世俗功名富貴，得到了山林大功名大富貴。《白雲集》中，詩人的物質資用極其匱乏，生活卻彌漫著濃厚的詩意，可謂「冷淡生涯足」。五、遊戲翰墨。詩僧出入雅集文會，即寺雅集，參與唱和、詠物、題畫等，汲汲於文事。六、老病。人生諸苦之最要屬老病。老來怕病，怕孤窮，怕時事艱難，怕飄零在外……，凡此數事，文珦《潛山集》無一遺漏。下篇兩章係我所認同的得救之路。清珙的禪定是在置身物外這條寥無人的古路上磨出來的，「磨練功夫到，難同知解禪」。佛經開示了淨土法門，梵琦是修淨土法門得力而成功者，這是西齋淨土詩深入人心的最重要原因。其次，作爲詩歌，它達到了傳達義理和形式工巧優美的統一。

目　次

中國古代文學竹子題材與意象研究(上)

王三毛　著

作者簡介

王三毛，男，1974 年生，安徽樅陽人。1997 年畢業於安慶師範學院中文系，獲學士學位。2007 年、2010 年分別畢業於南京師範大學文學院，獲碩士、博士學位。現就職於湖北民族學院文學與傳媒學院。主要研究方向爲中國古代文學與文化。出版專著《南宋王質研究》發表論文《宋末詩人盧梅坡考》、《南宋王質〈紹陶錄〉的版本及其他》等。

提　　要

　　竹子是中國文學中最爲重要的植物題材與意象之一。竹子的自然生長優勢和古代社會廣泛的種植與悠久的應用，使其成爲中國社會最普遍的文化植物之一，同時也賦予其在文學世界的表現優勢，形成了品目繁富的題材系統和意象群類。從竹製品到相關藝術品，從生殖崇拜到道教、佛教內涵，從民俗象徵到比德意義，古代竹文化內涵極其豐富。

　　本書屬於古代文學題材意象研究，也是文學研究與文化研究相結合的一次嘗試。上編三章以竹文化研究爲主，兼及重要的竹意象，探討了竹生殖崇拜、竹與道教、竹與佛教等方面文化意義及其在文學中的表現。下編四章以竹題材文學研究爲主，兼顧相關竹文化內涵，闡述了古代文學中的竹子題材與意象，分別研究了竹筍、竹林意象以及竹子的比德象徵，也考察了竹子相關傳說，如「竹葉羊車」傳說、孟宗哭竹生筍故事以及湘妃竹傳說。

目

次

緒　論

　　竹，學名 Bambusoideae（Bambusaceae），禾本科多年生木質化植物。「『竹』，英語叫 bamboo，德語叫 bambus，法語叫 bambou，都是由馬來語 bambu 轉化而來。據說這是模擬竹林著火時竹子的爆裂聲造出的詞彙。」〔註1〕而「竹子」二字原指竹笋。贊寧《笋譜》:「（笋）一名竹子，張華《神異經》注:『子，笋也。』」〔註2〕「竹子」這一名稱的流行可能是在魏晉時期，先秦稱竹都是用竹、筱、篠之類單字〔註3〕。「在英國竹了不是　種上生土長的植物，因此語言中就缺乏這方面的原始詞彙。漢治中的『笋』只能譯作『bamboo-shoot』。」〔註4〕竹子非草非木，亦花亦樹〔註5〕，常與花、樹並稱「花竹」、「竹樹」等。「草木之族，唯竹最盛。」〔註6〕全世界有竹子 70 多屬 1200 多種，主要分佈於亞洲太平洋地區、南美洲和非洲。據統計，中國竹類植物共有 39 屬 500 多種〔註7〕。

〔註1〕　〔日〕君島久子著、龔益善譯《關於金沙江竹娘的傳說——藏族傳說與〈竹取物語〉》，《民間文學論壇》1983 年第 3 期，第 26 頁。

〔註2〕　〔明〕陶宗儀編《說郛》卷一〇六上，《四庫全書》第 882 冊第 151 頁上欄左。

〔註3〕　據郭作飛研究，名詞詞綴「子」在先秦的時候就已出現，普遍使用則在中古時期。見郭作飛《漢語詞綴形成的歷史考察——以「老」、「阿」、「子」、「兒」爲例》，《內蒙古民族大學學報（社會科學版）》2004 年第 6 期，第 53 頁。

〔註4〕　趙濱麗編著《詞彙文化——英漢詞語文化的內涵對比》，東北林業大學出版社 2005 年版，第 110 頁。

〔註5〕　如貴陽市的市樹是竹和樟，1987 年經貴陽市七屆人大常委會第 35 次會議審議通過而確定。

〔註6〕　〔元〕李衎著，吳慶峰、張金霞整理《竹譜詳錄》序，濟南:山東畫報出版社，2006 年，第 1 頁。

〔註7〕　馬乃訓、陳光才、袁金玲《國產竹類植物生物多樣性及保護策略》，《林業科

　　竹子生長快、繁殖力強，新雨之後春筍勃發，又愛向西南繁衍，幾年即成茂林。「二戰中廣島遭受原子彈的毀滅性打擊後，在爆炸中唯一幸存的生命就是孟宗竹」，「越戰期間許多森林田野遭受強力枯葉劑的滅絕性毒害後，唯一殘留的生物也是竹子」〔註8〕。這些都可見竹子的生命力之強。竹子的文化生命力同樣旺盛。在我國源遠流長的文化史上，竹子被廣泛運用於日常生活與軍事禮樂等領域（如弓箭、竹簡、樂器等）。《史記》所謂「渭川千畝竹……此其人皆與千戶侯等」〔註9〕，至今民間也有「房前屋後種滿竹，三年五年換新屋」〔註10〕之說，都可見其經濟價值。與物質形態的利用相對應的，是它精神方面的價值。竹子枝幹挺拔修長，亭亭玉立，婀娜多姿，其觀賞價值很早就得到重視。《禮記・禮器》曰：「其在人也，如竹箭之有筠，如松柏之有心，二者居天下之大端矣，故貫四時而不改柯易葉。」竹子有筠，既指翠莖青皮的物色美感，也具有才美外現的人格象徵意義。竹子中空、有節、淩寒不凋等植物特點，也被升華爲精神人格的象徵。松、竹、梅被譽爲「歲寒三友」，梅、蘭、竹、菊被稱爲「四君子」，竹均並列其中。竹子因此成爲文人士大夫寄情寓興的載體，是他們最爲喜愛的植物之一。古代竹生殖崇拜觀念流行，民間有崇拜竹林神的風俗，文學中也有臨窗竹等相關意象。竹子是道教崇拜的靈異植物之一，具有成仙、尸解等不同功能，竹筍、竹葉、竹枝等也都具有不同的道教內涵。竹子還與佛教淵源頗深，從竹林寺的命名到觀音菩薩紫竹林道場，從「翠竹黃花」話頭到香嚴擊竹公案，以及著名的「三生石」意象，都與竹子有關。古代歷史上，在黍稷稻麻麥豆棉等經濟作物、梅蘭菊荷牡丹等觀賞植物以及松柏杏桃等兼具經濟與文化價值的植物中，竹子是較爲特殊和重要的植物之一，既具觀賞價值與經濟價值，又滲透於生活與文化的各個層面，爲各階層人民所喜愛，成爲具有多種文化內涵的象徵符號。竹子之於中國文化的意義，爲一般植物所難以企及。竹子一身多任，其影響不限於一時一地，而是與中華民族文明史相伴隨，故英國著名科技史學者李約瑟以爲中國是「竹子文明」〔註11〕的國度。如果就中國是竹子的原產地以

學》2007 年第 4 期，第 102 頁。

〔註8〕 鍾志藝《走進竹林深處——〈「竹文化」大擂臺〉綜合性學習》，《語文建設》2004 年第 11 期，第 19 頁右。

〔註9〕 《史記》卷一二九《貨殖列傳》，第 10 冊第 3272 頁。

〔註10〕 劉也編著《農諺與科學》，農村讀物出版社，1985 年，第 92 頁。

〔註11〕 〔英〕李約瑟《中國科學技術史》第一卷第一分冊，北京：科學出版社，1975 年，第 181 頁。

及在中華文明史上所起的作用來看，這個判斷是毫不為過的。

　　中國當前竹子利用水平處於國際前列，伴隨著竹子的經濟利用出現了竹文化熱。竹文化已逐漸受到全社會的關注，各級政府及企業主持組織了多屆竹文化節，其規模有大有小，竹文化的熱度則有增無減〔註12〕。作為一種植物文化，在社會生活中佔有如此重要的地位，就其規模和影響而言，竹子都可與茶、梅、蓮等相提並論。竹文化研究也方興未艾，相關著作已出版幾十種，僅以「竹文化」題名的著作就有十幾種之多。

一、古代文學竹子題材的繁盛狀況

　　竹子是古代文學最為重要的植物題材和意象之一，相關作品數量繁多，歷史地位顯著，構成古代文學的重要組成部分。下面試從幾方面進行說明：

（一）各種總集的統計數據

　　目前文學作品總集的編纂已有不少成果，如逯欽立輯校《先秦漢魏晉南北朝詩》、清嚴可均輯《全上古三代秦漢三國六朝文》，清彭定求等編《全唐詩》、清董誥編《全唐文》，北京大學古文獻研究所編《全宋詩》與曾棗莊、劉琳主編《全宋文》。這些詩文總集彙聚眾多作品於一帙，方便查檢統計。北京大學《全唐詩》、《全宋詩》檢索系統與南京師範大學《全唐五代詞》、《全宋詞》、《全金元詞》電子版，也為作品統計或意象檢索提供了方便。我們試分文體對宋代及以前竹子題材文學作品進行統計：唐前，詩 18 首，文 13 篇；唐代，詩 324 首〔註13〕，文 16 篇；宋代，詩約 3000 首〔註14〕，詞 13 首，文未及統計；元代，《全元文》相關文 255 篇〔註15〕。以上粗略的統計僅限於題

〔註12〕自 1997 年首屆中國竹文化節在安吉舉辦，以後湖南益陽（1999）、四川宜賓（2001）、湖北咸寧（2003）、福建武夷山（2006）、浙江安吉（2007）等地陸續舉辦國家級、國際性的竹文化節。地方性的竹文化節，如上海政府、北京紫竹院公園、成都望江樓公園等單位都舉辦過多次。

〔註13〕據北京大學《全唐詩分析系統》檢索，詩題含「竹」有 377 首，除去重複（如樂府詩與各詩人別集中詩重複）及與詠竹無關者，約 302 首。詩題含「篠」、「筐」、「筍」者分別為 2、3、17 首，合計約 324 首。此統計僅包括詩題含相關關鍵詞者，詩題不含相關關鍵詞而實際詠竹的，為數不少，如高適《贈馬八效古見贈》等。統計時《竹枝詞》未計入，因《竹枝詞》數量較多且所詠內容多與竹無關。

〔註14〕據北京大學《全宋詩》電子版檢索，詩題含「竹」計 2603 首，含「筐」、「篠」、「笋」、「筍」分別為 19、10、206、110 首，合計約 3000 首。

〔註15〕據北京師範大學網站《全元文篇名作者索引》檢索系統統計，篇名含「竹」、

目中含「竹」或以竹爲主要表現內容的詩文，還不包括詩文中僅出現竹意象的情況，因此可以毫不誇張地說，竹意象在古代文學中的實際存在還要更多。宋代以後的斷代文學總集如《全元詩》、《全明詞》、《全清詞（順康卷、雍乾卷）》也已編成，在浩瀚的文學文獻中，竹子題材文學作品如滄海一粟，顯得極其單薄，但其總數也可能很龐大。

（二）與其他花木題材的比較

宋初李昉《文苑英華》編集《昭明文選》以來迄五代的文學作品，其中「花木類」詩歌七卷，按所收作品數量多少排列，主要有：竹（含笋）54 首，松柏 39 首，楊柳 32 首，牡丹 27 首，梅 21 首，桃 17 首，荷（含蓮、藕）16 首，菊 12 首，梧桐、石榴、櫻桃、橘各 10 首。竹居第一。清康熙間所編《御定佩文齋咏物詩選》選輯漢魏以迄清初的作品，其中植物類數量突出的依次有：梅（含紅梅、蠟梅等）234 首，竹（含笋）198 首，楊柳 195 首，荷 125 首，松柏 97 首，菊 78 首，桃 75 首，牡丹 70 首，桂 66 首，柑（含橘、橙）64 首〔註 16〕。竹僅次於梅花、楊柳，居第三。

據李昉主編的《文苑英華》「花木門」統計，其中收錄咏楊柳詩文 74 篇，咏松柏詩文 61 篇，咏荷蓮詩文 47 篇，咏梅詩文 34 篇，咏牡丹詩文 31 篇，咏桃詩文 19 篇，咏蘭詩文 18 篇，而咏竹詩文是 70 篇，在所有花木中居第二。據清代陳夢雷主編的《古今圖書集成》統計，其中收錄詩文詞三種文體的各花木依次是，梅 618 篇，竹 456 篇，蓮荷 411 篇，牡丹 330 篇，松柏 295 篇，菊花 267 篇，海棠 239 篇，桃 205 篇，桂 203 篇，梨 127 篇。從詩詞文總數看，竹僅次於梅，居第二。賦是咏物文學尤其花木題材文學的重要表現文體。清《御定歷代賦彙》草木賦十三卷中，所收作品數量依次爲：竹 25 篇；荷 22 篇；松柏、梅均 17 篇；楊柳 12 篇；蘭 11 篇；菊 9 篇。竹居第一。

不僅咏竹詩文數量繁多，在同類題材中居於前列，竹意象也被頻繁使用。據北京大學《全唐詩》電子檢索系統統計，《全唐詩》詩題及內容出現關鍵詞合併計算，楊柳 4992 次，竹 4281 次，松柏 4232 次，蓮荷 3020 次，蘭蕙 2055 次，桃 1696 次，苔蘚 1676 次，桂 1538 次，蓬 1244 次，梅 1203 次〔註 17〕，

「笋」、「篁」分別爲 241 篇、7 篇、7 篇。

〔註 16〕參考程杰《論中國古代文學中楊柳題材創作的繁榮與原因》，《文史哲》2008年第 1 期。

〔註 17〕按，此統計數據已考慮到同名異稱情況，如統計「楊柳」在《全唐詩》詩題

竹居第二。考慮到古詩中多稱竹的品種與別名如筱、篁、簹簜、湘妃（竹）等，竹意象在詩歌中的實際存在要大於統計數字，其數量優勢是非常明顯的。據南京師範大學《全宋詞》電子檢索系統統計詞序及詞文〔註18〕，出現次數前十位的分別是：楊柳 3729 次，梅 3603 次，草 2856 次，蘭蕙 1972 次，竹（含笋、篁、筱）1867 次，桃 1862 次，蓮（含荷、藕、蕖）1732 次，松柏 1154 次，李 840 次，蓬 834 次，竹居第五。

　　據清張廷玉主編的辭書《御定駢字類編》「草木門」統計，按詞條數量多少排列，前十位是：竹類 454 條，蘭蕙類 387 條，松柏類 350 條，楊柳類 292 條，草類 284 條，蓮荷（含藕）類 283 條，茶（含茗）類 274 條，梅類 220 條，桂類 216 條，桑類 177 條。竹列第一。《佩文韵府》所收植物為主字的詞彙，前十位是：草類 701 條，松柏 420 條，竹類 388 條，楊柳 320 條，蓮（含荷藕）288 條，茶（含茗）272 條，蘭蕙 214 條，桃 190 條，桂 180 條，梧桐 160 條。含「竹」字的詞彙居第三位。《駢字類編》齊句首之字，《佩文韵府》齊句尾之字，兩書所收詞條互為補充。詞彙是文學創作的側面反映，從中也可看出竹子題材文學創作的繁榮情況與文化內涵的豐厚積澱。

　　以上幾組數據有選集有總集，也有辭書條目，涉及詩詞義等各種文學體裁，能夠大致反映文學中各種花木題材與意象的客觀存在與實際影響。在所有花木題材中竹子的地位略與梅、楊柳、蘭蕙、松柏、蓮荷相當，遠高於梧桐、槐、桂、桃、杏、菊等，是古代文學中最重要的植物題材與意象之一。正如程杰先生所說，竹子可與松、梅、楊柳等並稱為古代文學植物題材「四強」〔註19〕。

（三）名家與名作

　　咏竹文學的繁榮不僅表現在相關題材作品的數量上，還體現在作品的質

　　　　出現次數，楊 725 次，柳 624 次，扣除楊柳 234 次、柳州 16 次、揚州 4 次，得 1095 次；統計「楊柳」在《全唐詩》詩內容出現次數，楊 1374 次，柳 3005 次，扣除楊柳 475 次，柳州 6 次，揚州 1 次，得 3897 次，合計 4992 次。

〔註18〕按，該檢索系統收詞 21085 首（不包括存目詞）。統計時包括詞正文及序中出現關鍵詞的次數，同類植物合併統計，如楊、柳分別統計再扣除「楊柳」一詞的出現次數；統計詞序時未計詞牌名中的出現次數，如統計「蘭」時，詞牌《木蘭花》中「蘭」不計。

〔註19〕程杰《論中國古代文學中楊柳題材創作繁盛的原因與意義》，《文史哲》2008年第 1 期，第 114 頁。

量上。從文學成就來說，歷史上有不少詠竹大家和名家。試以唐宋文學家爲例。杜甫、白居易、蘇軾、陸游等是詠竹大家，他們不僅創作了大量詠竹詩，而且在詠竹文學創作中開風氣之先，啓後人之門，或提高了竹子在文學題材中的地位，或深化了竹意象的文化內涵。還有不少詠竹名家，如謝朓、李賀、李商隱、韓愈、王安石、黃庭堅等，也都有不少關於竹意象的經典表述。此外，還有數量可觀的詠竹代表作。

下面試對重要選集中竹子題材作品進行統計：

圖表一　《重要選本及類書中竹子題材作品數量統計表》 〔註20〕

編 者 及 書 名	詩	文	詞	總 數（在該書花木類名次）
梁蕭統《文選》		41		41（5）
宋李昉等《文苑英華》		70		70（2）
宋陳景沂《全芳備祖》	191(含整詩及散句)	23	5	219（4）
《佩文齋咏物詩選》	162			162（3）
清陳元龍《歷代賦彙》		24		24（1）
清陳夢雷《古今圖書集成》	381 首	69	6	456（3）

以上各書的選目或依文體或依題材，所選多爲名篇，具有傳播及影響上的優勢。由上表統計可知，經過歷史的淘洗與選擇，竹子題材詩文名篇的數量仍較多，如果也計算詩文中關於竹意象的名句，則數量更多。

詠竹文學源遠流長，但繁榮時期還是唐宋兩代，繁榮的主要表現是眾多名家及名篇。以賦這種文體爲例，《御定歷代賦彙》彙集歷代重要賦作，卷一一八收竹子相關題材賦。下表是統計結果：

圖表二　《〈御定歷代賦彙〉所收竹類相關賦作統計表》

朝代	作 者 及 賦 題	篇數
唐前	晉江逌《竹賦》、齊王儉《靈丘竹賦》、梁江淹《靈丘竹賦》、梁簡文帝《修竹賦》、梁任昉《靜思堂秋竹賦》、陳顧野王《拂崖篠賦》、隋蕭大圜《竹花賦》	7

〔註20〕統計時含「竹」、「筍」。

唐代	許敬宗《竹賦》、吳筠《竹賦》、闕名《竹賦》、闕名《慈竹賦》、喬琳《慈竹賦》、闕名《孤竹賦》、高無際《大明西垣竹賦》、李程《竹箭有筠賦》、蔣防《湘妃泣竹賦》	9
宋代	王炎《竹賦》、蔡襄《慈竹賦》、薛士隆《種竹賦》、黃庭堅《對青竹賦》、鄭剛中《感雪竹賦》、李知微《松竹林賦》、黃庭堅《苦笋賦》	7
元代	趙孟俯《修竹賦》、貢師泰《小篔簹賦》	2
明清	\	0

　　可見唐宋時期相關賦作在數量上的優勢，因此也佔有傳播及影響上的優勢。歷代名家名作在選本中有一定的沿襲性，如《御定歷代賦彙》唐代部分的選目全取《文苑英華》選目，一定程度上鞏固和強化了所選篇目的影響。

　　綜合以上統計數據，我們可以強烈感受到竹子題材文學的繁榮情形，感受到其在古代植物題材文學中的比重。數量上堪稱洋洋大觀，質量上不乏名家名篇，因此可以說竹子是最受古代作家青睞的植物題材之一。

二、本論題研究現狀

　　在關注竹文化的同時，如果將目光轉向古代竹子題材文學研究，就會發現兩個「滯後」：一是當前竹文化較熱，竹文化研究也較熱，而竹子題材文學研究相對較「冷」，顯得滯後；二是古代竹子題材文學創作繁盛，留下大量相關作品，而研究成果較爲薄弱，顯得滯後。究其原因，還是竹子題材文學研究未能引起相應的重視。一方面，文學研究界較爲重視作家作品、風格流派、主題思想、人物形象、經典文本解讀等主流的研究模式或視角，而對文學的題材意象研究開拓不足。即就文學題材研究來說，雖然政治、邊塞、山水、田園、科舉、咏史、咏物、宗教等類題材文學受到一定程度關注，但系統而成規模的研究尚不多見。何況題材不同待遇不等，其中咏物文學算是較受重視的題材，但「咏物」二字包羅萬象，固然有利於對咏物文學的宏觀把握，卻無助於重要植物題材與意象的個案梳理。另一方面，文化研究界目光較爲寬泛，植物題材文學研究不是他們的本份，即使偶有涉及也多泛談，缺乏系統的文獻佔有和理論梳理。因此就出現了當前竹文化及相關研究較熱而竹子題材文學研究又太冷清的狀況。

　　文化視野中的古典文學研究近年來漸趨興盛。20 世紀八十年代以來，涌現出多部研究竹文化的專著和大量學術論文。本課題尚未見國外專著，僅日

本學者有一些論文涉及。已有的研究成果，主要集中在竹文化、竹與園林、竹崇拜等方面，為我們從事竹子題材文學研究提供了必要的學術積累。以下試做分類介紹：

（一）文獻整理類

文獻整理是學術研究的基礎性工作。竹子相關文獻的整理，如徐振維、吳春榮編注《松竹梅詩詞選讀》（1985），劉星亮、曹毅前編《咏竹聯集粹》（1994），雷夢水等編《中華竹枝詞》（1997），周芳純選注《中國竹詩詞選集》（2001），陳維東、邵玉錚主編《中華梅蘭竹菊詩詞選‧竹》（2003），盛星輝編著《竹文化聯》（2003），王利器等編《歷代竹枝詞》（2003）、成乃凡編《歷代咏竹詩叢》（2004），彭鎮華、江澤慧編著《中國竹文化：綠竹神氣》（2005），馬成志編《梅蘭竹菊題畫詩》（2006），吳慶峰、張金霞整理《竹譜詳錄》（2006），潘超等主編《中華竹枝詞全編》（2007），徐小飛輯《竹君流韵：中國歷代咏竹文賦畫論》（2008）。這些著作涉及咏竹文學文獻的許多方面，或按文體選編，或按時代選編，或與其他花木文學作品同編，為咏竹作品的搜集傳播起到了良好作用。但是以上著作的局限也很明顯，多關注詩詞搜集，如對歷代《竹枝詞》文獻的搜集較為完備，而對竹子題材文、賦等較少關注。

（二）研究著作類

現有的竹子相關專著以竹文化研究為主，兼及文學研究。如周裕蒼著《中國竹文化》（1992），關傳友著《中華竹文化》（2000），王平著《中國竹文化》（2001），吳靜波、李增耀著《竹文化》（2003），屈小強著《巴蜀竹文化揭秘》（2006），何明、廖國強著《中國竹文化研究》（1994）〔註21〕及《竹與雲南民族文化》（1999），巫瑞書著《芙蓉國裏的民俗與旅遊》（1996）有《竹文化及竹崇拜》一章。馮超著《湖州竹派》（2003）則是研究竹畫流派的專著。還有一些著作反映地方竹文化或為當地竹文化節而作，如龍游縣政協文史委員會編《龍游竹文化》（1993），伍振戈主編《益陽竹文化》（1993），邵武市竹文化活動籌備領導小組編《竹文化──獻給邵武建市十週年慶典暨首屆竹文化節》（1993），吳著富著《咸寧竹文化》（2003），青神縣黨史縣志辦公室編《青神竹文化》（2004）等。以上著作僅從題名即可判斷其主要內容，

〔註21〕該書曾再版，題名《中國竹文化》，北京：人民出版社，2007年。

一般僅用一章泛論竹子題材文學，有的甚至毫不涉及。這些著作中最具學術價值的是何明、廖國強著《中國竹文化研究》，該書分上編《竹文化景觀》、下編《竹文化符號》，下編又分《送子延壽，祖先代表——竹宗教符號》、《賦竹讚竹，寓情於竹——竹文學符號》、《清姿瘦節，秋色野興——竹繪畫符號》、《淩雲浩然之氣，淡遠自然之趣——竹人格符號》等章，從一些主要方面對竹文化內涵進行闡釋，是竹文化研究的力作。

（三）博碩士學位論文類

　　關於竹子的絕大部分學位論文，主要從植物學、工藝學、園林學、經濟利用等角度進行研究，文化文學主題的相關研究成果所佔比例較少。碩士學位論文涉及論題非常廣泛，園林審美方面的如李寶昌《江南園林竹子造景的研究》（南京林業大學 1998 年）、徐佳蕾《竹子與風景園林——基於美學、社會學、生態學三種價值之上的竹子與園林》（南京林業大學 2003 年）、童茜《竹文化在環境藝術中的運用與研究》（湖南大學 2006 年）、蒲曉蓉《八種觀賞竹在城市園林中的生態效應研究》（四川農業大學 2007 年）、李世和《竹在中國傳統民居中的生態價值與在當今的生態應用研究》（福建師範大學 2007 年）、鄧海鑫《觀賞竹種引種試驗及園林配景應用研究》（南京林業大學 2007 年）、馬海艷《觀賞竹在上海城市公園綠地中的應用調查與分析》（南京農業大學 2007 年）、劉海燕撰《我國南方建築環境中的竹文化研究》（湖南大學 2007 年）、郝志剛《竹子在杭州城市園林綠化中的應用研究》（浙江大學 2007 年）、謝瑞霞《傳統竹文化在盆景方面的詮釋及竹盆景的設計》（福建農林大學 2008 年）等。繪畫工藝方面的如邵曉峰《「東坡朱竹」的啓示》（南京師範大學 1998 年）、談生廣《從王庭筠〈墨竹枯槎圖〉看宋金及元初蘇軾體系墨竹的傳承》（南京師範大學 2003 年）、季正嶸《「竹構」景觀建築的研究》（同濟大學 2006 年）、傅葯《中國傳統竹文化在現代產品設計中的應用與研究》（上海交通大學 2007 年）、沈羅萍《安吉圓竹盛具研究》（江南大學 2007 年）、董天昊《竹畫評議》（中國美術學院 2008 年）、蔡永成《福建漳浦竹馬戲探源》（福建師範大學 2008）、方正和《五代、兩宋花鳥畫中的「竹木法」》（南京藝術學院 2009 年）、王貞《從文同畫竹看竹文化對宋元文人畫的影響》（曲阜師範大學 2009 年）、周路平《墨竹的符號學分析》（河南大學 2009 年）等。還有姚琳琳《〈說文解字‧竹部〉字研究》（西南大學 2007 年）等。據筆者的有限見聞，較多涉及竹子題材文學研究的僅

五篇,是孟慶東《中國古典文學中「竹」的審美意象》(東北師範大學 2008
年)、馬利文《唐代咏竹詩研究》(南京師範大學 2008 年)、李文藝《先秦至
魏晉南北朝竹文學研究》(福建師範大學 2010 年)、鄭潔《竹詞語及其修辭
文化闡釋》(福建師範大學 2008 年)、李受泫《漢語動植物詞語象徵性研究》
(東北師範大學 2009 年)。博士學位論文也很少關注竹子題材文學,如丘爾
發《我國南方城市竹子綠化及其竹種選擇研究》(中國林業科學研究院 2005
年,博士後)以南方城市竹子綠化及竹種選擇爲研究對象。

(四)竹類刊物、論文集及單篇論文

　　林業部竹子研究開發中心編輯出版的《竹子研究彙刊》,中國林科院竹類
信息中心編輯出版的《世界竹藤通訊》(原名《竹類文摘》),雲南省竹藤產業
協會、雲南竹藤產業研究發展中心及西南林學院竹藤研究所共同主辦的《竹
藤產業導報》(原名《竹業通報》),南京林業大學主辦的《竹類研究》(已停
刊)等竹類研究刊物,以及眾多的農業、林業刊物都刊發竹子研究論文。這
些期刊及大量論文,以研究竹子的生物學特性、開發利用及竹文化爲主,其
中竹文化研究涉及的範圍極廣,竹子題材文學研究僅是其中微弱的一部分,
成果較多的論題主要有竹崇拜、竹枝詞以及竹子與園林、繪畫、音樂等。涉
及竹子題材文學研究的主要是王立、何明、屈小強等先生的專題論文,進行
文學主題學乃至文化學的探討。王立是較早從主題學角度研究竹子題材文學
創作的學者,其研究成果主要有:《心靈的圖景:文學意象的主題史研究》第
二章《百代高標誌節存——中國古典文學中的竹意象》〔註 22〕,單篇論文如
《我國現存第一首咏竹詩和咏梅詩》〔註 23〕、《竹與中國文學——傳統文化物
我關係一瞥》〔註 24〕、《竹的神話原型與竹文學》〔註 25〕、《竹意象的產生及
文化內蘊》〔註 26〕、《古典文學中竹意象的神話原型尋秘》〔註 27〕等。

　　綜觀近百年來的竹文化研究,由無人問津到漸趨熱門,其中關於竹子文
學題材與意象的成果還較少,且多宏觀探討,缺乏細緻深入的分析,這不能
不說是熱門中的冷門。

〔註 22〕 王立著《心靈的圖景:文學意象的主題史研究》,上海:學林出版社,1992 年。
〔註 23〕 《臨沂師範學院學報》1989 年第 3 期。
〔註 24〕 《許昌學院學報》1990 年第 2 期。
〔註 25〕 《浙江師範大學學報(社會科學版)》1991 年第 2 期。
〔註 26〕 《中國典籍與文化》1997 年第 1 期。
〔註 27〕 《大連大學學報》2006 年第 5 期。

三、本論題的研究目的、意義與方法

　　基於農耕文化的中國古代文學，自然植物意象極其普遍，竹子是其中較爲重要的題材之一。與其他植物題材相比，竹子題材文學有自身特點：首先，竹子成爲文學題材與意象的時間較早，先秦文學中已經出現竹意象，魏晉時期隨著對竹子物色美感的倡揚，竹子成爲詩賦中重要的植物題材之一。其後竹子題材創作漸趨繁盛。其次，相比其他重要植物如松、梅、楊柳等，竹子經濟價值、文化價值與觀賞價值並重，其經濟及文化應用較爲廣泛。豐富的竹文化內涵成爲竹子題材文學的重要表現內容，又涉及詩、文、詞、曲、筆記、對聯、民歌等各種文學體裁。本論題的研究目的就是要揭示古代文學竹子題材與意象的這些特點與內涵。竹子題材文學研究是竹文化研究的題中應有之義，也與當前的竹文化熱相呼應，因此本研究不僅具有文學和文化的價值，也具有歷史與現實的意義。

　　本論題採用以下研究方法：

　　（一）題材類型、主題史、意象史等專題的梳理。傳統的文學研究中作家作品、體派風格、思潮運動等較受重視，而主題史、意象史、題材類型等新視角拓展不夠。宇文所安說：「按照朝代進行分期的文學史，是文學中的博物館形式。我們已經拜訪了很多這樣的博物館，它們是我們整理閱讀經驗的熟悉模式。這種理解模式並不算壞，但是只有從一個陌生的角度進行觀察，我們才能看到新東西。」〔註28〕本書某種程度上也是對新研究模式的試探。竹子是古代文學中最重要的植物題材之一，歷史悠久，內涵豐富，但是一直缺乏深入的專題探討和綜合的考察視角，已有的研究成果多關注竹文化，其中涉及文學研究的部分顯得零碎和淺顯，缺少理論深度與文獻基礎，學術含量不夠。鑒於目前竹文化較「熱」而竹子題材文學研究相對較「冷」的現狀，本課題以竹子題材文學爲研究對象，希望能彌補這個缺憾。在梳理竹子的美感特點與文化內涵的同時，打破各種文體的界限，全面考察詩、詞、文、賦，既重視傳統文體（詩文、筆記、戲曲、小說），也注重泛文學體裁（史書、方志、地理書、楹聯等）。

　　（二）文化研究與文學研究相結合的方法。我們研究的對象是文學，文學既是一種社會現象，也是一種審美意識形態。作爲文學產生背景的文化是

〔註28〕〔美〕宇文所安著，陳引馳、陳磊譯《中國「中世紀」的終結：中唐文學文化論集》前言，北京：生活・讀書・新知三聯書店，2006年，第 2 頁。

一種巨大的潛藏。文化研究對於文學研究的意義是巨大的,特別是在學術視野和方法論方面。本世紀二、三十年代以來,聞一多、朱自清、魯迅以及劉師培、陳寅恪等學術大師,都不同程度地實踐過這一方法。它的特點是,不單純停留在搜集整理并分析材料,更關注流動變易的文化背景,通過分析揭示對文學發展有重要影響的歷史現象、文化氛圍和精神氣象,以有助於闡釋相關文學現象。當代學術界也有這種明確的研究意識和視角,如 2005 年上海舉辦「中國傳統文學與經濟生活」學術研討會并出論文集〔註 29〕。本書並不局限於文學形象及其流變的研究,而是在對竹子題材、意象研究的基礎上,透視其所反映的文化內涵與社會背景,如考察竹生殖崇拜、道教、佛教等宗教內涵及其對文學的影響,梳理竹子人格象徵內涵的形成與竹子植物特性、品種、材用之間的聯繫等。在這一意義上,本研究是文學與文化的交叉綜合的研究。

（三）學術研究和現實文化建設相結合的人文意識。花木審美是社會文明進步的重要表現,花木本身所積澱的文化內涵、花木與其他藝術的結合都使花木審美具有廣泛性和深刻性,發掘和闡釋蘊含於其中的文化內涵就很有必要。中國是竹子的原產地和主要分佈地區,竹子利用水平處於世界領先地位,近年興起的竹文化熱呼喚竹文化的理論研究,以提高人們的花木審美水平,多部竹文化研究著作的出版即是最好的說明,而作爲竹文化重要組成部分的竹子題材文學,理應受到重視與研究。本課題立足文學,旁涉文化領域,把竹子題材文學研究引向綜合的審美文化研究,文學研究與文化闡釋有機統一,傳統文化研究與現實文化建設相溝通,體現了古代文學研究的開放意識和當代意識。

鑒於主題史或題材史的敘述視角難以面面俱到,有的問題難免略而不明;而具體意象的微觀研究常爲選題所限,難免失於瑣屑,因此本書兼用宏觀研究與微觀考察兩種方法,沒有採取史的敘述視角,而採取專題研究的形式。上編主要爲竹文化研究,依次研討竹生殖崇拜、竹與道教、竹與佛教等;下編主要是竹題材文學研究,涉及竹筍與文學、竹林與文學、竹子象徵意義等專題。在章節設置上,各章力求採取宏觀視角,部分節也可能考察非常瑣

〔註29〕2005 年上海財經大學人文學院與中國社會科學院文學研究所《文學評論》編輯部,在上海聯合舉辦「中國傳統文學與經濟生活」學術研討會,并出版論文集,參見許建平、祁志祥主編《中國傳統文學與經濟生活》,鄭州:河南人民出版社,2006 年。

屑的小問題。

　　最後對本書所用「題材」與「意象」的概念略作交代。「意象」是與「物象」、「形象」相對的概念，是「意」與「象」的融合體〔註 30〕，是較小的單位。意象又有隱喻與象徵功能〔註 31〕。陳鵬祥指出：「意象除了提供視聽等效果外，最重要的是它們所潛藏包括的意義功能。」〔註 32〕「主題學探索的是相同主題（包含套語、意象和母題等）在不同時代以及不同的作家手中的處理，據此來瞭解時代的特徵和作家的『用意』（intention）。」〔註 33〕因此，文化象徵內涵研究對於文學作品的正確解讀是必要的。正如中島敏夫所說：「無論研究有多麼高深，也不問直接還是間接，所有工作最終總會歸結到詩的鑒賞上。」〔註 34〕為求得對詩文的正確解讀，就要挖掘其中潛藏的文化信息。

四、本論題的創新與不足

　　本課題的創新之處在於研究方法的創新，對竹子題材史的梳理是一個全

〔註 30〕　袁行霈說：「物象是客觀的，它不依賴人的存在而存在，也不因人的喜怒哀樂而發生變化。但是物象一旦進入詩人的構思，就帶上了詩人的主觀的色彩。這時它要受到兩方面的加工：一方面，經過詩人審美經驗的淘洗與篩選，以符合詩人的美學理想和美學趣味；另一方面，又經過詩人思想感情的化合與點染，滲入詩人的人格和情趣。經過這兩方面加工的物象進入詩中就是意象。詩人的審美經驗和人格情趣，即是意象中那個意的內容。因此可以說，意象是融入了主觀情意的客觀物象，或者是借助客觀物象表現出來的主觀情意。」（袁行霈著《中國詩歌藝術研究》，北京大學出版社，2009 年，第 54 頁）張伯偉《禪宗思維方式與意象批評》：「與『形象』一詞相比，『意象』之『象』更偏重主觀意念……而『形象』之『象』則偏重客觀形狀。」（《禪與詩學》增訂版，北京：人民文學出版社，2008 年，第 146 頁）因此意象通常理解為「意」與「象」相融為一的復合體，它「包含著內外兩個層面，內層是『意』，是詩人主體理性與感情的復合或『情結』，外層則是『象』，是一種形象的『呈現』，兩層缺一不可」（朱立元《當代西方文藝理論》，華東師範大學出版社，1997 年，第 21 頁）。

〔註 31〕　美國學者韋勒克和沃倫指出「意象」隱喻與象徵功能的區別：「我們認為『象徵』具有重複和持續的意義。一個『意象』可以被轉換成一個隱喻一次，但如果它作為呈現與再現不斷重複，那就便成了一個象徵，甚至是一個象徵（或者神話）系統的一部分。」（雷・韋勒克・奧・沃倫撰，劉象愚等譯《文學理論》，北京：生活・讀書・新知三聯書店，1984 年，第 204 頁）

〔註 32〕　陳鵬祥《主題學研究與中國文學》，轉引自陳向春著《中國古典詩歌主題研究》，北京：高等教育出版社，2008 年，第 8 頁。

〔註 33〕　同上，第 2 頁。

〔註 34〕　〔明〕張之象編、〔日〕中島敏夫整理《唐詩類苑》前言，上海古籍出版社，2006 年，第一冊第 2 頁。

新的探索過程，隨時會涉及竹子與其他門類文化藝術的千絲萬縷的聯繫，這樣就把文學研究與綜合的審美和文化研究相結合，對文學與藝術、宗教、園林以及社會生產生活等廣泛領域進行綜合審視。

本書的創新之處主要表現在：

1、第一次系統地對古代文學中竹子題材與意象進行綜合研究。

2、從竹文化研究的角度對竹子的生殖崇拜內涵、道教內涵與佛教內涵進行全面考察，通過若干專題的梳理，如竹子的性別象徵、《竹枝詞》起源、掃壇竹、三生石等，便於理清竹子的宗教崇拜內涵及其對文學的影響。

3、對於文學中的竹笋、竹林題材，對於竹子象徵意義、相關傳說等進行研究，已有成果多未專門研究這些論題，或有涉及也缺乏系統觀照和源流梳理。

本書在構思時雖力求全面，因學力所限，終於未能面面俱到，一些重要專題未能涉及，已涉及的有些專題也因時間緊迫而未能深入。本書的不足之處主要表現在：

1、古代相關文學作品繁多，人文內涵與文化意義較爲豐厚，因而課題的縱、橫跨度大，涉及面廣。本文展開不夠充分、徹底，竹子與園林、音樂、繪畫、民俗等領域未能涉足，重要專題如竹子與龍鳳崇拜、竹子再生化生母題、竹子與祥瑞災異等未及討論。參考及引用的文獻也以宋代及宋以前的居多。

2、竹是古代文學中最重要的植物題材與意象之一。將竹與其它植物意象進行橫向比較，以把握其演變規律及在文學史、文化史上的特殊地位，也是非常有意義的，本文對此尚付闕如。

3、對古代文學竹子題材與意象的歷史演變進行梳理，是題中應有之義。但本文未能進行這種歷時研究。

最後，對本文的敘述體例略作說明。凡引用文獻，第一次出現詳注著者及版本、卷次等信息，以後出現盡量從簡。

上　編

第一章　竹生殖崇拜內涵研究

　　我國是竹子原產地及主要分佈區。竹子因分佈廣、利用多而在先人的生產生活中有著舉足輕重的作用，加上萬物有靈觀念的影響，竹崇拜意識遂遍布大江南北﹝註1﹞。古代竹生殖崇拜表現爲男性崇拜、女性崇拜及生殖神崇拜﹝註2﹞。北方的孤竹國和西南的夜郎國以及其他少數民族地區還形成竹圖騰崇拜。竹子與高禖崇拜有密切聯繫，後來又出現竹林神崇拜。竹子的丙生、化生傳說雖然多被視爲祥瑞災異，其實也源於竹生殖崇拜。

　　反映到文學中，體現竹生殖崇拜觀念的有竹子男性象徵、女性象徵、合歡象徵等象徵內涵，在以竹子象徵男女性別的背景下，文學作品中出現了臨窗竹等相關竹意象。臨窗竹具有象徵別離與性別的意義，成爲唐宋詞中出現較多的表現閨怨情感的意象之一。《竹枝詞》也是竹生殖崇拜觀念影響下的產物，從文獻考索可知，具有艷情內涵的《防露》是《竹枝詞》的早期形態；從文化形態推求可知，《竹枝詞》的產生背景可能與竹生殖崇拜觀念有關。

﹝註1﹞　嚴紹璗以爲竹生殖崇拜主要在南方：「從現有的史料考察，它（引者按，指竹生殖信仰）主要存在於中國從福建至湖南，經由四川到達雲南的以長江爲中心的文化圈內，或許，這一片橫貫東西的富饒的竹產地，便是『竹生殖信仰』的起源地。」見嚴紹璗、中西進主編《中日文化交流史大系・文學卷》，杭州：浙江人民出版社，1996 年，第 186 頁。筆者認爲，古代北方也產竹，竹崇拜應同樣存在，雖然目前所知史料較少，也可略見竹崇拜之迹，《詩經》及《山海經》等書都有很多記載，如「如竹苞矣」（《詩經・小雅・斯干》）、「結根泰山阿」（《古詩十九首・冉冉孤生竹》）等，涉及的地域在今陝西、山東。如果說這些還不是典型的竹生殖崇拜，那麼唐代京城長安的竹林神崇拜風俗可視爲北方竹生殖崇拜觀念的反映。

﹝註2﹞　參考屈小強《巴蜀竹崇拜透視》，《社會科學研究》1992 年第 5 期；關傳友《論中國的竹生殖崇拜》，《竹子研究彙刊》2005 年第 3 期。

《詩經‧淇奧》的主旨，現代學者多傾向於理解爲愛情詩，本章以竹生殖崇拜爲文化背景，重新考索其主旨并詮釋各句內涵。

第一節　竹生殖崇拜及相關問題研究

原始人認爲花草樹木乃至整個世界都有生命與靈魂。在萬物有靈觀念影響下，許多花草樹木受到崇拜，其中生殖崇拜內涵較爲普遍。竹子同許多其他植物一樣，因其旺盛的生命力，在先民的生產實踐中受到崇拜，逐漸形成生殖崇拜內涵。

一、竹圖騰崇拜與竹生人、人死化竹

「圖騰」一詞來源於印第安語「totem」，意思是「它的親屬」、「它的標記」。圖騰的實體是某種動物、植物、無生物或自然現象。原始人曾產生三種圖騰含義：圖騰是血緣親屬；圖騰是祖先；圖騰是保護神〔註3〕。確定一種植物是否圖騰崇拜物，主要根據一些崇拜的迹象與傳說來判斷。

竹宗生族茂，凌寒不凋，生命力旺盛，使得不少部落氏族以之爲圖騰，南方的夜郎就是顯例。《後漢書‧西南夷列傳》載夜郎竹王生於竹中的傳說：「有女子浣於遯水，有三節大竹流入足間，聞其中有號聲，剖竹視之，得一男兒，歸而養之。」〔註4〕傳說中「三節大竹流入女子足間」有性交合的象徵意義。《華陽國志》載：「有一女子浣於水濱，有三節大竹流入女子足間，推之不肯去，聞有兒聲。取持歸，破之，得一男兒。養之。長有才武，遂雄夷濮，氏以竹爲姓。捐所破竹於野，成竹林，今竹王祠竹林是也。」〔註5〕既然竹王生於三節大竹，可見夜郎的圖騰是竹。其中「捐所破竹於野，成竹林」一句尤爲明確地告訴人們竹子的旺盛生殖力在這個故事中所具有的意義。「夜郎王名叫『多同』，翻譯成漢語，便是『從竹筒裏生出來的』之意。」〔註6〕

〔註3〕　參看何星亮著《中國圖騰文化》，北京：中國社會科學出版社，1992 年，第10～12 頁。

〔註4〕　〔南朝宋〕范曄撰、〔唐〕李賢等注《後漢書》卷八六，北京：中華書局，1965 年，第 10 冊第 2844 頁。

〔註5〕　〔唐〕常璩撰、任乃強校注《華陽國志校補圖注》卷四《南中志》，上海古籍出版社，1987 年，第 230 頁。此傳說又載於《後漢書‧南蠻西南夷列傳》、《蜀王本紀》、《水經注‧溫水注》、《異苑》、《述異記》等。

〔註6〕　李立芳《湖湘竹文化及其在現代藝術設計中的傳承》，《湖南商學院學報》2005

可見竹子被認為是夜郎人的祖先。

龔維英論述：

前面引述過的那位誕自竹內的夜郎侯，「以竹為姓」，乃視竹為母也。《說文》：「姓，人所生也。古之神聖人，母感天而生子，故稱天（之）子。因生以為姓，從女生。」《左傳》隱公八年：「因生以賜姓」，說得都明確易曉。在我國漢族和某些少數民族的姓上，便打有「植物生人」的烙印。例如：楊、柳、李、藍、麥、柏、杜、花、桑、梅、朱（《說文》：「朱，赤心木也，松柏屬。」）等等均是。

外國的「姓」亦有取自植物的，如俄羅斯人即「用『黃瓜』、『白菜』……等來取姓」。這是由於外國某些民族同樣有「植物生人」的荒唐言。最著者莫如日本古傳奇小說《竹取物語》，講的是一個善良的老篾匠，採竹做竹器，「在一棵閃光的竹節裏剖出一個三寸高的小女孩」的故事。〔註7〕

龔先生認為：「先民之所以有『植物生人』這種幼稚認識，蓋淵源於遠古的生殖器崇拜、圖騰崇拜和靈物崇拜，而且和原始人的『感生』觀念有關。」〔註8〕因此，「姓」保留了圖騰崇拜的文化因素〔註9〕，「『以竹為姓』明白地是竹圖騰的意識」〔註10〕。

古人「以國為氏」〔註11〕，殷末孤竹國子孫即以竹為姓〔註12〕。梁任昉《述異記》載東海畔有孤竹，「斬而復生，中有管，周武王時，孤竹之國獻瑞笋一株」〔註13〕。此傳說還保留了孤竹國以竹為圖騰崇拜的一些痕迹：

年第 6 期。

〔註7〕　龔維英《原始人「植物生人」觀念初探》，《民間文學論壇》1985 年第 1 期，第 85 頁。

〔註8〕　龔維英《原始人「植物生人」觀念初探》，《民間文學論壇》1985 年第 1 期，第 85 頁。

〔註9〕　參考王泉根《論圖騰感生與古姓起源》，《民間文學論壇》1996 年第 4 期，第 19～24 頁。

〔註10〕　蕭兵著《中國文化的精英——太陽英雄神話比較研究》，上海文藝出版社，1989 年，第 392 頁。

〔註11〕　鄭樵《通志》卷二五《氏族》云：「天子諸侯建國，故以國為氏，虞夏商周魯衛齊宋之類是也。」

〔註12〕　《名賢氏族言行類稿》中記載：「孤竹君，姜姓，殷湯封之遼西，令支至伯夷、叔齊，子孫以竹為氏焉，東莞。」《姓苑》：「竺本姓竹，至漢樅陽侯竹晏改為竺。」

〔註13〕　〔南朝梁〕任昉撰《述異記》卷上，《四庫全書》第 1047 冊第 615 頁上欄。

東海畔、孤竹、瑞筍一株、強大的生命力等，都足以使我們將其與孤竹國的竹崇拜聯繫起來。四庫館臣以爲：「附會竹生東海，……，尤爲拙文陋識。」〔註14〕殊不知這種附會實際是上古傳說的遺留，不宜以自然科學的理性眼光來檢驗與評判其對錯。因爲漢族竹圖騰傳說已經失傳，所以人們對於夜郎竹王傳說多持貶抑態度，如《陳書》：「瞻望鄉關，何心天地？自非生憑虜竹，源出空桑，行路含情，猶其相愍。」〔註15〕以爲「生憑虜竹，源出空桑」才不會有鄉關之思，因而貶之爲非類。有人認爲：「漢族地區雖常以竹子作爲有氣節、講操守的君子的象徵，但並無人類學意義上的竹崇拜或以竹爲圖騰的觀念。」〔註16〕此種觀點看似有理，其實並不符合事實，故此處不惜筆墨論述孤竹國的圖騰崇拜。

竹子也被一些氏族部落或少數民族視爲祖神，加以敬奉和祭祀。竹生殖崇拜的深層原因可能正是竹子的繁殖力。李玄伯認爲：「以上二團（引者按，指蔵、筍）皆以草爲圖騰。但金文中未見筍字，伯筍父簋、筍伯簋等器有筍字，我頗疑筍即笋，非以草爲圖騰而以笋爲圖騰。笋乃新生幼竹，尤與生生之意相合。」〔註17〕劉堯漢《中國文明源頭新探》指出：「各地彝族用竹根作爲祖先祿位，也是把早先對竹的自然崇拜經歷了圖騰崇拜改變成祖先崇拜。」〔註18〕值得一提的是，川滇邊界金沙江沿岸的藏族視竹子爲其始祖神，有一個美麗的傳說《斑竹姑娘》，講述藏族伐竹青年朗巴從竹內剖出一個漂亮姑娘〔註19〕。還有許多少數民族以竹爲圖騰，如苗族、彝族、傈僳族、布依族〔註20〕以及臺灣高山族等，屈小強認爲古代巴蜀的共同圖騰是竹

〔註14〕四庫全書研究所整理《欽定四庫全書總目》卷一四二《述異記》提要，北京：中華書局，1997年，下冊第1886頁左。

〔註15〕〔唐〕姚思廉撰《陳書》卷二六《徐陵傳》，北京：中華書局，1972年，第2冊第331頁。

〔註16〕陳金文《「竹生甲兵」母題生成新探》，《廣西民族大學學報（哲學社會科學版）》2008年第2期，第149頁右。

〔註17〕李玄伯《中國古代社會新研》，上海文藝出版社影印本，1988年，第127頁。

〔註18〕轉引自王立、蘇敏《古典文學中竹意象的神話原型尋秘》，《大連大學學報》2006年第5期。

〔註19〕田海燕編著《金玉鳳凰》，上海：少年兒童出版社，1961年。

〔註20〕馬長壽《苗瑤之起源神話》，《民族學研究集刊》1946年第2期；宋兆麟《漫談圖騰崇拜》，《文史知識》1986年第5期，第89頁；宋兆麟《雷山苗族的招龍儀式》，《世界宗教研究》1983年第3期；何星亮著《圖騰與中國文化》，南京：江蘇人民出版社，2008年，第176頁。

〔註 21〕。對於現今少數民族地區的竹圖騰崇拜，關傳友有詳細論述〔註 22〕。東亞、東南亞很多國家也崇拜竹，有竹生人的神話傳說。「竹生人神話概念流傳在中國大陸南方及日本與南洋諸島，包括印度尼西亞、菲律賓、美拉尼西亞與新幾內亞等地。」〔註 23〕

　　人死後化生爲竹，也是竹子圖騰崇拜的一種表現。較爲著名的例子，如相繇、項託等。戴凱之《竹譜》：「相繇既戮，厥土維腥。三埋斯沮，尋竹乃生。」〔註 24〕《搜神記》卷十五：「漢陳留考城史姁，字威明，年少時，嘗病，臨死，謂母曰：『我死當復生。埋我，以竹杖柱於瘞上，若杖折，掘出我。』及死埋之，柱如其言。七日往視，杖果折。即掘出之，已活，走至井上浴，平復如故。」〔註 25〕相繇爲先秦神話人物，史姁是普通百姓，從這些傳說可見人死化竹的觀念自先秦至魏晉的一脈相承。如果說相繇死後化竹體現的是人爲竹所生、死後化爲竹的圖騰意識，那麼項託死後化竹則與竹生甲兵的觀念相結合。敦煌變文《孔子項託相問書》：

　　　　項託殘氣猶未盡，回頭遙望啓娘娘：「將兒赤血瓶盛著，擎向家中七日強。」阿娘不忍見兒血，擎將寫著糞堆傍。一日二日竹生根，三日四日竹蒼蒼。竹竿森森長百尺，節節兵馬似神王。弓刀器械沿身帶，腰間寶劍白如霜。二人登時各身勝，誰知項託在先亡。夫子當時其惶怕，州縣分明置廟堂。〔註 26〕

項託也是死後化生爲竹，反映了人死化竹觀念的延續。節節竹竿似兵馬，體現的則是竹生甲兵的觀念。人死化竹觀念作爲一種集體無意識已化爲風俗流傳至今，「今江浙一帶習俗，子孫爲前輩送葬，要手捧青竹竿，謂之『哭喪棒』，豈非古苴杖之變也？瑤族喪事，亡人入土後，巫師需將名爲『歸宗竹』的竹竿插在墳頭，流露出古時竹圖騰崇拜的明顯印迹」〔註 27〕。

〔註 21〕 屈小強《巴蜀氏族——部落集團的共同圖騰是竹》，《四川師範大學學報（社會科學版）》1992 年第 3 期。

〔註 22〕 參考關傳友《論竹的圖騰崇拜文化》，《六安師專學報》第 15 卷第 3 期（1999 年 8 月）。

〔註 23〕 〔俄〕李福清（R. Riftin）著《神話與鬼話——臺灣原住民神話故事比較研究》，北京：社會科學文獻出版社，2001 年，第 82 頁。

〔註 24〕 〔晉〕戴凱之撰《竹譜》，《四庫全書》第 845 冊第 175 頁下欄左。

〔註 25〕 〔晉〕干寶撰、汪紹楹校注《搜神記》卷十五，北京：中華書局，1979 年，第 182 頁。

〔註 26〕 黃征、張涌泉校注《敦煌變文校注》，北京：中華書局，1997 年，第 359 頁。

〔註 27〕 麻國鈞《竹崇拜的儺文化印迹——兼考竹竿拂子》，《民族藝術》1994 年第 4

竹圖騰崇拜在有些少數民族地區直到現在還有遺存，而在漢族文化區域內，則與道教長生思想和民間多子長壽心理相結合，形成具有健康成長、長壽安康、生殖崇拜和性象徵等多種內涵的文化現象。我們既要考慮文化傳播的因素，也不可忽略文化得以傳播并演變的條件，如「竹生人」傳說傳布的地域在東亞、南亞、東南亞一帶，而不是往北往西傳播，可見跟竹子自然分佈有關。

二、竹子的生物特性與生殖崇拜內涵

古代生產力落後，人口繁殖受到種種威脅，繁殖率低、成活率低、壽命短等都是困擾先民的難題。竹子是中華大地普遍習見的植物，其宗生族茂的繁殖力、蓬勃旺盛的生命力，都可能使先民產生神秘的敬畏與崇拜心理。費爾巴哈說：「人的崇拜對象，包括動物在內，所表現的價值，正是人加於自己、加於自己的生命的那個價值。」〔註28〕先民面對自身惡劣的生育條件、艱難的生命繁衍，在與竹子生長繁茂的對比中，產生生命繁殖的渴望，祈求得到竹子的庇護和保祐。就竹生殖崇拜的深層原因來說，當來自兩方面：生命的生產與生命的延續。

首先，竹子的旺盛繁殖能力易於引起先民的崇拜。只要能滿足對水分和土壤的一定要求，竹子即能繁茂成林。《詩經・小雅・斯干》：「如竹苞矣。」傳：「苞，本也。」箋：「以竹言苞，而松言茂，明各取一喻。以竹筍叢生而本概，松葉隆冬而不凋，故以為喻。」〔註29〕可見先民很早就崇拜竹子的生殖力。此句在《斯干》中雖是形容貴族宮廷建築的宏偉壯麗，但是借竹子宗生族茂來祝願子孫「瓜瓞綿綿」的願望給後人無限啟迪。先秦時代，「江南卑濕，丈夫早夭。多竹木」〔註30〕，特殊的地理環境與竹子生長狀態，促使先民將人口生殖與竹子生長聯繫起來。《酉陽雜俎》續集卷四：「北方婚禮必用青布幔為屋，謂之青廬，……以竹杖打婿為戲，乃有大委頓者。」〔註31〕竹

期，第 47 頁。
〔註28〕〔德〕路德維希・費爾巴哈著、榮震華等譯《費爾巴哈哲學著作選集》下卷，北京：生活・讀書・新知三聯書店，1962 年，第 541 頁。
〔註29〕《十三經注疏》整理委員會整理、李學勤主編《毛詩正義》卷十一之二，北京大學出版社，1999 年，第 682 頁。
〔註30〕《史記》卷一二九《貨殖列傳》，第 10 冊第 3268 頁。
〔註31〕〔唐〕段成式撰《酉陽雜俎》續集卷四，上海古籍出版社編，丁如明、李宗為、李學穎等校點《唐五代筆記小說大觀》，上海古籍出版社，2000 年，上冊

杖打婿，竹子的生殖功能已經融化爲風俗活動，至今仍在不少地區表現爲「竹杖拍喜」、「筷搗窗戶」等婚俗〔註32〕。竹子六十年開花枯死，落實而生或易根復生，這種生命輪迴交替的現象引起古人的注意。如《太平御覽》卷九六三引《荊州圖》曰：「築陽薤山有孤竹，三年而生一笋，笋成，代謝常一。」三年一生笋，實是竹子六十年一易根現象的簡單變形。

　　其次，竹子的頑強生命力也受到古人崇拜。竹子「託宗爽塏，列族圍田。緣崇嶺，帶回川。薄循隰，行平原」（江逌《竹賦》）〔註33〕，幾乎是不擇地而生。竹子還具有凌冬不凋的耐寒特性。對此古人早有認識，一方面在對抗嚴寒氣候條件時顯示出生命力的頑強。如庾信《正旦上司憲府詩》：「雪高三尺厚，冰深一丈寒。短笋猶埋竹，香心未起蘭。」〔註34〕另一方面在與其他落葉植物的對比中見出生命力的強盛。如《金樓子·志怪篇》：「謂多必死，而竹柏茂焉。」〔註35〕就是在正常的地理環境與氣候條件下，竹子的生命力也展露無遺，雨後春笋最能代表竹子旺盛的生命力，節節高生的趨勢尤其能象徵生命力的繁榮。總之，在古人眼中，竹子具有頑強的生命力。對竹子頑強生命力的崇拜，在後代演化轉變爲希求子女茁壯成長的願望。「竹有時又用以解小兒之厄、驅除病魔等。向緒成、劉中嶽《湖南邵陽儺戲調查》一文引《武岡州志·風俗志》：『小兒有病者，或編竹爲橋……使巫婆娑其間，謂之度花。』四川萬縣地區廣安有類似風俗，《廣安州新志》載：『穰小兒病，以竹編橋，置雞竹枝中祭之，曰祭關煞。』」〔註36〕在壯族地區，「當小孩飲食不佳或體弱多病時，父母即認爲小孩命薄（生命力不強），要請魔公來爲孩子種竹，以增補孩子之命，求其能像竹子那樣生機勃勃」〔註37〕。魯南郯城民俗，臘月除夕以青竹插在磨盤眼中，祈求來年四季常青、豐收吉祥

　　　　第 750 頁。
〔註32〕 參考關傳友《男婚女嫁，以竹爲事——婚戀習俗中的竹意象和功能》，《皖西學院學報（綜合版）》1998 年第 3 期第 22 頁。
〔註33〕 〔清〕嚴可均輯《全上古三代秦漢三國六朝文·全晉文卷一百七》，北京：中華書局，1958 年，第 2 冊第 2073 頁上欄右。
〔註34〕 逯欽立輯校《先秦漢魏晉南北朝詩·北周詩卷二》，北京：中華書局，1983年，第 2357 頁。
〔註35〕 〔南朝梁〕蕭繹撰《金樓子》卷五，北京：中華書局，1985 年，第 89 頁。
〔註36〕 麻國鈞《竹崇拜的儺文化印迹——兼考竹竿拂子》，《民族藝術》1994 年第 4期，第 47 頁。
〔註37〕 廖明君《植物崇拜與生殖崇拜——壯族生殖崇拜文化研究（中）》，《廣西民族學院學報（哲學社會科學版）》1995 年第 2 期，第 31 頁。

〔註38〕。

竹子繁殖力強、生命力旺盛，是原始先民寄託子嗣繁榮願望的重要原因。竹生殖崇拜表現爲男性生殖崇拜、女性生殖崇拜及生殖神崇拜（或性崇拜）。竹子女性生殖崇拜表現爲以竹葉、竹筒喻女性或女性生殖器，引起聯想和附會，從而寄託生殖崇拜觀念。在竹圖騰崇拜觀念中，竹筒是子宮和陰道的象徵〔註39〕。如「有大竹名濮竹，節相去一丈，受一斛許」〔註40〕，極力形容竹大節長及其涵容性。典型的莫過於夜郎竹王傳說。因爲傳說記載的簡單模糊，竹王故事中三節大竹，「或說象徵母腹，或說象徵男陰，竹入足間是性接觸的『隱語』」〔註41〕。在《異苑》中，竹子能孕人：「建安有篔簹竹，節中有人長尺許，頭足皆具。」〔註42〕晉王彪之《閩中賦》：「篔簹函人，桃枝育蟲。」《齊民要術》注：「篔簹竹，節中有物，長數寸，正似世人形，俗說相傳云『竹人』，時有得者。育蟲，謂竹䖝，竹中皆有耳。因說桃枝，可得寄言。」〔註43〕可知篔簹竹生人傳說實由於竹中物似人而生的聯想。但這種附會並非空穴來風，有竹能生人的思想文化背景。「大量的容器生人，無論是葫蘆、竹子、南瓜、石縫、盤等等，同樣都是對女性生殖的象徵性隱喻。」〔註44〕嚴紹璗認爲：「這裡描寫的便是『竹孕』（竹胎）現象，它顯然就是『母胎』的隱喻。前述『竹生殖說』，便是此種『母胎說』的必然結果。此種對『竹』的隱喻與崇拜，與中國古代曾經流行的『桃崇拜』、『瓜崇拜』、『葫蘆崇拜』等一樣，都是原始的女性生殖器崇拜的延伸與演化。」〔註45〕「在從開始到最

〔註38〕 參考靳之林著《生命之樹與中國民間民俗藝術》，桂林：廣西師範大學出版社，2002 年，第 107 頁。

〔註39〕 參考王小盾著《中國早期思想與符號研究：關於四神的起源及其體系形成》，上海人民出版社，2008 年，第 744 頁。

〔註40〕 〔晉〕常璩撰、劉琳校注《華陽國志校注》卷四「永昌郡」，成都：巴蜀書社，1984 年，第 430 頁。

〔註41〕 蕭兵著《中國文化的精英——太陽英雄神話比較研究》，上海文藝出版社，1989 年，第 392 頁。

〔註42〕 〔南朝宋〕劉敬叔撰、范甯校點《異苑》，北京：中華書局，1996 年，第 10 頁。

〔註43〕 〔後魏〕賈思勰著、繆啓愉校釋《齊民要術校釋》卷十，北京：農業出版社，1982 年，第 633 頁。

〔註44〕 劉黎明、夏春芬《論密室型故事》，項楚主編《中國俗文化研究》第四輯，成都：巴蜀書社，2007 年，第 82 頁。

〔註45〕 嚴紹璗、中西進主編《中日文化交流史大系‧文學卷》，杭州：浙江人民出版社，1996 年，第 190 頁。

後的各個發展階段中，我們都看到了這個體現女性本質的原型象徵。女人＝身體＝容器，這一基本的象徵等式，與也許是人類（男人的和女人的）最基本的女性經驗相一致。」〔註46〕故關傳友指出：「從表象上看，竹的中空秆筒，與女陰的輪廓相似；從內涵而言，竹多子（發筍多）繁殖力極強。」〔註47〕可見竹子女性生殖崇拜觀念反映了兩方面內容：竹子形似女陰與子宮、希求得到竹子的繁殖力與生命力。

　　竹子的男性生殖崇拜表現為以竹竿、竹筍等象徵男根。竹竿用以象徵男根〔註48〕，最常見的組合就是釣魚意象。不僅漁竿，「統治者的節杖與權杖、棍棒和主教牧杖一樣也起源於其男性的生育象徵意義」〔註49〕。另一方面，男性生育的奇特方式在遠古先民是相信其可能性的，至少在遠古神話中是如此。《山海經》丈夫之國「其國無婦人」〔註50〕、「鯀復（腹）生禹」〔註51〕，《史記・楚世家》「陸終生六子，坼剖而產焉」，《太平御覽》卷七九〇引《括地圖》，王孟無妻而背生丈夫民〔註52〕。甚至某些地區還出現過「產翁」習俗〔註53〕。因此，作為男性生殖器象徵物的竹竿也能生人，著名的如孤竹崇拜。龔維英從圖騰崇拜的角度立論：「從男根崇拜的角度看，竹之挺拔，正男根之象也。」〔註54〕「孤竹和殷商均隸屬古東夷鳥圖騰族團。在上古人的觀念裏，鳥和孤竹都象徵男根，圖騰意緒相通。」〔註55〕孤竹即孤生之竹，一柱擎天的挺拔之感尤為引人注目。有人以為，新竹生而老竹死，故名孤竹，同樣與

〔註46〕〔德〕埃利希・諾伊曼著、李以洪譯《大母神：原型分析》，北京：東方出版社，1998年，第38頁。

〔註47〕關傳友《論中國的竹生殖崇拜》，《竹子研究彙刊》2005年第3期，第55頁左。

〔註48〕趙國華認為：「女性生殖器的象徵物轉化為男性生殖器的象徵物，再演為圖騰。如在彝族中，象徵女性生殖器的竹，以其堅挺又轉化為男根的象徵物，受到崇拜；它進而演變為圖騰，被奉為始祖，但仍然被視作男根的象徵。」見氏著《生殖崇拜文化論》，北京：中國社會科學出版社，1990年，第360頁。

〔註49〕〔英〕杰克・特里錫德著，石毅、劉珩譯《象徵之旅：符號及其意義》，北京：中央編譯出版社，2001年，第139頁。

〔註50〕袁珂校注《山海經校注》引郭璞注，上海古籍出版社，1980年，第401頁。

〔註51〕袁珂校注《山海經校注・海內經》，上海古籍出版社，1980年，第472頁。

〔註52〕參考李劍國《唐前志怪小說史》，天津教育出版社，2005年，第143頁。

〔註53〕參考蕭發榮《「產翁制」與早期社會組織演變》，《貴州民族研究》2004年第2期。

〔註54〕龔維英《原始崇拜綱要——中華圖騰文化與生殖文化》，北京：中國民間文藝出版社，1989年，第242頁。

〔註55〕龔維英《對孤竹、伯夷史實的辨識及評價》，《江漢考古》1995年第2期。

生殖崇拜觀念相關。

以竹竿比擬男根的風俗至今仍存，如宋兆麟《中國生育信仰》一書中的例證：

> 湖南常寧東橋鄉有一座凹形石山，山腰上有一口水井，當地人稱爲「求子洞」。當地漢族婦女多年不生育時，必前去燒香，拜石井。然後把竹竿或木竿插入井內，上下抽動若干次，有如交媾動作，最後不育婦女要飲用井水。傳說該井過去較小，由於經常往裏插竹木竿，井口已擴大。〔註56〕

> 懷化小沙江虎形山鄉銅錢坪路邊上，有一座石堆小廟，如女陰狀，廟的中下部有一個卵圓形空洞。洞前放一小杯，杯內盛水。廟旁又放一根竹竿，竹子從正方形空木板的中央穿過去。該地不育婦女多在天亮前去祭神，然後飲用小杯中的水。〔註57〕

上述兩例中竹竿插入井內或木板，都是隱喻性交，竹竿則象徵男根。很多時候竹子生殖功能在風俗中僅以象徵意義表現出來。宋兆麟介紹說，貴州雷山縣麻料村苗民有一種招龍儀式，這種儀式每十二年舉行一次，「以竹子代表圖騰，人們爲其穿衣——拴棉條，上供，並把竹子迎到林內，在路上插許多竹子，上貼紙人，象徵龍竹帶來子女。」〔註58〕因此，竹子男性生殖崇拜觀念也反映了兩方面內容：竹子形似男根、希求得到竹子的繁殖力與生命力。

這裡有必要說明兩點：首先，同人類由母系社會轉向父系社會的歷程有關，竹生殖崇拜有一個從女性生殖器崇拜到男性生殖器崇拜的轉變過程，即由女陰崇拜到男根崇拜的過程。其次，涉及到竹子的性象徵與生殖崇拜內涵之間的關係問題。阿爾伯特‧莫德爾在《文學中的色情動機》第十一章《文學中的性象徵》論述道：

> 人類在遠古就開始使用象徵來表達性愛欲望，這一點已爲大多數人類學家和語言學家所承認。他們追溯各種民間風俗、語言習慣和修辭方式的起源，最後發現都和遠古人類的性活動有關。在我們的語言中，有許多名詞現在已明顯地具有性含義，但它們一開始僅僅是象徵而已，譬如，seed（種子）一詞，希伯來語是 zera，拉

〔註56〕宋兆麟著《中國生育信仰》，上海文藝出版社，1999年，第180頁。
〔註57〕宋兆麟著《中國生育信仰》，上海文藝出版社，1999年，第181頁。
〔註58〕宋兆麟著《生育神與性巫術研究》，北京：文物出版社，1990年，第19頁。

丁語是 semen（源於 sero 即「播種」）。這兩個詞同時也被用來指稱
男人的精液。遠古時代的人和今天的人一樣尋求類比；這往往是因
爲他害怕觸犯禁忌，於是就把話説得含蓄一點。他知道生育的法則
在任何地方都一樣，於是就爲自己的生育活動尋找象徵表示，如太
陽、月亮、流水、樹林、田野和花草等自然現象；蛇、馬、牛、魚、
羊、鴿子等動物；還有箭、劍和犁等工具。一般之物都被他賦予了
另一層意思。這樣，他就有了一種新的表達方式，可以用來表示他
自己的性活動和性對象；譬如，當他用鑽子在木頭上鑽洞時，或者
當他把一根樹枝插入火堆時，他就聯想到了他在女人身上做的那件
事。後來，這樣的象徵表示越來越多，如：把塞子塞入瓶口、把麵
包放進爐子、把鑰匙插入鎖眼，等等。〔註59〕

可見，性象徵語言有很多是即興式的、隨意的，但不可否認，性象徵語言很
多來自生殖崇拜。而與竹子有關的性象徵詞彙，如掃壇竹等，也可以找到淵
源於早期竹生殖崇拜的蛛絲馬迹。

三、竹子與高禖崇拜

　　與生殖器崇拜相對應的是性交崇拜，古人認爲性交能與天地相通，盛大
節日中既有象徵性的舞蹈，也有性交活動。人們崇尚野合，即在野外性交，
認爲這樣既可得天地之氣而獲得生殖力量的源泉，也會因人的性活動而使土
地獲得豐產。我們的祖先認爲大地之所以豐饒是因爲天神對地母的性行爲
（下雨）所致，按照原始思維，通過模擬活動（「順勢巫術」或「模擬巫術」）
〔註60〕以實現豐收豐產。《周禮・地官・司徒》：「中春之月，令會男女。於
是時也，奔者不禁。」這種祈豐收求子嗣的狂歡活動，使男女兩性間的自由
結合成爲可能。《墨子・明鬼下》也記載：「燕之有祖，當齊之社稷、宋之桑
林、楚之雲夢也。此男女之所屬而觀也。」卜辭中的社，「多爲性器的象形，
且社祖同源」〔註61〕。郭沫若説：「祖社同一物也。祀内者爲祖，祀外者爲

〔註59〕〔美〕阿爾伯特・莫德爾著、劉文榮譯《文學中的色情動機》，上海：文匯出
　　　　版社，2006年，第167～168頁。
〔註60〕葉舒憲《探索非理性的世界》，成都：四川人民出版社1988年，第24頁，葉
　　　　舒憲譯爲「模仿巫術」和「染觸巫術」。
〔註61〕參見凌純聲《中國古代神主與陰陽性器崇拜》，《中央研究院民族學研究所集
　　　　刊》第8冊，1959年。轉引自車廣錦《中國傳統文化論——關於生殖崇拜和

社。在古未有宗廟之時，其祀殊無內外。此云『燕之有祖，當齊之社稷』，正祖社為一之證。古人本以牡器為神，或稱之祖，或謂之社。祖而言馳，蓋馳此牡器而趨也。」〔註62〕故而聞一多說：「祖、社稷、桑林和雲夢即諸國的高禖。」〔註63〕聞一多進一步闡述：

> 《春秋・莊公三十三年》「公如齊觀社」，三傳皆以為非禮，而《穀梁》解釋非禮之故曰「是以為尸女也」。郭先生據《說文》「尸，陳也，像臥之形」，說尸女即通淫之意，這也極是。社祭尸女，與祠高禖時天子御后妃九嬪的情事相合，故知社稷即齊的高禖。桑林與《詩・鄘風・桑中》所詠的大概是一事，《鄘風》即《衛風》，而衛、宋皆殷之後，故知桑林即宋的高禖。雲夢即高唐神女之所在，而楚先王幸神女，與祠高禖的情事也相似，故知雲夢即楚的高禖。燕之祖雖無事實可徵，但《墨子》分明說它等於齊之社稷，宋之桑林，楚之雲夢，則祖是燕的高禖也就無問題了。〔註64〕

在社祭過程中，一般都要跳象徵男女性事的舞蹈，參加完社祭的男女青年，自然而然就在附近的樹林中野合。劉毓慶論述：

> 在《路史・餘論》中，又有「高禖古祀女媧」之說。《路史・后紀》二引《風俗通義》說：「女媧禱祈而為女媒，因置婚姻行媒始行明矣。」所謂「高禖」，就是主宰婚姻的神禖，也即生育之神，亦作「郊禖」。《毛詩・生民》傳說：「去無子，求有子，古者必立郊焉。」《玉燭寶典》引蔡邕《月令章句》說：「高禖，祀名，高猶尊也，禖猶媒也。吉事先見之象也。蓋謂之人先，所以祈子孫之祀也。」《後漢書・禮儀志》注引盧植云：「玄鳥至時，陰陽中，萬物生，故於是以三牲請於高禖之神。居明顯之處，故謂之高；因求其子，故謂之媒。」〔註65〕

生殖的願望通過祭高禖、會男女等活動得以實現，而那些野合場面也通過文

祖先崇拜的考古學研究》，《東南文化》1992 年第 5 期，第 55 頁左。

〔註62〕郭沫若《釋祖妣》，《郭沫若全集・考古編》第一卷，北京：科學出版社，2002年，第 56～57 頁。

〔註63〕聞一多《高唐神女傳說之分析》，《聞一多全集・神話編詩經編上》，武漢：湖北人民出版社，1993 年，第 17 頁。

〔註64〕聞一多《高唐神女傳說之分析》，見氏著《聞一多全集・神話編》，湖北人民出版社，1993 年，第 17 頁。

〔註65〕劉毓慶《「女媧補天」與生殖崇拜》，《文藝研究》1998 年第 6 期，第 96 頁左。

字和圖畫影影綽綽地流傳下來。出土的漢代畫像磚中就有不少野合圖。

　　高禖崇拜與竹子有密切聯繫。首先，遠古的高禖儀式上有弓箭。《禮記‧月令》：「是月也，玄鳥至。至之日，以大牢祠於高禖。天子親往，后妃帥九嬪御，乃禮天子所御，帶以弓韣，授以弓矢，於高禖之前。」傅道彬論述道：「祭於高禖前的弓矢具有明顯的性器的象徵意味，弓是女性之象，矢是男子性器的象徵。而在這個盛大的帶有宗教意味的性交行爲的象徵儀式中，其執行人是天子和后妃、九嬪，后妃九嬪要『禮天子所御』。御是性行爲的一個特殊隱語，這一用法在古代典型中屢見不鮮，茲不繁引。那麼這個象徵性的盛大而莊嚴的性行爲禮儀的用意是很清楚的了，它的用意是由天子與后妃的性行爲儀式，來爲處於仲春二月而萌動的自然萬物舉行婚慶典禮。在大自然充滿旺盛的生命春情的季節發生性行爲，是爲了引導自然萬物的陰陽交媾，以促使萬物的生長繁育。」〔註66〕竹子是製作弓箭的重要材料，甚至因此有「竹箭」之稱。日本至今仍有「裸身祭祀」的風俗，參加裸身祭祀的人都赤身裸體，「每一個人都拉擡著一捆碩大的馬尾巴式帶枝葉的竹子爲神器，敬獻於神社」〔註67〕，還遺留著竹子生殖崇拜的痕迹。

　　其次，高禖石上有竹葉圖案。《隋書‧禮儀志二》：「梁太廟北門內道西有石，文如竹葉，小屋覆之，宋元嘉中修廟所得。陸澄以爲孝武時郊禖之石。然則江左亦有此禮矣。」〔註68〕聞一多考察認爲杜光庭《墉城集仙錄》「石天尊神女壇，側有竹垂之若慧」與《隋書》所記頗有相似之處，石天尊之石亦即高媒之石，高唐神女即楚之高媒。〔註69〕傅道彬認爲：「《隋書‧禮儀志》稱梁太廟有郊禖石——『文如竹葉』，高禖是婚姻之神的象徵，竹葉形狀是女陰的象徵，這樣高禖石以竹葉爲象，其意義自然可以明白了。」〔註70〕竹葉是女陰的象徵。「和印度教教徒崇拜的女性外陰像一樣，外陰也成爲印度密教藝術中的一個重要主題。女性外陰常用兩道相連的弧形表示，象徵獲得精神

〔註66〕傅道彬著《中國生殖崇拜文化論》，武漢：湖北人民出版社，1990年，第106～107頁。

〔註67〕陳勤建著《民俗視野：中日文化的融合和衝突》，上海：華東師範大學出版社，2006年，第86頁。

〔註68〕〔唐〕魏徵、令狐德棻撰《隋書》卷七《禮儀志二》，北京：中華書局，1973年，第1冊第146頁。

〔註69〕聞一多《高唐神女傳說之分析補記》，見《神話與詩》，上海：華東師範大學出版社，1997年，第121頁。

〔註70〕傅道彬著《中國生殖崇拜文化論》，武漢：湖北人民出版社，1990年，第93頁。

再生之門，這一符號表現了密教哲學關於世界存在即無休止的生育過程的觀點。」〔註71〕

再次，竹生殖崇拜意識與竹子在生殖方面的物質應用，可能是竹子與高禖崇拜結緣的深層原因。竹子生殖崇拜意識在《周易》中已體現出來。《周易‧說卦》：「（震）為長子，為決躁，為蒼筤竹。」〔註72〕又云：「萬物出乎震，震，東方也。」〔註73〕「震」代表東方，而東方在古代蘊含著生命和生育的主題〔註74〕。漢代以來，竹子相關藥物的廣泛應用尤其在婦科疾病的治療上療效顯著，可能也會引起聯想。張仲景《金匱要略》：「噦逆者，橘皮、竹茹湯主之。」〔註75〕「產後中風發熱面正赤喘而頭痛，竹葉湯主之」、「婦人乳中虛，煩亂嘔逆，安中益氣，竹皮大丸主之」〔註76〕。唐代孫思邈《備急千金要方》中，竹葉、（青）竹茹、（青）竹皮、竹瀝、竹根等藥用功能體現於婦女妊娠、產後以及其他婦科疾病（見於卷三、卷四、卷五）。如卷三載：「竹瀝湯治妊娠常苦煩悶此是子煩」，「治妊娠心痛方」用青竹皮，「治妊娠頭痛壯熱心煩嘔吐不下食方」用青竹茹，「治妊娠傷寒」服湯及擦拭身體皆用竹葉，「治妊娠患瘧湯方」用竹葉〔註77〕。卷四載，「竹根湯治產後虛煩方」〔註78〕。這些有關竹子的物質應用與文化內涵都可能成為竹子與高禖崇拜相關的原因。

四、竹林野合與竹林神崇拜

「在人類歷史上，生殖崇拜曾經歷了若干個階段，曾產生過幾個不同的

〔註71〕〔英〕杰克‧特里錫德著，石毅、劉珩譯《象徵之旅：符號及其意義》，北京：中央編譯出版社，2001 年，第 13 頁。

〔註72〕李學勤主編《周易正義》，第 331 頁。

〔註73〕李學勤主編《周易正義》，第 327 頁。

〔註74〕參考黃維華《「東方」時空觀中的生育主題——兼議〈詩經〉東門情歌》，《民族藝術》2005 年第 2 期。

〔註75〕〔漢〕張機撰、〔清〕徐彬注《金匱要略論注》卷十七，《四庫全書》第 734 冊，第 154 頁下欄右。

〔註76〕〔漢〕張機撰、〔清〕徐彬注《金匱要略論注》卷二一，《四庫全書》第 734 冊，第 178 頁下欄左。

〔註77〕〔唐〕孫思邈撰《備急千金要方》卷三，《四庫全書》第 735 冊，第 56、57、58 頁。

〔註78〕〔唐〕孫思邈撰《備急千金要方》卷四，《四庫全書》第 735 冊，第 75 頁上欄右。

生殖崇拜方式，崇拜生殖神僅是其中之一。不過，它不是最早的生殖崇拜方式，而是較晚時候的。」〔註 79〕對竹子的生殖崇拜發展到一定程度，就出現神化竹子的傾向，最終形成生殖神崇拜。如果說高禖是更爲原始的生殖神，竹林神則是後起的。

竹林野合的目的主要是求子（在早期可能有祈求豐收的願望），希望獲得竹子的旺盛生殖能力。早期道教天師道把竹子視爲具有送子功能的靈物。陶弘景《眞誥》甄命授第四云：

> 我案《九合内志文》曰：「竹者爲北機上精，受氣於玄軒之宿也。」所以圓虛内鮮，重陰含素，亦皆植根敷實，結繁眾多矣。公（引者按，指晉簡文帝）試可種竹於内，北宇之外，使美者遊其下焉。爾乃天感機神，大致繼嗣；孕既保全，誕亦壽考，微著之興，常守利貞。此玄人之秘規，行之者甚驗。〔註 80〕

可見天師道徒把竹之「圓虛内鮮，重陰含素」的形象特徵與道教「北機上精」、「玄軒之宿」的宗教理論相聯於一體，希望借助竹子「植根敷實，結繁眾多」的旺盛生殖力來達到「天感機神，人致繼嗣，孕既保全，誕亦壽考」的願望，這正是道教視竹子爲生殖神的崇拜觀念。結果簡文帝司馬昱「按許夫人告云令種竹北宇，以致繼嗣。……於是李夫人生孝武及會稽王」，「（晉）孝武帝、會稽王道子及會稽世子元顯等東晉當日皇室之中心人物皆爲天師道浸淫傳染」〔註 81〕，可見其影響之大。南朝宋廢帝還沿襲此風，「帝好遊華林園竹林堂，使婦人裸身相逐。有一婦人不從命，斬之」〔註 82〕。此處所記廢帝純粹出於淫樂，但是使婦人遊於竹林，恐非全出偶然。南齊東昏侯蕭寶卷的行徑如出一轍。《南齊書・東昏侯紀》載：「（永元）三年夏，於閱武堂起芳樂苑，山石皆塗以五采，跨池水立紫閣諸樓觀，壁上畫男女私褻之像。種好樹美竹，天時盛暑，未及經日，便就萎枯。」〔註 83〕無怪宋代陳普《咏史・山濤》感

〔註79〕何星亮著《中國圖騰文化》，北京：中國社會科學出版社，1992 年，第 231 頁。

〔註80〕〔日〕吉川忠夫等編、朱越利譯《眞誥校注》卷八《甄命授第四》，北京：中國社會科學出版社，2006 年，第 259 頁。

〔註81〕陳寅恪《天師道與濱海地域之關係》，見氏著《金明館叢稿初編》，上海古籍出版社，1980 年，第 10 頁。

〔註82〕〔唐〕李延壽撰《南史》卷二《宋前廢帝紀》，北京：中華書局，1975 年，第 1 冊 70 頁。

〔註83〕〔梁〕蕭子顯撰《南齊書》卷七，北京：中華書局，1972 年，第 1 冊第 104 頁。

慨：「君王祖述竹林風，竹葉紛紛插滿宮。」〔註84〕

　　竹子的歷史地理分佈，對於竹生殖崇拜文化的發生有著天然的影響。先民食竹、用竹，睹竹子之繁盛，思人類之生殖。緣於竹生殖崇拜觀念，後代以竹比人、祝願子孫繁盛則稱「如竹苞矣」。《愛日齋叢抄》卷三：

> 昌黎《咏笋》：「成行齊婢僕，環立比兒孫。」樂城：「凌霜自得良朋友，過雨時添好子孫。」亦謂笋也。《周禮·大司樂》「孫竹之管」注云：「竹枝根之未生者。」《疏》言：「若子孫然。」荊公「籬落生孫竹」正用此。東坡「檳榔生子竹生孫」自注：「南海勒竹每節生枝，如竹竿大，蓋竹孫也。」則別一種竹。《題竹閣》：「蒼然猶是種時孫。」是以竹之後出者爲孫，又謂「兒子森森如立竹」，此因子孫之盛比竹也。〔註85〕

有時甚至超出以竹比子孫的修辭意義，而出現帶有巫術性的觀念或行爲。明代王行《贈吳隱君序》：「母未死時，嘗謂（聶茂宣）曰：『女能療人疾，毋收貧者直，第令樹竹一本，竹盛則汝子孫昌矣。』自是行母言不怠，竹至數千本。」〔註86〕「竹盛則汝子孫昌」表明言者信奉竹生殖繁盛能帶給人子孫興旺的結果。

　　竹生殖崇拜的發展和影響，使古代高禖文化與竹子有著密切聯繫。這些又促進并豐富了竹生殖崇拜的形式，產生了竹林神崇拜。唐傳奇《李娃傳》中，李娃對滎陽公子說：「與郎相知一年，尚無孕嗣。常聞竹林神者，報應如響，將致薦酹求之，可乎？」〔註87〕唐長慶三年（823），「季夏以來，雨澤不降」（韓愈《賀雨表》）〔註88〕，韓愈時任京兆尹兼御史大夫，多次祈雨，并寫有《祭竹林神文》。劉禹錫《爲京兆韋尹賀祈晴獲應表》亦云：「今月十七日中使某奉宣聖旨，以霖雨未晴諸有靈迹并令祈禱者。臣當時於興聖寺竹林神親自祈祝，兼差官城外分路遍祠。」〔註89〕據李劍國考證，竹林神在長安

〔註84〕 北京大學古文獻研究所編、傅璇琮等主編《全宋詩》第 69 冊，北京：北京大學出版社，1991～1998 年，第 43837 頁。

〔註85〕 〔宋〕葉某撰《愛日齋叢抄》卷三，《四庫全書》第 854 冊第 653 頁下欄。

〔註86〕 〔明〕王行撰《半軒集》卷五，《四庫全書》第 1231 冊，第 348 頁下欄右。

〔註87〕 〔宋〕李昉等編《太平廣記》卷四八四，北京：中華書局，1961 年，第 10 冊第 3986～3987 頁。

〔註88〕 〔清〕董誥等編《全唐文》卷五四九，北京：中華書局，1983 年，第 6 冊第 5558 頁上欄。

〔註89〕 《全唐文》卷六百，第 6 冊第 6068 頁下欄左。

通義坊興聖寺〔註90〕。竹林求子的風俗甚至延續到明代。如徐霖《繡襦記·竹林祈嗣》〔亭前柳〕唱道:「夫婦願和諧,鴛鴦早投胎。易生還易長,無難亦無災。」〔註91〕

　　竹林神是何方神聖?李劍國推測:「《華陽國志》和《水經注》說的是古代西南夷原始感生神話中的『夷濮』始祖『竹王』,死後夷人立『竹王三郎祠』祭祀。他是其母感大竹而生,故而祠旁有竹林。想來長安竹林神和『竹王祠』了不相干,唐人不會把『夷獠』的神搬進長安城的。」〔註92〕李先生的推測是有道理的。民間祭拜神祇必與當地生活風俗相關,唐代京城長安的竹林神崇拜應是南朝以來竹子生殖崇拜觀念的產物。

　　對竹林神進行祭祀崇拜,目的無非祈求獲取竹子的旺盛生殖力以得到子嗣。也有於竹林間遊戲及性交以求感孕的,即所謂竹林野合。何以要在竹林?〔英〕愛德華·泰勒說過:「日常經驗的事實變為神話的最初和主要原因,是對萬物有靈的信仰,而這種信仰達到了把自然擬人化的最高點。當人在其周圍世界的最細微的詳情中看到個人生活和意志的表現時,人類智慧的這種絕非偶然或非假設的活動,跟原始的智力狀態是不斷地聯繫著的。」〔註93〕竹子正是因其生殖力受到膜拜而逐漸被神化的。宋兆麟認為:「人類是把農作物、樹木作為是有靈魂、有欲望的事物對待的,它們與人本身一樣,是有繁殖能力的,而這種繁殖又來源於交合,其中既有植物間的交合,也有人與植物的交合,甚至人的交合與植物交合互為因果,彼此促進,從而形成許多農事活動中的繁殖巫術。」〔註94〕竹林野合同桑林野合一樣,無疑有著生殖巫術背景。

第二節　竹子性別象徵內涵研究

　　我國古代有普遍的植物生殖崇拜意識及相關傳說,文學中的表現也較為

〔註90〕　李劍國《竹林神·平康里·宣陽里——關於〈李娃傳〉的一處闕文》,《古典文學知識》2007年第6期,第34頁。

〔註91〕　〔明〕徐霖撰《繡襦記》第十八曲《竹林祈嗣》,北京:文學古籍刊行社,1955年,第50頁。

〔註92〕　李劍國《竹林神·平康里·宣陽里——關於〈李娃傳〉的一處闕文》,《古典文學知識》2007年第6期,第35頁。

〔註93〕　〔英〕愛德華·泰勒著《原始文化》,上海文藝出版社,1992年,第285頁。

〔註94〕　宋兆麟著《中國生育信仰》,上海文藝出版社,1999年,第131頁。

豐富多樣。學界對此已有關注，如蓮、桑等植物的生殖崇拜意蘊就得到較多的重視和研究。竹子在歷史上也一直存在相關的生殖崇拜意蘊，在文學與民俗中也有大量表現，可惜還未能得到足夠的關注。

竹子的性別象徵首先是男女性器官的象徵，進而成爲指示男女性別的象徵物。正如靄理士《性心理學》所言：「生殖之事，造化生生不已的大德，原始的人很早就認識，是原始文明所崇拜的最大一個原則，原始人爲了表示這崇拜的心理，設爲種種象徵，其中最主要的一個就是生殖器官本身。」〔註95〕徐亮之《中國史前史話》也指出：「性具崇拜，即是祖先崇拜；性具至上，即是祖先至上；即是石器時代的禮之本源；也是後來中國一系列的以男女關係爲基點的《易》理的起源。」〔註96〕男性生殖器突出高聳、鼓脹堅挺，與之相對，女性生殖器則低凹深陷、中空包容。將某種植物（或其組成部分）用以象徵男女生殖器，這只是植物性別象徵意義的一方面，更重要的是存有自視爲該植物的意識，體現了圖騰崇拜的遺迹，從而形成整體的性別象徵內涵。

「凡事之有淵源者，皆應探源析流，以見演變之迹。」〔註97〕竹子性別象徵意義有其淵源流變，但在文學中的表現至今還罕見探討。本章第一節中我們已經探討過竹生殖崇拜觀念及相關文化事象，本節則試圖考察竹子的性別象徵意義。

一、竹有雌雄

竹子葉片爲單子葉，莖（竿）爲多年生木質，繁殖器官隱藏於地下，反覆進行無性生殖。但是在古人看來，竹子不僅性別上有雌雄，其併立的形象也可用以象徵男女合歡。

首先，在古人看來，竹有雌雄，成爲性別的象徵。中國古代有「雙性同體」的神話傳說，如《山海經》中「自爲牝牡」的鳥獸與男女同體的伏羲女媧。《山海經‧南山經》：「又東四百里，曰亶爰之山，多水，無草木，不可以上。有獸焉，其狀如貍而有髦，其名曰類，自爲牝牡，食者不妒。」〔註98〕

〔註95〕〔英〕靄理士著、潘光旦譯《性心理學》，北京：生活‧讀書‧新知三聯書店，1987年，第67頁。
〔註96〕徐亮之著《中國史前史話》，香港，1954年，第281頁以下。轉引自葉舒憲《詩經的文化闡釋》，第534頁。
〔註97〕劉葉秋《古小說的新探索》，李劍國《唐前志怪小說史》卷首，天津教育出版社，2005年，第1頁。
〔註98〕袁珂校注《山海經校注》，第5頁。

袁珂《中國神話傳說詞典》引郝懿行說：「陳藏器《本草拾遺》云：『靈貓生南海山谷，狀如狸，自爲牝牡。』又引《異物志》云：『靈狸一體，自爲陰陽。』據此，則爲靈狸無疑也。類、狸亦聲相傳。」〔註99〕竹子雌雄觀念本質上與此類似。古人總結了一些識別竹子雌雄的方法。如蘇軾《記竹雌雄》：「竹有雌雄，雌者多筍，故種竹當種雌。自根而上至梢一節發者爲雌。物無逃於陰陽，可不信哉！」〔註100〕李衎說：「或云從下第一節生單枝者謂之雄竹，生雙枝者謂之雌竹。」〔註101〕竹有雌雄的觀念當來自竹子生殖現象及竹生殖崇拜觀念。竹子「亦雌亦雄，忽男忽女，眞堪連類也」〔註102〕，成爲古代性別象徵的重要資源之一。

　　竹有雌雄的觀念一經產生，即以各種形式輻射影響到相關竹文化。竹子與龍有密切關係。龍是有雌雄的，古人說「龍有雌雄，其狀不同」〔註103〕。竹子雌雄觀念還影響到對竹製樂器的認識。《周禮・春官宗伯》：「典同掌六律六同之和，以辨天地四方陰陽之聲，以爲樂器。」鄭玄注：「陽律以竹爲管，陰律以銅爲管，竹陽也，銅陰也，各順其性，凡十二律，故大師職曰『執同律以聽軍聲』。」〔註104〕這是以竹爲陽性。《周禮・春官宗伯》：「凡樂，圜鍾爲宮，黃鍾爲角，大蔟爲徵，姑洗爲羽，靈鼓靈鼗，孤竹之管，雲和之琴瑟，《雲門》之舞，冬日至，於地上之圜丘奏之，若樂六變，則天神皆降，可得而禮矣。凡樂，函鍾爲宮，大蔟爲角，姑洗爲徵，南呂爲羽，靈鼓靈鼗，孫竹之管，空桑之琴瑟，《咸池》之舞，夏日至，於澤中之方丘奏之，若樂八變，則地示皆出，可得而禮矣。凡樂，黃鍾爲宮，大呂爲角，大蔟爲徵，應鍾爲羽，路鼓路鼗，陰竹之管，龍門之琴瑟，《九德》之歌，九磬之舞，於宗廟之中奏之，若樂九變，則人鬼可得而禮矣。」〔註105〕鄭玄注：「孤竹，竹特生者。孫竹，竹枝根之末生者。陰竹，生於山北者。」〔註106〕可見作爲陽物的竹子

〔註99〕 袁珂著《中國神話傳說詞典》，上海辭書出版社，1985年，第289頁。
〔註100〕 曾棗莊、劉琳主編《全宋文》，上海辭書出版社、安徽教育出版社，2006年，第91冊第202頁。
〔註101〕《竹譜詳錄》卷二《竹態譜》，第27頁。
〔註102〕 錢鍾書著《管錐編》，北京：中華書局，1979年，第2冊第592頁。
〔註103〕〔清〕陳元龍撰《格致鏡原》卷九〇引《乘異記》，《四庫全書》第1032冊第640頁下欄右。
〔註104〕《十三經注疏》整理委員會整理、李學勤主編《周禮注疏》卷三三，北京大學出版社，1999年，第619頁。
〔註105〕《周禮注疏》卷二二，第586頁。
〔註106〕《周禮注疏》卷二二，第587頁。

也有陰性，故有「陰竹」之說。宋玉《笛賦》：「名高師曠，將爲《陽春》、《北鄙》、《白雪》之曲。假途南國，至此山，望其叢生，見其異形，曰命陪乘，取其雄焉。宋意將送荊卿於易水之上，得其雌焉。於是乃使王爾、公輸之徒，合妙意，角較手，遂以爲笛。」〔註107〕也提到竹子有雄有雌。竹製樂器也能發出雌雄雙鳳的鳴聲，如「只應更使伶倫見，寫盡雌雄雙鳳鳴」（柳宗元《清水驛叢竹天水趙雲餘手植一十二莖》）。

其次，竹子形態象男女並立，成爲合歡的象徵。竹子品種中有雌雄同體者，著名的如扶竹。李衎《竹譜詳錄》載：「駢竹，一根數節之上分爲兩竿，各生枝葉，別無種類，特常竹之變，猶連理木、并蒂蓮之屬。」又載：「合歡竹，出南嶽下諸州山溪間，柳州尤多。其筍初生便有合歡形勢。」〔註108〕還載「扶竹」：

> 扶竹，出武林山中，與他竹無異。但（引者按，原作「俱」，此據《四庫全書》本）生筍時皆對抽并胤，有合歡之意。司馬溫公云：「杭州廣嚴寺有之，相比而生，舉林皆然。故有『龍騰雙角立，鯨噴兩鬣長』之句。」僧惠律詩云：「饑殘夷叔風姿瘦，泣盡娥英粉淚乾。」贊寧云：「武林山西雙竹，寺中所產，自永泰以來有之。馮翊、嚴諸爲之記。」王子敬譜云：「會稽箭竹、錢塘扶竹，猶東方之扶桑，兩兩并之而生，謂之扶竹。」〔註109〕

扶竹又稱連理竹。《蜀中廣記》卷六十三：「梁天監起居注云：十六年，連理竹生益州郫縣王家園外，連理并幹。」按照古代祥瑞災異觀念，這種現象也被解釋爲祥瑞。《白虎通義·封禪》：「德至草木則朱草生，木連理。」所以朱竹、連理竹等也被附會成祥瑞。但更多情況下還是附會性別象徵內涵。如楊慎《丹鉛續錄》卷七「扶竹」條：

> 武林山西舊有雙竹，院中所產，修篁嫩筱，皆對抽并胤，王子敬《竹譜》所謂扶竹，譬猶海上之桑，兩兩相比，謂之扶桑也。扶竹之筍名曰合歡，按律書注，伶倫取嶰谷之竹，陽律六，取雄竹吹之，陰律六，取雌竹吹之。蜀涪州有相思崖，昔有童子、丱女相説交贈，今竹有桃釵之形，筍亦有柔麗之異，崖名相思崖，竹曰相思

〔註107〕轉引自曹文心著《宋玉辭賦》，合肥：安徽大學出版社，2006年，第254頁。
〔註108〕《竹譜詳錄》卷四《異形品上》，第76頁、77頁。
〔註109〕《竹譜詳錄》卷四《異形品上》，第78頁。

竹。孟郊詩曰「竹嬋娟，籠曉烟」，指此竹也。〔註110〕

可見扶竹、連理竹、雙竹等名目並非特異竹種的名稱〔註111〕，而是由「對抽並立」的生長形態引起男女合歡的聯想，因而模擬命名的。而雙竹並列的形象也確實能引起男女愛情的聯想，如「江水春沉沉，上有雙竹林。竹葉壞水色，郎亦壞人心」（郭元振《春江曲》）。再如《情史》載：「廣東有相思竹，兩兩生笋。」〔註112〕也是對現實中男女情愛的比擬連類。《竹譜詳錄》所載更爲詳細：「合歡竹，出南嶽下諸州山溪間，柳州尤多。其笋初生便有合歡形勢，及成竹時，或三莖合，或兩莖合。」〔註113〕表明合歡竹的命名與其生長形態之間的關係。民間傳說中，「相傳爲古代男女青年二人殉身於愛情所化，自由生長在竹林深處，終年不萎。因而民間俗稱爲『連理竹』」〔註114〕。可見在傳說中合歡竹同相思鳥、連理樹一樣，借助傳說「能使得男女二人生前在陽世不能實現、或不能持續相聚的痴願，在死後世界裏變形實現」〔註115〕。

竹有陰陽雌雄的性別，一方面是竹生殖崇拜觀念的遺留，另一方面也是情愛觀念的折射附會。在動植物比翼連枝的情愛象徵氛圍中，竹子也受到沾染浸潤。竹本無情，「竹裏見攢枝」（劉孝綽《侍宴詩》）〔註116〕是再正常不過的生長形態，但在生殖崇拜（或性崇拜）意識和情愛心理觀照下，無情之竹成了人間情愛的象徵資源。竹有雌雄，且成雙成對，因而成了夫妻形象的象徵，而孤竹在特定情境中也成了喪失伴侶的暗示。如李嶠《天官崔侍郎夫人輓歌》：「寵服當年盛，芳魂此地窮。劍飛龍匣在，人去鵲巢空。簟愴孤生竹，琴哀半死桐。惟當青史上，千載仰嬪風。」〔註117〕即以孤生竹與半死桐形容

〔註110〕〔明〕楊愼撰《升菴集》卷八十，《四庫全書》第 1270 冊，第 803 頁。楊愼所云相思竹實見《涪州志》。《蜀中廣記》卷六三引《涪州志》云：「黃葛峽有相思崖，昔有童子屮女相悅交贈，今竹有桃釵之形，笋有柔麗之異，崖曰相思，崖竹曰相思竹。」

〔註111〕也有人以爲扶竹即笻竹，因用以做手杖而著稱於世，故名。《山海經·中山經》：「（龜山）多扶竹。」郭璞注：「扶竹，邛竹也。高節實中，中杖也，名之扶老竹。」

〔註112〕〔明〕馮夢龍著《情史》卷二三《情通類》「竹」條，北京：大眾文藝出版社，2002 年，第 899 頁。

〔註113〕《竹譜詳錄》卷四《異形品上》，第 77 頁。

〔註114〕陳愛平編著《湖南風土文化》，湖南教育出版社，1998 年，第 123 頁。

〔註115〕王立、劉衛英著《紅豆：女性情愛文學的文化心理透視》，北京：人民文學出版社，2002 年，第 86 頁。

〔註116〕《先秦漢魏晉南北朝詩·梁詩卷十六》，下冊第 1826 頁。

〔註117〕《全唐詩》卷五八，北京：中華書局，1960 年，第 3 冊第 699 頁。

失妻的崔侍郎。

不僅竹子，樹也具有兩性象徵內涵。阿爾伯特·莫德爾在《文學中的色情動機》中說：

> 情人的擁抱也是以樹爲比喻象徵地說出來的。我們知道，樹在早先既被用來代表男性，也被用來代表女性。「樹的這種雙性象徵特點」，榮格在《無意識心理學》一書裏說，「其實和拉丁文有關，因爲在拉丁文裏，『樹』一詞既有陽性詞尾，又屬陰性詞」。〔註118〕

可見以一種植物同時象徵兩性的意識具有世界普遍性，著名的還有蓮花。「蓮花兩性的象徵含義在印度密教傳統中最爲盛行，有時代表男性的花杆和代表女性的花朵完美地組合成爲兩性精神結合、和諧融洽的象徵。大乘佛教中的曼特羅祈文符咒『嘛呢叭呢吽』將其稱作『蓮花象徵意義中的珍寶』。」〔註119〕不僅植物，其他有生命或無生命的東西，都可能被附會上雌雄象徵的意義，如《搜神記》中干將、莫邪所鑄的雌雄劍，這些都可見人類爲情愛尋找象徵物的努力。據研究，在地球表面，95%的動植物成雙成對地繁殖後代〔註120〕，因此人類很容易找到男女情愛的類比聯想物。植物「對抽並立」，動物「雙行匹至」〔註121〕，甚至非生物的並列相依，都可能引起男女成雙配對、雙行雙止的聯想和附會。這種現象已經不是生殖崇拜，而是性崇拜或情愛觀念的反映。

二、竹子男性象徵內涵

竹子具有男性生殖崇拜的象徵意義，是因爲外在形態近似，竹杆、竹筍挺拔雄健，都形似男根。這在佛經中也有反映，如東晉天竺三藏佛陀跋陀羅共法顯譯《摩訶僧祇律》卷五「明僧殘戒之一」：「若比丘共女人舉柱欲竪者非威儀。若有欲心越比尼罪。若欲心動柱者偷蘭罪。若比丘與女人共張施供養具。若竹木葦各捉一頭者非威儀。若有欲心，得越比尼罪。若欲心動竹木

〔註118〕〔美〕阿爾伯特·莫德爾著、劉文榮譯《文學中的色情動機》，上海：文匯出版社，2006年，第169頁。

〔註119〕〔英〕杰克·特里錫德著，石毅、劉珩譯《象徵之旅：符號及其意義》，北京：中央編譯出版社，2001年，第92頁。

〔註120〕張艷禮編譯《性的當代意義》，合肥：《戀愛·婚姻·家庭》2009年第3期，第59頁。

〔註121〕〔漢〕何休解詁，〔唐〕徐彥疏、陸德明音義《春秋公羊傳注疏》卷十五，《四庫全書》第145冊，第294頁上欄右。

葦者，得偷蘭罪。」〔註122〕可見竹杆因形似男根而引起聯想具有世界普遍性。
竹子傾向於象徵男性，更為原始而本質的原因在於竹子代表陽性。《周易‧說
卦》：「（震）為長子，為決躁，為蒼筤竹。」〔註123〕張君房《雲笈七籤》云：
「笋者，日華之胎也，一名大明。」〔註124〕竹與笋男性意蘊是相通的。班固
《白虎通義》卷十：「所以杖竹、桐何？取其名也。竹者，蹙也。桐者，痛也。
父以竹，母以桐何？竹者，陽也。桐者，陰也。竹何以為陽？竹斷而用之，
質，故為陽。桐削而用之，加人功，文，故為陰也。故《禮》曰：『苴杖竹也。
削杖桐也。』」〔註125〕可見竹子陽性象徵意義在歷史上是持續沿襲的，並非一
時偶然現象。《華陽國志‧南中志》記載竹王生於三節大竹，遂雄夷狄，受到
膜拜。「竹枝既然是被頂禮膜拜的竹王的寄身之所，根據接觸巫術的原理，就
順理成章地成為竹王的象徵。」〔註126〕陶弘景《眞誥》載：「中候夫人告云：
『令種竹比宇，以致繼嗣。』」〔註127〕可見在道教看來竹子具有生殖能力，有
男性象徵意義。後代詩歌中也多以竹擬喻男性。

　　文學中的相關表現早在《詩經》《楚辭》中已露端倪。如《衛風‧淇奧》
「瞻彼淇奧，綠竹猗猗」與《衛風‧竹竿》「籊籊竹竿，以釣於淇。豈不爾思，
遠莫致之」，還較為寬泛，遠未形成相關意蘊。東方朔《七諫‧初放》則云：
「便娟之修竹兮，寄生乎江潭。上葳蕤而防露兮，下泠泠而來風。孰知其不
合兮，若竹柏之異心。」〔註128〕此詩已與男女情愛相聯繫，但「竹柏異心」
還沒有明確對應男女性別，至少竹子空心並非對應女子，更像針對男性。

　　笋同樣具有男性象徵意義。龔維英《原始崇拜綱要》曾論述：

　　　　從男根崇拜的角度看，竹之挺拔，正男根之象也。伯夷、叔齊
　　所隸的孤竹國，意大致相同。日本學者安岡秀夫《從小說看來的支

〔註122〕《大正原版大藏經》，臺北：新文豐出版股份有限公司，1983 年，第 22 冊，
　　　　266c。以下簡稱《大正藏》。
〔註123〕李學勤主編《周易正義》，第 331 頁。
〔註124〕〔宋〕張君房撰《雲笈七籤》卷二三「食竹笋」條，《四庫全書》第 1060 冊
　　　　第 285 頁。
〔註125〕〔清〕陳立撰，吳則虞點校《白虎通疏證》卷十一《喪服》，北京：中華書局，
　　　　1994 年，下冊第 511～512 頁。
〔註126〕劉航著《中唐詩歌嬗變的民俗觀照》，北京：學苑出版社，2004 年，第 239
　　　　頁。
〔註127〕《眞誥校注》卷十九《翼眞檢第一》，第 565 頁。
〔註128〕《全上古三代秦漢三國六朝文‧全漢文卷二五》，第 1 冊第 262 頁上欄。

那民族性》說中國人「耽享樂而淫風熾盛」，自然是誣衊；但謂喜吃
筍乃「是因爲那挺然翹然的姿勢，引起想像來」之故，如從男根崇
拜「蠻性的遺留」角度去認識，不無道理。〔註129〕

以爲吃筍能引起性的想像才爲人們所喜歡，這是附會猜想，不符合人類普遍
的認知規律。就人類的一般認知過程而言，總是經濟利用（包括吃）在先，
文化象徵意義在後。譬如吹簫具有情色象徵意義。情歌《紫竹調》唱道：「一
根紫竹直苗苗，送給哥哥做管簫。簫兒對著口，口兒對著簫。簫中吹出鮮花
調，問哥哥呀，這管簫兒好不好？」是否因爲簫管易於「引起想像來」才去
吹呢？〔註130〕顯然不是。此處安岡秀夫及龔維英都缺乏細緻論證，難免千慮
一失。

　　但竹筍確實能引人想到男根，這又是符合實際的。陶宗儀《輟耕錄》卷
十：「韃靼田地野馬或與蛟龍交，遺精入地。久之，發起如筍，上豐下儉，鱗
甲櫛比，筋脈連絡，其形絕類男陰，名曰鎖陽。即肉從容之類。或謂里婦之
淫者就合之，一得陰氣，勃然怒長。土人掘取，洗滌去皮，薄切曬乾，以充
藥貨，功力百倍於從容也。」〔註131〕「發起如筍」最爲形象地描寫出竹筍與
男根的形似，是其直觀特點。不僅由於竹筍形似男根，更在於其集中體現了
旺盛的繁殖能力。「一筍明其胤嗣，三節獲乎嬰兒」（吳筠《竹賦》）〔註132〕，
正是以筍爲男根之象。王維《冬筍記》：「筍，陽物也。」〔註133〕更是明言竹
筍爲陽性之物。宋僧贊寧《筍譜》引李淳風《占夢書》云：「夢竹生筍者，欲
有子息也。」也是以竹生筍爲繁衍子息的象徵進而以之解夢。

〔註129〕龔維英《原始崇拜綱要——中華圖騰文化與生殖文化》，北京：中國民間文藝
　　　　出版社1989年，第242頁。

〔註130〕關於歌詞喻意，不能排除有暗示男女之事的傾向，這從下一段歌詞也可窺見
　　　　端倪：「小小金魚粉紅腮，上江游到下江來。頭搖尾巴擺，頭搖尾巴擺，手執
　　　　釣杆釣將起來。小妹妹呀，清水游去混水裏來。」

〔註131〕〔元〕陶宗儀《輟耕錄》卷十「鎖陽」條，北京：中華書局，1959年，第127
　　　　～128頁。

〔註132〕〔宋〕李昉等《文苑英華》卷一四六，《四庫全書》第1334冊第311頁上欄
　　　　左。「胤」字，〔清〕董誥等編《全唐文》卷九二五（第10冊第9643頁下欄
　　　　左）避諱改作「允」。程章燦《魏晉南北朝賦史》（江蘇古籍出版社1992年）
　　　　第383頁以爲南北朝人，誤，且引作「一筍明其元嗣，三節獲乎嬰兒（原注：
　　　　《筍譜》）」。引者按，《四庫全書》本《筍譜》作「道士吳筠著《竹賦》云：『一
　　　　筍明其胤嗣，三節獲乎嬰兒。』」

〔註133〕《全唐文》卷三二五，第4冊第3298頁上欄左。

竹笋的這種男根象喻早已表現於文學。如鮑照《採桑》:「季春梅始落,女工事鼉作。採桑淇洧間,還戲上宮閣。早蒲時結陰,晚篁初解籜。藹藹霧滿閨,融融景盈幕。乳燕逐草蟲,巢蜂拾花蕚。是節最暄妍,佳服又新爍。綿歡對迥途,揚歌弄場藿。抽琴試抒思,薦佩果成託。承君郢中美,服義久心諾。衛風古愉艷,鄭俗舊浮薄。靈願悲渡湘,宓賦笑瀍洛。盛明難重來,淵意爲誰涸。君其且調絃,桂酒妾行酌。」〔註134〕詩題爲「採桑」,其實隱喻男女之事,晚篁解籜的意象在詩中有暗示意義〔註135〕。可見當時文化中已經以竹笋爲男根之象。再如南朝宋闕名《奏裁諸王車服制度》:「悉不得朱油帳鈎,不得作五花及豎笋形。」〔註136〕帳鈎忌諱作豎笋形,其原因正在於豎笋極易與男根相聯繫。

文學意象中湘妃竹最初是男性象徵物,這從唐前文學作品中以笋代竹也能看出。如蕭大圜《竹花賦》:「學應龍於葛水,宿鸑鳳於方桐。洛下七賢,湘濱二女。傾翠蓋之蹢躅,泛蓮舟之容與。偶儻傲人,便嬛笑語。拊嫩笋以含啼,顧貞筠而命酳。」〔註137〕庾信《和宇文內史入重陽閣詩》:「北原風雨散,南宮容衛疏。待詔還金馬,儒林歸石渠。徒懸仁壽鏡,空聚茂陵書。竹淚垂秋笋,蓮衣落夏蕖。顧成始移廟,陽陵正徙居。舊蘭憔悴長,殘花爛熳舒。別有昭陽殿,長悲故婕妤。」〔註138〕此兩例雖暗用湘妃泣竹之典,其實主要還是源於竹笋的男性象徵意義。竹笋象喻男根,在明清艷情文學中多有,如子弟書《送枕頭》第二回寫樊梨花不甘「雌伏」,主動薦枕薛丁山的「Woman on top」:「〈香馥馥芍藥凝〉香籠玉笋,〈顫巍巍海棠帶〉露鎖金針。」〔註139〕即以玉笋、芍藥分別比擬男女私處。再如明代民歌《作難》:「今日四,明朝三。要你來時再有介多呵難。姐道郎呀,好像新笋出頭再吃你逐節脫,花竹做子繪竿多少斑。」〔註140〕以新笋脫節喻情郎退縮,已看不出多少艷情成分,

〔註134〕《先秦漢魏晉南北朝詩‧宋詩卷七》,中冊第 1257 頁。

〔註135〕法國漢學家桀溺《牧女與蠶娘——論一個中國文學的題材》說:「詩一開始的採桑活動,與及後來描述的遊戲,都預告了被季節和大自然這唯一規律所安排操縱的幽通情節。」見錢林森編《牧女與蠶娘——法國漢學家論中國古詩》,上海古籍出版社,1990 年,第 205 頁。

〔註136〕《全上古三代秦漢三國六朝文‧全宋文卷五八》,第 3 冊第 2751 頁下欄左。

〔註137〕《全上古三代秦漢三國六朝文‧全隋文卷十三》,第 4 冊第 4091～4092 頁。

〔註138〕《先秦漢魏晉南北朝詩‧北周詩卷三》,下冊第 2374 頁。

〔註139〕轉引自張克濟《子弟書中的艷曲》,張宏生編《明清文學與性別研究》,南京:江蘇古籍出版社,2002 年,第 467 頁。

〔註140〕〔明〕馮夢龍編《山歌》卷一《私情》,〔明〕馮夢龍等編《明清民歌時調集》,

但笋喻男性的文化背景仍在。

　　竹子男性象徵意義還來自竹與龍、蛇由形似進而附會爲一的先民意識。龍、蛇常用於象徵男根。《漢書·高帝紀》：「（劉邦）母媼嘗息大澤之陂，夢與神遇。是時雷電晦冥，父太公往視，則見交龍於上。已而有娠，遂產高祖。」〔註141〕關於薄姬孕育漢文帝的經過，《史記·外戚世家》有如下記載：

　　　　漢王心慘然，憐薄姬，是日召而幸之。薄姬曰：「昨暮夜妾夢蒼龍據吾腹。」高帝曰：「此貴徵也，吾爲女遂成之。」一幸生男，是爲代王。〔註142〕

薄姬夜夢與蒼龍交合，除了附會於龍的帝王象徵外，其男性性別象徵意義也是顯然的。竹與龍俱爲陽性，傅道彬《中國生殖崇拜文化論》說：「龍是中華民族崇拜的圖騰，但龍的形成却是根源於男性生殖崇拜的象徵物。龍的原型象蛇，蛇在原始先民的世界裏，是富於勃起、生命力頑强的神靈之物，正是從這一點上它獲得了男性的生命力量。」〔註143〕車廣錦進一步論述：

　　　　如同地母的「圖象作女人身」，作爲乾天陽具的龍當然具有男根的特性。「龍，靈蟲之長。能幽能明，能細能巨，能短能長。春分而登天，秋分而潛淵。」所謂「能幽能明，能細能巨，能短能長」，是隱喻當男根疲軟時則細、則短、則幽，勃起時則巨、則長、則明。
　　〔註144〕

文學中的表現也很多。如梁武帝蕭衍《龍笛曲》：「美人綿眇在雲堂，雕金鏤竹眠玉床。婉愛寥亮繞紅梁。繞紅梁，流月臺，駐狂風，鬱徘徊。」〔註145〕王千秋《風流子》上闋：「夜久燭花暗，仙翁醉、豐頰縷紅霞。正三行鈿袖，一聲金縷，卷茵停舞，側火分茶。笑盈盈，濺湯溫翠碗，折印啓緗紗。玉笋緩搖，雲頭初起，竹龍停戰，雨腳微斜。」〔註146〕此詞雖寫分茶，實具艷情內涵。「竹龍」實即竹竿，隱喻男根。如果說龍體現了陽性，而蛇則更多地體

　　　　上海古籍出版社，1987年，上冊第278～279頁。
〔註141〕〔漢〕班固撰、〔唐〕顏師古注《漢書》卷一上，北京：中華書局，1962年，第1冊第1頁。
〔註142〕《史記》卷四九《薄太后傳》，第6冊第1971頁。
〔註143〕傅道彬著《中國生殖崇拜文化論》，湖北人民出版社1990年，第25頁。
〔註144〕車廣錦《中國傳統文化論——關於生殖崇拜和祖先崇拜的考古學研究》，《東南文化》1992年第5期，第39頁右。
〔註145〕《先秦漢魏晉南北朝詩·梁詩卷一》，中冊第1522頁。
〔註146〕唐圭璋編《全宋詞》，北京：中華書局，1965年，第3冊第1466頁。

現了「淫」。蛇性淫，歷史上多有蛇精行淫的故事流傳〔註147〕，這也與竹子的
生殖内涵相合。洪邁《夷堅丁志》卷二十《蛇妖》載：

> 蛇最能爲妖，化形魅人，傳記多載，亦有眞形親與婦女交會者。
> 南城縣東五十里大竹村，建炎間，民家少婦因歸寧行兩山間，聞林
> 中有聲，回顧，見大蛇在後，婦驚走。蛇昂首張口，疾追及，繞而
> 淫之。婦宛轉不得脱，叫呼求救。見者奔告其家，鄰里皆來赴，莫
> 能措手。盡夜至旦乃去。〔註148〕

故事中「大竹村」恐怕不是隨意虛構，而是蛇生活的地方，甚至暗示了蛇與
竹的某種聯繫。

當然更多情況下竹子的男性象徵意義還是根據竹子的植物特性和特定情
境進行附會。如釣魚象喻。樂府古辭《白頭吟》：「皚如山上雪，皎若雲間月。
聞君有兩意，故來相決絕。今日斗酒會，明旦溝水頭。躞蹀御溝上，溝水東
西流。淒淒復淒淒，嫁娶不須啼。願得一心人，白頭不相離。竹竿何嫋嫋，
魚尾何簁簁。男兒重意氣，何用錢刀爲。」〔註149〕蕭綱《孌童》詩云：「懷猜
非後釣，密愛似前車。」〔註150〕前詩強調男女應情投意合如竹竿之釣魚尾，
後詩則是對男性同性戀行爲的譬喻，兩詩一含蓄一直露，但以竹竿比喻男性
（根）則是一致的。有時還結合撐船爲喻。如明代民歌《老公小》：「老公小。
逼疸疸。劣馬無繮那亨騎。水漲船高只吃竹竿短。何曾點著下頭泥。」〔註151〕
雖以撐船比喻性行爲，也以「竹竿」比喻男根。民間甚至以竹子的不同形態
擬喻不同人物的男根，如「或以形偉者爲竹爿，貌猥者爲篾絲，老者爲竹根，
幼者爲新笋，優者爲篾青，劣者爲篾黃」〔註152〕。也有僅以「竹」、「修竹」

〔註147〕參見祁連休著《中國古代民間故事類型研究》卷中，石家莊：河北教育出版
　　　　社，2007年，中冊第569頁。
〔註148〕轉引自祁連休著《中國古代民間故事類型研究》卷中，石家莊：河北教育出
　　　　版社，2007年，中冊第567～572頁。
〔註149〕《先秦漢魏晉南北朝詩·漢詩卷九》，上冊第274頁。
〔註150〕《先秦漢魏晉南北朝詩·梁詩卷二一》，下冊第1941頁。
〔註151〕〔明〕馮夢龍編《山歌》卷三《私情四句》，〔明〕馮夢龍等編《明清民歌時
　　　　調集》，上海古籍出版社，1987年，上冊第324頁。
〔註152〕〔明〕馮夢龍編《掛枝兒》卷八《咏部·燈籠》，〔明〕馮夢龍等編《明清民歌
　　　　時調集》，上海古籍出版社，1987年，上冊第208～209頁。《明清民歌時調集》
　　　　所載馮夢龍評語原文爲：「舊笑話云：闊客陽萎，折苞上篾片幫之以入，問妓
　　　　樂否？妓曰：客官盡善，嫌幫者太硬撐耳。吳中呼幫閒爲篾片本此。……或以
　　　　形偉者爲竹爿，貌猥者爲篾絲，老者爲竹根，幼者爲新笋，優者爲篾青，劣者

等形容男根者，如明末春冊《花營錦陣》第十九圖題跋「疏竹影蕭蕭，桂花香拂拂」句，高羅佩《秘戲圖考》下篇注：「有關竹和桂的最後一行句子無從解釋，因爲圖中並無此二物。也許這行句子有我所不清楚的特殊色情含義。」〔註153〕高羅佩的猜測是對的。此詞寫男女肛交，「疏竹」其實隱喻男根，桂花則隱喻後庭。這從題辭「美人兀自更多情，番做個翰林風月」、「回頭一笑生春，却勝酥胸緊貼」也可看出。《花營錦陣》第廿三圖《東風齊著力》題辭：「綠展新篁，紅舒蓮的，庭院深沉。春心撩亂，携手到園林。堪受（愛）芳叢蔽日，憑修竹、慢講閒情。綠陰裏、金蓮並舉，玉笋牢擎。○搖蕩恐難禁，倩女伴、暫作肉幾花茵。春風不定，籔籔影篩金。不管腰肢久曲，更難聽、怯怯鶯聲。休辭困、醉乘餘興，輪到伊身。」〔註154〕題辭中的新篁、修竹等竹意象，都隱喻男根。修竹的男性意蘊其實早在張鷟《遊仙窟》中即已出現，云：「下官又遣曲琴取『揚州青銅鏡』，留與十娘。并贈詩曰：『仙人好負局，隱士屢潛觀。映水菱光散，臨風竹影寒。月下時驚鵲，池邊獨舞鸞。若道人心變，從渠照膽看。』」〔註155〕根據《遊仙窟》的敘事體例，詩句對答表現的是男女調情，所以此詩與其他詩歌一樣帶有艷情色彩，「臨風竹影寒」應是具有男性象徵意蘊〔註156〕。袁枚《子不語》云：「廣西柳州有牛卑山，形如女陰，

爲篾黃。而篾氏之宗繁衍吳中，遂與朱張顧陸爭盛。吁，可笑已！」劉瑞明先生說：「《蘇州方言詞典》：『篾片：①竹子劈成細而扁平的薄片，可編成各種器具。②舊時指幫閒。』吳語區『篾片』詞普遍是第一義，唯蘇州話又有第二義。用篾片編織燈籠等綁成架子，便由『綁』而諧音成『幫閒』義。馮評引舊笑話而言『吳中呼幫閒爲篾片本此』，實際是語言學所說的『民間詞源』或『流俗詞源』。先有引申的『幫閒』義，後有這種笑話故事，故事爲此詞義的使用起了推波助瀾的作用。」見氏著《馮夢龍民歌集三種注解》，北京：中華書局，2005年，上冊第250～251頁。劉先生所說「先有引申的『幫閒』義，後有這種笑話故事」，確爲精見，這與本文觀點並不衝突，所謂老、幼、優、劣、形偉、貌猥等等，其實都衍生於「竹竿喻男根」這一基本的原始的觀念。

〔註153〕〔荷蘭〕高羅佩著、楊權譯《秘戲圖考：附論漢代至清代的中國性生活》，廣州：廣東人民出版社，1992年，第208頁。原詞《後庭宴》云：「半榻清風，一庭明月。書齋幽會情難說。美人兀自更多情，番做個翰林風月。○回頭一笑生春，却勝酥胸緊貼。尤雲滯雨，聽嬌聲輕聒。疏竹影蕭蕭，桂花香拂拂。」

〔註154〕《秘戲圖考》第342頁。

〔註155〕〔唐〕張鷟著《遊仙窟》，上海書店，1929年，第66頁。

〔註156〕《列仙傳・負局先生》：「負局先生者，不知何許人也。語似燕代間人，常負磨鏡局，徇吳市中，衒磨鏡一錢因磨之。」詩中「仙人負局」用典雙關，既指磨鏡，也指下棋，又都涉及艷情。借「棋」作「期」，是諧音寓意，如「今日已歡別，合會在何時。明燈照空局，悠然未有期」（《子夜歌》）。雖然此詩

粵人呼陰爲卑，因號牛卑山。每除夕，必男婦十人守之待旦，或懈於防範，被人戲以竹木梢抵之，則是年邑中婦無不淫奔。」〔註157〕這個傳說中的「竹木」無疑具有男根象徵意蘊。又小說《金瓶梅》中蔣竹山的命名也與竹有關，「竹外強中乾，是個『中看不中用』鑞槍頭」〔註158〕，李瓶兒因此得不到性愛滿足而最終投入西門慶的懷抱。

　　竹子男性象徵意義還表現在以其他花木與竹子配對成雙。如「青梅竹馬」一詞的民俗運用。李白《長干行》云：「郎騎竹馬來，繞床弄青梅。」本是形容男女兒童之間兩小無猜的情狀。宋代林逋有「梅妻鶴子」之說，「從蘇、黃時代起，月宮嫦娥、瑤池仙姝、姑射神女、深宮貴妃、林中美人、幽谷佳人等『美人』形象成了咏梅最普遍的擬喻」〔註159〕，梅遂成爲花中佳人，群芳領袖。竹子因此以男性形象與梅花出雙入對，「青梅竹馬」逐漸帶上性別象徵色彩。梅竹的性別象徵意義在民俗中得到了廣泛應用，人們畫上梅竹，竹喻夫，梅喻妻，再畫兩隻喜鵲，遂成《梅竹雙喜圖》〔註160〕。再如劉基《題柯敬仲墨竹花石》：「紅桃花夭夭，綠竹葉蕤蕤。水邊石上相依倚，恰似佳人配君子。金章博士凡几生，寶書鑒盡云閣清。染朱涅翠歸墨筆，收入造化無逃形。烟濃風暖春如醉，竹有哀音花有泪。花枯竹死今幾年，空留手迹令人憐。」〔註161〕詩中以竹比擬君子，也是竹子男性象徵意義的體現。滕延振解釋眞子飛霜紋鏡：「我們認爲這類鏡作爲女子陪嫁妝奩的一種，紋飾中的彈琴者和鳳凰左右並列，有『琴瑟調和』、『鸞鳳和鳴』之意；梅竹相對，寓意爲『紅梅結子』、『綠竹生孫（筍）』；月亮、荷葉及龜（有的鏡上有仙鶴），正合『月圓花好人壽』。」〔註162〕此說雖是猜測，却大致符合古人的文化心理。

　　「對於神話思維來說，隱喻不僅只是一個乾巴巴的『替代』，一種單純的

　　　　未出現「棋」字，但「隱士屢潛觀」喻指有期。

〔註157〕〔清〕袁枚編撰，申孟、甘林點校《子不語》卷二四「牛卑山守歲」條，上海古籍出版社，1986年，下冊第622頁。

〔註158〕傅憎享、董文成著《金瓶梅》，瀋陽：春風文藝出版社，1999年，第41頁。

〔註159〕程杰《「美人」與「高士」——兩個咏梅擬象的遞變》，《南京師大學報（社會科學版）》1999年第6期，第105頁。

〔註160〕參考陳娟娟《錦繡梅花》，《故宮博物院院刊》1982年第3期，第92頁；楊廣銀《圖必有意，意必吉祥——中國傳統文化中的諧音造型》，《文藝研究》2009年第7期，第160頁左。

〔註161〕〔明〕劉基撰《誠意伯文集》卷四，《四庫全書》1225冊第100～101頁。

〔註162〕滕延振《浙江寧海發現一件眞子飛霜銅鏡》，《文物》1993年第2期。

修辭格；在我們後人的反思看來不過是一種『改寫』的東西，對於神話思維來說却是一種眞正的直接認同。」〔註163〕聞一多早已認識到此點，他曾指出：「《三百篇》中以鳥起興者，不可勝計，其基本觀點，疑亦導源於圖騰。歌謠中稱鳥者，在歌者之心理，最初本只自視爲鳥，非假鳥以爲喻也。假鳥爲喻，但爲一種修詞術；自視爲鳥，則圖騰意識之殘餘。歷時愈久，圖騰意識愈淡，而修詞意味愈濃。」〔註164〕文學中竹子男性象徵意蘊雖還可見圖騰意識的殘餘，已是越來越淡而更像是性意識的流露。

三、竹子女性象徵內涵

自《周易》以來竹子以男性意蘊示人，魏晉南朝以來經道教渲染倡揚，其男性象喻更爲普遍。而文學中將竹子比擬爲女性則是南朝時期的事。一般認爲竹喻女性較早例子是《古詩十九首》之八，全詩如下：

> 冉冉孤生竹，結根泰山阿。與君爲新婚，菟絲附女蘿。
>
> 菟絲生有時，夫婦會有宜。千里遠結婚，悠悠隔山陂。
>
> 思君令人老，軒車來何遲？傷彼蕙蘭花，含英揚光輝。
>
> 過時而不采，將隨秋草萎。君亮執高節，賤妾亦何爲？〔註165〕

《文選》李善注曰：「結根於山阿，喻婦人託身於君子也。」〔註166〕李周翰甚至說：「結根泰山，謂心託於夫，如竹生於泰山之深也。」〔註167〕按照這種理解，詩以「孤生竹」、「兔絲」自比，「泰山」、「女蘿」比丈夫。其實這是竹子女性化之後唐人的認識，並非詩中或當時的性別象徵意義。此說影響極大，也是造成詩意誤解的源頭。南朝宋何偃《冉冉孤生竹》：「流萍依清源，孤鳥宿深沚。蔭幹相經縈，風波能終始。草生有日月，婚年行及紀。思欲侍衣裳，關山分萬里。徒作春夏期，空望良人軌。芳色宿昔事，誰見過時美。涼鳥臨

〔註163〕〔德〕恩斯特·卡西爾著、於曉等譯《語言與神話》中譯本，北京：生活·讀書·新知三聯書店，1988 年，第 111 頁。

〔註164〕聞一多《詩經通義·周南》，《聞一多全集·詩經通義甲》，湖北人民出版社，1993 年，第 293 頁。

〔註165〕《先秦漢魏晉南北朝詩·漢詩卷十二》，上冊第 331 頁。

〔註166〕〔梁〕蕭統編，〔唐〕李善注《文選注》卷二九，《四庫全書》第 1329 冊第 507 頁下欄右。

〔註167〕〔梁〕蕭統編，〔唐〕李善、呂延濟等注《六臣注文選》卷二九，《四庫全書》第 1330 冊第 670 頁上欄左。

秋竟，歡願亦云已。豈意倚君恩，坐守零落耳。」〔註168〕表達的也是遲暮憂
思之感，除詩題及主旨沿襲《冉冉孤生竹》，詩中也涉及竹子，所謂「蔭幹相
經縈，風波能終始」，即喻指夫妻患難相守、甘苦與共的願望。何詩模擬痕迹
明顯，也許可以提供一些啟發。

其實竹子與女性的聯繫，早在《楚辭》中已有。《楚辭·山鬼》「余處幽
篁兮不見天」僅僅作為背景環境的景物出現，女性象徵意義不明顯，所謂「山
鬼迷春竹」（杜甫《祠南夕望》），那是後人的想像。南朝普遍以花木比擬女性，
如「若映窗前柳，懸疑紅粉妝」（蕭綱《詠初桃詩》）〔註169〕，這種時代風氣
使竹子也逐漸染上脂粉，具有女性象徵內涵。竹子女性意識在南朝有零星的
表現，如清商曲辭《團扇郎》其二：「青青林中竹，可作白團扇。動搖郎玉手，
因風托方便。」〔註170〕除了作為居處環境的一部分，竹子還以其形象之美被
用於直接比擬女性。較早的例子，如沈約《麗人賦》對女子赴約時的情景的
描摹：「響羅衣而不進，隱明燈而未前，中步檐而一息，順長廊而迴歸。池翻
荷而納影，風動竹而吹衣。薄暮延佇，宵分乃至。」〔註171〕賦借竹寫女子，
不僅是增其美感，更是社會氛圍中竹子女性化的意識在文學中的表現。因此，
「風動竹」意象有著閨情或艷情內涵。再如張率《楚王吟》：「章臺迎夏日，
夢遠感春條。風生竹籟響，雲垂草綠饒。相看重束素，唯欣爭細腰。不惜同
從理，但使一聞韶。」〔註172〕此詩似乎還未明確將竹子與細腰相聯繫。《雲窗
私志》載：「凝波竹出區吳山，紫枝綠葉，堅滑如玉，風吹聲如環佩。漢成帝
種於臨池觀，名環佩竹，花如海榴，實如蓮子而小。趙飛燕服之，肌滑體輕。」
〔註173〕此環佩竹已與女性有了較多聯繫，如服竹實體輕、竹聲如環佩、趙飛
燕肌滑如竹等。南朝陳徐陵《侍宴詩》：「園林才有熱，夏淺更勝春。嫩竹猶
含粉，初荷未聚塵。承恩豫下席，應阮獨何人。」〔註174〕詩中嫩竹含粉、初
荷潔淨既是寫景，也未嘗不是比擬侍宴的女子。後代民間市語還以笋牙為幼

〔註168〕《先秦漢魏晉南北朝詩·宋詩卷六》，中冊第 1239 頁。
〔註169〕《先秦漢魏晉南北朝詩·梁詩卷二二》，下冊第 1959 頁。
〔註170〕《先秦漢魏晉南北朝詩·晉詩卷十九》，中冊第 1052 頁。
〔註171〕《全上古三代秦漢三國六朝文·全梁文卷二五》，第 3 冊第 3097 頁下欄右。
〔註172〕《先秦漢魏晉南北朝詩·梁詩卷十三》，中冊第 1782 頁。
〔註173〕〔清〕佚名著《菹經識名衍韵》，轉引自范景中《竹譜》，載范景中、曹意強
主編《美術史與觀念史》第VII輯，南京師範大學出版社，2009 年，第 260 頁。
〔註174〕《先秦漢魏晉南北朝詩·陳詩卷五》，下冊第 2530 頁。

女。如明無名氏《六院彙選江湖方語》:「笋牙,乃幼女也。」〔註175〕

到唐代,竹子女性化更爲普遍。如唐代李建勛《新竹》:「籜幹猶抱翠,粉膩若塗妝。」竹子的形象儼然是塗脂抹粉的嬌嬈女性。類似的再如「纖粉妍膩質,細瓊交翠柯」(元稹《和東川李相公慈竹十二韵》)、「荷珠貫索斷,竹粉殘妝在」(劉禹錫《和樂天秋涼閒臥》)、「新竹開粉奩,初蓮蒸香注」(劉禹錫《牛相公林亭雨後偶成》)、「紫籜坼故錦,素肌擘新玉」(白居易《食笋》)、「葳蕤之態,困頓美人之春睡」(薛季宣《種竹賦》),都更爲突出清秀粉澤之美,雖與「燕餘麗妾,方桃譬李」(蕭綱《箏賦》)〔註176〕的審美趣味稍有不同,但用以比擬女性却是一致的。再如王勃《慈竹賦》:「若乃宗生族茂,天長地久,萬柢爭盤,千株競紏,如母子之鈎帶,似閨門之悌友,恐孤秀而成危,每群居而自守。」〔註177〕以慈竹叢生之狀比擬母子、閨友的關係。竹葉垂露也被想像爲女性哭泣之狀,所謂「滴露如泣」(慕容彥逢《岩竹賦》)〔註178〕。至於「離宮散螢天似水,竹黃池冷芙蓉死」(李賀《九月》),天寒地冷的環境與衰颯凋零的景物,又成了女子傷心形象的寫照。白居易《北窗竹石》:「一片瑟瑟石,數竿青青竹。向我如有情,依然看不足。況臨北窗下,復近西塘曲。筠風散餘清,苔雨含微綠。有妻亦衰老,無子方縈獨。莫掩夜窗扉,共渠相伴宿。」此詩並非以竹比妻,只是說妻老無子的寂寞中有竹子相伴,能稍慰縈獨〔註179〕。此兩例都說明竹子的女性化傾向,也可見還未固定爲男女情愛意義上的性別象徵意蘊。竹子的女性象徵意蘊也來自竹葉與女性的聯繫,竹葉不僅是女陰的象徵並進而成爲高禖石上圖案,而且在民間還用於女性衣裙窗簾床幃等的裝飾圖案。如李賀《難忘曲》:「夾道開洞門,弱楊低畫戟。簾影竹葉起,簫聲吹日色。蜂語繞妝鏡,拂蛾學春碧。亂係丁香梢,滿欄花向夕。」〔註180〕而女性裙裾飾以竹葉圖案最爲普遍,如「練裙香動竹葉小」(許琮《漾水詞》)〔註181〕、「竹葉裙紗折折香」(周端臣《古

〔註175〕轉引自王鍈著《宋元明市語彙釋》,北京:中華書局,2008年,第202頁。
〔註176〕《全上古三代秦漢三國六朝文‧全梁文卷八》,第3冊第2996頁下欄右。
〔註177〕《全唐文》卷一七七,第2冊第1806頁下欄左。
〔註178〕《全宋文》第135冊第290頁。
〔註179〕白居易在其他詩中也表達過同樣願望,如《題小橋前新竹招客》:「雁齒小紅橋,垂檐低白屋。橋前何所有,莘莘新生竹。皮開坼褐錦,節露抽青玉。筠翠如可餐,粉霜不忍觸。閒吟聲未已,幽玩心難足。管領好風烟,輕欺凡草木。誰能有月夜,伴我林中宿。爲君傾一杯,狂歌竹枝曲。」
〔註180〕《全唐詩》卷三九二,第12冊第4415頁。
〔註181〕《全宋詩》第50冊第31184頁。

斷腸曲三十首》其四）〔註182〕。再如羅公升《和宮怨》：「竹葉垂黃雨露偏，
羞緣買賦費金錢。有緣會有承恩日，莫遣蛾眉減去年。」〔註183〕宮女如同
竹葉垂黃，等待著君王的雨露，竹葉的女性象徵意蘊表現得較爲明顯。

　　竹子美感形象與女子容貌之間的比擬之外，竹子的比德意義與女子的貞
行懿德之間也有對應的象徵關係。竹子凌寒之性用於女性比德，也是形成女
性象徵意蘊的重要原因。前引鮑令輝《擬青青河畔草詩》已初開端倪。喬知
之《雜曲歌辭‧定情篇》也云：「君念菖蒲花，妾感苦寒竹。菖花多艷姿，寒
竹有貞葉。」這些詩句雖將竹子與女性聯繫起來，多是著眼于堅貞品格的簡
單比擬，在形象塑造上還不夠。成功地將竹子凌寒堅貞之性與失意佳人的形
象相結合的，是杜甫。其《佳人》詩云：

> 絕代有佳人，幽居在空谷。自云良家子，零落依草木。
> 關中昔喪敗，兄弟遭殺戮。官高何足論，不得收骨肉。
> 世情惡衰歇，萬事隨轉燭。夫婿輕薄兒，新人已如玉。
> 合昏尚知時，鴛鴦不獨宿。但見新人笑，那聞舊人哭。
> 在山泉水清，出山泉水濁。侍婢賣珠回，牽蘿補茅屋。
> 摘花不插髮，採柏動盈掬。天寒翠袖薄，日暮倚修竹。

詩寫一位絕代佳人幽居深谷，與草木相依，而「輕薄」大婿却另有新歡，把
她遺棄，佳人貞潔自持。仇兆鰲云：「翠袖倚竹，寂寞無聊也。」以爲：「末
言婦雖見棄，終能貞節自操。」〔註184〕可見末句除表明獨處，還有貞潔自守
之意。杜甫將竹子凌寒不凋的物性與佳人處境艱難而貞潔自守的品格進行對
接，這是他超邁前賢時輩之處。杜甫以後，「倚竹佳人」、「佳人修竹」成了詩
人們慣用的套語，獨創性較高的如姜夔《疏影》：「苔枝綴玉。有翠禽小小，
枝上同宿。客裏相逢，籬角黃昏，無言自倚修竹。」〔註185〕更多的則是陳詞
套語的沿用，難免因循之譏。如權無染《鳳凰臺憶吹簫》：「無人見，翠袖倚
竹天寒。」〔註186〕純粹套用杜詩。曹組《驀山溪》：「洗妝眞態，不在鉛華御。
竹外一枝斜，想佳人、天寒日暮。」〔註187〕強調素妝眞樸之美，與竹子青翠

〔註182〕《全宋詩》第 53 冊第 32966 頁。
〔註183〕《全宋詩》第 70 冊第 44348 頁。
〔註184〕〔唐〕杜甫著、〔清〕仇兆鰲注《杜詩詳注》卷七，北京：中華書局，1979
　　　　年，第 554 頁。
〔註185〕《全宋詞》第 3 冊第 2182 頁。
〔註186〕《全宋詞》第 2 冊第 993 頁。
〔註187〕《全宋詞》第 2 冊第 801 頁。

的形象與淩寒的本性都相契合，似有所創新。吳潛《賀新郎・寓言》：「可意人如玉。小簾櫳、輕勻淡濘，道家裝束。長恨春歸無尋處，全在波明黛綠。看冶葉、倡條渾俗。比似江梅清有韵，更臨風、對月斜依竹。看不足，咏不足。」〔註188〕刻畫臨風對月依竹的佳人形象，突出不俗之態，也較可貴。

文學作品中多以竹子或竹製品擬喻佳人。以竹比擬美人的，如明何喬新《鈎勒竹賦》：「夫何美人之清修兮，秉婞節以爲常。所好在乎同德兮，豈群葩之能當。駕飆輪而遐覽兮，乃夷猶乎瀟湘。芳草薆其溢目兮，紛迎秋而雕傷。爰有貞筠兮冰玉其標，挺宿莽而獨立兮，凌霰雪而不凋。雖同族於草木兮，顧殊質於夭喬。」將清修、貞筠的美感形象與品德內涵相結合，賦予竹子堅貞自守的女性象徵。以竹製品比擬美人的，如蘇軾《水龍吟》。詞序交代寫作緣起：「咏笛材。公舊序云：時太守閭丘公顯已致仕居姑蘇，後房懿卿者，甚有才色，因賦此詞。一云贈趙晦之。」詞云：「楚山修竹如雲，異材秀出千林表。龍鬚半剪，鳳膺微漲，玉肌勻繞。木落淮南，雨晴雲夢，月明風裊。自中郎不見，桓伊去後，知孤負、秋多少。聞道嶺南太守，後堂深、綠珠嬌小。綺窗學弄，梁州初遍，霓裳未了。嚼徵含宮，泛商流羽，一聲雲杪。爲使君洗盡，蠻風瘴雨，作霜天曉。」〔註189〕此詞以竹擬喻女子，有鳳膺玉肌的形象比擬。其後馮取洽《沁園春》（有孤竹君）寫法類似東坡之作。夏季消暑竹夾膝，又名竹姬、青奴、竹奴、竹妃等，最普遍的還是稱作竹夫人。詩文中也多附會艷情內涵，如「留我同行木上座，贈君無語竹夫人」（蘇軾《送竹幾與謝秀才》）〔註190〕、「瓶竭重招曲道士，床空新聘竹夫人」（陸游《初夏幽居四首》其二）〔註191〕。後代甚至以「竹枝」名妾，也是這種竹喻佳人的延續。如《堯山堂外紀》：「楊廉夫雅好聲妓，晚居淞江，有四妾：竹枝、柳枝、桃花、杏花，皆善歌舞。有嘲之者云：『竹枝柳枝桃杏花，吹簫鼓瑟撥琵琶。可憐一代楊夫子，化作江南散樂家。』」〔註192〕再如《幼學瓊林・花木》：「煮豆燃萁，比兄殘弟；砍竹遮笋，棄舊憐新。」以舊竹新笋分別比擬舊妻新人。至今在少數民族地區還保留竹子指示女性的風

〔註188〕《全宋詞》第 4 冊第 2730 頁。
〔註189〕《全宋詞》第 1 冊第 277 頁。
〔註190〕《全宋詩》第 14 冊，第 9365 頁。
〔註191〕《全宋詩》第 40 冊，第 25447 頁。
〔註192〕〔明〕蔣一葵撰《堯山堂外紀》卷七七，《續修四庫全書》第 1194 冊，上海古籍出版社，2002 年，第 698～699 頁。

俗。「廣西西北部巴馬、都安兩個瑤族自治縣，婦女生女孩，便要在門楣上插竹枝，以示女兒如竹之秀美、高潔。」〔註 193〕

第三節　《竹枝詞》起源新探

　　關於《竹枝詞》起源，前賢時修多有研究，其中任半塘《唐聲詩・竹枝》「雜考」無疑是集大成的研究成果。但至今仍眾說紛紜，未有定論。《竹枝詞》由民間《竹枝歌》而來，這有劉禹錫等人文辭可證，學者也無疑問。但民間《竹枝歌》又源於何時何歌？有人認爲由《女兒子》、吳歌西曲等演變而來〔註 194〕，此說因證據不足等原因，應者寥寥。學界轉而探尋《竹枝》與巴歈歌舞及竹崇拜的淵源，如認爲《竹枝》源於巴渝歌舞〔註 195〕、竹王

〔註 193〕關傳友《論竹的崇拜》，《古今農業》2000 年第 3 期，參考李蒲《竹枝詞斷想及其他》，《民間文學論壇》1989 年第 6 期，第 32 頁。

〔註 194〕〔明〕董文渙《聲調四譜圖說》云：「至《竹枝辭》一種，雖始自唐人，而實本齊梁《江南弄》、《折楊柳》諸曲來，蓋樂府之苗裔，不得以絕句目之。」（《唐聲詩》下編第 391 頁，上海古籍出版社 1982 年）許學夷指出：「夢得七言絕有《竹枝詞》，其源出於六朝《子夜》等歌。」（《詩源辯體》卷二九，人民文學出版社 1987 年，第 281 頁）劉毓盤以爲竹枝詞由《女兒子》演變而來，見氏著《詞史》，上海書店，1985 年，第 14 頁。王運熙《六朝樂府與民歌》亦持此說：「皇甫松《竹枝辭》的和聲必定淵源於《女兒子》無疑。」（任半塘著《唐聲詩》下編，第 334 頁，下引本書僅注頁碼）蔡元亨《巴人「變風」之觴及其濫觴》亦主此說（見《湖北民族學院學報（社會科學版）》1995 年第 3 期）。朱自清《中國歌謠》以爲：「巴渝本與《西曲》盛行的荊郢樊鄧等處相近。疑《竹枝詞》頗受西曲或吳歌的影響。」（朱自清《中國歌謠》，北京：金城出版社，2005 年，第 123 頁）蔡起福《淒涼古竹枝》：「追本溯源，竹枝可以說源於南朝的西曲、吳聲。」（《文學遺產》1981 年第 4 期，第 119 頁）

〔註 195〕此說始自〔清〕張德瀛《詞徵》。任半塘駁之：「《詞徵》引《舊唐書・音樂志》語，以考『巴歈』之文，一若《竹枝》乃本諸隋清商曲之《巴歈》者。果爾，劉禹錫序中何以隻字未提？」（任半塘《唐聲詩》下編，第 394 頁）夏承燾指出蜀中是《竹枝詞》發源地，劉禹錫、白居易及《花間集》各家《竹枝曲》都用四川民歌聲調，見《論杜甫入蜀以後的絕句》（《月輪山詞論集》，中華書局 1979 年，第 185 頁）。彭秀樞、彭南均《竹枝詞的源流》認爲：「巴人之歌，就是竹枝詞的前身。」進而以爲《竹枝》源於《九歌》（《江漢論壇》1982 年第 12 期第 46 頁右）。熊篤認爲巴渝《竹枝詞》演變軌迹是：下里巴人→夔舞→竹枝詞→擺手舞，見熊篤《竹枝詞源流考》，《重慶師範大學學報（哲學社會科學版）》2005 年第 1 期，第 77～80 頁。持此論者還有祝注先《論「竹枝詞」》，《西南民族學院學報（哲學社會科學版）》1988 年第 4 期；季智慧《探〈竹枝〉之源——從聲音工具、宗教咒語到一種獨立的民間藝術形式》，《民

崇拜〔註196〕、湘妃傳說〔註197〕等。關於《竹枝詞》命名，學者也意見不一，歷來有「竹枝」指和聲、吸酒竹竿、佐舞道具、取拍之器、短笛等說〔註198〕。筆者之見稍異諸家，故陳拙以求正方家。

　　本文認為《防露》是民間《竹枝歌》源頭，竹生殖崇拜則是遠源。民間普遍的竹生殖崇拜表現為以竹枝擬人、情歌唱《竹枝》、竹林野合等，竹王崇拜、湘妃竹僅是其中重要部分。《防露》源頭隱約可溯至《詩經·淇奧》，《防露》、《竹枝》一直在民間流傳，最終經唐代文人擬作而大行天下。

一、《防露》為《竹枝》之始：《竹枝詞》起源的文獻考索

　　白居易《聽蘆管》詩云：「幽咽新蘆管，淒涼古《竹枝》。」〔註199〕一般當朝不稱「古」，故《竹枝詞》必於唐前已存在。《月令粹編》「雞子卜」條注：「《玉燭寶典》：蜀中鄉市，士女以人日擊小鼓，唱《竹枝歌》，作雞子卜。」〔註200〕《玉燭寶典》為隋杜臺卿作，「可為竹枝詞產生於隋代或者更早之旁證」〔註201〕。學界追溯《竹枝詞》文獻記載的源頭，僅到此為止。如果我們轉換一下思路，從《防露》與《竹枝》的關係入手，似有柳暗花明的發現。

間文學論壇》1989 年第 6 期；張學敏《竹枝詞四論》，《西華師範大學學報（哲學社會科學版）》2005 年第 1 期。

〔註196〕何光岳推測：「有名的竹枝歌，可能是夜郎竹王的歌，也為巴人之歌。」見氏著《南蠻源流史》，江西教育出版社 1988 年，第 379 頁。主此說者較多，參見王慶沅《竹枝歌和聲考辨》，《音樂研究》1996 年第 2 期；黃崇浩《「竹王崇拜」與〈竹枝詞〉》，《黃岡師專學報》1999 年第 1 期；向松柏《巴人竹枝詞的起源與文化生態》，《湖北民族學院學報（哲學社會科學版）》2004 年第 1 期；劉航《中唐詩歌嬗變的民俗觀照·竹枝詞考》，北京：學苑出版社，2004 年。

〔註197〕傅如一、張琴認為：「二妃的故事，楚國盡人皆知。他們必然要嗟歎之，咏歌之，進而舞之蹈之。既然『觸目皆竹』，就以竹起興，發哀怨之聲，這應當也是情理之中的事。唱的人多了，就起名叫『竹枝』歌。這可能是『竹枝』命名的由來。」見傅如一、張琴《民歌「竹枝」溯源——竹枝詞新論之一》，《山西大學學報（哲學社會科學版）》1993 年第 4 期，第 70 頁。

〔註198〕王慶沅《竹枝歌和聲考辨》，《音樂研究》1996 年第 2 期，第 47 頁。黃崇浩以為「竹枝」是竹王靈位或竹王圖騰，見《「竹王崇拜」與〈竹枝詞〉》，《黃岡師專學報》1999 年第 1 期，第 58 頁。

〔註199〕《全唐詩》卷四六二，第 14 冊第 5254 頁。

〔註200〕〔清〕秦嘉謨編《月令粹編》卷四，《續修四庫全書》第 885 冊，上海古籍出版社 2002 年，第 737 頁上欄左。

〔註201〕劉航著《中唐詩歌嬗變的民俗觀照》，北京：學苑出版社，2004 年，第 232 頁。

（一）《防露》的艷情內涵及其與竹林的關係

《防露》多次出現於漢魏晉及南朝文獻，且具有兩個明顯特點：一是與竹林關係密切，二是充滿艷情內涵。先說其艷情內涵。「防露」一詞早見於東方朔《七諫·初放》。《初放》云：「便娟之修竹兮，寄生乎江潭。上葳蕤而防露兮，下泠泠而來風。孰知其不合兮，若竹柏之異心。」〔註202〕《楚辭章句》云：「《七諫》者，東方朔之所作也。……東方朔追憫屈原，故作此辭以述其志，所以昭忠信、矯曲朝也。」又云：「竹心空，屈原自喻志通達也；柏心實，以喻君暗塞也。言已性達道德而君閉塞其志，不合若竹柏之異心也。」〔註203〕以為「竹柏異心」譬喻君臣，未免失之過直，其間曲折關係未能盡行抉發。游國恩曾指出：「《離騷》往往以夫婦比君臣，荃蓀者，亦以婦對其夫之美稱為喻耳。王逸以為直接喻君，略失之泥。」〔註204〕「屈原《楚辭》中最重要的『比興』材料是『女人』，而這『女人』是象徵他自己，象徵他自己的遭遇好比一個見棄於男子的婦人。」〔註205〕《初放》主旨也是如此，以男女戀情寄託君臣遇合。故「竹柏異心」比喻男女情離，又以女子遭棄比喻屈原為君所棄。竹林既能「防露」，又能「來風」〔註206〕，

〔註202〕《全上古三代秦漢三國六朝文·全漢文卷二五》，第1冊第262頁上欄。

〔註203〕〔漢〕王逸撰《楚辭章句》卷十三，《四庫全書》第1062冊，上海古籍出版社，1987年，第74頁上欄左、75頁上欄右。

〔註204〕游國恩《離騷纂義》，北京：中華書局，1980年，第70頁。

〔註205〕游國恩《楚辭女性中心說》，褚斌杰編《屈原研究》，武漢：湖北教育出版社，2003年，第254頁。

〔註206〕「防露」、「來風」含義，向為學者所忽視。一般寫花草樹木是「布葉俱承露，開花共待風」（隋孫萬壽《庭前枯樹詩》），而此處「防露」、「來風」兩詞應是表達男女之情的艷詞。「防露」含義有二：既防露水，也防人見。《詩經》中多有男女野合而苦於露水的描寫，如「厭浥行露，豈不夙夜？謂行多露」（《召南·行露》）、「野有蔓草，零露漙兮」（《鄭風·野有蔓草》）等。「露水夫妻」不願做「露天夫妻」，而竹林正是能防露的隱蔽之處。「來風」之義也有二：一指自然之風，竹林枝葉稀疏，不同於樹林，故能來風。二指男女間的風情。我們可從陸侃如先生的論述獲得啟發。陸先生說：「《尚書·費誓》『馬牛其風』及《左傳》『風馬牛不相及』的『風』字，普通均訓作『放』字，《廣雅》及《釋名》亦然。惟服虔注：『牝牡相誘謂之風』一句頗可注意。『放』字本可訓為『縱』（《呂覽·審分》注），又可訓為『蕩』（《漢藝文志》注）。江南方言，男女野合，恐人撞見，倩人守衛，謂之『望風』，與情敵競爭，謂之『爭風』，亦可助證。故『風』的起源大約是男女贈答之歌。」見氏著《中國詩史》（上），作家出版社，1957年，第18～19頁。男女風情之例，如南唐李煜《柳枝》詞：「風情漸老見春羞，到處芳魂感舊遊。」宋柳永《雨霖鈴》詞：「便

本來適宜男女相合，與下文「孰知其不合」形成強烈對比，突出失望與傷心之情。

歌謠《防露》，是成於東方朔之前，還是因《七諫》而出現？今已無從考證。但《防露》早期接受史表明是艷曲。晉陸機《文賦》：「寤《防露》與《桑間》，又雖悲而不雅。」李善注：「《防露》，未詳。一曰謝靈運《山居賦》曰：『楚客放而防露作。』注曰：『楚人放逐，東方朔感江潭而作《七諫》。』然靈運有《七諫》有《防露》之言，遂以《七諫》爲《防露》也。」〔註207〕可見他已不明《防露》內涵。清何焯認爲：「『防露』指『豈不夙夜，畏行多露』，言桑間不可與並論，故戒妖冶也。」〔註208〕明明「士衡誚淫於《防露》」〔註209〕，却以爲「言桑間不可與並論」，顯然也是不明《防露》艷情內涵的曲解。唐代平列《舞賦》：「燕姬撫琴，秦女吹笙。楚妃歌《防露》之曲，陳后唱結風之聲。則有楚媛巴兒，齊童鄭女。躡淩波之緩步，曳飛蟬之薄縷。掩長袖以徐吟，頓纖腰而起舞。」〔註210〕由綺艷場面可略見《防露》之「艷」。明楊愼論述：

> 《文賦》：「寤防露與桑間，又雖悲而不雅。」注引東方朔《七諫》，謂「楚客放而防露作」。此說謬矣，若指楚客即爲屈原，屈原忠諫放逐，其辭何得云不雅？「防露」與「桑間」爲對，則爲淫曲可知。謝莊《月賦》：「徘徊《房露》，惆悵《陽阿》。」注：「《房露》古曲名，『房』與『防』古字通。」以「防露」對「陽阿」，又可證其非雅曲也。《拾翠集》引王彪之《竹賦》云：「上承霄而防露，下漏月而來風，庇清彈於幕下，影耀歌於帷中。」蓋楚人男女相悅之曲有《防露》，有《雞鳴》，如今之《竹枝》。《東坡志林》亦云。然則《竹枝》之來亦古矣。《詩》云：「野有蔓草，零露漙兮。有美一

縱有千種風情，更與何人說。」《二刻拍案驚奇》卷十四：「聽說世上男貪女愛，謂之風情。」「爭風」之例，如元蘭楚芳《四塊玉·風情》曲：「雙漸貧，馮魁富，這兩個爭風做姨夫。」《儒林外史》第四五回：「淩家這兩個婆娘……爭風吃醋，打吵起來。」

〔註207〕〔梁〕蕭統編、〔唐〕李善注《文選注》卷十七，《四庫全書》第 1329 冊第 293 頁上欄右。

〔註208〕〔清〕何焯撰《義門讀書記》卷四五，《四庫全書》第 860 冊第 660 頁下欄右。

〔註209〕〔明〕倪元璐撰《倪文貞集》卷五《視學及士習文體策》，《四庫全書》第 1297 冊第 62 頁下欄左。

〔註210〕〔宋〕李昉等編《文苑英華》七九，《四庫全書》第 1333 冊，第 613 頁下欄左。

人，清揚婉兮。邂逅相遇，適我願兮。」以此推之，《防露》之意可
知。〔註211〕

雖然對於《七諫》解釋得勉強，但是所論《防露》可謂慧眼獨具。據王彪之
《竹賦》，竹林防露，猶如帷中幕下，林中「清彈」、「孅歌」得以遮蔽〔註212〕，
故《防露》與男女情事有關。

其次，《防露》與竹林關係密切。謝靈運《山居賦》：「其竹則二箭殊葉，
四苦齊味……衛女行而思歸詠，楚客放而《防露》作。」〔註213〕衛女思歸
而詠「籊籊竹竿，以釣於淇」（《詩經‧竹竿》）；楚人屈原放逐，東方朔借
竹林「防露」以抒懷。此處「思歸」與「防露」（即竹林間情事）並舉，以
「竹」爲聯繫紐帶。吳筠《竹賦》：「湘妃有揮涕之感，楚謠興《防露》之
作。」〔註214〕以湘妃揮涕對楚謠《防露》，也都與竹相關。《七諫》借竹林
間男女情事表達君臣遇合，與當地多竹這一自然地理環境相合，可能此前竹
林防露已成男女野合的譬喻而相當流行。「拂竹鸞鷺侶」（厲玄《猴山月夜聞
王子晉吹笙》）〔註215〕，竹林是鸞鳳棲息之所，也是男女幽會之地。范雲《登
城怨詩》：「楚妃歌脩竹，漢女奏幽蘭。獨以閨中笑，豈知城上寒。」〔註216〕
此云「脩竹」，或爲歌名，或爲內容，總與竹有關。楚妃、漢女所歌爲閨情，
故云「閨中笑」。宋玉《諷賦》：「臣復援琴而鼓之，爲《秋竹》、《積雪》之
曲，主人之女又爲臣歌曰：『內怵惕兮徂玉床，橫自陳兮君之傍。君不禦兮
妾誰怨，日將至兮下黃泉。』」〔註217〕宋玉此文是說「不忍愛主人之女」，

〔註211〕〔明〕楊愼撰《升菴集》卷五二「防露之曲」條，《四庫全書》第1270冊，
　　　　第449頁。程章燦《魏晉南北朝賦史》以爲晉王彪之《竹賦》有殘句「《防露》
　　　　爲《竹枝》所緣始」（見該書第368頁，江蘇古籍出版社，1992年），所據爲
　　　　清陳僅《竹林答問》第八十一條。查《竹林答問》原文爲：「此體起於巴濮間
　　　　男女相悅之詞，劉禹錫始取以入詠，詼諧嘲謔，是其本體。楊升庵引王彪之
　　　　《竹賦》，謂《防露》爲《竹枝》所緣始，亦屬有見。」見〔清〕陳僅著《竹
　　　　林答問》，《四庫未收書輯刊》第九輯，北京出版社，2000年，第30冊第761
　　　　頁。可知程先生誤輯。
〔註212〕《文選‧左思〈魏都賦〉》：「或明發而孅歌，或浮泳而卒歲。」張載注：「孅
　　　　歌，巴土人歌也。何晏曰：『巴子謳歌，相引牽，連手而跳歌也。』」以爲「孅
　　　　歌」即巴人之歌。
〔註213〕《全上古三代秦漢三國六朝文‧全宋文卷三一》，第3冊第2606頁上欄右。
〔註214〕《全唐文》卷九二五，第10冊第9643頁下欄左。
〔註215〕《全唐詩》卷五一六，第15冊第5898頁。
〔註216〕《先秦漢魏晉南北朝詩‧梁詩卷二》，中冊第1551頁。
〔註217〕曹文心《宋玉辭賦》，合肥：安徽大學出版社，2006年，第248頁。

但其女有意於宋玉,《秋竹》之曲似不可謂全與艷情無關。「披衛情於淇水,結楚夢於陽雲。」〔註218〕再往前追尋,《詩經‧淇奧》似乎是源頭,詩寫竹林野合,「綠竹如簀」一句隱隱有「防露」之意。

後人以「防露」爲習語,昧於情愛本義,降格爲寫景之詞。無怪乎清徐文靖《管城碩記》云:「承霄、防露,猶言干霄蔽日也。豈可以《竹賦》防露,同爲男女相悅之曲乎?」〔註219〕但也有極少數文人仍能領會於心、用於創作,如謝莊《月賦》:「若乃涼夜自淒,風簧成韵。親懿莫從,羈孤遞進。聆皋禽之夕聞,聽朔管之秋引。於是弦桐練響,音容選和。徘徊《房露》,惆悵《陽阿》。聲林虛籟,淪池滅波。情紆軫其何託,訴皓月而長歌。」〔註220〕李善注:「《防露》,蓋古曲也。《文賦》曰:『寤防露於桑間,又雖悲而不雅。』房與防古字通。」〔註221〕隱約可見《房露》(即《防露》)與竹林(風簧)的聯繫。

(二)《竹枝詞》的艷情內涵及其與竹子的關係

《防露》的兩個特點,《竹枝詞》同樣具備。劉禹錫曾親歷《竹枝》傳唱地,其詩如《楊柳枝》三首其三:「巫峽巫山楊柳多,朝雲暮雨遠相和。因想陽臺無限事,爲君回唱《竹枝歌》。」〔註222〕《踏歌詞》云:「日暮江頭聞《竹枝》,南人行樂北人悲。自從雪裏唱新曲,直到三春花盡時。」〔註223〕都可見《竹枝》與男女情事聯繫在一起。其《竹枝詞九首‧序》云:「四方之歌,異音而同樂。歲正月,余來建平,里中兒聯歌《竹枝》,吹短笛擊鼓以赴節。歌者揚袂睢舞,以曲多爲賢。聆其音,中黃鍾之羽,卒章激訏如吳聲。雖傖儜不可分,而含思宛轉,有《淇奧》之艷音。昔屈原居沅、湘間,其民迎神,詞多鄙陋,乃爲作《九歌》,到於今,荊楚歌舞之。故余作《竹枝詞》九篇,俾善歌者揚之。附於末,後之聆巴歈,知變風之自焉。」〔註224〕「有《淇奧》

〔註218〕〔唐〕李白《惜餘春賦》,安旗主編《李白全集編年注釋》,成都:巴蜀書社,1990年,第1910頁。
〔註219〕〔清〕徐文靖著、范祥雍點校《管城碩記》卷二八,北京:中華書局,1998年,第527頁。
〔註220〕《全上古三代秦漢三國六朝文‧全宋文卷三四》,第3冊第2625頁下欄右。
〔註221〕〔梁〕蕭統編、〔唐〕李善注《文選注》卷十三,《四庫全書》第1329冊,第230頁上欄左。
〔註222〕《全唐詩》卷三六五,第11冊第4110頁。
〔註223〕《全唐詩》卷三六五,第11冊第4111頁。
〔註224〕《全唐詩》卷三六五,第11冊第4112頁。

之艷音」表明民間《竹枝》的艷情內涵〔註225〕。朱熹云：「昔楚南郢之邑，沅湘之間，其俗信鬼而好祀，其祀必使巫覡作樂，歌舞以娛神。蠻荊陋俗，詞既鄙俚，而其陰陽人鬼之間，又或不能無褻慢淫荒之雜。」〔註226〕而劉禹錫正是出於「其民迎神，詞多鄙陋」的考慮，才仿作《竹枝》。中唐顧況《竹枝曲》：「帝子蒼梧不復歸，洞庭葉下荊雲飛，巴人夜唱《竹枝》後，腸斷曉猿聲漸稀。」〔註227〕這是今存最早的文人擬作《竹枝》，詠湘妃事，還帶有男女情歌的痕迹。在後代民間又將《竹枝》用於婚嫁，約略可見情愛內涵，如「《巫山志》云：琵琶峰下女子皆善吹笛，嫁時，群女子治具，吹笛，唱《竹枝詞》送之」〔註228〕。這種「艷」的特點從唐代《竹枝》風靡傳唱的情況也可窺見

〔註225〕任半塘先生認爲：「『艷音』謂尾聲。『變風之自』，謂民歌《竹枝》猶《詩》之有變風，窮其所自，則遠在衛風《淇奧》，而近在屈原《九歌》。」（《唐聲詩》下編第 377 頁）以音樂「尾聲」解釋「艷音」，其說得到不少學者認同（如楊曉靄著《宋代聲詩研究》，中華書局 2008 年，第 50 頁）。論者可能受宋代《邵氏聞見錄》影響。《邵氏聞見錄》載：「夔州營妓爲喻迪孺扣銅盤歌劉尚書《竹枝詞》九解，尚有當時含思宛轉之艷，他妓者皆不能也。……妓家夔州，其先必事劉尚書者，故獨能傳當時之聲也。」（劉德權、李劍雄點校《邵氏聞見後錄》卷十九，中華書局 1983 年，第 151 頁）邵氏襲用劉禹錫成言，不足爲證據。其實劉禹錫所云「艷音」非指音樂，而指內容。不僅《淇奧》，整部《詩經》的音樂到唐代都已失傳，劉禹錫又如何能知曉其作爲尾聲的「艷音」呢？「艷」當指內容纖艷婉轉。「音」有信息、消息義，如音信、佳音、音訊等。「艷」在唐代指男女之情並非罕見，如中唐戴孚《廣異記》記裴徽路遇美婦人，「以艷詞相調」，「艷詞」指男女調諧的話語。白居易《〈和答詩十首〉序》：「凡二十章，率有興比，淫文艷韵，無一字爲。」此處「艷韵」與「淫文」並舉，其意義更爲明顯。李商隱《雜纂・惡模樣》：「對丈人丈母唱艷曲。」此「艷曲」更明顯有淫穢之義。劉禹錫序中將《竹枝》艷音與沅湘迎神「鄙陋」之詞相提並論，隱隱有以屈原作《九歌》自許之意。「睢」似是「脽」形近之誤寫。段玉裁《說文解字注》以爲「脽」即「尻」，云：「《東方朔傳》曰：『連脽尻。』……尻乃近穢處，今北方俗云溝子是也。連脽尻者，斂足而立之狀。」（見該書第 170 頁上欄左，上海古籍出版社 1981 年）聞一多認爲：「案《說文》『脽，尻也』，今俗亦呼男陰爲脽。脽、朘音同脂部，朘即脽之別構。然脽字本只作隹。隹鳥古同字，俗正呼男陰爲鳥也。《老子》以爲赤子陰，則猶俗謂小兒陰曰雞兒，曰麻雀。要之，脽之本字當作隹，以爲男陰專字，始加肉作脽。」（見《聞一多全集》第二卷《璞堂雜識》「朘」條）故「脽舞」可能是賽神祭祀時手執男性生殖器象徵物而舞或舞者裸露生殖器，如當今某些少數民族風俗。
〔註226〕〔宋〕朱熹撰《楚辭集注》，上海古籍出版社，1979 年，第 29 頁。
〔註227〕《全唐詩》卷二六七，第 8 冊第 2970 頁。
〔註228〕〔明〕曹學佺撰《蜀中廣記》卷五七，《四庫全書》第 591 冊，第 762 頁下欄左，又見同書卷二二。論者多誤爲《水經注・本志》而疑《竹枝詞》漢代已有，如蕭常緯《〈竹枝曲〉尋踪》（《音樂探索》1992 年第 4 期第 29 頁）等。

一二。由於商業興盛，娛樂業發展，《竹枝》風行於秦樓楚館，如孟郊《教坊歌兒》「能嘶《竹枝詞》，供養繩床禪」〔註229〕、杜牧《見劉秀才與池州妓別》「楚管能吹《柳花怨》，吳姬爭唱《竹枝歌》」〔註230〕、方干《贈趙崇侍御》「却教鸚鵡呼桃葉，便遣嬋娟唱《竹枝》」〔註231〕、張籍《江南行》「娼樓兩岸臨水柵，夜唱《竹枝》留北客」〔註232〕、白居易《郡樓夜宴留客》「艷聽《竹枝曲》，香傳蓮子杯」〔註233〕等詩句可見，甚至出現歌妓們「歌《竹枝詞》較勝」〔註234〕的情況。總之，艷情內容是《竹枝》在唐代大受歡迎的重要原因。

　　唐以後《竹枝》在民間依然保留著艷情特點。陸游《老學庵筆記》載：「辰、沅、靖州蠻……其歌有曰：『小娘子，葉底花，無事出來吃盞茶。』蓋《竹枝》之類也。」〔註235〕待嫁少女含羞隱媚，如葉底之花，邀約吃茶掩蓋不住渴求親近的欲望。陸游曾入蜀，經過《竹枝》流行區域，他這樣說，表明《竹枝》在宋代依然保留著艷情為主的特色。王迪發掘整理的明代《和文琴譜》中有一首《竹枝詞》，云：「非商非羽聲吾伊，宛轉歌喉唱艷詞。」〔註236〕清代吳綺《跋陶奉長〈維揚竹枝詞〉後》：「春風城郭舊是魂銷，明月樓臺時為腸斷。而香車寶絡雖如昔日繁華，乃綉幕青絲迥異當年。佳麗寫柔情於紙上，不減名士風流；寓勝賞於篇中，欲問美人消息。君請歌《竹枝》於堤上，余將尋桃葉於江干矣。」〔註237〕可見明清時期《竹枝》也還有艷情特色。

　　《竹枝》與竹的關係，由於文獻記載缺乏，一直是學者論證的薄弱環節。如能認真梳理文獻，還是有線索可尋。如唐代陳陶《題僧院紫竹》：「久絕釣

可見學者們引用文獻層層相因，不能甄別，也是《竹枝詞》起源研究難有突破的重要原因。馬利文《唐代咏竹詩研究》對此條材料已有辨析（南京師範大學 2008 年碩士論文第 59 頁）。

〔註229〕《全唐詩》卷三七四，第 11 冊第 4200 頁。
〔註230〕《全唐詩》卷五二二，第 16 冊第 5967 頁。
〔註231〕《全唐詩》卷六五三，第 19 冊第 7497 頁。
〔註232〕《全唐詩》卷三八二，第 12 冊第 4288～4289 頁。
〔註233〕《全唐詩》卷四四三，第 13 冊第 4953 頁。
〔註234〕《太平廣記》卷八六「趙燕奴」條引杜光庭《錄異記》，第 2 冊第 565 頁。
〔註235〕〔宋〕陸游撰，李劍雄、劉德權點校《老學庵筆記》卷四，北京：中華書局，1979 年，第 45 頁。
〔註236〕楊匡民《楚聲今昔初探》，《江漢論壇》1980 年第 5 期，第 95 頁右。
〔註237〕〔清〕吳綺撰《林蕙堂全集》卷十，《四庫全書》第 1314 冊第 404 頁下欄左。

竿歌，聊裁竹枝曲。」〔註238〕宋代闔伯敏《十二峰‧淨壇》：「山頭枝枝竹掃壇，舟子《竹枝》歌上灘。」〔註239〕都可見在唐宋時代人們的意識中《竹枝》與竹子確有聯繫。劉商《秋夜聽嚴紳巴童唱竹枝歌》：「天晴露白鐘漏遲，淚痕滿面看竹枝。曲終寒竹風裊裊，西方落日東方曉。」〔註240〕雖敘鄉思，也透露《竹枝》與竹的關係。我們不應忽視《竹枝》之流行並進入人們視野是在中唐，且此後多為文人擬作，而非民間原唱，因此去原旨漸遠，《竹枝》與竹的關係之所以記載甚少，可能與此有關。正如魯迅所說：「東晉到齊陳的《子夜歌》和《讀曲歌》之類，唐朝的《竹枝詞》和《柳枝詞》之類，原都是無名氏的創作，經文人的採錄和潤色之後，留傳下來的。這一潤色，留傳固然留傳了，但可惜的是一定失去了許多本來面目。」〔註241〕另外，歌咏賽神、湘妃等也可見《竹枝》與竹的關係。對於《竹枝》和《防露》間共同具有的艷情內涵及與竹子的聯繫，恐怕我們不能簡單地以「巧合」來解釋。

（三）《竹枝詞》與《防露》地緣的關係

由以上所論可知《竹枝》本出楚謠《防露》。據唐宋文獻記載，《竹枝》又盛行於巴蜀。《太平寰宇記》記開州風俗：「巴之風俗，皆重田神，春則刻木虔祈，冬即用牲解賽，邪巫擊鼓以為淫祀，男女皆唱《竹枝歌》。」〔註242〕記達州巴渠縣風俗：「其民俗，聚會則擊鼓踏木牙，唱《竹枝歌》為樂。」〔註243〕記萬州風俗：「正月七日，鄉市士女渡江南，娥眉磧上作雞子卜，擊小鼓，唱《竹枝歌》。」〔註244〕劉禹錫《陽山廟觀賽神（原注：梁松南征至此，遂為其神，在朗州）》云：「漢家都尉舊征蠻，血食如今配此山。曲蓋幽深蒼檜下，洞簫愁絕翠屏間。荊巫脈脈傳神語，野老婆娑起醉顏。日落風生廟門外，幾人連蹋竹歌還。」〔註245〕開州、達州、萬州、朗州皆為巴蜀之地，在今重慶市、四川省境內。明曹學佺《蜀中廣記》也云：「夫《竹枝》

〔註238〕《全唐詩》卷七四五，第 21 冊第 8470 頁。
〔註239〕《全宋詩》第 51 冊第 32081 頁。
〔註240〕《全唐詩》卷三○三，第 10 冊第 3448 頁。
〔註241〕魯迅《且介亭雜文‧門外文談》，見《魯迅全集》第六卷，北京：人民文學出版社，1981 年，第 94 頁。
〔註242〕〔宋〕樂史撰、王文楚等點校《太平寰宇記》卷一三七，北京：中華書局，2007 年，第 6 冊第 2671 頁。
〔註243〕《太平寰宇記》卷一三七，第 6 冊第 2678 頁。
〔註244〕《太平寰宇記》卷一四九，第 6 冊第 2886 頁。
〔註245〕《全唐詩》卷三五九，第 11 冊第 4057 頁。

者，閭閻之細響，風俗大端也。四方莫盛於蜀，蜀尤盛於夔。」〔註246〕

對這種「墙裏開花墙外香」的現象，後人易生誤會。如黃庭堅認為「竹枝歌本出三巴，其流在湖湘」〔註247〕，宋郭茂倩《樂府詩集》以為「《竹枝》本出巴渝」〔註248〕，都是倒流為源。《竹枝》之所以生於楚地而盛於巴蜀，其原因可能是：

首先，可能是兩地毗鄰，風俗相近，易於傳播。如唐皇甫冉《雜言迎神詞二首·序》云：「吳楚之俗與巴渝同風。」〔註249〕巴地與楚地傳統上都流行艷歌，前已敘楚地，關於巴地艷歌的記載也史不絕書，如「美女興齊趙，妍唱出西巴」〔註250〕、「艷曲興於南朝，胡音生於北俗」〔註251〕等。唐代也還是如此，如虞世南《門有車馬客行》：「危弦促柱奏巴渝，遺簪墮珥解羅襦。」〔註252〕巴楚兩地又都自古多竹，竹生殖崇拜也都非常盛行。

其次，人口流動也會使包括《竹枝》在內的風俗民情傳播。清王士禎云：「唐人《柳枝詞》專詠柳，《竹枝詞》則泛言風土。」〔註253〕任半塘謂：「《竹枝》胎息於民間山歌，所狀者風土，所抒者鄉思。」〔註254〕「泛言風土」是事實，但這應是《竹枝》流行以後的情況，並非原初狀態。《竹枝》多思鄉之情，必是《竹枝》之變體。顧況《早春思歸有唱竹枝歌者座中下淚》云：「渺渺春生楚水波，楚人齊唱竹枝歌。」〔註255〕是於楚地聽唱《竹枝》，「此楚人，實為巴人之旅楚者」〔註256〕。劉禹錫《竹枝詞》九首其一：「白帝城頭春草生，白鹽山下蜀江清。南人上來歌一曲，北人莫上動鄉情。」〔註257〕

〔註246〕〔明〕曹學佺《蜀中廣記》卷五七，《四庫全書》第591冊第762頁下欄右。

〔註247〕〔宋〕黃庭堅《王稚川既得官都下有所盼未歸予戲作林夫人欸乃歌二章與之（原注：竹枝歌本出三巴其流在湖湘耳）欸乃湖南歌也》，見黃庭堅撰、劉尚榮校點《黃庭堅詩集注》，北京：中華書局，2003年，第一冊第53頁。

〔註248〕〔宋〕郭茂倩編《樂府詩集》卷八一，北京：中華書局，1979年，第四冊第1140頁。

〔註249〕《全唐詩》卷二四九，第8冊第2799頁。

〔註250〕〔晉〕張華《輕薄篇》，《先秦漢魏晉南北朝詩·晉詩卷三》，上冊第611頁。

〔註251〕〔宋〕郭茂倩編《樂府詩集》卷六一，第三冊第884頁。

〔註252〕《全唐詩》卷二〇，第1冊第245頁。

〔註253〕〔清〕王士禎撰、趙伯陶選評《香祖筆記》卷三「橘枝詞」條，北京：學苑出版社，2001年，第150頁。

〔註254〕任半塘著《唐聲詩》下編，上海古籍出版社，1982年，第389頁。

〔註255〕《全唐詩》卷二六七，第8冊第2971頁。

〔註256〕任半塘《唐聲詩》上編，第291頁。

〔註257〕《全唐詩》卷三六五，第11冊第4112頁。

鄭谷《渠江旅思》：「故楚春田廢，窮巴瘴雨多。引人鄉淚盡，夜夜竹枝歌。」
〔註258〕此二詩「皆謂巴中楚客思鄉而歌」〔註259〕。楚人入巴或巴人自楚回
鄉者，都可能傳播《竹枝》，并藉以抒懷鄉之思，正所謂「巫雲蜀雨遙相通」
（李賀《湘妃》）〔註260〕。

　　在楚地與巴蜀風俗相近、人口流動與文化傳播的情況下，我們為什麼說
是《竹枝》從楚地傳到巴蜀，而不是相反？請看聞一多的論述：

> 　　近來許多人都主張最初的楚民族是在黃河下游，這是可信的。
> 胡厚宣的《楚民族源於東方考》舉了許多證據，其中有一項尤其能
> 和我們的問題互相發明。他據春秋時曹、衛皆有地名楚丘，楚丘即
> 楚的故墟，證明最初的楚民族是在曹、衛地帶住過的。對了，楚國
> 的神話發見於曹、衛的民歌中，不也是絕妙的證據嗎？此外我想曹
> 還有鄭邑，而在古代地名上加邑旁是漢人的慣例，則鄭邑字本作
> 「夢」，與楚地雲夢之夢同字。楚高唐神女所在的巫山是在雲夢中，
> 而曹亦有地名夢，這一來，朝隮與朝雲間的瓜葛豈不更加密一層，
> 而二者原是出於一個來源，不也更可靠了嗎？總之，曹、衛曾經一
> 度是楚民族的老家，所以二國的民歌中還保留楚民族神話的餘痕。
> 〔註261〕

我們似乎也可以說，早期的《防露》和後來的《竹枝》也是隨著楚民族的南
遷擴散而傳播著白《淇奧》以來的餘響。事實上，唐代也還殘留著絲絲縷縷
的痕迹，足以表明《竹枝詞》具有悠久傳統。如劉商《秋夜聽嚴紳巴童唱竹
枝歌》：「巴人遠從荆山客，回首荆山楚雲隔。思歸夜唱竹枝歌，庭槐葉落秋
風多。曲中歷歷敘鄉土，鄉思綿綿楚詞古。」既云「楚詞古」，可見此「巴童」
所唱《竹枝詞》有傳統內涵。劉禹錫說《竹枝》「有《淇奧》之艷音」，可能
不僅因為兩者都表現了竹生殖崇拜，有著艷情內涵，也許還有某種地緣上的
聯繫。理清《竹枝》由楚入巴的傳播過程，關於它起於巴蜀還是楚地的聚訟
可以休矣。

　　上面以文獻為依據論述《防露》、《竹枝》都與竹有關，又都涉及男女相

〔註258〕《全唐詩》卷六七四，第 20 冊第 7717 頁。
〔註259〕任半塘《唐聲詩》上編，第 292 頁。
〔註260〕《全唐詩》卷三九〇，第 12 冊第 4401 頁。
〔註261〕聞一多《高唐神女傳說之分析》，見氏著《聞一多全集・神話編上》，湖北人
　　　　　民出版社，1993 年，第 16～17 頁。

悅之事，地緣上也很接近，可見《防露》是《竹枝》的雛形或源頭。

二、源於竹生殖崇拜：《竹枝詞》起源的文化尋踪

《竹枝》多艷情固然有其他因素的輻射影響，如祭賽娛神、歌妓傳唱等，但本質上還是源於竹生殖崇拜，延續著自《防露》以來的艷情傳統。竹生殖崇拜影響到《竹枝》的產生，主要表現在以竹擬人、情歌唱竹、竹林野合等。

（一）「竹枝」擬人與「竹枝」和聲

《竹枝》原有「竹枝」、「女兒」的和聲。《尊前集》載皇甫松《竹枝詞》六首都注出和聲，舉一首為例：「芙蓉并蒂（竹枝）一心連（女兒），花侵隔子（竹枝）眼應穿（女兒）。」〔註262〕《花間集》載孫光憲「竹枝」二首也都注出和聲。唐尉遲偓《中朝故事》載劉瞻唱《竹枝詞》送李庚：「躡履過溝（竹枝）恨渠深（女兒）。」〔註263〕雖僅一句，也存和聲。宋代王灼云：「今黃鍾商有《楊柳枝》曲，仍是七言四句詩，與劉、白及五代諸子所製并同。但每句下各增三字一句，此乃唐時和聲，如《竹枝》、《漁父》，今皆有和聲也。」〔註264〕而今存唐代文人擬作多無和聲，說明民間《竹枝》傳唱本有和聲，而文人擬作則失去和聲。

《竹枝》取名是否因為和聲「竹枝」？有人認為「以襯詞而命名，是符合於民歌的命名習慣的」〔註265〕。也有人認為：「最初的創作者也許以蜀地之竹起興，後來形成固定的曲調。『竹枝』的和聲可能取自曲名，『女兒』大約是為了同『竹枝』叶韵。如唐代有個歌舞《秦王破陣樂》，《新唐書·音樂志》說：『歌者和曰秦王破陣樂』，其和聲正與曲名同。」〔註266〕如果不糾纏於先有雞還是先有蛋的問題，可以肯定的是，《竹枝》以及和聲「竹枝」都與竹子有關。和聲「竹枝」又有什麼含義？劉航認為：「『竹枝』、『女兒』之語雖然具備和聲的形式與作用，却絕非賽神時歌唱之初衷，它們實質上是祭歌中對神靈的呼喚」，「是祭祀時對竹王與竹王之母的呼喚；就形式而言，便成為和聲。至於呼竹王之母為『女兒』，則是母系氏族社會所特有的『處

〔註262〕《全唐五代詞》，上冊第 94 頁。
〔註263〕《全唐五代詞》，上冊第 146 頁。
〔註264〕〔宋〕王灼撰《碧雞漫志》卷五，《詞話叢編》本，第 1 冊第 117 頁。
〔註265〕王慶沅《竹枝歌和聲考辨》，《音樂研究》1996 年第 2 期，第 49 頁右。
〔註266〕蔡起福《凄涼古竹枝》，《文學遺產》1981 年第 4 期，第 121 頁。

女生子』傳說的折光。」〔註267〕這種解釋附會多於實證。如果呼喚神靈，
爲何不呼「竹公（王）」、「竹母」之類，而呼「竹枝」、「女兒」？要知道，「竹
公（王）」、「竹母」也是當時的詞彙，而且更能表示尊敬之意。傅如一、張
琴認爲楚國人感湘妃哭舜之事，咏歌之，「既然『觸目皆竹』，就以竹起興，
發哀怨之聲，這應當也是情理之中的事。唱的人多了，就起名叫『竹枝』歌」
〔註268〕。並進一步分析：「其『女兒』和聲既與『竹枝』叶韵，又與所咏內
容有關，因爲二妃均是『女兒』。」〔註269〕此說注意到和聲「竹枝」與竹的
關係，也能照應和聲「女兒」，可惜局限於湘妃故事，且對「竹枝」含意未
能充分揭示。王慶沅認爲：「竹枝歌當是竹崇拜的產物，『竹枝』、『女兒』這
個文化符號也應發端於竹子感應女子而生人的崇拜實質，實則包含了生殖崇
拜和祖先崇拜的雙重內涵。」〔註270〕王先生能注意到《竹枝詞》源於竹生
殖崇拜，惜乎未能深入論證，結論却是「竹枝歌本出夜郎」〔註271〕。

　　對此，任半塘有精彩分析：

　　　　曲調之製，緣於本事或本旨。調名與散聲皆以本旨爲歸，非調
　　名與散聲之間互相因應。苟非商女懷春，水邊情調，奚必呼及「女
　　兒」？例如迎神送神中，何呈映及「女兒」，爲聲情之助？可與「竹
　　枝」相叶之字正多，何嘗非「女兒」不可！〔註272〕

任先生推測「商女懷春，水邊情調」，可謂精見。任先生又以爲「舞者手中或
執竹枝，漢代似已有之；在唐舞，《柘枝》、《柳枝》皆其類也。或因眼前景物
而起興；或無竹枝，則以花枝代」〔註273〕，「《竹枝》大抵歌於月明之夜，或
豆蔻花時。手中持竹枝，且歌且踏」〔註274〕，作了多種推測，惟「因眼前景
物而起興」較爲可信。可惜任先生未能就此展開論述，以下嘗試論之。

〔註267〕劉航著《中唐詩歌嬗變的民俗觀照》，北京：學苑出版社，2004 年，第 241
　　　　頁、242 頁。
〔註268〕傅如一、張琴《民歌「竹枝」溯源——竹枝詞新論之一》，《山西大學學報（哲
　　　　學社會科學版）》1993 年第 4 期，第 70 頁。
〔註269〕傅如一、張琴《民歌「竹枝」溯源——竹枝詞新論之一》，《山西大學學報（哲
　　　　學社會科學版）》1993 年第 4 期，第 70 頁。
〔註270〕王慶沅《竹枝歌和聲考辨》，《音樂研究》1996 年第 2 期，第 52 頁。
〔註271〕王慶沅《竹枝歌和聲考辨》，《音樂研究》1996 年第 2 期，第 54 頁右。
〔註272〕任半塘著《唐聲詩》下編，第 388 頁。
〔註273〕任半塘《唐聲詩》下編，第 387 頁。
〔註274〕任半塘《唐聲詩》上編，第 292 頁。

　　古代樹枝、花枝擬人有悠久傳統。如漢武帝哀悼李夫人云「桂枝落而銷亡」(《漢書・外戚傳》)。後來還形成連理枝的意象。如白居易《長相思》：「願作遠方獸，步步比肩行；願作深山木，枝枝連理生。」連理枝具有男女情愛的象徵意義。也有以女蘿、藤蔓攀附樹枝比喻夫婦相依的形象。作為表達愛情的象徵，樹枝還以諧音「知」而被廣泛運用，如「山有木兮木有枝，心悅君兮君不知」(《越人歌》)、「日暮風吹，葉落依枝。丹心寸意，愁君未知」(《青溪小姑歌》其一)〔註275〕、「黃鶴悲故群，山枝咏新識」(何遜《擬輕薄篇》)〔註276〕，無論民歌還是文人詩作，都可見樹枝諧音「知」是普遍的思維方式。「竹枝」是樹枝的一種，也有類似的象徵意義。竹子的男性象徵可追溯至《周易》。《說卦》云：「(震)為長子，為決躁，為蒼筤竹。」〔註277〕「竹枝」是植物，而「女兒」是人類，二者同為和聲，其間必有某種聯繫。考慮到「竹枝」象徵男子，與「女兒」並列為和聲，符合月下男女對唱求偶的場景。現今巴渝地區民間《竹枝》也還如此：「望郎望在大竹山喲(竹枝)，抱倒竹子哭一天羅(妹兒)；別人問我哭啥子呀(竹呀竹枝子)，我哭竹子沒心肝羅(乖呀乖妹兒)。」〔註278〕再如四川達州市民間傳統《竹枝歌》：「領：情妹生得(合：竹枝)嫩冬冬嘛(合：妹兒也)。領：就像菜園(竹呀竹枝子)四季蔥嘛(乖呀乖妹兒)。」〔註279〕以「竹枝」與「妹兒」並列為和聲，尤其是巴渝《竹枝》「我哭竹子沒心肝」的雙關用法，都可證「竹枝」的男性象徵意蘊。這種類比思維如同西部民歌中以「花兒」與「少年」並舉〔註280〕。

　　《竹枝詞》影響大，流傳廣，傳唱中可能加進新內容，并改編歌詞。如劉禹錫《插田歌》：「農婦白紵裙，農父綠蓑衣。齊唱郢中歌，嚶停如竹枝。但聞怨響音，不辨俚語詞。時時一大笑，此必相嘲嗤。」〔註281〕劉禹錫《紇

〔註275〕《先秦漢魏晉南北朝詩・宋詩卷十二》，中冊第 1372 頁。
〔註276〕《先秦漢魏晉南北朝詩・梁詩卷八》，中冊第 1679 頁。
〔註277〕李學勤主編《周易正義》，第 331 頁。
〔註278〕楊先國《再議巴渝舞》，《民族藝術》1993 年第 3 期，第 195 頁。
〔註279〕陳正平《巴渝古代民歌簡論》，《四川師範學院學報(哲學社會科學版)》2003年第 1 期，第 21 頁左。
〔註280〕張亞雄如此解釋：「『花兒』指所鍾愛的女人，『少年』則(引者按，此處當缺一「是」字)男人們自覺的一種口號。」見氏著《花兒集》，北京：中國文聯出版社，1986 年，第 33 頁。朱仲祿《談談「花兒」》一文指出，在歌詞中，男的稱女的為「花兒」，女的稱男的為「少年」。參考高彩榮、馬潔《「花兒」名稱研究綜述》，《三門峽職業技術學院學報》2003 年第 1 期，第 25 頁右。
〔註281〕《全唐詩》卷三五四，第 11 冊第 3962 頁。

那曲》：「踏曲興無窮，調同辭不同。願郎千萬壽，長作主人翁。」〔註282〕「調同辭不同」是絕好說明。後世《竹枝詞》內容龐雜，以致淹沒了原初的竹生殖崇拜內涵。正如現在情歌，因傳唱久遠，於是舊瓶裝新酒，歌詞翻新而曲調依舊。項安世云：「作詩者多用舊題而自述己意，如樂府家『飲馬長城窟』、『日出東南隅』之類，非真有取於馬與日也，特取其章句音節而為詩耳。《楊柳枝曲》每句皆足以柳枝，《竹枝詞》每句皆和以竹枝，初不於柳與竹取與也。」〔註283〕此論不當。最初形態的「舊題」很可能有取於所述事物，《楊柳枝》與柳有關〔註284〕，《竹枝詞》當也與竹有關。傳唱使曲調與和聲保留下來，唱詞卻依時地變化而改寫，這可能是後代《竹枝詞》內容與竹無關而名為「竹枝」、和聲為「竹枝」的原因。

（二）情歌唱《竹枝》

《竹枝》保留了《防露》的艷情特點，多為男女月下歌唱，唐詩中多有反映，如「獨有淒清難改處，月明聞唱《竹枝歌》」（王周《再經秭歸》其二）〔註285〕、「巡堤聽唱《竹枝詞》，正是月高風靜時」（蔣吉《聞歌竹枝》）〔註286〕、「暮烟葵葉屋，秋月《竹枝歌》」（殷堯藩《送沈亞之尉南康》）〔註287〕，其效果正是「隔水何人歌《竹枝》？動人情思極幽微」〔註288〕！月下踏歌沽動為男女幽會創造良機，仙女吳彩鸞故事約略存有線索：「南方風俗，中秋夜婦人相持踏歌，婆娑月影中，最為盛集」〔註289〕，「相引至絕頂坦然之地。後忽風雨，裂帷覆機」〔註290〕。民間《竹枝歌》的艷情內涵可能「助燃」野合。如劉禹錫《紇那曲》：「楊柳鬱青青，竹枝無限情。同郎一回顧，聽唱紇那聲。」〔註291〕劉禹錫《堤上行》其二：「江南江北望烟波，入夜行人相

〔註282〕《全唐詩》卷八九〇，第 25 冊第 10055 頁。

〔註283〕〔宋〕項安世《項氏家說》卷四「詩中借辭引起」條，《四庫全書》第 706 冊，第 508 頁上欄。

〔註284〕參考石志鳥《中國古代文學楊柳題材與意象研究》，南京師範大學 2007 年博士論文，第 68～72 頁。

〔註285〕《全唐詩》卷七六五，第 22 冊第 8678 頁。

〔註286〕《全唐詩》卷七七一，第 22 冊第 8755 頁。

〔註287〕《全唐詩》卷四九二，第 15 冊第 5565 頁。

〔註288〕〔宋〕釋智愚《頌古一百首》其七六，《全宋詩》第 57 冊，第 35920 頁。

〔註289〕〔宋〕不著撰人《宣和書譜》卷五，《四庫全書》第 813 冊第 232 頁上欄右。

〔註290〕〔明〕陳耀文撰《天中記》卷五「中秋」條引《傳奇》，《四庫全書》第 965 冊第 219 頁下欄右。

〔註291〕《全唐詩》卷八九〇，第 25 冊第 10055 頁。

應歌。桃葉傳情竹枝怨，水流無限月明多。」〔註292〕都表明《竹枝》的傳情作用。黃庭堅《木蘭花令》：「黔中士女遊晴晝，花信輕寒羅袖透。……竹枝歌好移船就，依倚風光垂翠袖。」〔註293〕『『移船就』謂男女相悅而就」〔註294〕。朱熹說：「江漢之俗，其女好遊，漢魏以後猶然，如大堤之曲可見也。」〔註295〕《太平寰宇記·南儀州》：「每月中旬，年少女兒盛服吹笙，相召明月下，以相調弄，號曰夜泊，以爲娛。二更後，匹耦兩兩相携，隨處相合，至曉則散。」〔註296〕以這樣的民風爲背景，夜唱《竹枝》無疑是野合的前奏，所謂「《竹枝》遊女曲」（張登《上巳泛舟得遲字》）〔註297〕，可見《竹枝》的情歌功能。除艷情外，離別相思也是《竹枝》的重要內容，如「無奈孤舟夕，山歌聞《竹枝》」（李益《送人南歸》）、「無窮別離思，遙寄《竹枝歌》」（武元衡《送李正字之蜀》）。

　　《竹枝》有男女對唱，也有祀神群唱。各地竹王、竹郎祠廟不少，如四川大邑縣、邛州、榮州以及湖北施州、湖南乾州等地都有〔註298〕。劉禹錫《別夔州官吏》：「惟有九歌詞數首，里中留與賽蠻神。」〔註299〕陸游《踏磧》：「鬼門關外逢人日，踏磧千家萬家出。《竹枝》慘戚雲不動，劍器聯翩日初夕。」〔註300〕可見《竹枝》用於賽神。但並未喪失艷情特點，娛人與娛神在艷情這一點上相通。正如朱熹《楚辭辯證》所云：「楚俗祠祭之歌，今不可得而聞矣。然計其間，或以陰巫下陽神，或以陽主接陰鬼，則其辭之褻慢淫荒，當有不可道者。」〔註301〕據宋周去非《嶺外代答》載，瑤族每年十月祭「都貝大王」，「男女各群，連袂而舞，謂之踏搖。男女意相得，則男咿嚶奮躍，入女群中負所愛而歸，於是夫妻定矣」〔註302〕。清代《皇清職貢圖》載：「歲時祀盤瓠，

〔註292〕《全唐詩》卷三六五，第 11 冊第 4111 頁。

〔註293〕轉引自任半塘《唐聲詩》上編，第 439 頁。

〔註294〕任半塘《唐聲詩》上編，第 439 頁。

〔註295〕〔宋〕朱熹撰《詩經集傳》卷一解釋《漢廣》語，《四庫全書》第 72 冊，第 752～753 頁。

〔註296〕《太平寰宇記》卷一六三，第七冊第 3116 頁。

〔註297〕《全唐詩》卷三一三，第 10 冊第 3525 頁。

〔註298〕何積全《竹王傳說流傳範圍考索——〈竹王傳說初探〉之一》，《貴州社會科學》1985 年第 9 期，第 28 頁。

〔註299〕《全唐詩》卷三六一，第 11 冊第 4082 頁。

〔註300〕《全宋詩》第 39 冊第 24292 頁。

〔註301〕〔宋〕朱熹撰《楚辭集注》，上海古籍出版社，1979 年，第 185 頁。

〔註302〕〔宋〕周去非著、屠友祥校注《嶺外代答》卷十《蠻俗門》「踏搖」條，上海

雜魚肉酒飯，男女連袂而舞，相悅者負之而去，遂婚媾焉。」〔註303〕可見野合被當作娛神及自娛的手段，而歌舞是先導。祭賽竹王多在竹林，且祀竹節。《華陽國志》載：「捐所破竹於野，成竹林，今竹王祠竹林是也。」〔註304〕可知竹王祠在竹林。白居易《江州赴忠州至江陵已來舟中示舍弟五十韵》云：「亥市魚鹽聚，神林鼓笛鳴。壺漿椒葉氣，歌曲《竹枝》聲。」〔註305〕清王士禎《漢嘉竹枝五首》其四：「竹公溪口水茫茫，溪上人家賽竹王。銅鼓蠻歌爭上日，竹林深處拜三郎。」〔註306〕知祭祀竹王、竹郎也在竹林深處。「俚人祠竹節」（劉禹錫《晚歲登武陵城顧望水陸悵然有作》）〔註307〕、「竹節競祠神」（司空曙《送柳震歸蜀》）〔註308〕，都可見竹節為所祀神物〔註309〕。這種祭祀竹王的活動不僅出於生育祈求，也有祈願子孫繁盛、健康成長的意思。至今民間還借竹子祈求兒童健康成長：「嫩竹媽，嫩竹娘，二天（方言，即今後意）我長來比你長。」〔註310〕

（三）竹林野合風俗與《竹枝》

《竹枝》艷情內涵還源於竹林野合之風。「長條本自堪為帶，密葉由來好作帷」（賀循《賦得庭中有奇樹詩》）〔註311〕、「雙鸞棲處，綠筠時下風擢」（仲殊《念奴嬌‧夏日避暑》）〔註312〕，樹林是禽鳥棲息之處。竹林隱蔽，也是男

〔註303〕　〔清〕傅恒等撰《皇清職貢圖》卷八，《四庫全書》第594冊第709頁上欄右。
〔註304〕　〔晉〕常璩撰、任乃強校注《華陽國志校補圖注》卷四《南中志》，上海古籍出版社，1987年，第230頁。
〔註305〕　《全唐詩》卷四四〇，第13冊第4913頁。
〔註306〕　〔清〕王士禎撰《精華錄》卷七，《四庫全書》第1315冊，第127頁下欄右。
〔註307〕　《全唐詩》卷三六二，第11冊第4089頁。
〔註308〕　《全唐詩》卷二九二，第9冊第3313頁。
〔註309〕　〔唐〕釋道世撰《法苑珠林》卷七九云：「漢夜郎遁水竺王祠有竹節神。」見《四庫全書》第1050冊第289頁上欄。劉航認為：「竹枝也被視為驅邪求吉的靈物，劉禹錫《晚歲登武陵城顧望水陸悵然有作》云『俚人祠竹節』，司空曙《送柳震歸蜀》曰『竹節競祠神』，《送柳震入蜀》亦云『夷人祠竹節』。」見氏著《中唐詩歌嬗變的民俗觀照》，北京：學苑出版社，2004年，第240頁。在祭祀竹神的場合說竹枝是「驅邪求吉的靈物」，未免牽強，不如理解為生殖崇拜的象徵來得扣題，一方面竹王生於竹筒，另一方面，祭祀的目的除了祭祀祖先外，也是為了求子。
〔註310〕　季智慧《巴蜀祭竹場所及活動景況》，《文史雜誌》1989年第4期，第39頁右。
〔註311〕　《先秦漢魏晉南北朝詩‧陳詩卷六》，下冊第2555頁。
〔註312〕　《全宋詞》第1冊第551頁。

女幽會的良好場所。秋風落葉而「竹枝不改茂」（范泰《九月九日詩》）〔註 313〕，露水沾衣而竹林天然能遮蔽。野合之所以在竹林，除「防露」、「來風」的地理環境，更重要的原因在於竹生殖崇拜。竹生殖崇拜在竹產地很普遍，主要有生殖、婚媾、求子等內涵。竹子旺盛的生命力，宗生族茂的特點，易於受到人們的崇拜與附會，於是竹林媾合、竹林求子等活動自然產生。巴楚之地自古多竹，為竹生殖崇拜提供了良好的地理環境。

後代作品中對竹林野合也有反映，如沈約《麗人賦》：「池翻荷而納影，風動竹而吹衣。薄暮延佇，宵分乃至。出暗入光，含羞隱媚。垂羅曳錦，鳴瑤動翠。來脫薄妝，去留餘膩。」〔註 314〕何遜《苑中詩》：「苑門闢千扇，苑戶開萬扉。樓殿聞珠履，竹樹隔羅衣。」〔註 315〕王訓《獨不見》：「日晚宜春暮，風軟上林朝。對酒近初節，開樓蕩夜嬌。石橋通小澗，竹路上青霄。持底誰見許，長愁成細腰。」〔註 316〕李益《山鷓鴣詞》：「湘江斑竹枝，錦翅鷓鴣飛。處處湘雲合，郎從何處歸。」〔註 317〕都可見自南朝以來的民間竹林野合之風。而文人所作《竹枝》也還多是民間《竹枝》竹生殖崇拜主題的延續。正如任半塘所言：「《竹枝》因歌詞全出文人，意境全在『女兒』，趨於柔靡諧婉。」〔註 318〕

以上所論，為《竹枝》賴以產生的文化背景。由最初的竹生殖崇拜到情歌《防露》、《竹枝》，再擴大到賽神、鄉思等生活各層面，而艷情無疑是其本色，就這一點而言，「誠可為後來山歌、掛枝、打棗先鞭」〔註 319〕。正是在崇拜竹子的文化氛圍中，產生圖騰崇拜觀念，出現人是竹所生、死後化為竹等信仰，竹生人、湘妃竹等神話傳說也應運而生，並進而在祠神群唱和情歌對唱等活動中逐漸形成《竹枝》歌，「初為民間男女相悅之辭，後乃漸被於士林」〔註 320〕。

〔註 313〕《先秦漢魏晉南北朝詩·宋詩卷一》，中冊第 1144 頁。
〔註 314〕《全上古三代秦漢三國六朝文·全梁文卷二五》，第 3 冊第 3097 頁下欄右。
〔註 315〕《先秦漢魏晉南北朝詩·梁詩卷九》，中冊第 1709 頁。
〔註 316〕《先秦漢魏晉南北朝詩·梁詩卷九》，中冊第 1717 頁。
〔註 317〕《全唐詩》卷二八三，第 9 冊第 3223 頁。
〔註 318〕任半塘《唐聲詩》下編，第 381 頁。
〔註 319〕〔清〕黃生《唐詩摘鈔》卷四說劉禹錫《竹枝詞》語，轉引自卞孝萱著《劉禹錫評傳》，南京大學出版社，1996 年，第 355 頁。
〔註 320〕劉永濟著《十四朝文學要略：上古至隋》，哈爾濱：黑龍江人民出版社，1984年，第 169 頁。

附錄　《詩經・淇奧》性隱語探析

　　《詩經・淇奧》，毛《傳》以爲美衛武公，現代學者傾向認爲是愛情詩，如聞一多、孫作雲等。劉毓慶、楊文娟著《詩經講讀》對男女相悅主題進行了闡釋，引錄如下：「詩篇開首言『淇奧』、『綠竹』，未言『寬綽』、『戲謔』，與純粹歌德的詩不大相類，當出於異性之口。聞一多、孫作雲等以爲是愛情詩，近是。詩篇開首言『瞻彼淇奧』，淇奧是淇水曲處，乃衛國男女春季聚會之地。詩中言及淇水者，多與愛情婚姻有關。其次，詩云『善戲謔兮』，在《詩經》中『戲謔』多指男女相戲。如《溱洧》：『維士與女，伊其相謔，贈之以芍藥。』《終風》：『終風且暴，顧我則笑，謔浪笑敖，中心是悼。』此詩也當與男女之事有關。」〔註321〕由「美武公之德」到愛情詩，再到「與男女之事有關」，《淇奧》篇的主題得到逐漸深入的發掘。但毛《傳》的固有影響並未消除，至少在詩中各句的解讀上絲毫未見擺脫的迹象。這主要因爲詩中大量性隱語蒙蔽了人們的眼睛，對比興的誤讀也是重要原因。如果對詩中性隱語試作發掘，對詩中比興進行文化考古，則可揭示這首充滿性的隱喻與暗示、反映先秦竹生殖崇拜的「淫詩」的本來面目。

一、《淇奧》各句隱語試解

　　《淇奧》主題，向有「美衛武公」說、愛情詩說之不同，佀對詩中各句的理解，古今却異乎尋常的一致，都基本沿襲古注。這種現狀表明，對此詩主題的把握走在前面，對詩句的理解却落在後面。下面試逐句剖析：

（一）如切如磋，如琢如磨

　　毛《傳》：「治骨曰切，象曰磋，玉曰琢，石曰磨。道其學而成也。聽其規諫以自修，如玉石之見琢磨也。」〔註322〕所云學問道德的磨礪修煉，顯然是引申之義。切、磋、琢、磨表示來回往復的動作，較爲接近詩中本義〔註323〕。故聞一多認爲：「切、磋、琢，皆磨也。」〔註324〕《論語・學而》：

〔註321〕劉毓慶、楊文娟著《詩經講讀》，上海：華東師範大學出版社，2008 年，第45 頁。

〔註322〕《毛詩正義》卷三之二，第 216 頁。

〔註323〕夏淥《「差」字的形義來源》則以爲「差」的初字「是從麥（或省）從左（同佐），通過『磨治麥粒』、『加工麥粒』的典型事例，來概括代表一般以手搓物的『搓』的概念」，並進而論述：「《廣雅・釋詁三》：『差，磨也。』疏證云：

「子貢曰：『貧而無諂，富而無驕，何如？』子曰：『可也；未若貧而樂，富而好禮者也。』子貢曰：『詩云：「如切如磋，如琢如磨」，其斯之謂與？』子曰：『賜也，始可與言詩已矣，告諸往而知來者。』」〔註325〕子貢所悟並非《淇奧》詩中之義，而是以興喻之法讀解後的感悟，是帶有個人色彩的用《詩》〔註326〕，這在《論語》中記載得明明白白，也符合先秦「賦詩斷章，余取所求」的通則。毛《傳》為助成其「美武公之德」說而曲解，殊不知日就月將的品德磨練與學問進益，非一朝一夕所能完成，詩中的「她」如何能一眼看穿歷經多年的品德磨練過程呢？

「如切如磋，如琢如磨」用「如」字，取喻的本體是切磋琢磨的動作，而喻體未見，可見明言琢磨，其實另有隱情。「磨」同「摩」，先秦文獻中多次出現，如《禮記‧樂記》：「陰陽相摩，天地相蕩。」〔註327〕《周易‧繫辭上》：「剛柔相摩，八卦相蕩。」〔註328〕《莊子‧外物》：「木與木相摩則然，金與火相守則流。陰陽錯行，則天地大絞，於是乎有雷有霆，水中有火，乃焚大槐。」〔註329〕這些都是在陰陽隱喻生殖的意義上使用的。《呂氏春秋‧先識》云：「中山之俗，以晝為夜，以夜繼日，男女切倚，固無休息。」已將「切倚」用於形容男女。「如切如磋，如琢如磨」所描繪的動作，如同《素女經》：「十動之效，……二曰伸（云）其兩肌者，切磨其上方也；……七曰側搖者，欲深切左右也。」〔註330〕白行簡《天地陰陽交歡大樂賦》：「方以

『差之為言磋也。』《詩‧衛風‧淇澳》：『如切如磋，如琢如磨。』反映了『切』『磋』『琢』『磨』是意義相近的，『差』和『磋』是同一語，『磋』是派生字。」見曾憲通主編《古文字與漢語史論集》，廣州：中山大學出版社，2002 年，第 53 頁。

〔註324〕聞一多《詩經通義》，見氏著《聞一多全集‧詩經編下》，湖北人民出版社，1993 年，第 141 頁。

〔註325〕《十三經注疏》整理委員會整理、李學勤主編《論語注疏》，北京大學出版社，1999 年，第 12 頁。

〔註326〕《文心雕龍‧明詩》：「子夏監『絢』『素』之章，子貢悟『琢磨』之句，故商、賜二子，可與言《詩》。」孔安國曰：「子貢知引《詩》以成孔子義，善取類，故然之。往告之以貧而樂道，來答以切磋琢磨。」（《論語注疏》卷一）表明劉勰、孔安國已經意識到，子貢所悟「切磋琢磨」之義非詩中本義。

〔註327〕楊天宇譯注《禮記譯注‧樂記第十九》，上海古籍出版社，2004 年，第 478 頁。

〔註328〕黃壽祺、張善文譯注《周易譯注》，上海古籍出版社，2001 年，第 527 頁。

〔註329〕〔清〕王先謙撰《莊子集解》，上海書店，1987 年，第 61 頁。

〔註330〕李零著《中國方術正考》，北京：中華書局，2006 年，第 398 頁。

津液塗抹，上下揩擦。含情仰受，縫微綻而不知；用力前衝，莖突入而如割。」
〔註331〕唐五代房中書《洞玄子》：「捉入子宮，左右研磨。」〔註332〕楊廉夫
詩：「鏡殿青春秘戲多，玉肌相照影相摩。」〔註333〕這四處文獻以「切磨」、
「揩擦」、「如割」、「研磨」、「相摩」等詞表示性交動作。可見「切」、「磋」、
「琢」三字後代都可用於性交。後代以玉喻性，如徐陵《答周處士書》說：
「仰披華翰甚慰，翹結承歸來天目，得肆閒居，差有弄玉之俱仙，非無孟光
之同隱。優游俯仰，極素女之經文；升降盈虛，盡軒皇之圖藝，雖復考盤在
阿，不爲獨宿。」〔註334〕「弄玉之俱仙」語含雙關〔註335〕。再如唐盧仝《與
馬異結交詩》：「買得西施南威一雙婢，此婢嬌饒惱殺人。凝脂爲膚翡翠裙，

〔註331〕〔唐〕白行簡《天地陰陽交歡大樂賦》，張錫厚輯校《敦煌賦彙》，南京：江
蘇古籍出版社，1996 年，第 242 頁。

〔註332〕轉引自〔荷蘭〕高羅佩著、李零等譯《中國古代房內考》，北京：商務印書館，
2007 年，第 131 頁。《洞玄子》中尚有「女當淫津湛于丹穴，即以陽峰投入
子宮內，快泄其精，津液同流，上灌於神田，下溉於幽谷，使往來擊，進退
揩磨」(《臨御第五》)、「或以陽鋒來往，磨耕神田幽谷之間」(《六勢第十五》)
等等。

〔註333〕〔明〕楊慎撰《升菴集》卷六十「鏡殿」條，《四庫全書》第 1270 冊，第 576
頁下欄右。

〔註334〕《全上古三代秦漢三國六朝文・全陳文卷九》，第 4 冊第 3450 頁下欄右。

〔註335〕「弄玉之俱仙」字面上指弄玉、蕭史夫妻都成仙而去，實則隱含性愛中男女
雙方欲仙欲死之快感。「弄玉」除了由弄玉、蕭史夫妻關係發展而來的艷情含
義，字面也有情色內涵，可能由琢磨玉器的動作引申附會而來，相似詞彙如
「弄珠」。蔣方先生認爲漢上遊女傳說中遊女所佩兩珠是生育的象徵，「陳、
隋及初唐的宮體詩中常借鄭交甫事吟男女之事，如江總《新入姬人應令詩》：
『不用庭中賦綠草，但願思著弄明珠。』張子容《春江花月夜》：『初逢花上
月，言是弄珠時。』都直接以『弄珠』暗示男女的會合，可見他們對漢上遊
女傳說的心領神會。」見蔣方《遊女佩珠的傳說及其意蘊》，《古典文學知識》
2003 年第 3 期，第 29 頁，亦見蔣方《試論漢上遊女傳說之文化意蘊——兼
論與屈宋作品中「求女」的聯繫》，《湖北大學學報（哲學社會科學版）》1998
年第 4 期，第 43 頁右。再如李商隱《惱公》：「弄珠驚漢燕，燒蜜引胡蜂。」
「弄」字在後代也用於性交，如明末小說《浪史奇觀》第十六回：「監生便與
春嬌討這角帽兒，帶了放進去，那婦人又把監生來當作浪子意度，閉著眼道：
『親心肝，親心肝，許久不見，如今又把大卵弄我的。』手舞足動。」筆者
家鄉方言至今仍有「磋X」、「弄你娭馳」之類粗鄙髒話，「娭馳」是本地方言，
意爲母親，惟「磋」讀入聲。這種語言現象表明，「弄」字有表性交動作的意
義。這由「珠」、「玉」常代指女人也可佐證。稱美女爲「玉人」，自不待舉例。
以「珠」稱女性者，如古越俗呼女孩爲珠娘，亦有呼婦人者。南朝梁任昉《述
異記》卷上：「越俗以珠爲上寶，生女謂之珠娘。生男謂之珠兒。」

唯解畫眉朱點唇。自從獲得君，敲金撼玉淩浮雲。」〔註336〕「敲金撼玉」
隱喻性交。學者一般認同「如切如磋，如琢如磨」主語是「君子」。「君子」
在《詩經》中指情人或丈夫的例子很多〔註337〕。《詩經》時代有佩玉風尚，
以玉比人也非常普遍〔註338〕，由琢玉動作（以及類似的琢磨動作）聯繫到
性愛動作，也就不為悖理。

《唐摭言》卷十三「矛盾」條：

> 唐沈亞之常客遊，為小輩所試曰：「某改令書俗各兩句：伐木
> 丁丁，鳥鳴嚶嚶。東行西行，遇飯遇羹。」亞之答曰：「如切如磋，
> 如琢如磨。欺客打婦，不當嘍囉。」〔註339〕

此處「嘍囉」有「好漢」義〔註340〕。沈亞之所作四句令語其意為：男女合歡
打情罵俏之時，不能充當嘍囉。「嘍囉」在此處顯然指破壞男女關係的人，這
種用法在後代也有延續。如明王玉峰《焚香記》第八齣：「休怪我後堯婆，逞
儍儇，把你兩個鴛鴦，一去留一個。」〔註341〕由此看來，「如切如磋，如琢如
磨」在酒令的語境中是表示男女情媾的隱語。沈亞之雖是斷章取義，却誤打
誤撞正中《淇奧》詩中喻意。故「如切如磋，如琢如磨」是謎面，謎底是性
交。詩一開始就寫男女情媾動作，可謂直接進入主題，但又如此含蓄典雅，
不見鄙俗淫艷。

（二）瑟兮僩兮，赫兮咺兮

聞一多認為：「『僩』，假作『爛』，『僩』、『瀾』，因古複輔音關係相通。
『瑟』（璱），形容玉石結實貌。堅石始能細磨使光。『咺』，煊也。『瑟兮僩
兮，赫兮咺兮』及『如切如磋，如琢如磨』，皆以玉石比人。」〔註342〕恐非。
「如切如磋，如琢如磨」是以琢磨玉石的動作寫人，「瑟兮僩兮，赫兮咺兮」
倒不必也是「以玉石比人」。「瑟兮僩兮，赫兮咺兮」應是直接寫人。毛《傳》：

〔註336〕《全唐詩》卷三八八，第 12 冊第 4384 頁。

〔註337〕池水涌、趙宗來《孔子之前的「君子」內涵》（《延邊大學學報〔社會科學版〕》
1999 年第 1 期）舉出 14 例，未含《淇奧》。

〔註338〕如「有女如玉」（《召南·野有死麕》）、「彼其之子，美如玉」（《魏風·汾沮洳》）、
「言念君子，溫其如玉」（《秦風·小戎》）等。

〔註339〕〔五代〕王定保撰、姜漢椿校注《唐摭言校注》卷十三「矛盾」條，上海社
會科學院出版社，2003 年，第 271 頁。

〔註340〕參考徐時儀《「嘍囉」考》，《語言科學》2005 年第 1 期，第 67 頁。

〔註341〕〔明〕王玉峰《焚香記》，北京：中華書局，1989 年，第 17 頁。

〔註342〕劉晶雯整理《聞一多詩經講義》，天津古籍出版社，2005 年，第 57 頁。

「瑟，矜莊貌。」〔註343〕王先謙《詩三家義集疏》：「《白虎通‧禮樂篇》：『瑟者，嗇也，閒也，所以懲忿窒欲，正人之德也。』是『瑟』有『嚴正』義。」〔註344〕對於「僴」，《詩三家義集疏》云：「《說文》：『僴，武貌。從人，閒聲。』《詩》曰：『瑟兮僴兮。』《爾雅‧釋文》：『僴，或作㵖。』《方言》：『㵖，猛也。』《廣雅‧釋訓》同。武、猛義合，皆嚴栗意也。」〔註345〕故「瑟」、「僴」為寫人之詞，由「瑟」而「僴」，似乎寫出由拘謹到猛烈，暗示男女情事由挑動至熱烈。

段玉裁注《說文》：「赫，大赤貌。大，各本作火，今正。此謂赤，非謂火也。赤之盛，故從二赤。」〔註346〕「赫」由兩「赤」字組成，而「赤」原與性有關〔註347〕。馬宗霍釋「愃」：

> 「愃（心部），寬嫻心腹皃。」（《說文》）……今詩作咺。《爾雅‧釋訓》作「烜」。《禮記‧大學》引作「喧」。《詩》、《釋文》引《韓詩》作「宣」。宣，顯也。案烜、喧、宣皆三家異文。《說文》無「喧」字，火部烜為爟之重文。宀部宣訓天子宣室，皆非此詩正字。許引作愃，亦本三家。蓋以愃為正字也。毛作咺者，《說文》口部云：「朝鮮謂兒泣不止曰咺。」則咺亦假借字。《禮記‧釋文》云：「喧，本作咺。」《爾雅‧釋文》云：「烜，今作咺字。」疑《禮記》之一作本、《爾雅》之今作本，皆後人依毛詩改。宣從亘聲，愃從宣聲，咺從宣省聲，故互相通假耳。〔註348〕

據此，「咺」、「喧」通假。「赫兮咺兮」似指男子面貌紅潤、寬嫻心腹。又段玉裁引《方言》：「咺，痛也。凡哀泣而不止曰咺。朝鮮洌水之間少兒泣而不止曰咺。」〔註349〕如此則「咺」似指媾合時女方之呻吟，「赫」指其燦若桃花

〔註343〕《毛詩正義》卷三之二，第 216 頁。

〔註344〕〔清〕王先謙撰、吳格點校《詩三家義集疏》卷三下，北京：中華書局，1987年，上冊第 268～269 頁。

〔註345〕〔清〕王先謙撰、吳格點校《詩三家義集疏》卷三下，北京：中華書局，1987年，上冊第 269 頁。

〔註346〕〔漢〕許慎撰、〔清〕段玉裁注《說文解字注》，上海古籍出版社，1981年，第 492 頁上欄右。

〔註347〕〔荷蘭〕高羅佩著、李零等譯《中國古代房內考》（北京：商務印書館，2007年）第 14 頁：「紅色在中國一直象徵著創造力、性潛能、生命、光明和快樂。」

〔註348〕馬宗霍著《說文解字〉引經考》之《引詩考》卷三「愃」字條，臺灣：學生書局，1971年，第 530～531 頁。

〔註349〕《說文解字注》，第 54 頁下欄左。

之紅顏。揆之房中書所言,「赫」指「面赤」〔註350〕,「喧」指「累滾(哀)」〔註351〕。但綜合上下文意觀之,「赫」、「喧」指男子而言更順暢,前後文俱言「有匪君子」,中間「如切如磋,如琢如磨。瑟兮僩兮,赫兮喧兮」似應都指君子而言。漢焦贛《易林・坤之巽》:「白駒生芻,猗猗盛姝。赫喧君子,樂以忘憂。」〔註352〕也還是用的男女情事,且以「赫喧」形容君子。因此,「如切如磋,如琢如磨」、「瑟兮僩兮,赫兮喧兮」都寫「君子」,前者偏指動作,後者偏指神態。

(三)充耳琇瑩,會弁如星

「充耳琇瑩,會弁如星」,是形容詩中「君子」服飾之美。先說「會弁如星」。鄭玄箋:「會,謂弁之縫中。飾之以玉,皪皪而處,狀似星也。」〔註353〕弁,古代貴族穿禮服時戴的帽子。孔穎達曰:

> 《弁師》云:「王之皮弁,會五采玉璂。」注云:「會,縫中也。皮弁之縫中,每貫結五采玉十二以為飾,謂之綦。《詩》云『會弁如星』,又曰『其弁伊綦』,是也。」此云武公所服非爵弁,是皮弁也。皮弁而言會,與《弁師》皮弁之會同,故云「謂弁之縫中」也。〔註354〕

《詩經》中戴皮弁的例子,如《甫田》:「婉兮孌兮,總角丱兮。未幾見兮,突而弁兮。」可見戴皮弁者並不限於貴族。以玉會合皮弁之縫,是擬喻男女之事。《周易》「豫」卦爻辭說:「由豫,大有得,勿疑,朋盍簪。」錢世明云:「坤為朋,為髮,為合」,「一陽入於坤陰,如一簪插入髮中以束髮。簪入於

〔註350〕《素女經》:「夫五徵之候,一曰面赤,則徐徐合之。」李零著《中國方術正考》,北京:中華書局,2006年,第397頁。

〔註351〕馬王堆帛書《天下至道談》描述性興奮的「五音」之三為「累滾(哀)」,李零解釋為「不斷號叫,俗稱『叫床』」,見氏著《中國方術考》,北京:中華書局,2006年,第395頁、331頁。可見古人很早就對性交中的叫床現象有所認識記載。這類描寫,在後代文學中多次出現,如唐白行簡《天地陰陽交歡大樂賦》:「女乃色變聲顫,釵垂髻亂。」王實甫《西廂記》第四本第二折紅娘說:「一個恣情的不休,一個啞聲兒廝耨。呸!那其間可怎生不害半星兒羞?」前「一個」指鶯鶯自己,後「一個」指張生。而《淇奧》是較早的相關描寫。

〔註352〕〔西漢〕焦延壽著、〔民國〕尚秉和注《焦氏易林注》,北京:光明日報出版社,2005年,第22頁。

〔註353〕《詩經正義》卷三之二,第218頁。

〔註354〕《毛詩正義》卷三之二,第218頁。

髮，髮聚合而納簪——此陰陽媾合之暗喻！」〔註355〕「陽入坤陰」是乾坤發
生關係的表象，正如《周易》中乾坤的許多其他象徵物一樣，皮弁之縫象徵
女陰，玉是男根之象，玉使縫合正是「陽入坤陰」、牝牡偶合之象。

至於充耳，象喻意義更明顯。「充耳琇瑩」指以玉穿耳，《說文》：「瑱，
以玉充耳也。」〔註356〕《釋名・釋首飾》：「瑱，鎮也。懸當耳傍，不欲使
人妄聽，自鎮重也。或曰充耳，充塞也。塞耳亦所以止聽也，故里語曰：『不
喑不聾，不成姑公。』」〔註357〕揚之水有充分的論述，證明充耳是裝飾，而
非用來止聽。揚先生並舉例：「充耳的佩戴方式應該是穿耳。斯德哥爾摩遠
東古物博物館所藏一件戰國銅人，耳垂上邊各貫了一支小『棒』，便是『充
耳』，小即穿耳之瑱。」〔註358〕這是充耳隱喻性交的很好例證，「小棒」象
男根，耳朵喻女陰。耳朵確曾與性有過聯繫，「在有些文化中，他們以傷害
耳朵來取代女性的割禮；在若干東方國家青春少女的啓蒙儀式中，則包括穿
耳洞一項；古埃及婦人與人通姦，其懲罰方式就是割耳朵。凡此種種，都是
以耳朵來象徵、替代生殖器」〔註359〕。耳朵暗示或象徵女性生殖器，穿耳
戴環則隱喻交媾。《詩經》戀歌多寫充耳之飾。如《小雅・都人士》：「彼都
人士，充耳琇實。彼君子女，謂之尹、吉。我不見兮，我心菀結。」《齊風・
著》：「俟我於庭乎而，充耳以青乎而，尚之以瓊瑩乎而！」《邶風・旄丘》：
「瑣兮尾兮！流離之子。叔兮伯兮，褎如充耳。」余冠英認爲：「女子也可
以叫她的愛人爲『伯』、『叔』。」〔註360〕則《旄丘》詩作者爲一婦女，「叔」
和「伯」指她的男性伴侶。《都人士》和《著》也是戀歌。這幾首詩描繪作
爲耳飾的充耳以增美男子，又都有性隱喻的意味。

（四）如金如錫，如圭如璧

金錫是鑄造精美器物的兩種金屬。《周禮・考工記》：「吳粵之金、錫，
此材之美者也。」〔註361〕像這樣以金錫比喻材美的情況在先秦時代很多。

〔註355〕錢世明著《易象通說》，北京：華夏出版社，1989 年，第 58 頁。
〔註356〕《說文解字注》，第 13 頁下欄左。
〔註357〕〔清〕王先謙撰《釋名疏證補・釋首飾》，上海古籍出版社，1984 年，第 241
　　　　頁。
〔註358〕揚之水《〈詩・小雅・都人士〉名物新詮》，《文學遺產》1997 年第 2 期，第 54
　　　　頁。又見氏著《〈詩經〉名物新證》，北京古籍出版社，2000 年，第 388 頁。
〔註359〕沈爾安《趣說耳朵與性愛》，《生活與健康》2002 年第 9 期，第 50 頁。
〔註360〕余冠英著《詩經選》，北京：人民文學出版社，1979 年，第 67 頁注釋①。
〔註361〕《周禮注疏》卷三九，第 1061 頁。

金錫要成美器,還需鍛鍊。《周禮·考工記》:「六分其金而錫居一,謂之鍾鼎之齊。」〔註362〕可見金錫配比冶煉才能製造出精美器具。毛《傳》:「金、錫練而精,圭、璧性有質。」〔註363〕已指出鍛鍊之義,但未明性的隱喻。《醫心方》卷二八引古房中書《素女經》佚文:「禦敵家,當視敵如瓦石,自視如金玉。」〔註364〕據李零考證,《素女經》「至少是東漢就有的古書」〔註365〕。可見古人早有金玉瓦石比喻男女性別的傳統。後代也有以金屬象徵男女性別的說法,如「黃金爲父,白銀爲母。鉛爲長男,錫爲適婦」(綦毋氏《錢神論》)〔註366〕。「如金如錫」此處比喻合爲一體、身心交融的狀態,如同後代民歌以泥爲喻:「我泥中有你,你泥中有我」〔註367〕、「哥哥身上也有妹妹,妹妹身上也有哥哥」〔註368〕。

上面分析了「如切如磋,如琢如磨」的性喻意,是取象於治器的琢磨動作,而取象於玉器,本詩有兩方面,一是以玉器裝飾身體或衣物而構成隱喻,如「充耳琇瑩,會弁如星」;二是以玉器本身構成隱喻,如下面要分析的「如圭如璧」。祭祀是圭、璧等玉器在先秦文化中的主要用途之一。《詩經》多有記述,如《大雅·江漢》:「釐爾圭瓚,秬鬯一卣。」《大雅·旱麓》:「瑟彼玉瓚,黃流在中。」陳士瑜、陳啓武二先生論述:

> 「觀」是先秦時期含有交媾意味的隱語,其本字作「灌」,原本是古代祭祀時奠酒獻神的一種儀式,《禮記·明堂位》:「季夏六月,

---

〔註362〕《周禮注疏》卷四〇,第1097頁。

〔註363〕《毛詩正義》卷三之二,第219頁。黎錦熙說:「毛傳云云,說得欠明瞭。朱《集傳》把句子改了一改,就很有意思:『金錫言其鍛鍊之精純,圭璧言其性質之溫潤。』《文心雕龍》云:『金錫以喻明德。』(後來錫賤了,又易熔化,現在不可再拿來比君子之德。)究竟詩人本意是否比『德』,卻還可疑;也許是比他身份的尊貴和隆重,看本詩下四句(寬兮綽兮,猗重較兮,善戲謔兮,不爲虐兮)便可證明。」(詹鍈議證《文心雕龍議證》卷八,上海古籍出版社,1989年,第1351頁注釋〔三〕)雖懷疑「金錫比德說」,卻引向「比他身份的尊貴和隆重」,緣於對「寬兮綽兮,猗重較兮,善戲謔兮,不爲虐兮」四句的理解受了傳統影響。

〔註364〕李零著《中國方術正考》,北京:中華書局,2006年,第396頁。

〔註365〕李零著《中國方術正考》,北京:中華書局,2006年,第306頁。

〔註366〕〔唐〕徐堅等撰《初學記》二七,北京:中華書局,1962年,第3冊第654頁。

〔註367〕〔元〕管道升《我儂詞》,唐圭璋編《詞話叢編·古今詞話》,北京:中華書局,1986年,第797頁。

〔註368〕〔明〕李開先《詞謔》所引明代民歌《鎖南枝·風情》,見中國戲曲研究院編《中國古典戲曲論著集成》,中國戲劇出版社,1959年,第3冊第145~146頁。

以祓禮祀周公於大廟……灌用玉瓚大圭。」鄭玄注：「灌，酌鬱尊以
獻也。」古人以天為陽，以地為陰。周人先求於陰，因此在祭祀開
始時先行灌禮，先秦時亦藉以用澆注酒漿來暗寓交媾。〔註369〕

既然「用澆注酒漿來暗寓交媾」，則圭瓚象喻男根也就不難理解。漢代及以
前，有圭出土的墓主多為男性，圭也用作女性生殖器塞〔註370〕。圭形似男
根，也隱含生命新生的喻意。《說文解字》：「剡上為圭。」〔註371〕《周禮・
春官・大宗伯》鄭玄注：「圭銳，象春物初生。」〔註372〕段玉裁《說文》引
應劭云：「圭，自然之形、陰陽之始也。」〔註373〕古代陰陽、天地、男女是
同一層面的象喻，故「陰陽之始」與「春物初生」一樣都表明圭的生殖象徵
意義〔註374〕。事實上，不僅圭，其他形似圭的玉器也有同樣的象徵喻意。
車廣錦認為：「玉山形器、權杖柄端、玉觿、玉璋、玉圭、玉柄、玉匕、玉
笄、玉鍼等玉石器，均為男根的象徵物。」〔註375〕性象徵這樣廣泛，也許
使人覺得過於寬泛和附會。但是當「圭」與「璧」同時出現，其天地陰陽擬
喻及生殖象徵的含義便表露無遺。

璧象女陰。《說文》：「璧，瑞玉圓也。」〔註376〕《爾雅・釋器》：「肉倍
好謂之璧，好倍肉謂之瑗，肉好若一謂之環。」〔註377〕一般認為「『肉』指

〔註369〕陳士瑜、陳啟武《蕈菌考》，《中國農史》2005 年第 1 期，第 33 頁。
〔註370〕參見周南泉《論中國古代的圭——古玉研究之三》，《故宮博物院院刊》1992
　　　　年第 3 期，第 22 頁。
〔註371〕《說文解字注》，第 12 頁下欄右。
〔註372〕《周禮注疏》卷十八，第 478 頁。
〔註373〕《說文解字注》，第 693 頁下欄左「圭」下。
〔註374〕靳之林認為：「在男性祖先崇拜、生殖崇拜的父系氏族社會，作為陽性生命象
　　　　徵的圭，與作為生命象徵的男陽且有著同一內涵。」見氏著《生命之
　　　　樹與中國民間民俗藝術》，桂林：廣西師範大學出版社，2002 年，第 75 頁。
　　　　「」釋為「圭」是沒有疑問的，李學勤《由兩條〈花東〉卜辭看殷禮》云：
　　　　「『』是象形字，上端有三角形尖，下部為長方條形，當釋為『圭』。」（《吉
　　　　林師範大學學報》2004 年第 3 期）另參見蔡哲茂《說殷卜辭中的「圭」字》，
　　　　中國文字學會、河北大學漢字研究中心編《漢字研究》第一輯，北京：學苑
　　　　出版社，2005 年，第 308～315 頁。
〔註375〕車廣錦《中國傳統文化論——關於生殖崇拜和祖先崇拜的考古學研究》，《東
　　　　南文化》1992 年第 5 期，第 39 頁左。
〔註376〕《說文解字注》，第 12 頁上欄右。
〔註377〕《十三經注疏》整理委員會整理、李學勤主編《爾雅注疏》，北京大學出版社，
　　　　1999 年，第 151 頁。

璧的邊寬，『好』指璧的孔徑」〔註378〕。可知璧的孔較小，而環邊較寬。「玉璧的穿孔也應是女陰的象徵，而玉璧的『肉』（內圓到外圓的距離）可能象徵大陰唇。」〔註379〕趙國華認為：「在原始社會中，所有人工製造的圓環狀物，如以初民佩戴的部位區分，有環、鐲、釧；環狀者如以質料區分，有陶環、石環、玉環；玉製者如以肉徑和孔徑大小區分，有環、瑗、璧。凡此種種，包括隨葬的紡輪，全部具有象徵女陰的意義，並由此發展出象徵女性的意義。」〔註380〕如果我們稍微考察一下女陰象徵物，就會發現圓形及其變形（如橢圓、縫等）最為普遍。正如〔英〕卡納《人類的性崇拜》所說：「人類最古老的一種生殖象徵，便是一個簡單的圓圈。它可能代表太陽，也可能是原始的玄牝符號。它可以表示萬物之始，也可以代表萬物之終。中國有句成語『如環無端』，正可表示萬有的無始無終、包羅萬象。因此，圓便成了母親、女人及地母的象徵。」〔註381〕

總之，圭、璧在詩中是雌雄關合、牝牡相屬之象。在男女生殖器的象徵物中，以玉或玉器比擬的頻率很高。馬王堆漢墓房中書稱男性生殖器為「玉策」、「玉莖」，稱女性生殖器為「玉竇」，甚至精液也稱「玉泉」〔註382〕。讀者現在回頭再看「如切如磋，如琢如磨」，當不會以為我僅憑臆測而唐突古人。故此處「如金如錫」指如金之在錫、融於錫，「如圭如璧」指如圭之穿璧，都是合男女而言，暗喻合歡或結配。

（五）寬兮綽兮，倚重較兮

「寬」在《詩經》其他情詩中也出現過，如《衛風・考槃》：「考槃在澗，碩人之寬。」《詩集傳》引陳傅良曰：「考，扣也。槃，器名，蓋扣之以節歌，如鼓盆拊缶之為樂也。」〔註383〕其實《考槃》寫男女歡會，「考槃」喻性交，

〔註378〕盧兆蔭著《玉振金聲——玉器・金銀器考古學研究》，北京：科學出版社，2007年，第39頁。

〔註379〕車廣錦《中國傳統文化論——關於生殖崇拜和祖先崇拜的考古學研究》，《東南文化》1992年第5期，第37頁右。

〔註380〕趙國華著《生殖崇拜文化論》，北京：中國社會科學出版社，1990年，第300頁。

〔註381〕轉引自鄭思禮著《中國性文化——一個千年不解之結》，北京：中國對外翻譯出版公司，1994年，第415頁。

〔註382〕李零著《中國方術正考》，北京：中華書局，2006年，第321～323頁。

〔註383〕〔宋〕朱熹撰《詩經集傳》卷二，《四庫全書》第72冊第771頁上欄左。

「澗」喻女陰，「寬」指女陰狀態。上引徐陵「雖復考盤在阿，不爲獨宿」也可佐證。《考槃》又云：「考盤在阿，碩人之薖」、「考盤在陸，碩人之軸」。趙帆聲認爲：「《傳》：『薖，寬大貌。』按：依《說文》段《注》，薖字於此處乃『款』之假借，款同『窾』，《廣雅・釋詁三》『窾，空也』，空亦寬大貌，與《傳》言『薖，寬大貌』義同。」〔註384〕「薖」既爲「窾」之假借，具「空」義，則「薖」亦形容女陰。故鄭玄箋：「薖，饑意。」〔註385〕按照聞一多對「饑」的解釋〔註386〕，鄭玄道出了字面以外的性饑渴含義。《說文》：「軸，所以持輪者也。」〔註387〕古人多以車喻性（詳下文），軸之持輪隱喻性交。據「薖」、「軸」也可明「寬」的喻義。《淇奧》中「寬」義同此。《詩集傳》云：「綽，開大也。」也是形容女陰狀態，如同房中書所謂「玉戶開翕」〔註388〕。《素女經》「五徵之候」其四云：「四曰陰滑，則徐徐深之。」〔註389〕略似「寬兮綽兮」。毛《傳》：「綽，緩也。」則是形容動作。

「猗」與「倚」通。古人對「較」考證繁瑣，簡言之，重較即車兩旁做扶手的曲木。《論語・鄉黨》皇侃疏：「古人乘露車……皆於車中倚立，倚立難久，故於車箱上安一橫木，以手隱憑之，謂之爲較，詩云『猗重較兮』是也。」〔註390〕今人結合考古實物的研究結果表明，「較」的重要作用是供軍主人扶持〔註391〕。毛《傳》云：「重較，卿士之車。」〔註392〕恐怕是爲了支持其「美武公之德」說而作的曲解。《詩經》時代，車在社會生活中普遍應用。男女情投意合而同車不爲罕見，如《衛風・北風》：「惠而好我，携手同車。」《鄭風・有女同車》：「有女同車，顏如舜華。」而且車在會男女的遊樂野合習俗中更是不可缺少。鍾文烝《春秋穀梁經傳補注》引家鉉翁云：

〔註384〕趙帆聲著《詩經異讀》，開封：河南大學出版社，2002 年，第 83 頁。

〔註385〕《爾雅注疏》，第 221 頁。

〔註386〕參見聞一多《高唐神女傳說之分析》，見氏著《聞一多全集・神話編上》，湖北人民出版社，1993 年，第 4～5 頁。

〔註387〕《說文解字注》，第 724 頁上欄左。

〔註388〕李零著《中國方術正考》，北京：中華書局，2006 年，第 401 頁。

〔註389〕李零著《中國方術正考》，北京：中華書局，2006 年，第 397 頁。

〔註390〕《論語義疏》卷五，轉引自揚之水著《〈詩經〉名物新證》，北京古籍出版社，2000 年，第 446 頁。

〔註391〕王厚宇、王衛清《考古資料中的先秦金較》，《中國典籍與文化》1999 年第 3 期；揚之水《駟馬車中的詩思》，見氏著《〈詩經〉名物新證》，北京古籍出版社，2000 年，第 446～448 頁。

〔註392〕《毛詩正義》卷三之二，第 219 頁。

「尸女云者，盛其車服，炫惑婦人，要其從己也。」〔註393〕《詩經》中取象於車、借車言情的也很多，如《小雅・車轄》：「間關車之轄兮，思變季女逝兮。」《王風・大車》：「大車檻檻，毳衣如菼。豈不爾思？畏子不敢。」後代文獻中也不少，如敦煌文獻《孔子項託相問書》：「人之有婦，如車有輪。」〔註394〕王政解釋：「這種以車或輪軸喻夫婦的文化象徵長期積澱在東方人的潛意識中。《北堂書鈔》141 卷說，輪與軸是夫婦的象喻，一個人在夢中見到輪軸，那應發生夫婦情感上的『事』，『輪軸為夫婦，夢得輪軸，夫婦之事也。』」〔註395〕早在《周易參同契》已云：「窮神以知化，陽往則陰來，輻輳而輪轉，出入更卷舒。」〔註396〕即是取象於車以表達陰陽交合、出入卷舒之狀。「軸」、「輪」結合是男女之象。一方面，車為女象。《易・說卦傳》：「坤為地，為母，……為大輿。」另一方面，「御車」與「御女」相通。如黃維華所論：「在祭土、祀社的原始宗教文化背景下，產生了『御』字標示為祈拜行為的原初意義……又引申為『進』。進輪謂之御車，《昏義》『出御婦車』、『御輪三周』之『御』即其義。……進侍者亦謂之御人、御臣，而蔡邕《獨斷》中更有所謂『天子所進曰御，凡衣服加於身、飲食入于口、妃妾接於寢皆曰御』的闡解。」〔註397〕《儀禮・昏義》載：「今婿御車……行車輪三周，御者乃代婿。」這種儀式也有某種象徵意味〔註398〕。道教房中書也以車軾比喻房事，如《抱朴子・微旨》云：「或曰：『一房有生地，不亦偪乎？』抱朴子曰：『經云，大急之極，隱於車軾。如此，一車之中，亦有生地，況一房乎？』」〔註399〕

男女媾合時女人平躺於地，雙腿向上彎曲，正如「重較」。古人性交多

〔註393〕〔清〕鍾文烝撰《春秋穀梁經傳補注》，北京：中華書局，1996 年，第 199 頁。

〔註394〕《敦煌變文校注》，第 358 頁。

〔註395〕王政《敦煌遺書中生殖婚配喻象探討》，《敦煌研究》1998 年第 3 期，第 92 頁。

〔註396〕潘啓明著《〈周易參同契〉通析》，上海翻譯出版公司，1990 年，第 23 頁。

〔註397〕黃維華《「御」的符號意義及其文化內涵》，《常熟高專學報》1994 年第 2 期，第 74 頁。又見黃維華《御：社土崇拜及其農耕——生殖文化主題》，《民族藝術》2004 年第 3 期，第 30 頁左。兩處文字全同。

〔註398〕似乎表明新婦和新郎的夫妻關係，以與御者和新婦的雇傭關係相區別。似乎並無祈求吉祥或從屬於夫權的象徵意義。參考段塔麗《唐代婚俗「繞車三匝」漫議》，《中國典籍與文化》2001 年第 3 期。

〔註399〕王明著《抱朴子內篇校釋・微旨》，北京：中華書局，1980 年，第 116 頁。

取此勢。如《醫心方》卷二八引古房中書《素女經》佚文：「臨御女時，先令婦人放手安身，屈兩腳。男入其間，銜其口，吮其舌，拊搏其玉莖，擊其門戶東西兩傍。」〔註400〕《玉房秘訣》云：「令女正臥高枕，伸張兩肶，男跪其股間刺之。」〔註401〕明末春冊《風流絕暢圖》第十圖《帳中懼》題辭：「金針欲下，玉股自懸。」〔註402〕婦人「屈兩腳」、「伸張兩肶」、「玉股自懸」，很像車兩旁的「較」。近年各地發現不少岩畫、畫像磚等，多表現生命狂歡、男女媾合，其中即有女人平躺雙腿彎起的畫面，典型的如四川漢畫像磚野合圖〔註403〕。表現在文學中，如蕭綱《孌童》詩云：「懷猜非後釣，密愛似前車。」〔註404〕詩寫男同性戀，「前車」指男女面對面的性行為，以車為喻。作為一種集體無意識，後世生活中也不難覓到它的身影。如明代民歌：「姐兒生得好像一朵花，吃郎君扳倒像推車」、「等我裏情哥郎來上做介一個推車勢，強如涼床口上硬彭彭」〔註405〕。又《象棋》：「結識私情像象棋，棋逢敵手費心機，渠用當頭石炮，我有士象支持，渠用卒兒進，我個馬會邪移。姐道郎呀，你攤出子將軍頭要捉我做個塞殺將，小阿奴奴也有個踏車形勢兩逼車。」〔註406〕此歌全用雙關。由於象棋根據古代兵戰演變而成，故「兩逼車」是取其形似。在明清性文學中，以車喻性的例子也不少，如明末春冊《風流絕暢圖》第十五圖《自在車》題辭：「君不見，輕車來去坐生春，上山下山無行塵。懶漢痴迷不自推，輪旋轂轉由他人。森森戈戟未分明，雄雌難決輸與贏。個中機械一條心，縱橫炮打襄陽城。」〔註407〕《花營錦陣》第七圖《金人捧露盤》題辭：「半是推車上嶺，半是枯樹盤根。」〔註408〕

〔註400〕李零著《中國方術正考》，北京：中華書局，2006年，第397頁。
〔註401〕李零著《中國方術正考》，北京：中華書局，2006年，第398頁。
〔註402〕〔荷蘭〕高羅佩（R. H. van Gulik）著《秘戲圖考：附論漢代至清代的中國性生活》，廣東人民出版社，1992年，第332頁。
〔註403〕如四川德陽出土的漢代性愛畫像磚、四川新都出土的漢代野合畫像磚，參考彭衛、楊振紅著《中國風俗通史‧秦漢卷》，上海文藝出版社，2002年，第339頁、341頁。
〔註404〕《先秦漢魏晉南北朝詩‧梁詩卷二一》，下冊第1941頁。
〔註405〕〔明〕馮夢龍編《山歌》卷二《私情四句》，〔明〕馮夢龍等編《明清民歌時調集》，上海古籍出版社，1987年，上冊第295、309頁。
〔註406〕〔明〕馮夢龍編《山歌》卷七《私情雜體》，〔明〕馮夢龍等編《明清民歌時調集》，上海古籍出版社，1987年，上冊第382～383頁。
〔註407〕《秘戲圖考》第333頁。
〔註408〕《秘戲圖考》第333頁。

清代小說《杏花天》:「未一時,巧娘花雨流瀝,渾身涼液,滿口香津,停車住轡而臥。」〔註409〕這些都是以車為喻,以推車姿勢比擬各種交合動作。有意思的是古印度《欲經》中也有以車為喻的「車輪滾滾」式〔註410〕。這些都說明人類的意識在尋找性的象徵物時易於由眼前之車引起對女性雙腿的聯想和附會。本詩第二章云「充耳琇瑩,會弁如星」,描繪的是女人眼中所見男子的充耳及會弁之玉的光彩,可能是男上女下姿勢。

(六)善戲謔兮,不為虐兮

以上各句均是性媾行為的隱語,而「善戲謔兮,不為虐兮」則是女子對所歡男子即「君子」的欣賞,其中包含性的戲謔。聞一多《〈詩經〉的性欲觀》釋「謔」字:

> 謔字,我沒有找到直接的證據,解作性交。……虐字本有淫穢的意思(所謂「言虐」定是魯迅先生所謂「國罵」者)。《說文》:「虐,殘也,從虎爪人,虎足爪人也。」《注》:「覆手曰爪,反爪向外攖人是曰虐。」覆手爪人,也可以聯想到,原始人最自然的性交的狀態。謔字可見也有性欲的含義。〔註411〕

聞先生釋「虐」較為牽強,且未提供例證〔註412〕。但對「謔」字的聯想頗具啟發意義。馬宗霍釋「戲謔」:

> 《說文》戈部云:「戲,三軍之偏也。一曰兵也。」則以戲訓謔,亦假借字。王夫之曰:「戲又兵也。兵謂交兵相擊。如《春秋傳》『請與三軍之士戲』。借為戲謔者,謔者以言相擊,有交爭之義,與謔從虐意同。」案此說可備一解。段玉裁曰:「戲一說謂兵

〔註409〕 〔清〕古棠天放道人編次《杏花天》,臺北:臺灣大英百科股份有限公司,2000年,轉引自張廷興著《中國艷情小說史》,北京:中央編譯出版社,2008年,第404頁。

〔註410〕 石海軍《愛欲正見:印度文化中的艷欲主義》:「『車輪滾滾』式要求男女雙方在性愛中背背相依、『首尾』相接,形成一個圓,這就像中國道家的陰陽圖一樣,顯然,這裡的『車輪』表現的主要是宗教上的象徵意義,而非性愛中的具體形式。」見氏著《愛欲正見:印度文化中的艷欲主義》,重慶:重慶出版社,2008年,第30~31頁。

〔註411〕 聞一多《〈詩經〉的性欲觀》,《聞一多全集·詩經編上》,湖北人民出版社,1993年,第173~174頁。

〔註412〕 「虐」字恐與性無關,先秦文獻中未見與性有關的例證。裘錫圭曰:「象虎抓人欲嚙形,應是『虐』之初文。」并說「虐」字在卜辭裏多與災禍字並用。見《釋「虐」》,《古文字論集》,北京:中華書局,1992年,第46頁。

械之名，以兵杖可玩弄也，可相鬥也。故相狎亦曰戲謔。」與王
說略同。《太平御覽》四百六十六引《說文》曰：「嘲戲，相弄也。」
又曰：「戲，弄也。」今《說文》口部無「嘲」字，「戲」下亦無
「弄也」之訓。使《御覽》所引爲舊本，則「謔」之訓「戲」更
有徵矣。〔註413〕

可見「戲」、「謔」都有玩弄、玩耍之意，「戲」偏指動作，「謔」偏指語言，
如果用於男女，則都有調情戲耍之意。《詩經》中「謔」字多與男女之情有
關，已見本文篇首摘引劉毓慶、楊文娟著《詩經講讀》所論。而「戲」也很
早就用於男女之事，如《禮記・少儀》：「不窺密，不旁狎，不道舊故，不戲
色。」孔穎達疏：「『不戲色』者，不戲弄其顏色。」〔註414〕《管子・輕重
丁》：「男女當壯，扶轝推輿，相睹樹下，戲笑超距，終日不歸。」男女之事，
馬王堆帛書《養生方》《合陰陽》即稱爲「女子與男子戲」、「戲道」〔註415〕，
至遲漢代已稱「秘戲」〔註416〕。《素女經》云：「求子法自有常體，清心遠
慮，安定其衿袍，垂虛齋戒，以婦人月經後三日，夜半之後，雞鳴之前嬉戲，
令女盛動，乃往從之，適其道理，同其快樂，却身施寫。」〔註417〕都以「嬉
戲」形容男女之事。如果說因爲障眼法的緣故，讀者在詩中只見「琢下」與
玉器，只見令、錫、車，不見性交，那麼「善戲謔兮，不爲虐兮」則是透過
詞語的帷幕暗示我們：詩中所寫是男女之戲謔。這種「曲終奏雅」的寫法，
表明前面所寫都是男女戲謔之事。對於《易經・咸卦》，潘光旦認爲：「與其
說是描寫性交的本身，無寧說描寫性交的準備。所謂『咸其拇』、『咸其腓』、
『咸其股』、『執其隨』、『咸其脢』、『咸其輔、頰、舌』，都是一些準備性的
性戲耍，並且自外而內，步驟分明。」〔註418〕而《淇奧》則是一開始就直

〔註413〕馬宗霍著《〈說文解字〉引經考》之《引詩考》卷三「愃」字條，臺灣：學生
　　　　書局，1971年，第353頁。
〔註414〕李學勤主編《禮記正義》，第1025頁。
〔註415〕李零著《中國方術正考》，北京：中華書局，2006年，第373頁、391頁。
〔註416〕《史記》卷一〇三《周文列傳》：「景帝入臥內，於後宮秘戲，仁常在旁。」
　　　　又見於《史記・萬石張叔列傳》，文字略同。宋任廣撰《書敘指南》卷十八「奸
　　　　穢臟墨」條：「帷幄事曰秘戲（原注：周仁）。」明張丑《清河書畫舫》卷四
　　　　下：「夫秘戲之稱，不知起於何代，自太史公撰列傳，周仁以得幸，景帝入臥
　　　　內，於後宮秘戲，而仁嘗在旁。杜子美製宮詞，亦有『宮中行樂秘，料得少
　　　　人知』之句，則秘戲名目，其來已久，而非始於近世耳。」
〔註417〕李零著《中國方術正考》，北京：中華書局，2006年，第400頁。
〔註418〕〔英〕靄理士著、潘光旦譯注《性心理學》，《潘光旦文集》第十二卷，北京

接描寫性交合的動作，末章提到性交後的戲謔，類似性後嬉。

聞一多說：「凡是詩人想到那種令人害羞的事體，想講出來，而又不敢明講，他就製造一種謎語填進去，讓讀者自己去猜——換言之，那就是所謂隱喻的表現方法。」〔註419〕本文以上所論即為揭示隱喻。這些隱喻與暗示、比興等共同構成詩中性隱語。此詩雖充溢著性隱語，却極為含蓄，盡得風流而不著一字，故幾千年來蒙蔽了無數雙眼睛。但也有極少數人不為所蔽，如劉禹錫以為建平《竹枝詞》「含思宛轉，有《淇奧》之艷音」（《竹枝詞九首·序》）〔註420〕，即是讀出本詩中性隱語。

二、《淇奧》與竹生殖崇拜

上面論述了《淇奧》各句的性愛內涵，但此詩不是一般意義地描寫性愛，實在是遠古竹生殖崇拜的反映。

（一）「猗猗」、「青青」、「如簀」與起興

首二句除暗示地點，還有比興作用。奧，又作澳、隩。「隩、澳皆謂崖岸深曲之處」〔註421〕。古代生殖崇拜文化常以山、丘陵、竹笋等突起之物喻男根，以溪谷、洞穴、沼澤等低凹之物喻女陰。山澤相配象徵男女結合，是古代生殖崇拜的一個基本象喻模式，由此衍生出眾多的組合象徵，如「山有×，隰有×」、「隰×有×」等。澤陂之處有低矮植物，往往象徵女子。如《陳風·澤陂》：「彼澤之陂，有蒲與荷。有美一人，傷如之何？寤寐無為，涕泗滂沱。」是男子思念蒲、荷一樣的女子。溪谷之處有高大植物，則多興起男女之情〔註422〕。如《小雅·隰桑》：「隰桑有阿，其葉有難。既見君子，其樂如何。」以隰桑興起既見君子之樂。《淇奧》以綠竹興起與君子共度美好時光，低窪溪谷有綠竹，也是男女之象，雖未取「山有×，隰有×」句式，

大學出版社，2000年，第662頁注釋35。

〔註419〕聞一多《〈詩經〉的性欲觀》，《聞一多全集》之《神話編·詩經編上》，湖北人民出版社，1993年，第180頁。

〔註420〕《全唐詩》卷三六五，第11冊第4112頁。

〔註421〕〔清〕王先謙《詩三家義集疏》，上冊第265頁。

〔註422〕參考傅道彬《晚唐鐘聲——中國文學的原型批評》（北京大學出版社，2007年）第26頁，傅道彬著《中國生殖崇拜文化論》（湖北人民出版社1990年）第305、328頁。〔日〕加納喜光《澤陂》篇解說：「澤與水邊的植物，或採摘植物的行為，是求愛詩中俗套化的動機。」見蔣寅編譯《日本學者中國詩學論集》，南京：鳳凰出版社，2008年，第231頁注釋①。

本質上還是取象於植物山澤。「猗猗」、「青青」、「如簀」遞言竹子由初生至茂密，既表明時間流逝，以興起長久思念君子之情，也顯示竹子的旺盛生命力，以興起生殖的願望，這是以「竹」起興的雙重內涵。

「猗猗」、「青青」、「如簀」，似乎另有含義。「猗」通「倚」，則「倚倚」有錯磨之義。綠竹猗猗，如人之耳鬢廝磨。白居易詩云：「花深態奴宅，竹錯得憐堂。」〔註423〕詩爲回憶早年青樓狎妓生活，「竹錯」頗具情色內涵。古代風水術又名「青烏術」、「青鳥術」，高友謙論述「青鳥」、「青烏」源於生殖崇拜時對「青」有考述：

> 在漢代學者許愼的《說文解字》一書裏，「青」的釋義是：「東方色也，木生火，從生丹。凡青之屬皆從青。兂古文青。」可見，青字由「生」、「丹」二字組合而成，「生」字好理解，生產、生殖、生理、生長、生機，皆可謂「生」。「丹」字的意思爲紅色，「生丹」即爲「生紅」。而「生紅」即可以明指「木生火」與「東方色也」（日出之光），也可以暗喻婦女的生育過程。例如今天民間仍將產婦分娩前的先兆之一稱作「見紅」。所以將「青」字看做是「生育」的一種隱喻符號也未嘗不可。這一點，從金文「青」字的結構上也可以看出來：它的上部那個「太」字，像個女人，而下邊的那個倒「人」，則像個頭位衝下、欲出未出的胎兒。〔註424〕

白一平的研究也可佐證，他「認爲漢語的『青』與藏語有同源關係。在藏語方面，他引用了 Paul Benedict 爲藏緬語構擬的一個與漢語『生』同源的詞根＊s-ring，英文義爲 live，alive，green，raw 等；在漢語方面，他引用了李方桂給『生』字的構擬＊sring，而『青』也正是以『生』爲聲符的。他認爲漢語『青』與『生』兩字的意義也緊密相關，不僅在藏緬語得到佐證，也可以與英語的 grow 與 green 相比附」〔註425〕。所以「青青」形容植物是表明其

〔註423〕〔唐〕白居易《江南喜逢蕭九徹因話長安舊遊戲贈五十韵》，《全唐詩》卷四六二，第14冊第5253頁。

〔註424〕高友謙著《中國風水文化》，北京：團結出版社，2004年，第30～31頁。關於此點，詹石窗《青鳥、道教與生殖崇拜論》有詳細論述，見《民間文學論壇》1994年第2期，第60～61頁。

〔註425〕董爲光《「青」色考源》，見氏著《漢語研究論集》，武漢：華中科技大學出版社，2007年，第195～196頁。參考白一平《上古漢語＊＊sr的發展》《語言研究》1983年第1期，第22～26頁。

旺盛的生命力,「在形容植物碧綠色顏色的同時,也兼含植物茂盛的狀貌」〔註426〕。民歌道:「陽山頭上竹葉青,新做媳婦像觀音。」顧頡剛說:「新做媳婦的好,並不在於陽山頂上竹葉的發青。」〔註427〕顧先生此說遭到學者異議,原因就在於他未能考察比興中隱含的竹生殖崇拜內涵。觀音是民間生育神,即所謂「送子觀音」,而「竹葉青」是竹生殖崇拜內涵的體現,兩者間有內在聯繫。《淇奧》以「青青」形容綠竹的旺盛生命力,也藉以表達人的生育祈願。「如簀」則有防露之意。男女在野外草露間的幽會又叫「野合」或「露合」,所謂「露水之歡」。淇奧之處,「叢篁密蔭,不見天光,如室屋之有棚棧然,故曰『綠竹如簀』也」〔註428〕。竹林能防露,既遮擋露水,還能遮人耳目。詩中竹林是男女歡會之地,因此「賦其所在以起興」〔註429〕。

(二)高禖祭祀與竹生殖崇拜

主管生育的高禖神也與竹子有關,高禖石即以竹葉爲飾。《隋書‧禮儀志二》:「梁太廟北門內道西有石,文如竹葉,小屋覆之,宋元嘉中修廟所得。陸澄以爲孝武時郊禖之石。然則江左亦有此禮矣。」〔註430〕所說高禖石上竹葉文雖是南朝宋元嘉中所見,畢竟是前朝傳下來的古制。《淇奧》中「竹」的所指雖有異說,經王先謙、聞一多、錢鍾書等辯說,指竹子似成定論〔註431〕。高禖崇拜實際是出於繁衍後代的生育需求而產生的。《周禮‧地官‧媒氏》:「中春之月,令會男女。於是時也,奔者不禁。」〔註432〕所載應是遠古先民習俗在周代的遺存。《墨子‧明鬼》:「燕之有祖,當齊之社稷,宋之有桑林,楚之有雲夢也。此男女之所屬而觀也。」〔註433〕所謂「祖」、

〔註426〕董爲光《「青」色考源》,見氏著《漢語研究論集》,武漢:華中科技大學出版社,2007 年,第 198 頁。

〔註427〕顧頡剛《寫歌雜記‧起興》,載顧頡剛等輯《吳歌‧吳歌小史》,南京:江蘇古籍出版社,1999 年,第 135 頁。

〔註428〕聞一多著、聞朝校補《詩經通義》,長春:時代文藝出版社,1996 年,第 46 頁。按,「室屋」,《聞一多全集》本(湖北人民出版社 1993 年)第 143 頁作「寶屋」,誤。

〔註429〕〔宋〕朱熹撰《詩經集傳》卷三《鄭風‧野有蔓草》,《四庫全書》第 72 冊第 784 頁下欄右。

〔註430〕《隋書》卷七《禮儀志二》,第 1 冊第 146 頁。

〔註431〕參見王先謙《詩三家義集疏》,上冊第 266～267 頁;聞一多《詩經通義》第 43～44 頁;錢鍾書《管錐編》第一冊第 88～91 頁。

〔註432〕《周禮注疏》卷十四,第 362～364 頁。

〔註433〕辛志鳳、蔣玉斌等譯注《墨子譯注》,哈爾濱:黑龍江人民出版社,2003 年,

「社稷」、「桑林」、「雲夢」，都是仲春時節男女會合的地方。典型的高禖祭祀「在一個短時期內重新恢復舊時的自由的性交關係」〔註434〕，而且容許男女私奔自由交配。故葉舒憲指出：「說明了當時各國的祭祀或高禖禮俗中包含著鮮明的性活動內容，無怪乎《詩經》中許多表現男女歡會主題的作品總是把背景放在具有聖地性質的桑林、桑間、桑中，或類似洛浦的水邊之地，如溱與洧、淇上與淇奧、汝墳等等。」〔註435〕淇水之上曾有無數男女歡會，《詩經》多有記載，如「送子涉淇」（《衛風・氓》）、「籊籊竹竿，以釣于淇。豈不爾思，遠莫致之」（《衛風・竹竿》）、「有狐綏綏，在彼淇梁。心之憂矣，之子無裳」（《衛風・有狐》）、「爰采唐矣，沬之鄉矣。云誰之思，美孟姜矣。期我乎桑中，要我乎上宮，送我乎淇之上矣」（《鄘風・桑中》）等〔註436〕。「衛風古愉艷」（鮑照《採桑》）〔註437〕，浪漫迷人的淇上，桑林之外，竹林應該也是一道風景。

　　高禖石有竹葉文，當與先民的竹生殖崇拜有關。《周易・說卦》：「（震）爲長子……爲蒼筤竹。」〔註438〕可見竹子是男性的象徵。《詩經・斯干》：「如竹苞矣，如松茂矣。」鄭玄說：「言時民殷眾，如竹之本生矣。」〔註439〕可見竹子由於旺盛的生命力而受到推崇。北方孤竹國以竹爲圖騰，南方夜郎國有竹生人傳說。後代的竹生殖崇拜有多種表現形式，如嬉遊於竹下，祈禱於竹林等。陶弘景《眞誥》甄命授第四云：「竹者爲北機上精，受氣於玄軒之宿也，所以圓虛內鮮，重陰含素，亦皆植根敷實，結繁眾多矣。公（引者按，指晉簡文帝）試可種竹於內北宇之外，使美者遊其下焉。爾乃天感機神，大致繼嗣，孕既保全，誕亦壽考。」〔註440〕認爲遊於竹下能受孕。竹生殖崇

　　　　第 180 頁。
〔註434〕恩格斯《家庭、私有制和國家的起源》，人民出版社 1972 年，第 47 頁。
〔註435〕葉舒憲著《高唐神女與維納斯——中西文化中的愛與美主題》，北京：中國社會科學出版社，1997 年，第 417 頁。
〔註436〕孫作雲《詩經戀歌發微》認爲衛國戀歌多集中在淇水，達到八首之多。「邶」、「鄘」、「衛」，三風皆衛詩，其所舉爲《鄘風・桑中》、《衛風・淇奧》、《衛風・有狐》、《衛風・竹竿》、《衛風・氓》、《邶風・谷風》、《邶風・匏有苦葉》、《衛風・芄蘭》。見氏著《詩經與周代社會研究》，北京：中華書局，1966 年，第304～311 頁。
〔註437〕《先秦漢魏晉南北朝詩・宋詩卷七》，中冊第 1257 頁。
〔註438〕黃壽祺、張善文譯注《周易譯注》，上海古籍出版社，2001 年，第 631 頁。
〔註439〕《毛詩正義》卷十一之二，第 681 頁。
〔註440〕〔南朝梁〕陶弘景著《眞誥》卷八，北京：中華書局，1985 年，第 99 頁。

拜是生殖、交媾、求子三位一體的。本詩寫竹林野合，生殖和求子的寓意也包含其中。從生殖崇拜意識來說，男子如同竹的生根繁衍，生育力強；從修辭意識來說，竹喻君子，在於共同具有的美質。故王質《詩總聞》云：「言淇水奧綠竹之下有人如此。一物不足以盡，又再三假物稱之，前後稱『如』凡十而獨竹不言『如』者，以竹為主，竹即人也。」〔註441〕

三、《淇奧》性隱語被誤讀的原因及本文的意義

意大利性學家保羅・曼泰加扎說：「人們在淫樂方面耗盡了想像和詞彙。在任何語言中，生殖器和性交都有相當豐富的同義詞，僅僅在十六世紀的法語中就包含了 300 多個描繪性交的單詞和 400 多種指示男人和女人器官的名稱。」〔註442〕這些詞彙的產生並不是隨意亂造，而常常有著傳統及當前文化的深厚背景。人們總是在創造著新的隱喻和象徵意象，原有的詞彙也可能被賦予新的理解，因此指示性愛的詞彙有很多並未進入流行和普遍接受的狀態，就淹沒於意象的海洋。《淇奧》也是如此。

此詩之被誤讀，主要源於毛《傳》，而毛《傳》之能成功置換詩意內涵，有其歷史傳統、時代背景與可能性。「貴族議政時引《詩》，宴享時賦《詩》，極盡附庸《風》《雅》之能事。而為『代言』的實用性目的所剪裁，《詩經》常被斷章取義，引譬連類，以致《詩》無定指；也就是董仲舒說的『《詩》無達詁，《易》無達占』。」〔註443〕「『口以相傳』的方式是《詩》遭秦火而得全的根本原因，同時也是導致詩文、詩義講授歧異的原因。漢代齊、魯、韓、毛四家之詩正是因此而起的。」〔註444〕大庭廣眾授詩，受者既無典籍以對證，傳者也有宣淫之憂，這就為詩意的曲解提供可能。具體到本詩而言，曲解表現在以下三方面：

比德思想是古人解釋此詩的一大誤區。就本詩而言，比德涉及玉、竹等。「君子比德於玉」（《禮記・聘義》），也比德於竹，「其在人也，如竹箭之有筠也」（《禮記・禮器》）。但並非處處比德，玉與竹都有多方面象徵意蘊，要根

〔註441〕〔宋〕王質撰《詩總聞》卷三，《四庫全書》第 72 冊第 481 頁下欄左。

〔註442〕〔意〕保羅・曼泰加扎《性愛：巨大的力量》，河北人民出版社，1993 年，第 31 頁。

〔註443〕揚之水著《〈詩經〉名物新證》卷首孫機《序》，北京古籍出版社，2000 年，第 II 頁。

〔註444〕馬銀琴著《兩周詩史》，北京：社會科學文獻出版社，2006 年，第 30 頁。

據具體語境來解讀。即以竹子而言，先秦時竹生殖崇拜與君子擬喻並行不悖，後經文人鼓吹，竹子人格象徵意義凸顯，生殖崇拜內涵漸淡。因此後人解讀本詩越發深信毛《傳》而不疑，導致眼光狹隘、多生曲解。朱熹云：「今人不以《詩》說《詩》，却以《序》解《詩》，是以委曲牽合，必欲如序者之意，寧失詩人之本意不恤也。此是序者之大害處！」〔註 445〕但朱熹也未能免俗，釋此詩也取毛《傳》之說。故聞一多深感：「在今天要看到《詩經》的真面目，是頗不容易的，尤其那聖人或『聖人們』賜給它的點化，最是我們的障礙。」〔註 446〕

「興」被誤讀也是重要原因。蘇轍說：「夫『興』之為言，猶曰：『其意云爾，意有所觸乎？』當時時已去而不可知，故其類可以意推，而不可以言解也。」〔註 447〕說明僅僅從語言角度還原「興」隱含寓意的難度很大。但也還是有所可為的，正如日本學者白川靜所言：「我想對歷來在《詩經》修辭學上稱為『興』的發想法加以民俗學的解釋。我認為，具有預祝、預占等意義的事實和行為，由於作為發想加以表現，因而把被認為具有這種機能的修辭法稱為興是合適的。這不僅是修辭上的問題，而是更深地植根於古代人的自然觀、原始崇拜觀之上；可以說一切民俗之源流均在這種發想形式之中。」〔註 448〕就本詩而言，竹生殖崇拜是解讀詩意的關鍵之一。只有在竹生殖崇拜的文化背景下，才能更好地理解詩中大量性描寫的意義。

曲解隱喻也造成詩意的誤讀。正如黑格爾所說：「象徵在本質上是雙關的或模棱兩可的。」〔註 449〕聞一多說：「隱語古人只稱作隱，它的手段和喻一樣，而目的完全相反，喻訓曉，是借另一事物來把本來說不明白的說得明白點；隱訓藏，是借另一事物來把本來可以說得明白的說得不明白點。」又說：「喻與隱，目的雖不同，效果常常是相同的」〔註 450〕古人喜用隱語，以

〔註 445〕〔宋〕黎靖德編、王星賢點校《朱子語類》卷八〇，北京：中華書局，1986年，第 6 冊第 2077 頁。
〔註 446〕聞一多《匡齋尺牘》，《聞一多全集》之《神話編‧詩經編上》，湖北人民出版社，1993 年，第 199 頁。
〔註 447〕〔宋〕蘇轍《欒城應詔集》卷四，《四庫全書》第 1112 冊第 868 頁上欄右。
〔註 448〕〔日〕白川靜《興的研究》、《中國古代民俗》，轉引自葉舒憲《詩經的文化闡釋——中國詩歌的發生研究》，武漢：湖北人民出版社，1994 年，第 401 頁。
〔註 449〕《美學》第二卷，商務印書館，1979 年，第 12 頁。
〔註 450〕聞一多《說魚》，見氏著《聞一多全集‧神話編上》，湖北人民出版社，1993年，第 231 頁。

象徵物代替生殖器或性事。所謂「近取諸身，遠取諸物」，其類比思維往往不僅把植物、動物與人類的繁殖行為比附為一事，更將生殖文化投射到飲食、勞動、天象、地理等。本詩以玉、金、錫、車等為象喻組成隱語，既有從動作、體態進行的比擬，如「如切如磋」、「倚重較兮」；也有從神態、感受所作的比擬，如「赫兮咺兮」、「如金如錫」。隱語具有含蓄性，象喻也有多重意蘊，故而解讀時易入歧途。《詩經》接受過程中的二次解讀和比德應用也使這些本就難解的隱喻又多了一層帷幕。

《淇奧》成就大，許多詩句相沿為成語，竹喻君子也為後人所樂於引用。本文無意於否定千年形成的固定接受，也不想為我們民族早有「流氓敘述」、「身體敘事」尋找證據。我們的工作也還是有意義的，不僅給出一種解讀（是否正確另當別論），還另有意義：一是重新認識《詩經》中的性愛描寫，還原國風戀歌的上古性文化傳統；二是有助於深化理解早期文學中的竹生殖崇拜，如《竹枝詞》起源、竹林神崇拜、臨窗竹意象、道教房中術以竹喻人等，都與竹生殖崇拜有或明或暗的關係，而本詩無疑是源頭。

一笑話云：有對夫妻偶生彆扭，妻子讓孩子傳語丈夫來「洗衣」，丈夫回覆已經「手洗」過了。笑話中「洗衣」是性愛隱語〔註 451〕。夫妻二人各自表達了自己的想法，孩子只是傳話而已，懂得的也僅是表層意思。面對古代的文化遺存，我們也許正處於笑話中孩子的角色，對古人熟稔的廋語漠然無知。但我們又不同於笑話中的孩子，我們是文化的傳承者，有責任廓清傳統文化的內涵以為我用，而不僅僅是讓文化順著時光的河水漂流下去。

〔註451〕「洗衣」成為性愛隱語，在笑話中可能是為了關合「手洗」。其實也未嘗沒有性文化背景，那就是可能由「搓衣」動作進而聯想附會性愛動作。

第二章　竹子道教文化內涵研究

　　對於道教在中國文化中的地位，魯迅致許壽裳信中說：「前曾言中國根柢全在道教，此說近頗廣行。以此讀史，有多種問題可以迎刃而解。」〔註1〕關於道教對中國古代文學研究的意義，孫昌武指出：「如僅就文學史的研究而言，道教的影響確實提供了解決許多複雜問題的鑰匙。」〔註2〕竹子是道家垂青的重要植物。從竹子題材文學來看，解讀文學作品、研究相關文學意象也不可忽視道教的影響。明何道全曾作《三教一源》詩云：「道冠儒履釋袈裟，三教從來總一家。紅蓮白藕青荷葉，綠竹黃鞭紫笋芽。雖然形服難相似，其實根源本不差。大道真空元不二，一樹豈放兩般花。」〔註3〕他借紅蓮、綠竹的不同名號比喻三教一源，其實也是鑒於蓮花和竹子為三教同賞之物的事實。

　　本章首先考察了竹子道教文化內涵的主要內容，如藥用與喪葬、潔淨與驅邪、神變與法術等，考察了道教中竹子仙物、竹林仙境觀念的形成原因。竹枝具有尸解與坐騎功能，竹葉的成仙功能體現於竹葉酒、竹葉符與竹葉舟等，掃壇竹具有成仙與房中象徵意蘊，這些都是竹子道教內涵的體現，本章也分別予以研究。

第一節　竹子道教文化內涵的形成

　　普遍植竹好竹的風氣，其源頭可追溯白晉代。《晉書・王徽之傳》載：「時

〔註1〕　魯迅《致許壽裳》，見《魯迅全集》第十一卷，人民文學出版社，1981年，第353頁。

〔註2〕　孫昌武著《道教與唐代文學》，人民文學出版社，2001年，第3頁。

〔註3〕　〔元〕何道全述、〔元〕賈道玄編集《隨機應化錄》卷下，《道藏》第24冊第139頁。

吳中一士大夫家有好竹，欲觀之，便出坐輿造竹下，諷嘯良久。主人灑掃請坐，徽之不顧。將出，主人乃閉門，徽之便以此賞之，盡歡而去。嘗寄居空宅中，便令種竹。或問其故，徽之但嘯咏，指竹曰：『何可一日無此君邪！』」〔註4〕《世說新語‧簡傲》亦載〔註5〕。這是魏晉士人好竹的著名例子。蘇軾後來就說：「王子猷謂竹君，天下從而君之。」（《墨君堂記》）〔註6〕這種崇竹風氣的出現不是偶然的。陳寅恪指出：「天師道對於竹之爲物，極稱賞其功用。琅邪王氏世奉天師道。故世傳王子猷之好竹如是之甚。疑不僅高人逸致，或亦與宗教信仰有關。」〔註7〕陳先生感覺敏銳，給我們很大啓發。

竹子很多文化內涵其實都淵源於道教推崇，所謂「風泉輸耳目，松竹助玄虛」（〔唐〕蔣防《題杜賓客新豐里幽居》）。臺灣學者李豐楙在《六朝道教洞天說與遊歷仙境小說》一文指出：

> 仙境傳說爲六朝筆記小說中有關仙道的重要題材之一，它承上啓下，成爲中國文學中遊歷仙境的典型，可與冥界遊行、夢境幻遊等類型，同屬於敘述文學中具有遊歷結構的一類。小川環樹……從五十一個故事中，歸納出八項的共同點：就是山中或者海上、洞穴、仙藥和食物、美女與婚姻、道術與贈物、懷鄉和歸鄉、時間，以及再歸與不能回歸等。……這些流傳於六朝社會的民間故事，大多由這一系列有關仙境的母題排列組合而成；這些母題的變換和母題的新的排列組合，大概從東漢延續到六朝、隋唐，構成許多新的作品。
>
> 〔註8〕

竹子幾乎與這八類故事母題都有關聯。神仙思想的主要內容是追求長生，而服食（丹藥、靈芝、甘露等）、房中（男女性修煉）以及借助神騎（龍、神馬、

〔註4〕 〔唐〕房玄齡等撰《晉書》卷八〇，北京：中華書局，1974 年，第 7 冊第 2103 頁。

〔註5〕 《世說新語‧簡傲》：「王子猷嘗行過吳中，見一士大夫家極有好竹。主已知子猷當往，乃灑掃施設，在聽事坐相待。王肩輿徑造竹下，諷嘯良久，主已失望，猶冀還當通，遂直欲出門。主人大不堪，便令左右閉門，不聽出。王更以此賞主人，乃留坐，盡歡而去。」

〔註6〕 《全宋文》第 90 冊第 393 頁。

〔註7〕 陳寅恪《天師道與濱海地域之關係》，見《金明館叢稿初編》，上海古籍出版社，1980 年，第 9 頁。

〔註8〕 臺灣國立清華大學人文社會學院中國語文學系主編《小說戲曲研究》第 1 集，聯經出版社，1988 年。轉引自張鴻勛著《敦煌俗文學研究》，蘭州：甘肅教育出版社，2002 年，第 432～433 頁。

神鹿等）是主要方式。這幾方面幾乎都涉及竹子。竹子受道教推崇還有很多原因，如「道家貴至柔」（張九齡《林亭寓言》），而竹子的特性是「梢風有勁質，柔用道非一」（沈約《咏竹檳榔盤詩》），體現了柔與勁的統一。因此竹子可謂「珍跨仙草，寶逾靈木」（江淹《靈丘竹賦》）〔註9〕。竹子具有自身的特點及道教內涵，主要體現於生殖、延年、神變、驅邪、音樂、成仙等功能。以下試做論述。

一、藥用與喪葬

　　道教中竹子具有延壽與成仙功能，這可能源於竹子藥用與喪葬等用途。古人不但食竹，還以竹為藥，祛病健身。歷代中醫藥典籍都有以竹入藥的記載，常用的如竹葉、竹茹、竹衣、竹瀝、竹黃、竹筍等。對於天竹黃，沈括說：「嶺南深山中有大竹，有水甚清澈。溪澗中水皆有毒，唯此水無毒，士人陸行多飲之。至深冬，則凝結如玉。乃天竹黃也。王彥祖知雷州日，盛夏之官，山溪間水皆不可飲，唯剖竹取水，烹飪飲啜，皆用竹水。次年，被召赴闕，冬行，求竹水不可復得，問土人，乃知至冬則凝結，不復成水。遇夜野火燒林木為煨燼，而竹黃不灰，如火燒獸骨而輕。士人多於火後採拾，以供藥品，不若生得者為善。」〔註10〕知竹黃以稀少見珍，可作藥用。竹黃類似道教丹砂，「凡草木燒之即燼，而丹砂燒之成水銀，積變又還成丹砂，其去凡草木亦遠矣！故能令人長生」〔註11〕。《說郛》「竹節中神水」條：「重午日午時有雨，則急斫一竿竹，竹節中必有神水，瀝取和獺肝為圓，治心腹塊聚等病。」〔註12〕稱為「神水」，可見已被神化。

　　竹藥治病的療效被誇大，就可能逐漸被附會上神仙色彩。如《南史》載：

　　　　（劉懷珍）子靈哲字文明，位齊郡太守、前軍將軍。靈哲所生母嘗病，靈哲躬自祈禱，夢見黃衣老公與藥曰：「可取此食之，疾立（原作「文」，據文淵閣《四庫全書》本改）可愈。」靈哲驚覺，於枕間得之，如言而疾愈。藥似竹根，於齋前種，葉似麁苣。〔註13〕

〔註9〕《全上古三代秦漢三國六朝文‧全梁文卷三四》，第3冊第3149頁下欄左。
〔註10〕〔宋〕沈括撰、胡道靜校注《新校正夢溪筆談‧補筆談卷三》，北京：中華書局，1957年，第329～330頁。
〔註11〕《抱朴子內篇校釋》卷四《金丹》，第63頁。
〔註12〕《說郛》卷一一九下引《金門歲節》，《四庫全書》第882冊第785頁上欄左。
〔註13〕《南史》卷四九，第1218頁。

這明顯是神仙傳說，既有此附會，當源於相關藥用背景。《雲笈七籤》卷八《釋三十九章經》第九章：「上清紫精三素君曰：上清紫精天中有樹，其葉似竹而赤，其華似鑑而明，其子似李而無核，名曰育華之林，食其葉而辟饑，食其華以不死，食其實即飛仙，所謂絳樹丹實，色照五藏者也。」〔註 14〕可知這種仙樹是綜合道教所崇拜的各種靈異植物而成，其中也以竹葉爲原型。《南史》云「藥似竹根」，此云「其葉似竹」，都以竹子爲參照對象，暗示或表明竹子在道教中的成仙作用。竹藥服之成仙的記載，魏晉以來不少，如《抱朴子·仙藥》：「桂可以葱涕合蒸作水，可以竹瀝合餌之，亦可以先知君腦，或云龜，和服之，七年，能步行水上，長生不死也。」〔註 15〕《抱朴子·金丹》云：「又李文丹法，以白素裹丹，以竹汁煮之，名紅泉，乃浮湯上蒸之，合以玄水，服之一合，一年仙矣。」〔註 16〕《神仙傳》曰：「離婁公服竹汁、餌桂得仙。」〔註 17〕知竹瀝、竹汁等皆可食之成仙。如眞是這樣，人皆可取食成仙。所以道教徒又有說辭。《神仙傳》卷一稱：

> 沈文泰者，九疑人也。得江眾神丹土符還年之道，服之有效。欲於崑崙安息二千餘年，以傳李文淵曰：「土符不法服藥，行道無益也。」文淵遂授其秘要。後亦昇天。今以竹根汁煮丹黃土，去三尸，出此二人也。〔註 18〕

指出「不法服藥」之無益，是爲突出所傳「秘要」，這樣就具有神秘性，且不是人人可得，無形中也增加了神仙的可信度。

竹笋、竹實也是道教推崇的成仙食物，可能緣於竹笋、竹實的藥用價值。竹笋具有神奇的治病功能。《雲笈七籤》卷二三「食竹笋」條：「服日月之精華者，欲得常食竹。笋者，日華之胎也，一名大明。」〔註 19〕道教將食笋看作是「超淩三界之外，游浪六合之中」〔註 20〕的手段之一，可見「山中玉笋

〔註 14〕 《雲笈七籤》卷八《釋三十九章經》第九章，《四庫全書》第 1060 冊第 71 頁上欄右。

〔註 15〕 《抱朴子內篇校釋》卷十一，第 186 頁。

〔註 16〕 《抱朴子內篇校釋》卷四，第 71 頁。

〔註 17〕 〔唐〕歐陽詢撰、汪紹楹校《藝文類聚》卷八九引《神仙傳》，上海古籍出版社，1965 年，下冊第 1537 頁。

〔註 18〕 〔晉〕葛洪撰、錢衛語釋《神仙傳》卷一，北京：學苑出版社，1998 年，第 6 頁。

〔註 19〕 《雲笈七籤》卷二三「食竹笋」條，《四庫全書》第 1060 冊第 285 頁上欄左。《太平御覽》卷六七一引作《寶劍上經》。

〔註 20〕 《太平經合校》，第 627 頁。

是仙藥」（皎然《貽李湯》），食之能變化無窮、飛升成仙。李時珍《本草綱目・木四・仙人杖》「集解」引陳藏器曰：「此是笋欲成竹時立死者，色黑如漆，五六月收之。苦竹、桂竹多生此。」以枯笋爲中藥，其取名「仙人杖」反映的也是竹笋的藥用功能與神仙色彩。竹實也有同樣的功效。如吳均《登鍾山燕集望西靜壇詩》：「客思何以緩，春郊滿初律。高車陸離至，駿騎差池出。寶碗汎蓮花，珍杯食竹實。才勝商山四，文高竹林七。復望子喬壇，金繩蘊綠峽。風雲生屋宇，芝映被仙室。方隨鳳凰去，悠然駕白日。」〔註21〕甚至竹林中所生之物也能治病。《酉陽雜俎》云：「慈竹，夏月經雨，滴汁下地，生蓐似鹿角，色白，食之已痢也。」〔註22〕慈竹滴汁生蓐，能夠治痢，也與竹子藥用價值相關。

　　竹子還以淩冬不凋之性與長生成仙相關涉。傳說中的仙境都是奇花異草永不凋謝，如「更說桃源更深處，異花長占四時天」（沈傳師《贈毛仙翁》），或者很長時間才開花結果。竹子六十年或更長時間才開花結實，具備仙境植物的特點。竹子四季常青，沒有榮枯，可以象徵生命沒有凋零衰謝。如郭元祖《列仙傳贊》：

　　　　桑嶠問涓子曰：「有死心而復云有神仙者，事兩成邪？」涓子
　　　　曰：「言固可兩有耳。《孝經》援神契言不過天地造靈洞虛，猶立五
　　　　嶽，設三臺，陽精主外，陰精主內，精氣上下，經緯人物，道治非
　　　　一。若夫草木，皆春生秋落必矣。而木有松柏檟檀之倫百八十餘種，
　　　　草有芝英萍實靈沼黃精白符竹翣戒火長生不死者萬數，盛冬之時，
　　　　經霜歷雪，蔚而不凋，見斯其類也。何怪於有仙邪？」〔註23〕

以植物經冬不凋爲長生不死之象，進而推論神仙之有，其邏輯推理之疏陋自不待言，但竹子因淩寒之性而成爲仙界植物并受到道教推崇却是魏晉時代的事實。

　　古代喪葬用竹較多。《晉書・琅邪悼王煥傳》載悼王薨，元帝「悼念無已，將葬，以煥既封列國，加以成人之禮，詔立凶門柏歷，備吉凶儀服，營起陵園，功役甚眾」〔註24〕。孫霄上疏諫曰：「今天台所居，王公百僚聚在

〔註21〕《先秦漢魏晉南北朝詩・梁詩卷十》，中冊第1730頁。
〔註22〕〔唐〕段成式撰《酉陽雜俎》卷一八「廣動植之三・木篇」，《唐五代筆記小
　　　　說大觀》上冊第691頁。
〔註23〕《全上古三代秦漢三國六朝文・全晉文卷一三九》，第3冊第2262頁上欄。
〔註24〕《晉書》卷六四，第6冊第1729頁。

都輦，凡有喪事，皆當供給材木百數、竹薄千計，凶門兩表，衣以細竹及材，價直既貴，又非表凶哀之宜，如此過飾，宜從粗簡。」〔註25〕可見喪葬用竹之多。其中較有代表性的是竹杖。竹杖用於喪禮，先秦已有。《儀禮·喪服》：「苴杖竹也。削杖桐也。」班固《白虎通義》卷十：「所以必杖者，孝子失親，悲哀哭泣，三日不食，身體羸病，故杖以扶身，明不以死傷生也。」〔註26〕「杖以扶身」的古禮，在後代與神仙觀念相結合，演變成具有延年成仙等意蘊。竹杖與仙人結緣，早在漢代即有記載。如蔡邕《王子喬碑》：「王孫子喬者，蓋上世之真人也。聞其仙舊矣，不知興於何代。博問道家，或言穎川，或言彥蒙，初建斯城，則有斯丘，傳承先民，曰王氏墓。紹胤不繼，荒而不嗣，歷載彌年，莫之能紀。暨於永和之元年冬十有二月，當臘之夜，墓上有哭聲，其音甚哀，附居者王伯聞而怪之，明則祭其墓而察焉。時天洪雪，下無人徑，見一大鳥迹在祭祀之處，左右咸以為神，春後有人著大冠絳單衣，杖竹策立冢前，呼樵孺子尹永昌曰：『我王子喬也，爾勿復取吾墓前樹也。』須臾，忽然不見。時令太山萬熹，稽故老之言，感精瑞之應，咨訪其驗，信而有徵，乃造靈廟，以休厥神。」〔註27〕此處王子喬手中竹杖已是仙人身份的象徵物。

古代還有墓地植竹的風俗，恐也與道教對竹子的崇拜有關。如張衡《冢賦》：「列石限其壇，羅竹藩其域。」〔註28〕北魏酈道元《水經注·沔水二》：「池中起釣臺，池北亭，（習）郁墓所在也。列植松篁於池側沔水上，郁所居也。」〔註29〕由「羅竹藩其域」、「列植松篁」等句可見墓地植竹已成風俗，有明確意識，並非偶然為之。而且墓地植竹的傳統歷代延續不斷，南朝如「墳塋壘落，松竹蕭森」（孫綽《聘士徐君墓頌》）〔註30〕、「疏松含白水，密筱滿平原」（虞騫《遊潮山悲古冢詩》）〔註31〕，唐代如「冢上兩竿竹，

〔註25〕 《晉書》卷六四，第 6 冊第 1730 頁。

〔註26〕 〔清〕陳立撰、吳則虞點校《白虎通疏證》卷一一《喪服》，北京：中華書局，1994 年，下冊第 511 頁。

〔註27〕 《全上古三代秦漢三國六朝文·全後漢文卷七五》，第 1 冊第 880 頁上欄右。

〔註28〕 費振剛、仇仲謙、劉南平校注《全漢賦校注》下冊，廣州：廣東教育出版社，2005 年，第 749 頁。

〔註29〕 〔北魏〕酈道元著、陳橋驛校證《水經注校證》卷二八「沔水」，北京：中華書局，2007 年，第 665 頁。

〔註30〕 《全上古三代秦漢三國六朝文·全晉文卷六一》，第 2 冊第 1808 頁下欄左。

〔註31〕 《先秦漢魏晉南北朝詩·梁詩卷五》，中冊第 1610 頁。

風吹常裊裊。下有百年人，長眠不知曉」〔註 32〕，宋代林逋有「墳前修竹亦蕭疏」〔註 33〕之句。明代李昌祺《過吳門次薩天錫韵》:「眞娘墓上風吹竹。」〔註 34〕可見明清時代墓地植竹之風。墓地本非賞景之地，因此墓地之竹青青之色反添悲情，如「松臺夜漫漫，竹塢風索索」（葛紹體《送高文父上柏省墳》）〔註 35〕。墓地植物有識別作用，如「古之葬者，松柏梧桐，以識其墳也」（仲長統《昌言》下）〔註 36〕。但墓地植竹可能不僅是爲了識別，也是爲了模擬生前居住環境。如《禮記·喪大記》曰:「飾棺：君龍帷、三池、振容。」孔穎達《正義》云:「『三池』者，諸侯禮也。池謂織竹爲籠，衣以青布，掛著於柳上荒邊爪端，象平生宮室有承霤也。」〔註 37〕還可能使靈魂得到永生，因爲竹子在道教看來是長生不死的植物。談遷《棗林雜俎·業贅》「徐達」條:「中山王墓在鍾山，不封土，云細竹下即是。」〔註 38〕置於細竹下，可能出於這種考慮。

二、潔淨與驅邪

竹子的潔淨功效體現於竹刀、竹節等用具。在道教徒看來，潔淨的竹刀有助於仙藥的功效。段成式《酉陽雜俎》卷十八:「仙樹，祁連山上有仙樹實，行旅得之止饑渴，一名四味木。其實如棗，以竹刀剖則甘，鐵刀剖則苦，木刀剖則酸，蘆刀剖則辛。」〔註 39〕《神異經》云:「刀味核牛南荒中，樹形高五十丈，實如棗，長五尺，金刀剖之則甜，苦竹刀剖之則飴，木刀剖之則酸，蘆刀剖之則辛，食之地仙，不畏水火白刃。」〔註 40〕可見竹刀有特效是古人

〔註 32〕《太平廣記》卷三五四載鄭郊與冢中人聯句，第 8 冊第 2807 頁。
〔註 33〕〔宋〕林逋撰《林和靖集》卷四《自作壽堂因書一絕以誌之》，《四庫全書》第 1086 冊第 651 頁上欄右。《全宋詩》第 2 冊第 1242 頁此句作「墳頭秋色亦蕭疏」，不知何據。
〔註 34〕〔清〕張豫章等編《御選明詩》卷四○，《四庫全書》第 1443 冊第 100 頁下欄左。
〔註 35〕《全宋詩》第 60 冊第 37954 頁。
〔註 36〕《全上古三代秦漢三國六朝文·全後漢文卷八九》，第 1 冊第 956 頁下欄左。
〔註 37〕《十三經注疏》整理委員會整理、李學勤主編《禮記正義》，北京大學出版社，1999 年，第 1285 頁。
〔註 38〕〔清〕談遷著，羅仲輝、胡明點校《棗林雜俎》，北京：中華書局，2006 年，第 537 頁。
〔註 39〕《酉陽雜俎》卷一八「廣動植之三·木篇」，《唐五代筆記小說大觀》上冊第 693～694 頁。
〔註 40〕〔漢〕東方朔撰《神異經》，《四庫全書》第 1042 冊第 271 頁上欄。

的普遍意識。其與神仙思想有關也由來已久。如《抱朴子‧附錄》:「雲母芝生於名山之陰,青蓋赤莖。味甘,以季秋竹刀採之,陰乾治食,使人身光,壽千萬歲。」〔註41〕竹節盛物也有類似功效,如「盛丹須竹節,量藥用刀圭」(庾信《至老子廟應詔詩》)〔註42〕。竹之潔淨還體現於煉丹時作柴薪,如《雲笈七籤》卷六四載《五子守仙丸歌》:「返老成少是還丹,不得《守仙》亦大難。愁見鬢斑令却黑,一日但服三十丸。松竹本自無焰故,金液因從火制乾。五子可定千秋旨,百歲如同一萬年。」〔註43〕

竹子的潔淨功效也表現在除塵去穢等功能。《雲笈七籤》卷十一:「若脫遇淹穢,則可以桃竹而解之。」〔註44〕《眞誥》云:「《太上九變十化易新經》曰:『若履淹穢及諸不靜處,當洗澡浴盥(引者按,原作與,據《雲笈七籤》卷四一改),解形以除之。其法用竹葉十兩,桃皮削取白四兩,以清水一斛二,於釜中煮之,令一沸。出適寒溫以浴形,即萬淹消除也。既以除淹,又辟濕痺瘡癢之疾。且竹虛素而內白,桃即却邪而折穢,故用此二物,以消形中之滓濁也。」〔註45〕《眞誥》曰:「既除殄穢,又辟濕痺瘡,且竹清素而內虛,桃即折邪而辟穢,故用此二物以消形中之滓濁。」〔註46〕所謂竹子「虛素而內白」、「清素而內虛」等,都是強調其潔淨與內虛的特點。可見在道教中竹與桃具有同樣的辟邪功能。因潔淨而能驅邪去穢,竹子因此在道教法術與驅邪活動中得到大量應用。如《雲笈七籤》卷四一:「夫每經一殄,皆須沐浴,修眞致靈,特宜清淨,不則多病,侍經眞官,計人罪過,沐浴香湯用竹葉、桃枝、柏葉、蘭香等分內水中,煮十數沸,布囊濾之,去滓,加五香用之最精。」〔註47〕《雲笈七籤》卷八三:「勿入一切穢惡處所。夫弔死問病,至人爲殺戮決罰,驚魂大怒大怖,精神飛散,就中死尸,道人大忌。或衝見,當以桃皮竹葉湯浴訖,入室平臥,存想心家火遍身焚燒,身都炯然,使之如

〔註41〕 《抱朴子內篇校釋》附錄一,第 330 頁。

〔註42〕 《先秦漢魏晉南北朝詩‧北周詩卷二》,下冊第 2362 頁。

〔註43〕 《雲笈七籤》卷六四「守仙五子丸方」條,《四庫全書》第 1060 冊第 687 頁下欄左。

〔註44〕 《雲笈七籤》卷一一「上清黃庭內景經」條,《四庫全書》第 1060 冊第 101 頁下欄右。

〔註45〕 《眞誥校注》卷九《協昌期第一》,第 290 頁。

〔註46〕 《雲笈七籤》卷四五《祕要訣法》「解穢湯方第六」條,《四庫全書》第 1060 冊,第 487 頁上欄左。

〔註47〕 《雲笈七籤》卷四一,《四庫全書》第 1060 冊第 429 頁上欄左。

畫，然後閉氣，咽新氣，驅逐腹內穢氣，使攻下泄，務令出盡，當自如故。」
〔註 48〕竹子的驅邪功能當來自其潔淨功效，又融合其他特點如治病功能等虛
構而成。

　　竹杖、竹枝、竹竿等名目在形象上也許稍有不同，其實同是一物。竹杖
在道教傳說中有治病功能。《續仙傳‧馬自然》載：「或人有告疾者，湘無藥，
但以竹拄杖打痛處，取腹內及身上百病，以竹杖指之，口吹杖頭，如雷鳴，
便愈。」〔註 49〕馬湘後以竹杖尸解。由治病功能又發展爲驅邪功能。如《樹
萱錄》云：「昔有人飲於錦城謝氏，其女窺而悅之。其人聞子規啼，心動，
即謝去。女恨甚，後聞子規啼，則怔忡若豹鳴也。使侍女以竹枝驅之曰：『豹
汝尚敢至此啼乎？』」〔註 50〕既云「尚敢」，應有後效，可見竹枝驅邪功能。
《牡丹亭》中，因感夢而身染沈疴的杜麗娘對替她禳解的紫陽宮石道姑說：
「姑姑，你也不索打符椿掛竹枝。」〔註 51〕也是以竹枝驅邪。邪氣與穢物常
是鬼怪作祟，竹枝能使其現形受命。如《搜神記》曰：「趙固所乘馬忽死，
甚悲惜之。以問郭璞，璞曰：『可遣數十人持竹竿，東行三十里，有山陵林
樹，便攪打之，當有一物出，急宜持歸。』於是如言，果得一物，似猴。持
歸，入門見死馬，跳梁走往死馬頭，噓吸其鼻。頃之，馬即能起，奮迅嘶鳴，
飲食如常。」〔註 52〕

　　竹枝爲什麼有如此魔力？顯然來自道教徒的推崇與附會。我們從以下這
則材料可以看得更清楚。馮夢龍所編《三教偶拈》之《許眞君族陽宮斬蛟記》
有一段關於「許眞君竹」的傳說，云：「眞君召鄉人裏謂曰：『吾乃豫章許遜，
今追一蛟精至此，伏於此潭。吾今將竹一根，插於潭畔石壁之上，以鎮壓之，
不許殘害生民。汝等居民，勿得砍去。』言畢，即將竹插之。囑曰：『此竹若
罷，許汝再生。此竹若茂，不許再出。』至今潭畔，其竹母若凋零，則復生
一筍，成竹替換復茂，今號爲許眞君竹，至今其竹一根在。」〔註 53〕此例中

〔註 48〕《雲笈七籤》卷八三「中山玉櫃經服氣消三蟲訣」條，《四庫全書》第 1061
　　　　冊第 20 頁下欄。
〔註 49〕《續仙傳》卷上「馬自然」條，《四庫全書》第 1059 冊第 589 頁下欄。
〔註 50〕《說郛》卷三二上，《四庫全書》第 877 冊第 712 頁上欄左。
〔註 51〕〔明〕湯顯祖撰《牡丹亭》第 18 出「診祟」，人民文學出版社，1963 年，第
　　　　85 頁。
〔註 52〕〔晉〕干寶撰、汪紹楹校注《搜神記》卷三，北京：中華書局，1979 年，第 37
　　　　頁。
〔註 53〕〔明〕馬夢龍編著、魏同賢校點《三教偶拈》，南京：江蘇古籍出版社，1993
　　　　年，第 181 頁。

竹子以生生不息的生命力阻止鎮壓蛟精。

三、神變與法術

　　胡應麟《少室山房筆叢》說：「魏、晉好長生，故多靈變之說；齊、梁弘釋典，故多因果之談。」〔註54〕神仙以長壽和神通變化爲特徵，神通變化又表現爲隱身易形和飛升之道，化爲飛禽走獸及金木玉石等，如神仙道家早在漢代即有「使鬼物爲金之術」（《漢書·楚元王傳》）〔註55〕，而竹子是其中頗多神變法術的一種植物。

　　竹子的神通和法術表現在，既能變出各種物事，也能使變幻的精怪現出原形。竹枝變形幻化，如《類說》載：「上覺背癢，羅公遠折竹枝爲玉如意以進。金剛三藏於袖中取七寶如意。公遠所進，即化爲竹。」〔註56〕竹枝能變爲玉如意，又能化爲竹，體現了自如變化的神通。再如，「軒轅先生居羅浮山，宣宗召入禁中，能以桐竹葉滿手捵成錢」〔註57〕，「有王修，能變竹葉爲金」〔註58〕，又是變竹葉爲金錢。這些都是竹子變爲他物，也有通過竹子使他物變形的，如《吳越春秋》載，越女使袁公變形爲猿的正是竹枝：「於是袁公即杖箖箊竹，竹枝上頡橋，末墮地，女即捷末。袁公則飛上樹，變爲白猿，遂別去。」這應是猿猴搶婚故事母題背景下的竹子法術故事。雄猿好色性淫，常攫女搶婚，算得上世界性的故事母題。〔註59〕郭璞《山海經圖讚》曰：「萬萬（即狒狒）怪獸，被髮操竹，獲人則笑，唇蓋其目，終亦呼號，反爲我戮。」〔註60〕情節大略與《吳越春秋》相近。其後「漢焦延壽《易林》（坤之剝）『南山大獲，盜我媚妾』以及晉張華《博物志》、干寶《搜神記》、題作梁任昉《述異記》等書關於猿猴盜取婦女，生子『與人不異』的情節」〔註61〕一脈相承。在越女故事中，突出的是其劍術。後代

〔註54〕〔明〕胡應麟著《少室山房筆叢·九流緒論下》，上海書店出版社，2001年，第283頁。
〔註55〕《漢書》卷三六，第7冊第1928頁。
〔註56〕〔宋〕曾慥編纂、王汝濤等校注《類說校注》卷五一引《津陽門詩》「玉如意」條，福州：福建人民出版社，1996年，下冊第1529頁。
〔註57〕《類說校注》卷二一引《大中遺事》「桐竹葉接錢」條，上冊第670頁。
〔註58〕《類說校注》卷四五引《尚書故實》「黃白術」條，下冊第1360頁。
〔註59〕蕭兵《猿猴搶婚型故事的世界性傳承——兼論其與「巨怪吃人」型故事的遞嬗關係》，《淮陰師範學院學報（哲學社會科學版）》1998年第4期。
〔註60〕《全上古三代三國六朝文·全晉文卷一二三》，第3冊第2169頁下欄右。
〔註61〕卞孝萱《〈補江總白猿傳〉新探》，載《唐代文學研究（第三輯）——中國唐

也多在此意義上歌咏，如「圮橋取履，早見兵書；竹林逢猿，偏知劍術」（庾信《周大將軍懷德公吳明徹墓誌銘》）〔註62〕，咏越女事即是突出其劍術。劍術通過竹枝表現，竹枝又能使袁公變形爲猿猴，體現的是竹枝的神變功能。再如段成式《酉陽雜俎》卷五：

> 于頔在襄州，嘗有山人王固謁見於，于性快，見其拜伏遲緩，不甚禮之。別日遊宴，不復得進，王殊怏怏。因至使院造判官曾叔政，頗禮接之。王謂曾曰：「予以相公好奇，故不遠而來，今實乖望矣！予有一藝，自古無者，今將歸，且荷公見待之厚，今爲一設。」遂詣曾所居，懷中出竹一節及小鼓，規才運寸。良久，去竹之塞，折枝連擊鼓。筒中有蠅虎子數十枚，列行而出，分爲二隊，如對陣勢。每擊鼓，或三或五，隨鼓音變陣，天衡地軸，魚麗鶴列，無不備也。進退離附，人所不及。凡變陣數十，乃行入筒中。曾觀之大駭，方言於於公，王已潛去。于悔恨，令物色求之，不獲。〔註63〕

例中王固以竹驅蠅虎子列隊對陣，自稱爲「藝」，其實是道教法術。這如同現今魔術，其神奇不在於所變的物事，而在於所用的方法與道具。

竹子相關法術傳說中，釣魚得符是流傳較廣的。《列仙傳》載：

> 涓子者，齊人也。好餌術，接食其精，至三百年，乃見於齊。著《天人經》四十八篇。後釣於荷澤，得鯉魚，腹中有符。隱於宕山，能致風雨，受伯陽九仙法。淮南山安少得其文（引者按，原注：「當作『淮南王安』。」），不能解其旨也。其《琴心》三篇有條理焉。〔註64〕

王青先生指出：「在《列仙傳》中，以釣魚顯示其神性的仙人有涓子、呂尙、琴高、寇先、陵陽子明及子英。如果我們把這六個神話視作一個系統，對其作一番考察的話，就會發現這其中至少有五個神話是同一原型的不同衍變。在長達五百年的時間內，由於口頭傳承中的變異及文本傳抄中的訛誤，一個

代文學學會第五屆年會暨唐代文學國際學術討論會論文集》，桂林：廣西師範大學出版社，1992年，第577頁。
〔註62〕《全上古三代秦漢三國六朝文・全後周文卷一六》，第4冊第3962頁下欄左。
〔註63〕《酉陽雜俎》卷五「詭習」，《唐五代筆記小說大觀》上冊第596頁。
〔註64〕轉引自王青先生著《先唐神話、宗教與文學論考》，中華書局，2007年，第33頁。

傳說表現爲多種形態，這也並不奇怪。我認爲，其中最原始的是涓子釣魚傳說。」〔註65〕據王先生研究，釣魚傳說從戰國到西漢一直是道家稱引的寓言，發源地在宋國，其產生可能與宋國的河神崇拜有關。〔註66〕我贊同王先生的見解，只是覺得這些釣魚傳說可能更大程度上源於竹子的道教神化內涵，或者受到道教神仙法術觀念的影響，這從釣魚傳說在後代的傳承也許可以看得更清楚。

漢代以後道教人物頗有類似的釣魚法術。《搜神記》載：

> 左慈字元放，廬江人也。少有神通，嘗在曹公座，公笑顧眾賓曰：「今日高會，珍羞略備。所少者，吳松江鱸魚爲膾。」放云：「此易得耳。」因求銅盤，貯水，以竹竿餌釣於盤中。須臾，引一鱸魚出。公大拊掌，會者皆驚。公曰：「一魚不周坐客，得兩爲佳。」放乃復餌釣之。須臾，引出，皆三尺餘，生鮮可愛。公便自前膾之，周賜座席。公曰：「今既得鱸，恨無蜀中生薑耳。」放曰：「亦可得也。」公恐其近道買，因曰：「吾昔使人至蜀買錦，可敕人告吾使，使增市二端。」人去，須臾還，得生薑。〔註67〕

《後漢書・左慈傳》也收入此事。此傳說與《神仙傳》所載介象故事非常近似，當是同一源流的不同版本。《神仙傳》載：

> 介象者，字元則，會稽人也，學通五經，博覽百家之言，能屬文。陰修道法，……能隱形變化爲草木鳥獸。……吳王詔徵象到武昌，甚敬重之，稱爲介君，爲象起第宅，以御帳給之，賜遺前後累千金。從象學隱形之術，試還後宮及出入殿門，莫有見者。又令象變化，種瓜菜百菜，皆立生。與先主共論鱠魚何者最上，象曰：「鯔魚爲上。」先主曰：「此魚乃在海中，安可得乎？」象曰：「可得耳，但令人於殿中庭方坎者水滿之。」象即索釣餌起釣之，垂綸於坎中，不食頃，得鯔魚。先主驚喜，問象曰：「可食否？」象曰：「故爲陛下取作鱠，安不可食？」乃使廚人切之。先主問曰：「蜀使不來，得薑作鱠至美，此間薑不及地，何由得乎？」象曰：「易得耳。願差一人，並以錢五千文付之。」象書一符，以著竹杖中，令其人閉目騎

〔註65〕王青先生《釣魚得符神話的衍變及流播》，見氏著《先唐神話、宗教與文學論考》，中華書局，2007年，第33頁。

〔註66〕王青先生著《先唐神話、宗教與文學論考》，中華書局，2007年，第41頁。

〔註67〕《後漢書》卷八二下《左慈傳》，第10冊第2747頁。

杖，杖止便買薑，買薑畢，復閉目。此人如言，騎杖須臾已到成都，不知何處，問人，言是蜀中也，乃買薑。於時，吳使張溫在蜀，從人恰與買薑人相見，於是甚驚，作書寄家人。此人買薑還廚中，鱠始就矣。〔註68〕

以上兩則都是釣得鱠魚（《神仙傳》中是以鯔魚爲膾魚中最上者），又入蜀買薑，且蜀中有人可證其確曾入蜀。前例以竹竿釣於盤中，後例騎竹杖入蜀，都與竹有關。此兩例雖情節各有側重，應是同一原型的不同流變。裴松之論曰：「臣松之以爲葛洪所記，近爲惑眾，其書文頗行世，故撮取數事，載之篇末也。神仙之術，詎可測量，臣之臆斷，以爲惑眾，所謂夏蟲不知冷冰耳。」〔註69〕知《神仙傳》曾風行於世。傳說將其附會於左慈，《後漢書》予以采錄，也是可能的。唐皇甫枚《三水小牘》寫道士趙知微結廬於鳳凰嶺，幽夜練志，有「分杯結霧之術，化竹釣鯔之方」〔註70〕，可能也是類似法術，明確其術爲「化竹釣鯔」，突出竹子神化功能。

　　竹子的神變功能還表現爲占卜，或者說以竹占卜結合了法術，體現了災異與靈瑞的觀念。竹子用於占卜，如《後漢書·張宗傳》：

張宗字諸君，南陽魯陽人也。王莽時，爲縣陽泉鄉佐。會莽敗，義兵起，宗乃率陽泉民三四百人起兵略地，西至長安，更始以宗爲偏將軍。宗見更始政亂，因將家屬客安邑。及大司徒鄧禹西征，定河東，宗詣禹自歸。禹聞宗素多權謀，乃表爲偏將軍。禹軍到栒邑，赤眉大眾且至，禹以栒邑不足守，欲引師進就堅城，而眾人多畏賊追，憚爲後拒。禹乃書諸將名於竹簡，署其前後，亂著筒中，令各探之。宗獨不肯探，曰：「死生有命，張宗豈辭難就逸乎！」〔註71〕

這是以竹簡署名占卜，探得者殿後阻擋赤眉軍。《類說》載：「嶺表占卜甚多，鼠卜、箸卜、牛卜、骨卜、田螺卜、雞卵卜、篾竹卜，俗鬼故也。」〔註72〕可見竹子以各種製品形式（箸、篾竹等）廣泛用於占卜。《類說》又載：

〔註68〕〔晉〕葛洪撰、錢衛語釋《神仙傳》卷九「介象」條，北京：學苑出版社，1998年，第244～246頁。

〔註69〕〔晉〕陳壽撰、〔南朝宋〕裴松之注《三國志》卷六三，北京：中華書局，1982年，第5冊第1428頁。

〔註70〕〔唐〕皇甫枚撰《三水小牘》，北京：中華書局，1958年，第1頁。

〔註71〕《搜神記》卷三，第9頁。

〔註72〕《類說校注》卷四引《番禺雜記》「占卜」條，上冊第103頁。

　　　　至和元年，成都人費孝先遊青城，詣老人村，壞其竹床。孝先
欲償其直，老人笑曰：「子視其下書云：『此床某年某月日爲費孝先
所壞。』誠有數，子何償焉？」孝先知其異，乃留師事之。老人授
以《易》、軌革卦影。後數年，孝先名聞天下。四方治其學者，所在
而有，皆自託於孝先，眞僞不可知也。〔註73〕

這其實是道家傳說的預知吉凶法術。較早的如霍太山三神竹中朱書，《史記‧
趙世家》載，知伯攻趙，趙襄子奔保晉陽，「原過從，後，至於王澤，見三人，
自帶以上可見，自帶以下不可見。與原過竹二節，莫通。曰：『爲我以是遺趙
毋邱。』原過既至，以告襄子。襄子齋三日，親自剖竹，有朱書曰：『趙毋邱，
余霍泰山山陽侯天使也。三月丙戌，余將使女反滅知氏。女亦立我百邑，余
將賜女林胡之地。至於後世，且有伉王，赤黑，龍面而鳥噣，鬢麋髭䫤，大膺
大胸，修下而馮，左衽界乘，奄有河宗，至於休混諸貉，南伐晉別，北滅黑
姑。』襄子再拜，受三神之令」〔註74〕。此是神人以朱書置於竹筒內，竹筒
成了傳遞天書的通道。如果說這些傳說中的竹子（及竹製品）僅是相關道具，
還未明顯表現出法術功能，那麼竹子異常之象預示吉凶的傳說，就已經明顯
附會了特異功能。如《輟耕錄》卷五：「白廷玉先生斑，號湛淵，錢塘人。家
多竹，忽一竿上歧爲二，人皆異之，賦雙竹杖詩。未幾，先生歿。先生有二
子，或以爲先兆云。」〔註75〕竹子「上歧爲二」被附會成白斑將歿之兆，似
能先知先覺預示吉凶。

四、竹子仙物、竹林仙境觀念的形成及影響

　　　竹子與神仙結緣，可遠溯至戰國時期。《穆天子傳》：「天子西征，至於玄
池，天子休於玄池之上，乃奏廣樂，三日而終，是曰樂池。天子乃樹之竹，
是曰竹林。」〔註76〕樂器是竹子材質功用的重要方面，可能對竹子仙物觀念
產生影響。《魏書‧釋老志》云，「秦皇、漢武，甘心不息。靈帝置華蓋於灌
龍，設壇場而爲禮。及張陵受道於鵠鳴，因傳天官章本千有二百，弟子相授，
其事大行」，「其書多有禁秘，非其徒也，不得輒觀。至於化金銷玉，行符敕

〔註73〕　《類說校注》卷九引《仇池筆記》「費孝先卦影」條，上冊第 293 頁。
〔註74〕　《史記》卷四三《趙世家》，第 6 冊第 1794〜1795 頁。
〔註75〕　《輟耕錄》卷五「雙竹杖」條，第 67 頁。
〔註76〕　鄭杰文著《穆天子傳通解》卷二，濟南：山東文藝出版社，1992 年，第 49
　　　　頁。

水，奇方妙術，萬等千條。上云羽化飛天，次稱消災滅禍」〔註77〕。「人生非金石，豈能長壽考」（《古詩十九首·回車駕言邁》），對生命短促的畏懼、對延年益壽的渴望在漢代非常深入人心。在這崇仙大潮中，竹子成為仙道崇拜的重要植物之一，形成不少相關神仙傳說。

傳說中與竹子有關的仙人不少是生在漢代的，魏晉以來文獻尤多此說。葛洪《神仙傳》多記竹子與漢代仙人有瓜葛，如費長房、左慈、介象等，這些傳說都是秦漢以來求仙崇仙風氣的產物。再如《眞誥》載：

> 竹葉山中仙人陳仲林、許道居、尹林子、趙叔道，此四人並以漢末來入此山。叔道已得為下眞人，仲林大試適過，行復去。此是竹葉山中舊仙人也。其王世龍、趙道玄、傳太初、許映或名遠遊，適來四年耳。〔註78〕

所記仙人也是生於漢代之人。表明竹子與升仙有關的今存較早文獻是漢末曹魏時期的《三輔黃圖》〔註79〕。《三輔黃圖》云：「竹宮，甘泉祠宮也，以竹為宮，天子居中。」〔註80〕既云「以竹為宮」，可知竹宮是以竹子為材料的建築。陳直指出：

> 《漢書·禮樂志》曰：武帝「用事甘泉圜丘，使童男女七十人俱歌，昏祠至明，夜常有神光，如流星止集於祠壇。天子自竹宮而望拜。」顏師古注引《漢舊儀》云：「竹宮去壇三里。」與本文同。《長安志》通天臺引《漢舊儀》云：「乃舉烽火而就竹宮望拜神光。」又《漢舊儀》云：「武帝祭天上通天臺，舞八歲童女三百人，置祠具，招仙人。祭天已，令人升通天臺以候天仙天神。既下祭所，若火流星，乃舉烽火而就竹宮望拜。」又《金石萃編》卷二十二，有「狼幹干延」瓦，「狼干」當為「琅玕」之假借字，疑為竹宮之物。〔註81〕

〔註77〕　〔北齊〕魏收撰《魏書》卷一一四，《四庫全書》第 262 冊第 887 頁下欄。

〔註78〕　《眞誥校注》卷四《運象篇第四》，第 147 頁。

〔註79〕　陳直《三輔黃圖校證序言》云：「今本《黃圖》，晁公武定為梁、陳間人所作，程大昌定為唐肅宗以後人所作。嗣後多依晁說，題為六朝無名氏作品。余則定今本為中唐以後人所作，注文更略在其後。《黃圖》一書在古籍中所引，始見於如淳《漢書》注。如淳為曹魏時人，則原書應成於東漢末曹魏初期。」見陳直校證《三輔黃圖校證》卷首，陝西人民出版社 1980 年。

〔註80〕　《三輔黃圖校證》，第 74 頁。

〔註81〕　《三輔黃圖校證》，第 74～75 頁。

「琅玕」可指玉，也可指竹，故陳直疑「狼干萬延」瓦爲竹宮遺物。《史記‧封禪書》載，漢武帝元光三年（前132），「是時上求神君，舍之上林中蹄氏觀」〔註82〕。元封二年（前109），方士公孫卿說只要做好迎接神仙的準備，仙人就會來到，於是武帝命「郡國各除道，繕治宮觀名山神祠所，以望幸矣」〔註83〕。從武帝種種求仙活動來看，其建造竹宮很可能與求仙有關，所謂「建章甘泉，館御列仙」（班固《東都賦》）。後人也是如此接受的，如「竹宮時望拜，桂館或求仙」（杜甫《覆舟二首》其二）。再如《酉陽雜俎》卷十四：「漢竹宮用紫泥爲壇，天神下若流火，玉飾器七千枚，舞女三百人。一日漢祭天神用萬二千杯，養牛五歲，重三千斤。」〔註84〕可知竹宮在後代也被認爲與神仙觀念有關。

天師道教義主張只要煉形即可長生成仙。張陵《老子想爾注》提出「保形」、「煉形」與「食氣」等具體的成仙途徑。東漢魏伯陽《周易參同契》與晉葛洪《抱朴子》都強調服用丹藥可以成仙。在不同的成仙思想背景下，自東漢以來形成尸解、竹丹等多樣化的成仙內涵。竹子的道教內涵大略體現於竹子仙物與竹林仙境兩方面。作爲仙物，竹子及相關製品既是仙人所用之物，也具有成仙功能。仙人所用竹製品常是仙物。如庾信《鏡詩》：「玉匣聊開鏡，輕灰暫拭塵。光如一片水，影照兩邊人。月生無有桂，花聞不逐春。試掛淮南竹，堪能見四鄰。」〔註85〕鏡掛於竹就能見四鄰，可見竹子的神奇功能。《元豐九域志》載：「（洞宮山）洞中有蓮花石，有人遊之，獲石龜鶴、藤竹仙人繩。」〔註86〕此處未言藤竹仙人繩的功用，既是仙人所用，當也不凡。仙人所用竹製品較多的還有竹製樂器。如《神仙傳》載地仙王遙：

> 有竹篋，長數寸。有一弟子姓錢，隨遙數十年，未嘗見遙開之。常一夜，大雨晦暝，遙使錢以九節杖擔此篋，將錢出，冒雨出行。遙及弟子衣皆不濕。又常有兩炬火導前，約行三十里許，登小山，入石室，室中先有二人。遙即至，取弟子所擔篋，發之，中有五舌竹簧三枚，遙自鼓一枚，以二枚與室中二人，并坐鼓之，良久，遙辭去，三簧皆內篋中，使錢提之，室中二人出送，語遙曰：「卿當早

〔註82〕　《史記》卷二八，第4冊第1384頁。
〔註83〕　《史記》卷二八，第4冊第1396頁。
〔註84〕　《酉陽雜俎》卷一四，《唐五代筆記小說大觀》上冊第654頁。
〔註85〕　《先秦漢魏晉南北朝詩‧北周詩卷四》，下冊第2398頁。
〔註86〕　〔宋〕王存撰《元豐九域志》卷九，《四庫全書》第471冊第195頁上欄右。

來，何爲久在俗間？」遙答曰：「我如是當來也。」〔註87〕王遙是地仙，石室中二人當也是仙人。王遙竹篋及其中竹簣皆非世間尋常之物。再如「山陰逢道士，映竹羽衣新」（李益《尋紀道士偶會諸叟》），竹子因具有飛升功能而與「羽衣」並列。

竹林又爲仙境象徵物。竹子具有成仙通靈的象徵內涵，首先表現爲仙人多居竹林。如《雲笈七籤》卷一一二：「于滿川者，是成都樂官也。其所居鄰里闕水，有一老叟常擔水以供數家久矣。忽三月三日，滿川於學射山通眞觀看醮市，見賣水老人，與之語，云居在側近，相引醮市看訖，即邀滿川過其家，入檻竹徑，歷渠塹，可十里許，即見門宇殿閣，人物喧闐，有像設圖繪，若宮觀焉。引至大廚中，人亦甚眾，失老叟所在，問人，乃葛璠化廚中爾，云來日醮市方營設大齋，頃刻之間已三日矣，賣水老叟自此亦不復來。」〔註88〕這是典型的道教形式「竹徑通幽處」，所以古人將竹徑、桃源并提，說「竹徑桃源本出塵」（崔湜《奉和幸韋嗣立山莊應制》）。竹林似乎是通往仙境的必經之地。如吳融《閿鄉寓居十首·清溪》：「清溪見底露蒼苔，密竹垂藤鎖不開。應是仙家在深處，愛流花片引人來。」竹林更是仙人遊玩之地。如王嘉《拾遺記》：「逢萊有浮筠之簳，葉青萃紫，子如大珠，有青鸞集其上。下有砂礰細如粉，暴風至，竹條翻起，拂細砂如雪霧，仙者來觀戲焉。風吹竹折，聲如鍾磬之音。」〔註89〕仙人觀戲於竹間，可知竹子已成仙境植物。助其飛升成仙的植物如竹子等留在人間成爲示信之物，如「仙冠輕舉竟何之，薜荔緣階竹映祠」（李嘉祐《題遊仙閣息公廟》）、「垂嶺竹裊裊，翳泉花濛濛」（常建《仙谷遇毛女意知是秦宮人》）。竹林還能生仙丹仙藥。如《夷堅志》云：

> 金華赤松觀爲九天玄女煉丹所，丹始成凡三粒，一祭天、一祭地，皆瘞於隱所，一以自餌，蓋不知幾何世矣。宣和間，某道士獨坐竹軒，見所養雞啄龍眼於竹根下，甚大而有光，急起奪得之，香氣襲人，意所謂神丹也。未敢服，密貯以器，置三清殿前，願見者則焚香啓鑰以示。後爲遊士攫取，以像前供水吞之，奪不可得，亟集眾擒之，士飄然行池水上如飛，明日或見其坐水底，水皆涌沸，竟莫知爲何人。道士悵然自悔，汲水滌盛丹器飲之，自是面如童顏，

〔註87〕 《神仙傳》卷八「王遙」條，第 207 頁。
〔註88〕 《雲笈七籤》卷一一二「于滿川」條，《四庫全書》第 1061 冊第 285 頁。
〔註89〕 《初學記》卷二八，第 3 冊第 693 頁。

唇赤，左右手軟如綿，年九十尚強健，雞亦活三十年。〔註90〕
竹根下龍眼來歷蹊蹺，食之成仙更是神奇，這其實是源於道教竹根丹而附會的小說家言。再如《酉陽雜俎》卷一九：「又梁簡文延香園，大同十年，竹林吐一芝，長八寸，頭蓋似雞頭實，黑色。其柄似藕柄，內通幹空。皮質皆純白，根下微紅。雞頭實處似竹節，脫之又得脫也。自節處別生一重，如結網羅，四面，周可五六寸，圓繞周匝，以罩柄上，相遠不相著也。其似結網眾目，輕巧可愛，其柄又得脫也。驗仙書與威喜芝相類。」〔註91〕末句「驗仙書與威喜芝相類」表明，在人們意識中竹林是成仙之地，也是生仙物之地。

　　作爲仙境植物，竹子與其他道教植物一樣，也同時具有相關法術功能。植物崇拜是巫術內容之一。道教本源於巫術，因此把巫術的某些內容保留下來是不足爲怪的。如認爲桃能辟邪、杏可食之成仙，因此道觀栽桃種杏很普遍，形成「觀裏栽桃，仙家種杏」（朱敦儒《念奴嬌》）〔註92〕的傳統。竹林仙境也有救人於厄難的法術功能。《雲笈七籤》卷一百十二：「杭州曹橋福業觀有潘尊師者，其家贍足，虛襟大度，延接賓客，行功濟人。一旦有少年，容狀疏俊，異於常人，詣觀告潘曰：『某遠聆尊師德義，拯人急難，甚欲求託師院後竹徑中茆齋內寄止兩月，以避厄難，可乎？或垂見許，勿以負累爲憂，勿以食饌爲慮，只請酒二升，可支六十日矣。』」〔註93〕少年求止於竹徑中茆齋，似與竹子辟穢功能有關。《幽怪錄》：「鄜延長吏有大竹凌雲，可三四圍，伐剖之，見內有二仙翁對，云：『平生深根勁節，惜爲主人所伐。』言畢乘雲而去。」〔註94〕

　　竹子或竹林成爲仙境象徵物之後，道士居處及道院多植竹以模擬仙境、驅邪辟穢。如「外則瀦川源之澄澈，內則添竹樹之青蒼」（錢鏐《新建風山靈

〔註90〕〔明〕胡應麟著《少室山房筆叢·玉壺遐覽四》引，上海書店出版社，2001年，第466～467頁。

〔註91〕《酉陽雜俎》卷一九，《唐五代筆記小說大觀》上冊第703頁。

〔註92〕《全宋詞》第2冊第835頁。

〔註93〕《雲笈七籤》卷一一二「曹橋潘尊師」條，《四庫全書》第1061冊第292頁上欄。

〔註94〕〔明〕陳耀文撰《天中記》卷五三引《幽怪錄》，《四庫全書》第967冊，第543頁下欄右。又見〔明〕陳詩教《花裏活·補遺》，〔日〕君島久子著、龔益善譯《關於金沙江竹娘的傳說——藏族傳說與〈竹取物語〉》譯作《幽怪錄》：「大夫竹凌雲、圍三尺。鄜延人伐此竹，現二仙翁，歎曰：平生勁節，惜爲主人所伐。遂騰空而去。」載《民間文學論壇》1983年第3期，第27頁左，原注引文係根據日文轉譯。

德王廟記》）〔註95〕，可見明確的植竹意識。道觀種竹能營造仙境氣氛，如徐鉉《洪州奉新縣重建闈業觀碑銘》：「烟霞韜映，竹樹青蔥，居然人境之間，自是仙遊之地。」〔註96〕類似仙境植物如松等也是常見的道觀植物，常種植成林，如「攬其勝境，左有藥水靈泉，右有丹崖翠壁，前有幽竹森羅，後有蒼松挺秀」（陳宗裕《敕建烏石觀碑記》）〔註97〕，形成「疏松抗高節，密竹陰長廊」（韋應物《清都觀答幼遐》）、「飛軒俯松竹，抗殿接雲烟」〔註98〕的道觀景象。道觀種竹較早的記載，如劉峻《東陽金華山棲志》：「（招提）寺東南有道觀，亭亭崖側，下望雲雨。蕙樓茵榭，隱映林篁。飛觀列軒，玲瓏烟霧。日止却粒之氓，歲集神仙之客。」〔註99〕雖未突出竹子與仙人的關係，似乎也暗示竹林「集神仙之客」的功能。到唐代，道院植竹更爲普遍。如《舊唐書‧高駢傳》：「明年，淮南饑，蝗自西來，行而不飛，浮水緣城而入府第。道院竹木，一夕如翦。」〔註100〕可見竹子已成道院代表性植物。

　　作爲仙境植物，竹子也會影響到相關意識與觀念。竹子仙物、竹林仙境等觀念不僅影響到道院植竹，文學中的道士形象也常以竹子襯托，如「閒坊暫喜居相近，還得陪師坐竹邊」（張籍《贈道士宜師》）。仙山、仙洞或相關神仙傳說也常附會竹子，出現竹蓋山等道教靈山，如「久居竹蓋知勤苦，舊業蓮峰想變更」（羅隱《送楊煉師却歸貞浩岩》），一般的仙境也常出現竹子，如「錦洞桃花遠，青山竹葉深」（陳陶《送秦煉師》）、「鼓子化明白石岸，桃枝竹覆翠嵐溪。分明似對天台洞，應厭頑仙不肯迷」（皮日休《虎丘寺西小溪閒泛三絕》其一）。普通人家也因爲居處有竹林而具仙家氣象，如「公館似仙家，池清竹徑斜」（劉禹錫《題壽安甘棠館二首》其一）、「望水尋山二里餘，竹林斜到地仙居」（李涉《秋日過員太祝林園》）。竹林仙境觀念也影響到風俗，如竹苑下棋的風俗。《西京雜記》中記載了這樣的習俗：

　　　　戚夫人侍兒賈佩蘭，後出爲扶風人段儒妻，說在宮內時，……
　　　八月四日，出雕房北户，竹下圍棋，勝者終年有福，負者終年疾病，

〔註95〕　《全唐文》卷一三〇，第2冊第1307頁上欄左。
〔註96〕　《全宋文》第2冊第347頁。
〔註97〕　《全唐文》卷一六二，第2冊第1660頁下欄右。
〔註98〕　《文苑英華》卷二二七引劉孝孫《遊青都觀尋沈道士》，《四庫全書》第1335冊第126頁下欄右。
〔註99〕　《全上古三代秦漢三國六朝文‧全梁文卷五七》，第4冊第3290頁下欄右。
〔註100〕〔後晉〕劉昫等撰《舊唐書》卷一八二，北京：中華書局，1975年，第14冊第4711頁。

取絲縷就北辰星求長命乃免。〔註 101〕

這可能是一次偶然的宮中娛樂活動，經竹林仙境觀念的滲透，逐漸形成仙人竹林下棋的傳統觀念。如曹唐《小遊仙十三首》其六：「白石山中自有天，竹花藤葉滿溪烟。朝來洞裏圍棋了，賭得青龍直幾錢。」這是詩中歌咏。竹苑下棋也成爲繪畫題材，如《舊唐書·經籍志》載「《竹苑仙棋圖》一卷」〔註 102〕。竹林仙境觀念還影響到人們的神仙觀念，如「烟霞高占寺，楓竹暗停神」（司空曙《送夏侯審赴寧國》），因爲蒼暗的竹林情境而附會神仙，似乎帶有迷信色彩。

第二節　尸解與坐騎：竹枝的道教成仙內涵

竹枝在道教中具有多重內涵。竹枝（杖）的儒、釋、道內涵以及眾多功用都有學者作了可貴探討〔註 103〕，但是其道教文化內涵至今鮮有專門論述，僅周俐《試論仙話小說中的尸解與竹》有所論及〔註 104〕。竹枝與道教的關係主要體現在兩方面，即座騎和尸解功能，又都與神仙思想有關。坐騎功能可能源於竹杖的扶老功用、竹與龍鳳崇拜的淵源等，經過不斷神化，逐演變成竹杖成龍以爲坐騎的傳說。尸解功能當源於以竹擬人或竹生人傳說等竹圖騰崇拜觀念與神仙思想的附會。

一、尸解：竹枝的不死成仙功能

唐施肩吾《謝自然升仙》詩云：「分明得道謝自然，古來漫說尸解仙。」可見尸解仙歷史悠久與流傳的普遍。較早記述竹爲尸解替代物的，如《漢武故事》，敘李少翁被殺死，又在世上出現，發其棺，棺內「唯竹筒一枚」。周俐說：「小說產生在兩漢，可以推斷至晚在兩漢時，尸解小說中就是開棺無尸，唯存竹物了。此處的竹是竹筒，具體含義很難斷定，只有一點可以肯定，這

〔註 101〕〔漢〕劉歆撰，向新陽、劉克任校注《西京雜記校注》卷三，上海古籍出版社，1991 年，第 138 頁。
〔註 102〕《舊唐書》卷四七，第 6 冊第 2045 頁。
〔註 103〕參見季智慧《節杖與唐宋巴蜀文人》，《文史雜誌》1988 年第 4 期；白化文《漢化佛教僧人的拄杖、禪杖和錫杖》，《中國典籍與文化》1994 年第 4 期；尚永琪《中國古代的杖與尊老制度》，《中國典籍與文化》1997 年第 2 期；張寶明《杖·古代尊老制度及相關文化內涵》，《東南學術》2002 年第 4 期。
〔註 104〕載《明清小說研究》1995 年第 2 期。

竹筒是個靈物。因為它是棺中的留存物，肯定與尸解升仙者有密切的關係。」
〔註 105〕

　　關於尸解，王充《論衡・道虛》云：「所謂『尸解』者，何等也？謂身死
精神去乎？謂身不死得免去皮膚也？如謂身死精神去乎？是與死無異人亦仙
人也；如謂不死免去皮膚乎？諸學道死者骨肉俱在，與恒死之尸無以異也。」
〔註 106〕王充指出道教尸解的本質是「身死精神去」，可謂準確。尸解本是成仙，
而非死亡。葛洪將神仙分為天仙、地仙和尸解仙。《抱朴子・論仙》云：「按
《仙經》云，上士舉形升虛，謂之天仙。中士遊於名山，謂之地仙。下士先
死後蛻，謂之尸解仙。」〔註 107〕可見尸解仙是死後借物蛻形。六朝道經《元
始無量度人上品妙經》云：「世人受誦，則延壽長年，後皆得作尸解之道，魂
神暫滅，不經地獄，即得反形，遊行太空。」唐李少微注云：「按上經，尸解
有四種：一者兵解，若嵇康寄戮於市，淮南託形於獄；二者文解，若次卿易
質於履，長房解形於竹；三者水火煉，若馮夷溺於大川，封子焚於火樹；四
者太陰煉質，視其已死，足不青，皮不皺，目光不毀，屈申從人，亦尸解也。
肉皆百年不朽，更起成人。」〔註 108〕將尸解分為四種，又並不一定借物蛻形。
但有一點可以肯定，尸解必定先死後成仙。尸解之尸與常人之尸是有區別的。
如《晉書・葛洪傳》：「洪坐至日中，兀然若睡而卒……視其顏色如生，體亦
柔軟，舉尸入棺，甚輕，如空衣，世以為尸解得仙云。」〔註 109〕葛洪尸解時
其尸甚輕，與常人不同，體現了成仙的特徵。但既可成仙，為何不能舉體飛
升？葛洪《神仙傳・王遠》云：「汝生命應得度世，欲取汝以補仙官。然汝少
不知道。今氣少肉多，不得上昇，當為尸解耳。」〔註 110〕可見「尸解」是成
仙時難脫形體情況下的權宜之法。

　　以竹為尸解替代物，真正對後代產生較大影響的是《神仙傳・壺公》，其
後《後漢書・費長房傳》沿襲而入史。《神仙傳・壺公》載：

　　　　公告長房曰：「我某日當去，卿能去否？」長房曰：「思去之心，

　　　不可復言，惟欲令親屬不覺不知，當作何計？」公曰：「易耳。」乃

〔註 105〕周俐《試論仙話小說中的尸解與竹》，《明清小說研究》1995 年第 2 期，第 210
　　　　頁。
〔註 106〕黃輝撰《論衡校釋》卷七，北京：中華書局，1990 年，第 324 頁。
〔註 107〕《抱朴子內篇校釋》卷二《論仙》，第 18 頁。
〔註 108〕《元始無量度人上品妙經四注》卷一，《道藏》第 2 冊第 196 頁。
〔註 109〕《晉書》卷七二，第 6 冊第 1913 頁。
〔註 110〕〔晉〕葛洪撰、錢衛語釋《神仙傳》卷三，第 60 頁。

取一青竹杖與長房，戒之曰：「卿以竹歸家，使稱病，後日即以此竹杖置臥處，嘿然便來。」長房如公所言，而家人見此竹是長房死了，哭泣殯之。……長房憂不能到家，公以竹杖與之，曰：「但騎此到家耳。」長房辭去，騎杖忽然如睡，已到家。家人謂之鬼，具述前事，乃發視棺中惟一竹杖，乃信之。長房以所騎竹杖投葛陂中，視之，乃青龍耳。〔註111〕

竹與龍合二為一，是取龍的變化莫測。有了善變特點，竹枝作為尸解替代物就可任意附會，不同的竹枝及竹製品（如竹筒、竹杖）都可用於尸解。有的傳說僅說竹枝，作為尸解替代物在本質上同竹杖一樣。如曾慥《類說》載：「（姚）萇怒，誅嘉及二弟子。萇先使人隴右，逢嘉將弟子，計已千餘里，正是誅嘉日也。萇令發棺，並無尸，各有竹枝一枚。」〔註112〕再如南唐沈汾《續仙傳‧馬自然》載，馬自然暴死後，其兄嫂「乃棺斂。其夕棺鏗然有聲，一家驚異」，明年，「發冢視棺，果一竹枝而已」〔註113〕。因此見竹枝（杖）即表明其人已尸解成仙，僅留竹杖示現而已，如「仙翁遺竹杖，王母留桃核」（劉禹錫《遊桃源一百韵》）、「別杖留青竹，行歌躡紫烟」（李白《奉餞高尊師如貴道士傳道籙畢歸北海》），這示現的竹枝給了求仙者無限的幻想和希望，「別我好留仙竹杖」（徐積《贈至幾》）〔註114〕成為他們的最大期望。

　　尸解並非一律「開棺無尸，唯一青竹杖」，可以是其他竹製品，也可在其他地方，開棺不過是典型情境。有時是在臥室，如《後漢書》：「（費）長房遂欲求道，而顧家人為憂。翁乃斷一青竹，度與長房身齊，使懸之舍後。家人見之，即長房形也，以為縊死，大小驚號，遂殯葬之。長房立其傍，而莫之見也。」〔註115〕費長房乘竹杖回家、以竹杖尸解，即在臥室。也有發冢的，如《棗林雜俎》據《杭州府志》載，馬湘死後，「發其冢，止存竹杖」〔註116〕。王韶之《神境記》的何家岩穴：「始入，幽峽而甚暗，行百餘步，通一澗水，而多逞嶮不平。復進百數十步，得一處，可方廣十餘步，潛遙杳映，素構成

〔註111〕〔晉〕葛洪撰、錢衛語釋《神仙傳》卷九，第234～235頁。
〔註112〕《類說校注》卷三引《王氏神仙傳》「未央」條，上冊第81頁。
〔註113〕〔南唐〕沈汾撰《續仙傳》卷上，《四庫全書》第1059冊第590頁上欄。
〔註114〕《全宋詩》第11冊第7654頁。
〔註115〕《後漢書》卷八二下《費長房傳》，第10冊第2743頁。
〔註116〕〔清〕談遷著，羅仲輝、胡明點校《棗林雜俎‧空玄》「馬自然求載通志」條，北京：中華書局，2006年，第312頁。

宇，其室幽而不晦，靖而懷照。昔有採鍾乳者至此，見有書三卷，竹杖一枝。委岩遺物，莫知所遊。」〔註117〕又是於洞穴尸解。可見竹杖作爲尸解替代物的關鍵，在於替人蛻形而成仙，至於是否開棺，則無關緊要。

　　要想尸解成仙，取什麼竹子是有講究的。《雲笈七籤》卷四十八：「神杖用九節向陽竹。」〔註118〕神杖以向陽竹爲貴，取其陽性。《雲笈七籤》卷八十四引《赤書玉訣》云：

　　　　當取靈山陽向之竹，令長七尺有節，作神杖，使上下通直，甘竹乃佳。《書黑帝》符著下第二節中，次《白帝符》第三節中，次《黃帝符》第四節中，次《赤帝符》第五節中，次《青帝符》第六節中。空上一節以通天，空下一節以立地，蠟封上節，穿中印以《元始之章》；又蠟封下節，穿中而印以《五帝之章》。絳文作韜，長短大小足容杖，臥息坐起，常以自隨。行來可脫杖衣，隱以出入，每當別著淨處。以杖指天，天神設禮；以杖指地，地祇伺迎；以杖指東北，萬鬼束形。乘杖行來，及所施用，當叩齒三十六通，思五帝直符吏各一人，衣隨方色，有五色之光流煥似上，五帝玉女各一人合共衛杖左右，微祝曰「太陽之山，元始上精。開天張地，甘竹通靈。直符守吏，部御神兵。五色流煥，朱火金鈴。輔翼上眞，出入幽冥。召天天恭，攝地地迎。指鬼鬼滅，妖魔束形。靈符神杖，威制百方。與我俱滅，與我俱生。萬劫之後，以代我形。影爲吾解，神昇上清。承符告命，靡不敬聽。」畢。引五方炁各五咽，合二十五咽止。行此道九年，精謹不慢，神眞見形，杖則載人空行。若欲尸解，杖則代形，倏歘之間，已成眞人。朝拜以本命八節日，當燒香左右，朝拜此杖，則神靈感降，道則成矣。〔註119〕

此即所謂「尸解神杖法」。可見除向陽竹子的靈性之外，符咒等法術也是非常重要的。有時還需方藥。《雲笈七籤》卷八十五「太極眞人遺帶散」條：「眞人曰：凡尸解者，皆寄一物而後去。或刀或劍，或竹或杖，及水火兵刃之解。既得脫

〔註117〕〔南朝宋〕王韶之撰《神境記》，載〔清〕王謨輯《漢唐地理書鈔》，北京：中華書局，1961年，第442頁上欄右。
〔註118〕《雲笈七籤》卷四八「神杖法」條，《四庫全書》第1060冊第521頁上欄右。
〔註119〕《雲笈七籤》卷八四「尸解神杖法」條，《四庫全書》第1061冊第29～30頁。

去，即不得迴戀故鄉及父母妻子之愛也。惟此散化即當解之，塗於衣帶之上，緊結而繫之，閉息做法而去，頗易於他爾。方藥如後：水金一大分、丹砂二大分、木汞三大分、庚鉛四大分、黃土五大分。右共細研之，取九陰神水調勻，塗衣帶上，緊結之，當自脫去，但見其尸臥於床簀爾。」〔註120〕有時需要書寫符咒。如《抱朴子》云：「近世壺公將費長房去。及道士李意期將兩弟子去，皆託卒，死，家殯埋之。積數年，而長房來歸。又相識人見李意期將兩弟子皆在郫縣。其家各發棺視之，三棺遂有竹杖一枚，以丹書於枚，此皆尸解者也。」〔註121〕尸解既然基於成仙而言，故不能成仙則返為竹尸。如《雲笈七籤》卷八十二：「下彭去則子風月蕩絕，馳騁艱難，坐立無復強也。子孫廢滅，魂魄飄沈，如此則子返為竹尸，非人也。」〔註122〕

　　有學者以為：「竹既然在喪葬中被廣泛運用，仙話小說借來用於尸解，也是順理成章、極其自然。只不過尸解中的竹往往被作者加以神化，顯得更加神秘，更神通廣大罷了。」〔註123〕對竹杖尸解功能的來源作了合理推測。但我們不應忽視其他因素可能產生的影響，如佛教生死輪迴觀念、人死後睹物如生的傳統觀念等。有兩點尤其值得提出：竹子不死觀念與人竹合一觀念。竹枝尸解功能與道教視人為竹視竹為人的人竹合一觀不無關係。段成式《酉陽雜俎》卷十五：「大和三年，壽州虞侯景乙，京西防秋回。其妻久病，才相見，遽言我半身被斫去往東園矣，可速逐之。乙大驚，因趣園中。時昏黑，見一物長六尺餘，狀如嬰兒裸立，挈一竹器。乙情急將擊之，物遂走，遺其器。乙就視，見其妻半身。乙驚倒，或亡所見。反視妻，自發際、眉間及胸，有瘢如指，映膜赤色。又謂乙曰：『可辦乳二升，沃於園中所見物處，我前生為人後妻，節其子乳致死，因為所訟，冥斷還其半身，向無君則死矣。』」〔註124〕此言竹器，也可視為竹，竟然是景乙之妻半身，正是人竹合一觀的折射。甚至有道人能以竹替人來抓取人家之女，如《太平廣記·陸生》載：

　　　　（老人）令取一青竹，度如人長，授之曰：「君持此入城，城中朝官，五品以上，三品以下家人，見之，投竹於彼，而取其女來，

〔註120〕《雲笈七籤》卷八五「太極真人遺帶散」條，《四庫全書》第1061冊第31～32頁。

〔註121〕《抱朴子內篇校釋》卷二《論仙》，第18～19頁。

〔註122〕《雲笈七籤》卷八二「夢三尸說」條，《四庫全書》第1061冊第17頁下欄左。

〔註123〕周俐《試論仙話小說中的尸解與竹》，《明清小說研究》1995年第2期，第213頁。

〔註124〕《酉陽雜俎》卷一五，《唐五代筆記小說大觀》上冊第670頁。

但心存吾約，無慮也。然慎勿入權貴家，力或能相制伏。」生遂持
杖入城，生不知公卿第宅，已入數家，皆無女，而人亦無見其形者。
誤入戶部王侍郎宅，復入閣，正見一女臨鏡晨妝。生投杖於床，攜
女而去。比下階顧，見竹已化作女形，殭臥在床。〔註125〕

竹杖既可替男性，也可替女性，體現了人竹合一觀。〔註126〕竹子能成爲尸解
替代物，還與竹子不死觀念有關。竹子一般六十年一易根，雖然晉宋時代戴
凱之《竹譜》已云「篛必六十，復亦六年」〔註127〕，但一方面竹子常年青翠，
既不同於一般草木春榮秋衰，也不同於許多草木生命枯萎，另一方面竹子枯
死後仍能再生成林，或竹實落土生根，或原竹鞭新生根芽，都給人枯而不死
的感覺。因此竹子不死的觀念在南朝較爲流行。甚至不死竹還能使人死而復
活，如《齊民要術》卷十引《外國圖》曰：「高陽氏有同產而爲夫婦者，帝怒
放之，於是相抱而死。有神鳥以不死竹覆之。七年，男女皆活。同頸異頭，
共身四足。是爲蒙雙民。」〔註128〕竹子不死觀念又衍生竹杖治病等法術。

二、坐騎：竹杖溝通仙凡幽明的功能

學道登仙「初則不死而爲地仙，久乃身生毛羽，遐舉而爲天仙」〔註129〕，
那麼通過尸解而成地仙，還不能神化輕舉，飛行雲中，所以還需借竹爲坐騎。
作爲坐騎，竹枝多數時候表現爲竹杖，其神化功能與早期相關神仙傳說有
關，自《神仙傳》載費長房騎竹飛行和投竹化龍的傳說以後，竹杖化龍、「竹
龍成杖」（蕭綱《招眞館碑》）〔註130〕是其兩種變化形態。根本上還是竹子
體現了龍的神性，所以能負載飛騰、來去迅速。如到溉《餉任新安班竹杖因
贈詩》：「所以夭天眞，爲有乘危力。未嘗以過投，屢經芸苗植。」〔註131〕
任昉《答到建安餉杖詩》：「坐適雖有器，臥遊苦無津。何由乘此竹，直見平

〔註125〕《太平廣記》卷七二「陸生」條，第 2 冊第 448～449 頁。
〔註126〕王曉平指出：「《原化記》裏的《陸生》吸取了誘驅相召、化竹爲人等虛幻情
　　　　節，但主體仍可看出龍樹亂宮型變形的痕跡。」見王曉平著《佛典・志怪・
　　　　物語》，南昌：江西人民出版社，1990 年，第 261 頁。
〔註127〕《竹譜》自注：「竹六十年一易根，易根輒結實而枯死。其實落土復生，六年
　　　　遂成町。竹謂死爲篛。」
〔註128〕《齊民要術校釋》卷一〇，第 632 頁。
〔註129〕《山海經校注》，第 196 頁。
〔註130〕《全上古三代秦漢三國六朝文・全梁文卷一四》，第 3 冊第 3030 頁上欄右。
〔註131〕《先秦漢魏晉南北朝詩・梁詩卷一七》，下冊第 1855 頁。

生親。」〔註132〕此兩詩一寫未嘗投水化龍，一寫乘竹見親人，都依據費長房故事。竹枝坐騎功能還表現在活的竹子。《雲笈七籤》卷一百十六「王奉仙」條記載，王奉仙遇道成仙，「一日將夕，母氏見其自庭際竹杪墜身於地」〔註133〕。並非都是騎於胯下，有時掛冠也能達到同樣效果，如「故國何年到，塵冠掛一枝」（杜牧《栽竹》）。

竹枝坐騎功能緣於以竹擬龍的觀念，所以多突出青色，青竹與青龍不僅形體相似，而且色彩相近。如《南康記》：「南野縣有漢監匠陳憐，其人通靈，夜嘗乘龍還家。其婦懷身，憐母疑與外人通，密看乃知是憐乘龍。至家輒化成青竹杖，憐內致戶前。母不知，因將杖去。須臾，光彩滿堂，俄爾飛去。憐失杖，乃御雙鵠還。」〔註134〕張籍《靈都觀李道士》：「仙觀雨來靜，繞房瓊草春。素書天上字，花洞古時人。泥竈煮靈液，掃壇朝玉眞。幾回遊閬苑，青節亦隨身。」〔註135〕「青節」即竹杖。《神仙傳・蘇仙公》也是竹杖化龍的傳說：「先生曾持一竹杖。時人謂曰：『蘇生竹杖，固是龍也。』」〔註136〕明確竹杖是龍的化身。類似記載在《神仙傳》中多有〔註137〕。所以人們說「駕竹爲龍」〔註138〕、「青竹一龍騎」（綦毋誠《同韋夏卿送顧況歸茅山》）、「擬騎青竹上青冥」（張蠙《華陽道者》）。庾信《邛竹杖賦》：「文不自殊，質而見賞，蘊諸鳴鳳之律，製以成龍之杖。枝條勁直，璘斌色滋，和輪人之不重，待羽客以相貽。」〔註139〕「製以成龍之杖」用費長房竹杖化龍之典，「待羽客以相貽」則體現道士用竹杖的普遍觀念。

竹馬有時也是竹枝坐騎功能的一種體現。《後漢書・郭伋傳》記載：「（郭伋）始至行部，到西河美稷，有童兒數百，各騎竹馬，道次迎拜。伋問『兒曹何自遠來』。對曰：『聞使君到，喜，故來奉迎。』伋辭謝之。及事訖，諸兒復送至郭外，問『使君何日當還』。伋謂別駕從事，計日當之。行部既還，

〔註132〕《先秦漢魏晉南北朝詩・梁詩卷五》，中冊第1599頁。
〔註133〕《雲笈七籤》卷一一六「王奉仙」條，《四庫全書》第1061冊，第358頁上欄左。
〔註134〕《太平御覽》卷七一○引《南康記》，《四庫全書》第899冊第388頁下欄右。
〔註135〕《全唐詩》卷三八四，第12冊第4311頁。
〔註136〕《太平廣記》卷一三「蘇仙公」條，第1冊第91頁。
〔註137〕參考周俐《試論仙話小說中的尸解與竹》，《明清小說研究》1995年第2期。
〔註138〕〔唐〕釋道世撰《法苑珠林》卷九「鬼神部・述意」，《四庫全書》第1049冊第127頁下欄右。
〔註139〕《全上古三代秦漢三國六朝文・全後周文卷九》，第4冊第3926頁下欄。

先期一日，伋為違信於諸兒，遂止於野亭，須期乃入。」〔註 140〕研究者一般認為騎竹馬是兒童遊戲。這裡有疑問的是，《後漢書》並未明說是遊戲，即使遊戲也不可能「自遠來」，而且遠至「郭外」。兒童騎竹馬的遊戲起源很早，此前已產生，後來也很風行，此處所記顯然不是現實生活中的遊戲，而是帶有神仙意味的傳說故事。劉知幾早已看出此點，他駁道：「夫以晉陽無竹，古今共知，……群戲而乘，如何克辦？」（《史通·暗惑》）有趣的是，唐人小說《廣古今五行記·惠焀師》中惠焀和尚亦常騎竹馬為戲：

> 齊末惠焀師者，不知從何許而來，騎一竹枝為馬，振策馳驛，盤躃迴轉，或時屬聲云：「某處追兵甚急，何不差遣！」遂放杖馳走，不遑寧息。或晨往南殿，暮至北城，如其所言，果有烽檄之急。每遙見黑雲飛鳥群豕，但是黑之物，必低身恭敬。忽自稱云，伏嘍囉語。國人見者，莫不怪笑。京內咸識，不知名字者，呼為伏喻調馬。
> 齊末動之前，惠焀走杖馬，來到殿西騎省。〔註 141〕

惠焀和尚「騎一竹枝為馬」，雖未有「飛舉甚速」之類的神異描寫，但其行為異常，且常有「如其所言」的應驗之事。後人意識中竹枝具有坐騎功能，如「從騎栽寒竹」（李商隱《聖女祠二首》其一）、「龍竹木經騎」（王績《遊仙》）、「羨君乘竹杖」（顧況《送李道士》）。我們似乎可以推測，騎竹馬雖是童兒遊戲，未必與竹枝龍騎毫無關係，不過一曰竹馬，一曰竹龍而已。

竹枝除快速到達目的地的坐騎功能，又還附著其他功能。《神仙傳·左慈》載，吳主孫權「請（左）慈俱行，令慈行於馬前，欲自後刺殺之。慈著木屐，持青竹杖，徐徐緩步行，常在馬前百步。著鞭策馬，操兵器逐之，終不能及。」〔註 142〕左慈雖是「持青竹杖」，也可視為竹杖坐騎功能的體現。常在馬前，但又追不上，可見能控制速度。

竹枝坐騎功能更神奇之處在於溝通仙凡人鬼之境，這應是由竹枝尸解、坐騎功能自然延伸而來。乘竹枝成仙較為多見，竹杖甚至成為道家成仙的象徵物，如《雲笈七籤》卷一百十三「許宣平」條：「許宣平，新安歙人也，睿宗景雲年中隱於城陽山南塢，結庵以居，不知其服餌，但見不食，顏若四十許人，輕健行疾奔馬，時或負薪以賣，薪擔常掛一花瓢及曲竹杖，每醉行，

〔註 140〕《後漢書》卷三一，第 4 冊第 1093 頁。
〔註 141〕《太平廣記》卷一三九「惠照師」條，第 3 冊第 1001 頁。
〔註 142〕〔晉〕葛洪撰、錢衛語釋《神仙傳》卷八「左慈」，第 197 頁。

騰騰以歸，吟曰：『負薪朝出賣，沽酒日西歸。時人莫問我，穿雲入翠微。』」〔註143〕以下專論竹枝溝通人鬼幽明之境的功能。唐人小說《續定命錄‧李行修》有一段情節，敘李行修入幽冥之境見其亡妻：

> 行修如王老教，呼於林間，果有人應，仍以老人語傳入。有頃，一女子出，行年十五。便云：「九娘子遣隨十一郎去。」其女子言訖，便折竹一枝跨焉。行修觀之，迅疾如馬。須臾，與行修折一竹枝，亦令行修跨。與女子并馳，依依如抵。西南行約數十里，忽到一處，城闕壯麗。〔註144〕

這裡，九娘子所遣侍女與李行修入幽冥之境，竟「折竹一枝跨焉」前往。唐人小說《逸史‧李林甫》中，道士帶李林甫之魂魄到一神秘「府署」，即李林甫「身後之所處」，亦以竹馬爲乘騎之具：「以數節竹授李公，曰：『可乘此，至地方止，慎不得開眼。』李公遂跨之，騰空而上，覺身泛大海，但聞風水之聲，食頃止，見大郭邑……遂却與李公出大門，復以竹杖授之，一如來時之狀。」〔註145〕再如《玄怪錄‧古元之》中的一段情節：「即令負一大囊，可重一鈞。又與一竹杖，長丈二餘。令元之乘騎隨後，飛舉甚速，常在半天。西南行，不知里數，山河逾遠，欻然下地，已至和神國。」〔註146〕主人公古元之，因酒醉而死，實爲其遠祖古說所召，古說欲往和神國，無擔囊者，遂召古元之。

竹枝溝通人鬼的功能很早就有。《隋書‧地理志下》：

> （蠻）始死，即出屍於中庭，不留室內。斂畢，送至山中，以十三年爲限。先擇吉日，改入小棺，謂之拾骨。拾骨必須女壻，蠻重女壻，故以委之。拾骨者，除肉取骨，棄小取大。當葬之夕，女壻或三數十人，集會於宗長之宅，著芒心接籬，名曰茅綏。各執竹竿，長一丈許，上三四尺許，猶帶枝葉。其行伍前却，皆有節奏，歌吟叫呼，亦有章曲。傳云盤瓠初死，置之於樹，乃以竹木刺而下之，故相承至今，以爲風俗。隱諱其事，謂之刺北斗。既葬設祭，則親疎咸哭，哭畢，家人既至，但歡飲而歸，無復祭哭也。〔註147〕

〔註143〕《雲笈七籤》卷一一三「許宣平」條，《四庫全書》第1061冊第323頁下欄。
〔註144〕《太平廣記》卷一六〇「李行修」條，第4冊第1150頁。
〔註145〕《太平廣記》卷一九「李林甫」條，第1冊第131頁。
〔註146〕《太平廣記》卷三八三「古元之」條，第8冊第3057頁。
〔註147〕《隋書》卷三一，第3冊第897〜898頁。

北斗主死的記載，早見於《後漢書・天文志中》：「紫宮天子宮，文昌、少微爲貴臣，天津爲水，北斗主殺。」〔註148〕北斗主死觀念多次出現於南朝小說中。劉義慶《幽明錄》卷四《許攸》、卷五《顧某》、《北斗君》三條提到北斗，主人生死。《搜神記》中記有南斗仙人改寫北斗仙人手中的文書來救人活命的故事，并云：「南斗注生，北斗注死。凡人受胎，皆從南斗過北斗。所有祈求，皆向北斗。」〔註149〕刺北斗可能是爲死者救命招魂。「刺北斗」的動作象徵刺向北斗，表示請求，所謂「所有祈求，皆向北斗」。用以刺北斗的竹竿可能具有溝通人鬼仙凡的功能，使死者通過竹枝下地，從而實現靈魂轉生。《雲笈七籤》卷四十九《祕要訣法》云：「於是雲房一景，混合神人，上通崑崙，下臨清淵，雲蓋嵯峨，竹林葱蒨，七靈迴轉，五色纏綿。」〔註150〕可見竹林爲轉生之地。

第三節　竹葉：道教成仙的多重内涵

竹葉有兩種，一爲莖生葉，俗稱笋蘀；一爲營養葉，披針形，大小隨品種而異。此處所言爲後一種。竹葉的道教内涵體現於多方面。除變竹葉爲錢，仙人還以竹葉爲衣飾冠冕，如「微徑透重巒，茅堂竹葉冠」（司馬光《贈學仙者》）〔註151〕、「麻姑本神人，曾到臨川山。竹葉爲衣帶，桃花插髻鬢」（毛奇齡《題麻姑擷芝圖爲駱明府夫人初度》其一）〔註152〕。道觀多種竹，竹葉與道教崇拜的桃花等成爲道觀常見風景，如「洞前竹葉間桃花」（曾棨《藥房閒咏》其一）〔註153〕。以下試論述竹葉酒、竹節、竹葉符、竹葉舟等所具有的道教内涵。

一、竹葉酒

竹葉酒其名雖多，却都以「竹葉」相稱。稱「竹葉春」、「竹葉青」者，如「紅燎爐香竹葉春」（白居易《洛下雪中頻與劉李二賓客宴集，因寄汴州李尚書》）、「小瓷新篘竹葉青」〔註154〕。一般省稱「竹葉」，如「蘭羞薦俎，竹

〔註148〕《後漢書・志第一一》，第 11 冊第 3234 頁。
〔註149〕《搜神記》卷三，第 34 頁。
〔註150〕《雲笈七籤》卷四九，《四庫全書》第 1060 冊第 523 頁下欄。
〔註151〕《全宋詩》第 9 冊第 6106 頁。
〔註152〕〔清〕毛奇齡撰《西河集》卷一四七，《四庫全書》第 1321 冊第 531 頁下欄右。
〔註153〕《御選明詩》卷一一九，《四庫全書》第 1444 冊第 860 頁下欄左。
〔註154〕周必大《近會同年賞芍藥嘗櫻桃楊謹仲教授有詩次韵爲謝兼簡周孟覺知縣》，

酒澄芬」（蕭綱《九日侍皇太子樂遊苑詩》）〔註155〕。也有以竹葉杯為酒名者，如李俊民《金沙泉（原注：在宜城縣東一里，造酒絕美，世謂宜城春，又云竹葉杯）》：「何處山泉味最佳，從來獨說有金沙。楚人遍地宜城酒，莫著淄澠詆易牙。」〔註156〕

　　竹葉酒何以名竹葉？古代文獻未見明文介紹。以竹葉為釀酒原料的記載，如「竹葉連糟翠，蒲萄帶曲紅」（王績《過酒家五首》）、「酒中浮竹葉，杯上寫芙蓉」（武則天《遊九龍潭》）、「榴花竹葉應撥去，落盞且看鵝兒黃」（許景衡《和左與言謝寄酒》）〔註157〕，似乎竹葉酒中浮有竹葉。竹葉酒可能緣於道教對竹葉的提倡。竹葉在道教看來有祛穢功能。前文已論竹葉有辟穢功能，道士們多以之沐浴。如《雲笈七籤》卷四十一：「《洞神經》第十二云：上元齋者，用雲水三斛，青木香四兩、眞檀七兩、玄參二兩，四種合煮一沸，清澄適溫，先沐後浴，此難辨者。用桃皮、竹葉銼之，水三斛，隨多少煮一沸，令有香氣，人人作浴，內外同用之，辟惡除不祥。」〔註158〕

　　道家還可能因追求長生成仙而喜飲竹葉酒。竹葉酒最初如同菊花酒，以長壽成仙而受道家青睞，且常與菊花酒并提，如「竹葉將菊花，及時同一杯」（晁補之《八音歌二首答黃魯直》其二）〔註159〕、「竹葉美，菊花新，百杯且聽繞梁塵」（史浩《鷓鴣天·次韻陸務觀賀東歸》）。關於菊花酒，《西京雜記》卷三載：「九月九日，佩茱萸、食蓬餌、飲菊花酒，令人長壽。菊華舒時，并採莖葉，雜黍米釀之，至來年九月九日始熟，就飲焉，故謂之菊花酒。」〔註160〕竹葉酒也應先是道教徒的發明，後來才在文人士大夫間流行，但其道家身份仍時時顯露。如「仙家竹葉未必美，舟尾茅柴還可斟」（劉摯《二子訪酒家不遇次其韵作》）〔註161〕、「漁舟日暮桃花雨，仙館春深竹葉杯」（藍智《遊天壺道院呈周叔亮僉憲》）〔註162〕。

《全宋詩》第43冊，第26730頁。
〔註155〕《先秦漢魏晉南北朝詩·梁詩卷二一》，下冊第1929頁。
〔註156〕〔金〕李俊民撰《莊靖集》卷六，《四庫全書》第1190冊第606頁下欄左。
〔註157〕《全宋詩》第23冊第15521頁。
〔註158〕《雲笈七籤》卷四一，《四庫全書》第1060冊第432頁下欄右。
〔註159〕《全宋詩》第19冊第12763頁。
〔註160〕〔漢〕劉歆撰，向新陽、劉克任校注《西京雜記校注》，上海古籍出版社，1991年，第138頁。
〔註161〕《全宋詩》第12冊第7963頁。
〔註162〕〔明〕藍智撰《藍澗集》卷四，《四庫全書》第1229冊第865頁下欄左。

現代科學研究表明，「竹葉中含有大量的黃酮類化合物和其它生物活性成分，如酚類、蒽醌類、香豆素類內酯、活性多糖、特種氨基酸等，其中黃酮是主要功能因子并具有顯著的生理功能，如抗活性氧自由基、抗脂質過氧化、抗衰老、降低血脂、抗菌抑菌、增強免疫力等」〔註163〕，可廣泛用於藥品、保健品。竹葉作爲藥名，爲文人所熟知。如「風吹竹葉袖，網綴流黃機」（蕭繹《藥名詩》）〔註164〕、「馬鞭聊寫賦，竹葉暫傾杯」（庾肩吾《奉和藥名詩》）〔註165〕、「鱸魚莫憶江東膾，竹葉聊煎仲景湯」（孔平仲《戲張天覺》）〔註166〕。古代竹葉爲藥治病，不僅見於醫書藥典，也頻見於詩文。如黃庭堅說：「所諭所苦是轉項難，乃是微有風熱，睡時枕不穩，爾用竹葉湯服清心牛黃圓即愈。」〔註167〕元李孝光《秋遊雁蕩記》：「其蟲無蚊蚋而有馬蜞，蜞善嚙人，以燒竹葉塗創，血立止。」〔註168〕明韓邦奇《贈張乾溝序》：「煩懣不能寐，張以竹葉、糯米、麥門多煎湯與之而安。」〔註169〕

竹葉酒以清、綠爲貴。形容其清者，如「竹葉三清泛，蒲萄百味開」（張正見《對酒》）〔註170〕、「竹葉飲爲甘露色」（皮日休《奉和魯望四月十五日道室書事》）；形容其綠者，如「嫩綠醅浮竹葉新」（白居易《日高臥》）、「竹葉連糟翠，蒲萄帶曲紅」（王績《過酒家五首》）。竹葉酒的綠色多使人聯想到竹葉之色，如「秋香自與蘭英合，春色潛依竹葉同」（宋庠《和吳侍郎謝予迻酒》）〔註171〕、「桃花暖逐桃花水，竹葉光臨竹葉瓶」（朱翌《遊江醫園江避賊歸四年花木皆再種已開花著子矣》）〔註172〕；見竹葉也會想到竹葉酒，如「竹葉杯邊竹葉叢」（蘇洞《釣魚》）〔註173〕、「庭垂竹葉因思酒」（戴復占《家居復有江湖之興》）〔註174〕。再如《宋史》卷三百九十七：

〔註163〕唐浩國等《竹葉黃酮對小鼠脾細胞免疫的分子機制研究》，《食品科學》2007年第9期，第524頁左。

〔註164〕《先秦漢魏晉南北朝詩·梁詩卷二五》，下冊第2043頁。

〔註165〕《先秦漢魏晉南北朝詩·梁詩卷二三》，下冊第1995頁。

〔註166〕《全宋詩》第16冊第10942頁。

〔註167〕〔宋〕黃庭堅撰《山谷簡尺》卷下，《四庫全書》第1113冊第800頁下欄左。

〔註168〕〔元〕李孝光撰《五峰集》卷一《秋遊雁蕩記》，《四庫全書》第1215冊第101頁下欄右。

〔註169〕〔明〕韓邦奇撰《苑洛集》卷二，《四庫全書》第1269冊第360頁下欄左。

〔註170〕《先秦漢魏晉南北朝詩·陳詩卷二》，下冊第2480頁。

〔註171〕《全宋詩》第4冊第2281頁。

〔註172〕《全宋詩》第33冊第20852頁。

〔註173〕《全宋詩》第54冊第33937頁。

〔註174〕《全宋詩》第54冊第33586頁。

安世素善吳獵，二人坐學禁久廢。開禧用兵，獵起帥荊渚，安世方丁內艱。起復，知鄂州。俄淮、漢師潰，薛叔似以怯懦爲侂冑所惡，安世因貽侂冑書，其末曰：「偶送客至江頭，飲竹光酒，半醉，書不成字。」侂冑大喜曰：「項平父乃爾閒暇。」遂除戶部員外郎、湖廣總領。〔註175〕

由「竹光酒」也可略見其取名之由。後代美酒也稱竹葉，其實未必眞是竹葉酒，不過因竹葉酒之名而生聯想罷了，如「澆腸竹葉驚深碧」（喻良能《長至憶天衣舊遊寄王狀元》）〔註176〕、「竹葉浮杯淥似藍」（韋驤《和陶掾同登曉亭》）〔註177〕等等。

二、竹葉符

符、節是我國古代的信物，始於春秋末年、戰國初期，秦漢時期最盛。後都爲道教所借用。「節」在道教求仙活動中起到重要作用。顧森指出：

從秦始皇、漢武帝始終對方士深信不疑這些材料可看出，方士有一種被帝王認可的特性——通神，才使他們能保全自己並得到帝王的信任。元鼎年間（前 116 年～前 111 年）漢武帝封樂大爲樂通侯，其封號含意就是「能通天意」。另一方士公孫卿，在求仙過程中，「持節常先行侯名山」，也是作爲皇帝的信使神仙，起連接神人兩界之作用。方士公孫卿「持節」這一記載，爲今天解讀和判斷漢畫中的方士形象提供了史料依據。「節」，不是一般使者的象徵，而是國家使者身份的象徵。漢代的「節」，「以竹爲之，柄長八尺，以牦牛尾爲其眊三重。」從現在能看到的漢代圖象中的方士，所持節基本上是三重眊，與漢代制度是吻合的。持節到西王母身邊的方士，代表人世間的使者。一方面是向天國的主宰通報塵世間又有新的人來到；一方面則是去往西王母境的人的引領者。〔註178〕

〔註175〕〔元〕脫脫等撰《宋史》卷三九七《項安世傳》，北京：中華書局，1977 年，第 35 冊第 12090 頁。

〔註176〕《全宋詩》第 43 冊第 27004 頁。

〔註177〕《全宋詩》第 13 冊第 8436 頁。

〔註178〕顧森《渴望生命的圖式——漢代西王母圖象研究之一》，見鄭先興主編《漢畫研究：中國漢畫學會第十屆年會論文集》，武漢：湖北人民出版社，2006 年，第 12 頁。

可見「節」在方士求仙通天的活動中至少具有象徵的功能。在道教中，「符」比「節」似乎有著更廣泛的應用，與竹子的聯繫也更為密切。《雲笈七籤》卷六云：「神符者，即龍章鳳篆之文、靈迹符書之字是也。『神』則不測為義，『符』以符契為名。謂此靈迹，神用無方，利益眾生，信若符契。」〔註179〕可見神符的使用，其觀念受符節、符契啟發而來。

　　道符與竹子的關係體現在神符書寫於竹簡、竹膜等竹製品。如《清異錄》載：「吳毅，臨邛人。以多疾齋禱於青城山紫極院，置壇設醮科儀畢，假寐齋廳，夢天人稱自剪刀館來授一竹簡，題曰太飛丸，煉心法用鹽解仙人一物。注曰，世間白蝙蝠是其制合之節，甚詳。仍戒以絕嗜欲方可服。」〔註180〕這是仙方書於竹簡。《洞真太上說智慧消魔真經》卷三《守一品》：「右十六符，始於八節日朱書竹膜上，平旦向王吞之，再拜，拜畢，咒願隨意，十六日止。」〔註181〕這是仙方書於竹膜。竹簡、竹膜等是常見書符之物，因為竹子虛中有靈性。《上清洞真元經五籍符》：「右太一帝君解三關十二結胎內符，以本命若八節日欲行解結時，先吞此符三枚，向本命方，以真朱書青竹中白膜生于堅節之內，遂虛中而受靈也，故書竹膜為解結節文也。」〔註182〕

　　如上例所示，神符須吞服才能奏效。吞服神符後的效果，被道家描繪得神乎其神。如《太平經》卷一百十四：

　　　　青童君採飛根，吞日景，服開明靈符，服月華符，服除二符，
　　　拘三魂，制七魄，佩星象符，服華丹，服黃水，服迴水，食鐶剛，
　　　食鳳腦，食松梨，食李棗、白銀紫金，服雲腴，食竹筍，佩五神符，
　　　備此變化無窮，超淩三界之外，游浪六合之中。〔註183〕

《洞真太上八素真經服食日月皇華訣》：

　　　　右陽精飛景之符，太歲之日，朱書竹膜之上，向太歲服之，三

〔註179〕《雲笈七籤》卷六《三洞經教部·十二部》，《四庫全書》第1060冊第58頁下欄。
〔註180〕〔宋〕陶穀撰《清異錄》卷上「太飛丸」條，《四庫全書》第1047冊第855頁下欄右。
〔註181〕轉引自蕭登福《道教符籙咒印對佛教密宗之影響》，《臺中商專學報》第24期，1992年6月，第55頁。網址：http://buddhism.lib.ntu.edu.tw/FULLTEXT/JR-MISC/mag12404.htm。
〔註182〕以上二例轉引自蕭登福《道教符籙咒印對佛教密宗之影響》，《臺中商專學報》第24期，1992年6月，第54頁。
〔註183〕王明編《太平經合校》，北京：中華書局，1960年，第627頁。

年，胃管通明，眞輝充鎮，靈降玉户，面生日光，七年飛行，上造
日門。右陰精飛景玉符，太歲之日，黃書竹膜之上，向太歲服之，
三年，流光下映，徹照六俯五藏通明，面有玉光，九年，飛行，上
造月庭。

可見吞服神符後具備靈性、超淩三界的神效。

上文中所言服符之法，有竹笋與符同服者，有書符於竹膜而服食者。另
有著符於竹杖中者，《洞眞太微黃書天帝君石景金陽素經》云：

天地別符，可以群兵萬里，天下賊人有謀之者，反受其殃，有
舉五兵嚮之者，皆還自傷，亦可封，亦可燒服，亦可著竹杖中，以
尺二筒，書符素長九寸，廣四寸，置符筒中，以繫臂，男左女右。
秘之秘之，自非錄名太極玉簡之子，不得與遇。得帶之者，浮游四
方，厭伏萬□。〔註184〕

《元始五老赤書玉篇眞文天書經》卷上《元始青帝眞符》：「又當青書絳文，
內神杖上節中，衣以神衣……。」〔註185〕《三國志·張魯傳》注引《典略》
說：「太平道者，師持九節杖爲符祝，教病人叩頭思過，因以符水飲之。」
〔註186〕納符於竹杖也是普遍可行的，當也是因爲竹子中空特點而以爲有靈
氣，因而能有助於神符發揮作用。如《道藏》所載《歷世眞仙體道通鑒》
云：「太史眞君，姓許氏名遜，字敬之，……歲大疫，死者十七八，眞君以
所授神方拯治之。符咒所及，登時而愈。至於沈疴之疾，無不痊者。傳聞
他郡，病民相繼而至，日且千計，於是標竹於郭外十里之江，置符水於其
中，俾就竹下飲之皆瘦。……江左之民亦來汲水於族陽，眞君乃咒水一器
置符其中，令持歸置之江濱，亦植竹以標其所，俾病者飲之。江左之民亦
良愈。」〔註187〕竹子之所以能治病，關鍵還在於眞君的符咒，植竹似乎是
起象徵作用，所謂「植竹以標其所」。這爲我們理解竹杖的坐騎和尸解功能
也提供了神符方面的證據。據蕭登福研究，道教神符可通過多種方式發揮作

〔註184〕轉引自蕭登福《道教符籙咒印對佛教密宗之影響》，《臺中商專學報》第 24
期，1992 年 6 月，第 55 頁。按，「厭伏萬□」末字缺，原文如此。

〔註185〕轉引自蕭登福《道教符籙咒印對佛教密宗之影響》，《臺中商專學報》第 24
期，1992 年 6 月，第 86 頁注釋九。

〔註186〕《三國志》卷八，北京：中華書局，1982 年，第 1 冊第 264 頁。

〔註187〕轉引自丘堯榮、陳大釗《研究竹林地理環境，開發竹文化旅遊資源——永安
「竹神廟」的規劃選址與地理環境》，《華東森林經理》2003 年第 4 期，第 36
頁右。

用：「有用以治病驅鬼、差遣鬼神、證道修仙，亦有用以求財、驅獸、入陣破敵、尋求失物、賭博求勝、夢中晉謁貴人等等。」〔註188〕

　　竹子是製作符節的重要材料。《周禮・小行人》云：「道路用旌節，門關用符節，都鄙用管節，皆以竹爲之。」鄭玄注：「管節，如今之竹使符也。」〔註189〕漢代竹使符始於文帝。《史記・孝文本紀》：「（二年）九月，初與郡國守相爲銅虎符、竹使符。」〔註190〕竹使符在後代漸漸淡出，爲他物所代替，如「三代玉瑞，漢世金竹，末代從省，易以書翰矣」（《文心雕龍・書記》），但並未淡出人們意識，現代的「符合」、「相符」等詞語，還是對「符」字古義的保留。

　　漢制，太守赴郡剖竹爲二，一留中央，一給郡守，合而相符，可見是一種信物或憑證。竹使符也是權力的象徵。《戰國策・秦策三》：「穰侯使者，操王之重，決裂諸侯，剖符於天下，征敵伐國，莫敢不聽。」後代以竹使符爲郡守的代稱，如白居易《初領郡政衙退登東樓作》云：「何言符竹貴，未免州縣勞。」竹子作符節，因此也成了權力和信用的象徵。馮衍《遺田邑書》：「今以一節之任，建三軍之威，豈特寵其八尺之竹，氂牛之尾也。」〔註191〕信物和權力象徵內涵爲巫師和方士道人所繼承，他們借用「符」的名稱，假託將神力以符號形式附著在文字、圖形或其他物品上，作爲傳達和行使神命的憑據。如《抱朴子・祛惑》云：

　　　　其神則有無頭子、倒景君、翕鹿公、中黃先生、與六門大夫。

　　　張陽字子淵，決備玉關，自不帶《老君竹使符左右契》者，不得入也。五河皆出山隅，弱水繞之，鴻毛不浮，飛鳥不過，唯仙人乃得越之。〔註192〕

可見道教已將竹使符仙術化了，成爲通行各地的依仗。《抱朴子・登涉》：

　　　　或問曰：辟山川廟堂百鬼之法。抱朴子曰：「道士常帶天水符、

　　　及上皇竹使符、老子左契、及守眞一思三部將軍者，鬼不敢近人也。

　　　其次則論百鬼錄，知天下鬼之名字，及《白澤圖九鼎記》，則眾鬼自

〔註188〕蕭登福《道教符籙咒印對佛教密宗之影響》，《臺中商專學報》第24期，1992年6月，第61頁。
〔註189〕《周禮注疏》卷三七，第1012頁。
〔註190〕《史記》卷一〇，第2冊第424頁。
〔註191〕《全上古三代秦漢三國六朝文・全後漢文卷二〇》，第1冊第581頁下欄左。
〔註192〕《抱朴子內篇校釋》卷二〇，第320～321頁。

却。其次服鸘子赤石丸、及曾青夜光散、及慈實烏眼丸、及吞白石英祇母散，皆令人見鬼，即鬼畏之矣。」抱朴子曰：「有老君黃庭中胎四十九眞秘符，入山林，以甲寅日丹書白素，夜置案中，向北斗祭之，以酒脯各少少，自說姓名，再拜受取，內衣領中，辟山川百鬼萬精虎狼蟲毒也。何必道士，亂世避難入山林，亦宜知此法也。」〔註193〕

由「竹使符」可見其來源，由秘符又可見附會的新內容。較早的道教之符魏晉間就已產生。如《神仙傳·壺公》載：「壺公者，不知其姓名，今世所有召軍符召鬼神治病王府符，凡二十餘卷，皆出於壺公。故歙名爲壺公符。」〔註194〕除了驅使鬼神、治病去穢等功能外，道教的符最大特點是隨人意而控制。如《抱朴子》云：「葛仙翁爲丹書符投江中，順流而下。次投一符，逆流而上。次又投一符，不上不下，停住，而水中向二符皆還就之。」〔註195〕

基於道教對竹子的推崇、對竹使符的應用，又衍生出竹葉符。如宋煜《竹符》：「仙篆元非世俗書，筆端會把鬼神驅。當年筆迹今何在，洞客爭傳竹葉符。」〔註196〕可見竹葉符在道教中的流行。普通竹葉投水即身不由己，隨波逐流，「戲投筠葉赴湍流，顛倒縱橫不自由。我亦江湖飄一葦，千波萬浪信沉浮」（郭印《戲投竹葉急流中》）〔註197〕。有了帶著法術的竹葉符，就可縱橫自由地實現願望。《天中記》引宋陳曄《日華瑣碎錄》云：「峽州玉泉鬼谷子洞前有叢竹，竹葉有文成符，葉葉不同，佩之可以辟患。」〔註198〕可佩之辟患。

其中流傳較廣的是廣東羅浮山竹葉符傳說。《廣東通志》載：「劉高尚眞人嘗於雙髻峰造石壇，高百尺，爲趺坐之所，左右生竹葉符，可以鎮蛇虎。壇址至今存。」〔註199〕祝允明《遊羅浮記》也載：「劉眞人修道時，弟子苦蛇虎蟲，劉即竹上一葉書符，惡類悉絕。後此一叢竹葉皆有天生符，青黃篆青

〔註193〕《抱朴子內篇校釋》卷一七，第282頁。
〔註194〕〔晉〕葛洪撰、錢衛語釋《神仙傳》卷九，第233頁。
〔註195〕《抱朴子內篇校釋》附錄一，第326頁。
〔註196〕《全宋詩》第50冊第31041頁。
〔註197〕《全宋詩》第29冊第18740頁。
〔註198〕《天中記》卷五三，《四庫全書》第967冊第541頁上欄右。
〔註199〕〔清〕郝玉麟等監修、〔清〕魯曾煜等編纂《廣東通志》卷五六，《四庫全書》第564冊第614頁上欄左。

葉上如枯，他竹不爾也。」〔註200〕甚至遠推至葛洪，以神其傳，如彭孫遹《羅浮山中產竹，葉有文如符篆，無公見貽數莖，云貯衣笥中可以辟蛀》：「窈窈會真峰，亭亭孤竹節。葉上神仙字，文如斷碑碣。聞自稚川留，至今耿不滅。感公遠致此，云可藏衣襭。已愧素為繒，徒慚麻似雪。蟲篆自千年，鶉衣從百結。」〔註201〕對羅浮竹葉符的描述，詳見厲鶚《次韵顧丈月田以羅浮竹葉符見贈》：

> 我生探奇心，未暇歷幽窈。側聞羅與浮，合離冠海嶠。劉仙有古壇，解種不秋草（原注：金人馬天來賦竹句云「人天解種不秋草」）。亭亭挺琅玕，主人後天老。夜吸沆瀣杯，揮毫向翠葆。淋漓太平符，糾繆龍蛇繞。至今留靈踪，葉葉出意表。蟲鏤并蝸篆，屈曲疊微眇。可遇不可求，詎屑釵頭裊。閒居窮山經，類不遺細小。晚逢丈人厚，詩格倍精好。先以丹竈泥，圓如荧堪咬。次第贈數翻，片碧靚天巧。書痴笑識字，學愧蟫魚飽。何況雲雷文，多怪緣見少。更聞玉局翁，灑墨亭山曉。竹間葉點斑，感物豈異道。安得手摘之，與此為二寶（原注：東坡過端昌亭予山，題守石壁，點墨竹葉上，至今環山之竹葉上皆有墨點。山僧道璨《柳塘外集》）。願尋絳囊佩，同試鹿盧蹻。虎豹迹俱潛，鴻蒙首初掉。翱翔雙髻峰，名嶽恣搜討。問年將書亥，禁飲休犯卯。齋心訪隱訣，一御撐龍矯。再乞安期蒲，坐令白髮掃。〔註202〕

所記竹葉符「揮毫向翠葆」與蘇軾「點墨竹葉」的傳說類似，可見其感物附會，所謂「觀裏松株皆住鶴，山中竹葉盡成符」（孫蕡《遊羅浮》二首其二）〔註203〕、「榴皮畫壁成黃鶴，竹葉書符化綠龍」（孫蕡《贈周元初》）〔註204〕。羅浮山竹葉符的知名度很高，文人遊覽羅浮山會在詩文中留下相關記載，遊覽其他地方也會聯想起羅浮山的竹葉符，如「傳聞舊有無骨箸，可等羅浮古

〔註200〕〔明〕祝允明撰《懷星堂集》卷二一，《四庫全書》第1260冊第661頁下欄左。
〔註201〕〔清〕彭孫遹撰《松桂堂全集》卷四二，《四庫全書》第1317冊第370頁下欄左。
〔註202〕〔清〕厲鶚撰《樊榭山房續集》卷三，《四庫全書》第1328冊第174～175頁。
〔註203〕〔明〕孫蕡撰《西菴集》卷五，《四庫全書》第1231冊第524頁上欄右。
〔註204〕〔清〕沈季友編《檇李詩繫》卷三九，《四庫全書》第1475冊第914頁上欄左。

積竹葉符」（厲鶚《遊洞霄宮》）〔註205〕。

三、竹葉舟

一般認爲竹葉舟傳說的出處是唐李玫《異聞錄》。《異聞錄》載：

> 陳季卿者，江南人。舉進士至長安，十年不歸。一日於青龍寺訪僧不值，憩於大閣。有終南山翁亦俟僧，同坐久之，壁間有寰瀛圖，季卿尋江南路歎曰：「得自此歸，不悔無成。」翁曰：此易耳。起折階前竹葉，置渭水中曰：「注目於此。則如願。」季卿熟視，見渭水波濤洶涌，一舟甚大，恍然登舟，其去極速。行次椑（四庫本作「禪」）窟寺，題曰：「霜鐘鳴夕北風急，亂鴉又望寒林集。此時輟椑悲且吟，獨向蓮華一峰立。」明日次潼關，又作詩云：「已作羞歸計，猶勝羞不歸。」旬餘至家，妻迎見甚喜。信宿曰：「試期已逼，不可久留。」乃復登舟，作詩別妻曰：「酒至添愁飲，詩成拭淚吟。」飄然而去。家人驚愕，謂爲鬼物。倏忽復至渭水，趨清龍寺，寺僧尚未歸，山翁猶擁褐而坐。季卿曰：「豈非夢耶？」翁曰：「他日自知之。」經月，家人來訪，具述所以，題詩皆驗。〔註206〕

李玫（生卒年里不詳），文宗大和元年（827）習業於龍門天竺寺。大中、咸通之後，與皇甫松等以文章稱。〔註207〕故事中，陳季卿思鄉情濃，山翁以竹葉舟助其實現歸鄉之願。竹葉舟顯係道教坐騎傳說一類。

以竹子爲坐騎的傳說，早在漢魏時期即有，如費長房騎竹成龍。佛教也有達摩一葦渡江的傳說。經過南朝的發展，唐代崇道氛圍裏可作坐騎的植物很多。如李嶠《桂》詩云：「未植蟾宮裏，寧移玉殿幽。枝生無限月，花滿自然秋。俠客條爲馬，仙人葉作舟。願君期道術，攀折可淹留。」桂條爲馬、桂葉作舟。李嶠年輩較早，卒於開元二、三年間（714～715）〔註208〕。可見陳季卿竹葉舟傳說之前已經流行仙人桂葉舟。再如皮日休《奉和魯望藥名

〔註205〕〔清〕厲鶚撰《樊榭山房集》卷二，《四庫全書》第1328冊第20頁下欄右。

〔註206〕《類說校注》卷一九引《異聞錄》「寰瀛」條，上冊第590～591頁。校注者云：「本書（引者按，指《異聞錄》）所收五則，《太平廣記》多收入《纂異記》中，《異聞錄》乃其異名。《纂異記》，一卷，唐李玫撰。今依《太平廣記》校。」見第589頁。〔明〕周嬰《卮林》卷十「二陳季卿」條：「江南進士，乘竹葉舟還家，見《纂異記》。」《百孔六帖》卷一一亦引錄。

〔註207〕參考《全唐五代詞》作者小傳，下冊第1024頁。

〔註208〕參考傅璇琮主編《唐才子傳校箋》，北京：中華書局，1987年，第1冊第120頁。

離合夏月即事三首》其二：「數曲急溪沖細竹，葉舟來往盡能通。草香石冷無辭遠，志在天台一遇中。」南滇夫人《題玉壺贈元柳二子》：「來從一葉舟中來，去向百花橋上去。若到人間扣玉壺，鴛鴦自解分明語。」〔註209〕可見唐代普遍流行葉舟通仙境的傳說。竹葉舟的出現，當源於道教對竹子的崇拜，進而使其具備飛行、坐騎、渡水工具等功能。竹葉之能渡水爲舟，還需要仙人符咒。如呂岩《水龍吟》云：「目前咫尺長生路。多少愚人不悟。愛河浪闊，洪波風緊，舟船難渡。略聽仙師語。到彼岸只消一句。煉金丹、換了凡胎濁骨，免輪迴，三途苦。」〔註210〕

　　竹葉舟的出現，當還涉及傳統觀念中竹子與舟船的密切聯繫。首先是以竹爲舟。竹性易浮，古人早有認識。《淮南子‧齊俗訓》云：「夫竹之性浮，殘以爲牒，束而投之水則沈，失其體也。」製爲竹筏比造船更爲簡便易行，如「森沉丘壑，即是桃源；渺漫平流，還浮竹箭」〔註211〕。孔子說：「道不行，乘桴浮於海。」注云：「桴，編竹木大者曰筏，小者曰桴。」〔註212〕神話傳說中，大竹可爲舟。《山海經‧大荒北經》：「丘南帝俊竹林在焉，大可爲舟。」〔註213〕袁珂《山海經校注》引郝懿行云：「《初學記》引《神異經》云：『南方荒中有沛竹，其長百丈，圍二丈五六尺，厚八九寸，可以爲船。』《廣韵》引《神異經》云：『節竹一名人極，長百丈，南方以爲船。』《玉篇》云：『尋竹長千丈，爲大船也；生海畔。』即此類。」〔註214〕可見早期神話多有大竹一節可爲船的傳說。值得注意的是急流浮竹的速度，「下龍門，流浮竹，非駟馬之追也」〔註215〕

　　其次是舟與竹葉之間的聯想，即所謂竹葉扁舟。也有其他植物葉子與舟船的聯想比附，如「松花酒熟傍看醉，蓮葉舟輕自學操」（〔唐〕郭受《寄杜員外》），但都不如竹葉普遍。竹葉浮水如船行，形象更類似，如「僕折松枝通夾溜，兒編竹葉學行舟」（趙崇森《漏屋雨》）〔註216〕、「忽拋竹葉平波上，

〔註209〕《全唐詩》卷八六三，第 24 冊第 9758 頁。
〔註210〕《全唐五代詞》，下冊第 1297 頁。
〔註211〕〔唐〕高宗武皇后《夏日遊石淙詩序》，《全唐文》卷九七，第 1 冊第 1003 頁下欄右。
〔註212〕李學勤主編《論語注疏》卷五《公冶長》，第 57 頁。
〔註213〕《山海經校注》，第 419 頁。
〔註214〕《山海經校注》，第 420 頁。
〔註215〕《水經注校證》卷四《河水》引《慎子》，第 102 頁。
〔註216〕《全宋詩》第 38 冊第 23717 頁。

順水行帆豈異斯」（《泉上六咏·泉風》）〔註217〕，因此更容易引起聯想。遠望舟船如葉的視覺印象也可能是重要原因，如「烟帆一葉舟」（盧栯《和於中丞登越王樓作》）〔註218〕。所以見到小舟就會想起竹葉，如「扁舟如竹葉」（馮時行《江行書事》）〔註219〕、「舟如竹葉信浮沉」（范成大《十一月大霧中自胥口渡太湖》）〔註220〕，都是形容舟小如竹葉。也常省稱「竹葉」、「葉舟」、「竹舟」等，如「秉水波文細，湘江竹葉輕」（元稹《哭呂衡州六首》其六）、「葉舟旦旦浮，驚波夜夜流」（薛道衡《敬酬楊僕射山齋獨坐》）、「晚風吹竹舟，花路入溪口」（綦毋潛《春泛若耶留題云門寺》）。

　　由於陳季卿竹葉舟故事的影響，歸鄉成爲竹葉舟之典的重要內涵。如：

　　　　陳郎浮竹葉，著我北歸人。（黃庭堅《題燕邸洋川公養浩堂畫二首》其二）〔註221〕

　　　　竹葉舟前客念家，慈雲瓮裏事如麻。（陳造《書南柯太守曲後二首》其二）〔註222〕

　　　　何因徑作江南夢，泛取圖中竹葉歸。（劉弇《三用前韵酬達夫》其五）〔註223〕

　　　　一緣竹葉泛歸夢，別興斗與淮雲高。（劉弇《送陳師益還建安》）〔註224〕

無論是送人還是自敍，無論是觀畫浮想還是現實作別，竹葉舟歸鄉內涵的接受是明確的。陳季卿竹葉舟傳說正是基於唐代士子久客他鄉的現實境況以及便利的水運交通方式。岑參《還東山洛上作》：「春流急不淺，歸枻去何遲。愁客葉舟裏，夕陽花水時。雲晴開蠟蝀，棹發起鸕鶿。莫道東山遠，衡門在夢思。」我們在唐詩中可以找到很多類似表述：「葉舟烟雨夜，之子別離心」（武元衡《夏日別盧太卿》）、「誰忍持相憶，南歸一葉舟」（楊凌《梅里旅夕》）、

〔註217〕〔清〕高宗弘曆撰，〔清〕蔣溥、于敏中、王杰等編《御製詩三集》卷九六，《四庫全書》1306 冊第 842 頁下欄右。
〔註218〕《全唐詩》卷五六四，第 17 冊第 6547 頁。
〔註219〕《全宋詩》第 34 冊第 21606 頁。
〔註220〕《全宋詩》第 41 冊第 25939 頁。
〔註221〕《全宋詩》第 17 冊第 11597 頁。
〔註222〕《全宋詩》第 45 冊第 28208 頁。
〔註223〕《全宋詩》第 18 冊第 12037 頁。
〔註224〕《全宋詩》第 18 冊第 11996 頁。

「萬里風波一葉舟，憶歸初罷更夷猶」（李商隱《無題》）、「望斷長川一葉舟，可堪歸路更沿流」（羅鄴《春江恨別》），韋莊更感慨：「陶潛政事千杯酒，張翰生涯一葉舟。若有片帆歸去好，可堪重倚仲宣樓」（《江邊吟》），可見舟船與離懷鄉思已牽繫一處。這種離情歸思與現實阻隔的矛盾，在竹葉舟傳說中得以解決。

仙境經歷是竹葉舟接受的題中之義。如沈周《送方水雲》：「一箇仙舟竹葉風，不知南北與西東。世人若欲追行迹，或在長安酒市中。」〔註225〕後代藉以表達類似夢境或仙境的經歷，如「邯鄲囊中枕，徑渡竹葉舟」（陳棣《次韻陳季陵記夢》）〔註226〕、「暫來忽去都如夢，疑是陳卿竹葉船」（范成大《周畏知司值得湖南帥屬過吳門復用己丑年倡和韻贈別》）〔註227〕。因陳季卿通過《寰瀛圖》歸鄉，因此又與畫有關，如「嗟余老作汗漫遊，寒光飛動六月秋。乃知瞿塘在平陸，安得竹葉吹成舟」（林景熙《毗陵太平院壁間畫山水熟視之有飛動勢殆仙筆也因題》）〔註228〕。

由歸鄉內涵延伸而具歸隱之義，如「誰能為我幻竹葉，頃刻泛宅歸滄浪」（王孝嚴《舫齋》）〔註229〕、「庭間竹葉可卜榰，羽衣生雲歸去來」（虞集《天台圖》）〔註230〕、「竹葉若來往，桃源當甲乙。曾經晉人隱，喜脫塵網密」（張公藥《許下三庚劇暑甚於他州，懷思故鄉嶧山山水，真清涼境界也，感而作詩》）〔註231〕，都是歸隱心態的流露。如「泪粉勻開滿鏡愁，麝煤拂斷遠山秋。一痕心寄銀屏上，不見人來竹葉舟」（朱淑真《悶書》）〔註232〕，此借竹葉舟寄託情郎歸來的願望。不能實現願望也就成了竹葉難為舟，如「高歌共舉梅花釀，好夢難逢竹葉舟」（吳綺《王汲公招飲八境臺即席書贈》）〔註233〕。由《異聞錄》發展而來的傳說，其影響不僅局限於詩文，也波及到其他文學樣式，如元雜劇有范康《陳季卿誤上竹葉舟》。

〔註225〕《御選明詩》卷一〇六，《四庫全書》第 1444 冊第 594 頁上欄左。
〔註226〕《全宋詩》第 35 冊第 22015 頁。
〔註227〕《全宋詩》第 41 冊第 25845 頁。
〔註228〕《全宋詩》第 69 冊第 43507 頁。
〔註229〕《全宋詩》第 48 冊第 30348 頁。
〔註230〕〔元〕虞集撰《道園遺稿》卷二，《四庫全書》第 1207 冊第 729 頁上欄左。
〔註231〕〔金〕元好問編《中州集》卷二，北京：中華書局，1959 年，第 86 頁。
〔註232〕《全宋詩》第 28 冊第 17976 頁。
〔註233〕〔清〕吳綺撰《林蕙堂全集》卷一九，《四庫全書》第 1314 冊第 585 頁上欄左。

第四節　掃壇竹：道教成仙與房中的象徵

掃壇竹意象首見於晉代，歷南北朝至唐宋，山經地志及詩文中不斷出現，宋以後文學作品中已少見，僅存留於方志。據收載掃壇竹的類書及方志，足見其在南朝及唐宋的流行及分佈情況：西自巴蜀，中經兩湖皖贛，東到江浙，沿長江流域一線名山多有掃壇竹，所謂「參差嶺竹掃危壇」（蘇味道《嵩山石淙侍宴應制》）。掃壇竹是特定歷史時期和特定地域的文化現象，其產生、流傳、內涵及影響等都有待探索。據筆者有限的見聞，僅孫作雲、麻國鈞、王純五等少數學者有所涉及〔註234〕，未見專文系統闡發。現鈎稽相關記載，試為考述。

一、掃壇竹的意象構成及與道教的關係

掃壇竹各傳說的共同點在於有竹（一竿、兩竿或竹林）有壇（別稱甚多，如石床、仙壇、仙石、磐石等）。其中「壇」應是指道教法壇。《說文》：「壇，祭壇場也」。段注：「封土曰壇，除地曰墠。」〔註235〕「在史籍道經中，稱祭壇為玉壇、瑤壇、靈壇、仙壇、金壇、杏壇、碧壇、天壇，此美稱在詩文中最為常見。」〔註236〕掃壇竹傳說中也多此類名稱。神仙教道士認為金液、還丹能使人成仙，因此不惜代價煉製。葛洪晚年帶領家族成員和弟子遠赴廣東羅浮山，即是為取得丹砂煉製還丹〔註237〕。煉丹道士常選擇名山勝地，安靜清潔之所，作屋立壇，安爐置鼎。道教的齋醮科儀活動，通過與神靈溝通的特殊方式，達到通靈招神和祈福祛災的目的，「壇」在其中起著重要作用，所謂「壇場之所，上下之神」（《國語・楚語下》），如《太平御覽》卷一七○七記載漢武帝於元封二年（前 109 年）在甘泉宮建通天台，高三十丈，「舞八歲

〔註234〕參見孫作雲《〈九歌〉山鬼考》，《〈楚辭〉研究》（下），開封：河南大學出版社，2003 年，第 488 頁；麻國鈞《竹崇拜的儺文化印迹——兼考竹竿拂子》，《民族藝術》1994 年第 4 期。王純五《本竹治小考》，《宗教學研究》1996年第 2 期；王純五著《天師道二十四治考》，成都：四川大學出版社，1996年；龍騰《本竹山本竹治略考》，《成都文物》2005 年第 3 期。

〔註235〕《說文解字注》，第 693 頁上欄左。

〔註236〕張澤洪《論道教齋醮儀禮的祭壇》，《中國道教》2001 年第 4 期，第 17 頁左。

〔註237〕《晉書・葛洪傳》載：「以年老，欲煉丹以祈遐壽，聞交址出丹，求為句漏令。帝以洪資高，不許。洪曰：『非欲為榮，以有丹耳。』帝從之。洪遂將子侄俱行。至廣州，刺史鄧岳留不聽去，洪乃止羅浮山煉丹。」

童女三百人，置祠具招仙人，祭天已，令人升通天台以候天神」〔註238〕。桓譚《仙賦》描寫仙人王喬、赤松等「乘凌虛無，洞達幽明」、「周覽八極，還崦華壇」。華壇即集靈宮。《漢書・地理志》華陰縣下云：「太華山在南有祠，豫州山。集靈宮，武帝起，莽曰華壇。」〔註239〕東漢《華山碑》曰：「孝武皇帝修封禪之禮，思登假之道，巡省五嶽，禋祀豐備。故立宮其下，宮曰集靈宮，殿曰存仙殿，門曰望仙門。」「宮在華山下，武帝所造，欲以懷集仙者王喬、赤松子，故名殿名『存仙』」（桓譚《仙賦》）。桓譚因從孝成帝出祠甘泉、河東，見集靈宮而作此賦。再如《新唐書》卷一〇九《王璵傳》云：「唐家仙系，宜崇表福區，招致神靈。請度昭應南山作天華上宮、露臺、大地婆父祠。」〔註240〕也以露臺（壇）招致神靈。《南嶽小錄》載：

天柱峰，其形似柱，因以爲名，亦名柱括峰。下有魏夫人石壇，或云魏夫人在此處得道。〔註241〕

九仙宮，本張眞人名始珍所居，有石壇，方闊丈餘。梁天監三年，有仙者八人迎張眞人於石壇上，同昇天去。〔註242〕

可見壇是升仙得道之所。壇也是齋醮儀式中投金簡之所。如《南嶽小錄》云：「朱陵洞，即三茅洞天，在九仙宮正西二里，有石巖，卜有半石，方二丈，是舊時投金簡之所，傳云朱陵洞之東門也。」〔註243〕鄒登龍《入投龍洞》也云：「行入投龍洞，青青見竹竿。暮雲生道樹，夜月滿仙壇。枯蘚沿崖古，長松繞澗寒。三生清淨福，獨此愧黃冠。」〔註244〕

詩文中寫到道士多提及壇，如王勃《秋日仙遊觀贈道士》：「霧濃金竈靜，雲暗玉壇空。」〔註245〕李頎《題盧道士房》：「空壇靜白日，神鼎飛丹砂。」

〔註238〕轉引自譚帆《論宋代神廟劇場》，見氏著《中國雅俗文學思想論集》，北京：中華書局，2006年，第303頁。

〔註239〕《漢書》卷二八上，第6冊第1543～1544頁。

〔註240〕〔宋〕歐陽修、宋祁撰《新唐書》卷一〇九《王璵傳》，北京：中華書局，1975年，第13冊第4108頁。

〔註241〕〔唐〕李沖昭撰《南嶽小錄》「五峰」條，《四庫全書》第585冊第4頁下欄右。

〔註242〕〔唐〕李沖昭撰《南嶽小錄》「九仙宮」條，《四庫全書》第585冊第7頁上欄右。

〔註243〕〔唐〕李沖昭撰《南嶽小錄》「朱陵洞」條，《四庫全書》第585冊第9頁上欄左。

〔註244〕《全宋詩》第56冊第35020頁。

〔註245〕《全唐詩》卷五六，第3冊第680頁。

〔註 246〕而提到仙人也常借壇來表現，如李白《寄王屋山人孟大融》：「願隨夫子天壇上，閒與仙人掃落花。」〔註 247〕李益《入華山訪隱者經仙人石壇》：「仙人古石壇，苔繞青瑤局。」〔註 248〕石壇因此具有特定內涵，如「朝眞石壇峻，煉藥古井深」〔註 249〕，古井與煉丹、朝眞與石壇分別對應。再如趙蕃《鄭仲理送行六首》之二：「歡然諸友相忘意，不叩仙壇與佛扉。」〔註 250〕「仙壇」與「佛扉」並舉，可見「仙壇」已成為體現道教特定內涵的象徵物。總之，齋壇已經成為道教修煉或成仙的象徵物。

漢魏六朝小說大多旨在「發明神道之不誣」〔註 251〕，「各種遇仙故事的創作、傳播都是為了證明仙人確實是存在的，宗教的目的和動機大大超過了文學創作上的意義」〔註 252〕。杜蘭香欲度張碩仙去，「初降時，留玉簡、玉唾盂、紅火浣布，以為登眞之信焉」〔註 253〕。《神仙傳》載淮南王「（劉）安仙去分明，（武帝）方知天下實有神仙也」，「時人傳八公、（劉）安臨去時，餘藥器置在中庭，雞犬舐啄之，盡得昇天，故雞鳴天上，犬吠雲中也」〔註 254〕，也有示信之物。掃壇竹傳說也有這樣成仙後的遺留物，如：

> 霍童山，高約七里，頂平，可坐百人，昔吳郡人鄧元鹽、官人褚伯玉、沛國王玄甫於此授青精飯，飡白霞丹景之法，見五藏，夜中能書，僧法權、法群及其童子亦於此得道。上有泉名甘露，服之延年。有石行廊三十餘步。石室頗深廣。石橋橫跨半空。有石臼、石盆、石盂，皆天成。石壇旁生竹一枝，遇風則能自掃壇上。西北有玉鏡碧色，鵲尾香爐在焉。（《淳熙三山志》卷三八）〔註 255〕

> 世傳秦始皇遣盧生入海求神仙藥不獲，盧與侯生謀隱入邵陵雲山。今山有侯仙迹、盧仙影、秦人古道、煉丹井、飛升臺、掃壇竹，

〔註 246〕《全唐詩》卷一三二，第 4 冊第 1346 頁。
〔註 247〕《全唐詩》卷一七二，第 5 冊第 1769 頁。
〔註 248〕《全唐詩》卷二八二，第 9 冊第 3206 頁。
〔註 249〕朱熹《奉同尤延之提舉廬山雜咏十四篇‧簡寂觀》，《全宋詩》第 44 冊，第 27612 頁。
〔註 250〕《全宋詩》第 49 冊第 30840 頁。
〔註 251〕《搜神記》卷首干寶《搜神記序》，第 2 頁。
〔註 252〕孫遜、柳岳梅《中國古代遇仙小說的歷史演變》，《文學評論》1999 年第 2 期，第 69 頁。
〔註 253〕《太平廣記》卷六二「杜蘭香」條，第 2 冊第 387 頁。
〔註 254〕《太平廣記》卷八「劉安」條，第 1 冊第 53 頁。
〔註 255〕〔宋〕梁克家撰《淳熙三山志》卷三八，《四庫全書》第 484 冊，第 573 頁。

皆其遺迹。(《明一統志》卷六三「長沙府」)〔註256〕
以上記載，儘管附會的成仙對象有所不同，其間求仙、成仙的內容則一。成
仙後有遺留物石臼、盆盂、香爐及煉丹井、飛升臺、掃壇竹等，既表明已經
飛升仙去，又暗示成仙前的修煉活動，體現了典型的道教仙術色彩。很多掃
壇竹傳說並無其他升仙示信物，但都提到修煉或成仙。如《明一統志》:「葛
仙壇，在萍鄉縣羅霄山顛，即晉葛洪修煉處，壇生二竹，風動如掃，人謂之
掃壇竹。」〔註257〕提到葛洪於其地修煉。《明一統志》又載:「仙壇山，在
平陽縣治東，上有平石，方十餘丈，號仙壇，其旁有竹林，風來成韵，垂掃
壇上，殊無塵籜，號掃壇竹。相傳昔有道人却粒於此，又名仙石。」〔註258〕
明言其地有道人成仙。《神仙傳》:「(蘇仙公)母年百餘歲，一旦無疾而終。
鄉人共葬之，如世人之禮。葬後，忽見州東北牛脾山紫雲蓋上，有號哭之
聲，咸知蘇君之神也。……先生哭處，有桂竹兩枝，無風自掃，其地恒淨。」
〔註259〕這又是成仙後通過掃壇竹顯靈。種種成仙或顯靈迹象無非是道教徒
自神其術。《雲笈七籤》卷一百二引《洞玄本行經》云:「南極尊神者，本姓
皇，字度明，乃閻浮黎國宛土之女也，……土知其意，乃於宮中為蹲士作山，
山高百丈，種植竹林，山上作臺，名曰尋眞玉臺。度明棄於宮殿，登臺棲身，
遮遏道徑，人不得通，單影獨宿，一十二年，積感昊蒼。天帝君遣朱宮玉女
二十四人，乘雲駕鳳，下迎度明。」〔註260〕於竹林中為臺，并感動大帝而
成仙，其竹也是掃壇竹。總之，掃壇竹與道教成仙有關。

二、竹子的道教功能與掃壇竹的內涵

既與修仙有關，何預竹事？自始皇、漢武以來，神仙之說愈演愈烈，神
仙信仰得到發展。桃、杏、松、桂、菊等都沾上道教仙氣，成為靈異植物。
即以涉及道教之壇者略舉數例，如盧綸《酬暢當尋嵩山麻道士見寄》:「陰洞
石床微有字，古壇松樹半無枝。」〔註261〕顧況《崦裏桃花》:「崦裏桃花逢女

〔註256〕《明一統志》卷六三「長沙府」，《四庫全書》第473冊，第350頁上欄右。
〔註257〕《明一統志》卷五七「瑞州府」，《四庫全書》第473冊，第175頁下欄右。
〔註258〕《明一統志》卷四八「溫州府」，《四庫全書》第472冊，第1110頁上欄左。
〔註259〕《太平廣記》卷一三「蘇仙公」條，第1冊第91～92頁。
〔註260〕《雲笈七籤》卷一○二「南極尊神紀」條，《四庫全書》第1061冊，第182
頁。
〔註261〕《全唐詩》卷二七六，第9冊第3138頁。

冠，林間杏葉落仙壇。」〔註262〕姚合《遊昊天玄都觀》：「陰徑紅桃落，秋壇白石生。蘚文連竹色，鶴語應松聲。」〔註263〕竹子得預其選，也是道教靈異植物之一。

齋壇的構造也用到竹子。《上清靈寶大法》描述齋壇：

> 或壘以寶磚，或砌以文石，或竹木暫結，或築土創爲，務合規矩，以崇朝奏之禮。或露三光之下，以達至誠；或以天寶之臺，取法上境，建齋行道以爲先。於中列太上三尊之象，如朝會玉京山也。壇上下四重欄楯，天門地戶飛橋等，務在精好。篆作瑞蓮之狀，或八十一、或七十二、或六十四，隨壇廣狹，設之竹木，爲之束茅，表象亦可，爲延眞之所也。〔註264〕

可見竹子或作建築材料，或樹之表象，目的是爲了營造延眞氛圍。唐代還有這種齋壇構造，如楊衡《宿青牛谷》：「隨雲步入青牛谷，青牛道士留我宿。可憐夜久月明中，唯有壇邊一枝竹。」用於齋壇可能是形成掃壇竹傳說的重要原因，所以齋壇也稱竹壇，如「竹壇秋月冷，山殿夜鐘清」（錢起《宴鬱林觀張道士房》）。除用於齋醮科儀，竹子還有多方面的道教崇拜內涵，以下僅就與掃壇竹有關的內容試爲論述：

（一）竹子是潔淨辟穢的靈物

涉道詩多寫到掃壇，如殷堯藩《中元日觀諸道士步虛》：「掃壇天地肅，投簡鬼神驚。」〔註265〕項斯《題太白山隱者》：「掃壇星下宿，收藥雨中歸。」〔註266〕鄭谷《終南白鶴觀》：「終期掃壇級，來事紫陽君。」〔註267〕可見修煉者嚴肅認眞的態度。他們掃壇的目的是渴望飛升，所謂「掃神壇以告誠，薦珍馨以祈仙」（班固《終南山賦》）。掃壇使潔淨，和道教丹竈爐鼎的修煉有密切關係。黃勇論述：

> 在道教經典中，修道者進入仙山洞天之前必須要進行一系列嚴格的宗教儀式後才可進入，比如齋戒就是一道必經的程序。葛洪認爲，入山之前必須「先齋百日，沐浴五香，致加精潔，勿近穢污」

〔註262〕《全唐詩》卷二六七，第 8 冊第 2970 頁。
〔註263〕《全唐詩》卷五〇〇，第 15 冊第 5686 頁。
〔註264〕《道藏》第 31 冊第 439 頁。
〔註265〕《全唐詩》卷四九二，第 15 冊第 5566 頁。
〔註266〕《全唐詩》卷五五四，第 17 冊第 6410 頁。
〔註267〕《全唐詩》卷六七四，第 20 冊第 7718 頁。

（《抱朴子‧金丹》）。「凡人入山，皆當齋潔七日，不經污穢」（《抱
朴子‧登陟》）。《紫陽眞人內傳》則認爲進入洞天之前必須「退齋三
月」，陶弘景也強調要尋找仙境須「勤齋戒尋之」，「自非清齋久潔，
索不可得」。〔註268〕

齋戒在道教修煉中如此重要，而竹子及竹製掃帚是潔具，用於煉製丹藥前的
齋戒活動中，是掃壇必需之物。竹帚掃壇，既簡便易得又經久耐用。故戴凱
之《竹譜》云：「物各有用，掃之最良。」〔註269〕唐人詩文中多有描述，如薛
能《寄終南隱者》：「掃壇花入篲，科竹露沾衣。」〔註270〕「科竹」即修剪竹
子，用於掃壇。再如「采薇留客飲，折竹掃仙壇」（厲元《送顧非熊及第歸茅
山》）〔註271〕、「開壇竹篲，抱劍松抽」（鄭惟忠《古石賦》）〔註272〕。掃除污
穢，也就與仙界相通，所謂「掃除方寸間，幾與神靈通」（李棲筠《張公洞》）
〔註273〕。

竹帚掃除污穢的作用與齋戒的潔淨要求相符合，還緣於竹子的辟穢功
能。《眞誥》曰：「既除殗穢，又辟濕痺瘡，且竹清素而內虛，桃即折邪而辟
穢，故用此二物以消形中之滓濁。」〔註274〕可見道教修煉對清淨的講究和
竹子的辟穢作用。因此，道士修煉多在有竹之山，如《太平寰宇記》：「蓋竹
山，在縣東三十一里。高九百丈，周回一百里。《抱朴子》云：『餘山不可合
神丹金液，有山精木魅，多壞人藥。唯有大小台、華山、少室、蓋竹等山，
一作可成。』」〔註275〕《神仙傳》載：「後弟子見（介）象在蓋竹山中，顏
色更少焉。」〔註276〕苦竹山也能修煉，如《元豐九域志》：「苦竹山：銀瓮，
昔有仙人居是岩煉藥，既成而去，遺此瓮，人或上山觀之，則失其處，及下

〔註268〕黃勇著《道教筆記小說研究》，成都：四川大學出版社，2007 年，第 169
　　　　頁。
〔註269〕〔晉〕戴凱之撰《竹譜》，《四庫全書》第 845 冊，第 178 頁上欄右。
〔註270〕《全唐詩》卷五五八，第 17 冊第 6470 頁。
〔註271〕《全唐詩》卷五一六，第 15 冊第 5898 頁。
〔註272〕《全唐文》卷一六八，第 2 冊第 1722 頁上欄右。
〔註273〕《全唐詩》卷二一五，第 6 冊第 2246 頁。
〔註274〕《雲笈七籤》卷四五《秘要訣法》「解穢湯方第六」條，《四庫全書》第 1060
　　　　冊，第 487 頁上欄左。
〔註275〕〔宋〕樂史撰、王文楚等點校《太平寰宇記》卷九八，北京：中華書局，2007
　　　　年，第 4 冊第 1964 頁。
〔註276〕〔晉〕葛洪撰、錢衛語釋《神仙傳》卷九「介象」條，北京：學苑出版社，
　　　　1998 年，第 247 頁。

望，復見之。」〔註277〕緣於竹子的潔淨與辟穢功能，竹帚甚至成爲仙人的隨身靈物和仙境的象徵物，如鄭獬《竹》：「截來好作仙翁帚，獨倚扶桑掃白雲。」〔註278〕崔融《嵩山啓母廟碑》：「竹帚臨風，自隔囂塵之境。」〔註279〕

竹之掃壇，靠的是風而不是人，如庾肩吾《咏風詩》云：「掃壇聊動竹，吹薤欲成書。」〔註280〕「掃壇竹」承載了竹子潔淨和辟穢的功能，多突出掃壇的潔淨效果，體現的是仙術與神秘：

> 陽羨縣（今江蘇宜興）有袁君冢，壇邊有數株大竹，并高二三丈。枝皆兩披，下掃壇上，常潔淨也。（晉周處《風土記》）〔註281〕

> 佷山縣（今湖北長陽縣）方山有靈祠，祠中有特生一竹，豐美高危，其杪下垂。忽有塵穢，起風動竹，拂蕩如掃。（晉袁山松《宜都山川記》）〔註282〕

> 自西陵東北陸行百二十里有方山，其嶺四方，素崖如壁。天清朗時，有黃影似人像。山上有神祠場，特生一竹，茂好，其標垂場中。場中有塵埃，則風起動此竹，拂去如灑掃者。（袁山松《宜都記》）〔註283〕

> 崑山去蕪城山十里，山峰嶺高峻，常秀雲表。故老傳云，嶺上有員池，魚鱉具有。池邊有竹極大，風至垂屈掃地，恒淨潔，如人掃也。（南朝宋鄭緝之《東陽記》）〔註284〕

以上四例幾乎都是一旦有塵穢竹即能隨風自掃，而效果則「如人掃之」、使壇「恒潔」。反之則是「無塵從不掃」〔註285〕。因爲竹子的潔淨作用，修煉者常能得道升仙。有的掃壇竹傳說未言掃壇使潔淨，但出現了壇、丹竈及煉丹井等，也可在這一意義上看，如岑文本《京師至德觀法王孟法師碑銘》：「丹竈

〔註277〕《元豐九域志》卷九，《四庫全書》第471冊第211頁上欄右。

〔註278〕《全宋詩》第10冊第6892頁。

〔註279〕《全唐文》卷二二〇，第3冊第2222頁上欄左。

〔註280〕《先秦漢魏晉南北朝詩·梁詩卷二三》，下冊第1997頁。

〔註281〕《齊民要術校釋》，第633頁。

〔註282〕《太平御覽》卷九六二，《四庫全書》第901冊，第525頁上欄左。

〔註283〕《藝文類聚》卷七，上冊第122頁。

〔註284〕《初學記》卷二八，第3冊第695頁。亦見《太平御覽》卷九六二、《山堂肆考》卷二〇二。

〔註285〕〔唐〕韓愈《奉和虢州劉給事使君三堂新題二十一咏·竹徑》，《全唐詩》卷三四三，第10冊第3849頁。

留烟，仙壇餘竹。」〔註286〕再如《花史》：「桂東萬玉城世傳王曾寓此，階砌尚存，旁有修竹數竿，日夕自僕掃其地而復立。」〔註287〕此處既沒有壇、丹竈等道教修煉象徵物，也未出現仙人，但修竹「自僕掃其地而復立」，具有靈異功能，也可見掃壇竹的影子。

（二）竹子具有降神升仙的音樂功能

　　竹子與音樂天然有聯繫，是樂律「八音」之一，還可製樂器簫、笙、笛等。「孤竹在肆，然後降神之曲成。」〔註288〕竹製樂器具有神奇的音樂效果，甚至能招來鳳凰使人騎乘成仙，如《列仙傳》：「蕭史者，秦穆公時人也。善吹簫，能致孔雀、白鶴於庭。穆公有女字弄玉，好之，公遂以女妻焉。日教弄玉吹簫作鳳鳴，居數年，吹似鳳聲，鳳凰來止其屋。公為作鳳臺，夫婦止其上，不下數年。一旦，皆隨鳳凰飛去。故秦人為作鳳女祠於雍宮中，時有簫聲而已。」〔註289〕故事中簫是竹製成，鳳是簫引來，人已仙去，祠中還「時有簫聲」，留下音樂「示現」。蕭史弄玉故事在後代傳播中不斷強化「人已飛升，仙樂長留」情節，如《水經注》：「雍宮世有簫管之聲焉。今臺傾祠毀，不復然矣。」〔註290〕《神仙傳拾遺》中則加進仙壇：「秦為作鳳女祠，時聞簫聲。今洪州西山絕頂，有蕭史石仙壇、石室，及岩屋真像存焉，莫知年代。」〔註291〕這種「人已飛升，仙樂長留」情節也被「掃壇竹」傳說吸收，如：

　　臨賀謝休縣東山有大竹數十圍，長數丈。有小竹生旁，皆四五尺圍。下有磐石，徑四五丈，極高，方正青滑，如彈棋局。兩竹屈垂，拂掃其上，初無塵穢。未至數十里，聞風吹此竹，如簫管之音。（南朝宋盛宏之《荊州記》）〔註292〕

　　陽嶼有仙石山，頂上有平石，方十餘丈，名仙壇。壇陬輒有一筋竹，凡有四竹，葳蕤青翠，風來動音，自成宮商。石上淨潔，初無粗穢。相傳云，曾有却粒者於此羽化，故謂之仙石。（南朝宋鄭緝之《永嘉記》）〔註293〕

〔註286〕《全唐文》卷一五〇，第 2 冊第 1533 頁上欄右。
〔註287〕〔清〕汪灝等撰《廣群芳譜》卷八二，《四庫全書》第 847 冊第 276 頁下欄。
〔註288〕《晉書》卷六九《戴若思傳》引陸機語，第 6 冊第 1846 頁。
〔註289〕李劍國輯釋《唐前志怪小說輯釋》，上海古籍出版社，1986 年，第 74 頁。
〔註290〕《水經注校證》卷一八「渭水」，第 441 頁。
〔註291〕《太平廣記》卷四「蕭史」條，第 1 冊第 25～26 頁。
〔註292〕《齊民要術校釋》，第 633 頁。
〔註293〕《藝文類聚》卷八九，下冊第 1551 頁。是書為南朝劉宋（420～479）鄭緝之

都是只聞仙樂，不見仙人，暗示人已仙去，可見仙樂也成了升仙的示信之物。事實上，六朝志怪小說中流傳著「拊一弦琴則地祇皆升，吹玉律則天神俱降」〔註294〕的觀念。

　　潔淨和仙樂二者兼具，竹子無疑是首選植物之一。神仙世界中，竹子除掃塵之外，還能因風飄拂，自成音韵，這很早就見於文獻，如《三輔黃圖》記載，蓬萊山「有浮雲之幹，葉青莖紫，子如大珠，有青鸞集其上。下有砂礫，細如粉，柔風至，葉條翻起，拂細砂如雲霧，仙者來觀而戲焉。風吹竹葉，聲如鍾磬」〔註295〕。此兩例皆敘仙境，竹子雖非掃壇，却都隨風自生音樂，並有仙人來「觀而戲」。再如：

> 吳興柳歸舜，隋開皇二十年，自江南抵巴陵，大風吹至君山下。
> 因維舟登岸，尋小徑，不覺行四五里，興酣，逾越磎澗，不由徑路。
> 忽道傍有一大石，表裏洞徹，圓而砥平，周匝六七畝。其外盡生翠
> 竹，圓大如盎，高百餘尺。葉曳白雲，森羅映天。清風徐吹，戞爲
> 絲竹音。〔註296〕

柳歸舜所至爲仙境，石旁生竹，爲掃壇竹，所生「絲竹音」即是仙樂。這一類沒有明言掃壇的「掃壇竹」，通過音樂暗示仙境。這種表述模式與道教傳說的神秘性有關。正如葛洪《神仙傳·序》所云：「神仙幽隱，與世異流，世之所聞者，猶千不及一者也。」〔註297〕既然仙人如神龍見首不見尾，那麼其存在或升仙就最好通過暗示來表現。其實，道教傳說中的仙樂與吹簫成仙可能都與竹子有關。

（三）竹子具有溝通仙凡的功能等

　　竹子溝通仙境與人境的神化功能也是形成掃壇竹的重要因素。《水經注·

作。《太平御覽》卷九六三、李衎《竹譜詳錄》卷八「𥳑竹」條皆引作《永嘉郡記》，文字略同。《白孔六帖》卷一〇〇「掃壇」條：「《永嘉記》：小江緣岸有仙石壇，有竹嬋娟青翠，風來枝動，掃石壇，壇上無塵也。」此爲類書列「掃壇」詞條之始。
〔註294〕〔晉〕王嘉撰，孟慶祥、商微妹譯注《拾遺記》卷二，哈爾濱：黑龍江人民出版社，1989年，第52頁。
〔註295〕陳直校證《三輔黃圖校證》卷四「池沼」條，西安：陝西人民出版社，1980年，第97～98頁。
〔註296〕《太平廣記》卷一八「柳歸舜」條引《續玄怪錄》，第1冊第122頁。
〔註297〕〔晉〕葛洪撰、錢衛語釋《神仙傳·神仙傳原序》，北京：學苑出版社，1998年，第4頁。

廬江水》：「湖中有落星石，周回百餘步，高五丈，上生竹木。傳曰：有星墜此，因以名焉。」〔註298〕如果聯繫古代以為非凡人物是天上星宿下凡的傳說，則此處石上竹木似乎起了溝通仙凡的作用。但掃壇竹傳說更多的不是下凡，而是升仙。《後漢書・費長房傳》載，費長房從仙人壺公入深山學道，後「長房辭歸，翁與一竹杖，曰：『騎此任所之，則自至矣。既至，可以杖投葛陂中也。』……長房乘杖，須臾來歸」〔註299〕。故事中竹杖為龍之化身，而龍能騰雲昇天，竹化龍故能乘騎成仙。所以稱道教修煉者是「丹竈猶存，龍升萬里」（張鷟《仙都山銘》）〔註300〕。蕭史弄玉故事中簫能引鳳，乘之昇天，也體現了竹（簫）的神化作用。流傳中情節不斷變化，竹子的作用也得到強化，逐漸加進竹（簫）化龍（或引龍）的情節〔註301〕。如《神仙傳拾遺》云：「公為作鳳臺，夫婦止其上，不飲不食，不下數年。一旦，弄玉乘鳳，蕭史乘龍，昇天而去。秦為作鳳女祠，時聞簫聲。」〔註302〕蕭史弄玉故事中簫、鳳凰（鳳聲）、龍都與竹有關，又因為鳳臺之臺與壇同類的緣故，也附會成了掃壇竹。《雲笈七籤》載王奉仙，「一日將夕，母氏見其自庭際竹杪墜身於地」〔註303〕，更表明竹無須化龍，而具有直接溝通人間與仙境的橋梁作用。

　　除臨壇而掃外，竹還垂拂天門。《水經注》曰：「吳永安六年，武陵郡嵩梁山，高峰孤竦，素壁千尋，望之若亭，有似香爐。其山洞開，玄朗如門，高三百丈，廣二百丈，門角上各生一竹，倒垂下拂，謂之天帚。孫休以為嘉祥，分武陵置天門郡。」〔註304〕「所謂『天門』『閶闔』傳說，漢魏以來流佈已經相當普及。」〔註305〕四川簡陽鬼頭山東漢岩墓3號石棺畫有石闕，鐫刻

〔註298〕《水經注校證》卷三九「廬江水」，第925頁。

〔註299〕《後漢書》卷八二下《方術列傳》，第10冊第2744頁。

〔註300〕《全唐文》卷七一六，第8冊第7366頁上欄右。

〔註301〕如蕭綱《箏賦》：「江南之竹，弄玉有鳴鳳之簫焉；洞陰之石，范女有遊仙之磬焉。」出現了竹子。丁腹松《璇璣圖詩序》：「難同弄玉，雙吹鳳竹以遊仙；翻羨王章，共臥牛衣而灑泣。」（影印文淵閣《四庫全書》本《陝西通志》卷九三）〔元〕張憲《秦臺曲》：「層臺五百尺，下瞰長安中。人言秦王女，學仙此成功。弄玉跨彩鳳，蕭史騎赤龍。雙吹紫簫去，千載永無踪。惟留鴛鴦夢，萬枕靡愚蒙。」都說蕭史弄玉雙雙吹簫，後一則也出現了龍。

〔註302〕《太平廣記》卷四「蕭史」條，第1冊第25～26頁。

〔註303〕《雲笈七籤》卷一一六「王奉仙」條，《四庫全書》第1061冊，第358頁上欄左。

〔註304〕《水經注校證》卷三七「澧水」，第867頁。《太平御覽》卷四九引〔南朝宋〕盛弘之《荊州記》及《太平御覽》卷一八三引盛弘之《荊州圖記》略同。

〔註305〕王子今著《門祭與門神崇拜》，上海：三聯書店上海分店，1996年，第190頁。

「天門」二字；巫山東漢墓出土的鎏金銅牌飾件，上有雙鉤筆法隸書「天門」二字；長沙馬王堆西漢墓葬出土的彩繪帛畫，將世界分成地下、人間、天上三界，天上的天門有兩位帝闇守護，從這些實物可推知古代天門觀念的「核心便是昇天成仙思想」〔註306〕。《太平經》是漢代道家典籍，書中認為「人有命樹」。如卷一一二《有過死謫作河梁誡》載：

> 人有命樹，生天土各過。其春生三月命樹桑，夏生三月命樹棗李，秋生三月命梓梗，冬生三月命槐柏。此俗人所屬也。皆有主樹之吏，命且欲盡，其樹半生；命盡枯落，主吏伐樹，其人安從得活？欲長不死，易改心志，傳其樹近天門，名曰長生。神吏主之，皆潔靜光澤，自生天之所，護神尊榮。〔註307〕

竹子垂拂天門，其溝通仙凡、隸屬命樹的象喻意義已更為明顯。

除了以上所討論的潔淨袪穢、仙樂長留、溝通仙凡等，竹子還有延壽、飛升等神化功能，通過飲食和藥用、裝飾和象徵等表現出來，體現於竹汁、竹藥、竹葉符及竹杖等。因此竹子在道教中早就成為靈物，道觀多栽竹象徵仙境，如《長安志》卷八載大寧坊太清宮：「宮垣之內，連接松竹，以象仙居。」〔註308〕竹子甚至已成仙界象徵物，如元稹《和東川李相公慈竹十二韵》：「託身仙壇上，靈物神所呵。」〔註309〕劉得仁《昊天觀新栽竹》：「遍思諸草木，惟此出塵埃。」〔註310〕竹林也成為「列仙終日逍遙地」（方干《越州使院竹》）〔註311〕，如元稹《夢遊春七十韵》云：「昔歲夢遊春，夢遊何所遇？夢入深洞中，果遂平生趣，清泠淺漫流，畫舫蘭篙渡。過盡萬株桃，

〔註306〕黃劍華《古代蜀人的天門觀念》，《中華文化論壇》1999年第4期，第36頁右。謝靈運《山居賦》云：「弱質難恒，頹齡易喪。撫鬢生悲，視顏自傷。承清府之有術，冀在衰之可壯。尋名山之奇藥，越靈波而憩轅。採石上之地黃，摘竹下之天門。摭曾嶺之細辛，拔幽澗之溪蓀。訪鍾乳於洞穴，訊丹陽於紅泉。」自注：「此皆駐年之藥，即近山之所出，有採拾，欲以消病也。」則竹子垂拂天門也可能來自傳為「駐年之藥」的「竹下之天門」。另參考趙殿增、袁曙光《「天門」考——兼論四川漢畫像磚（石）的組合與主題》，《四川文物》1990年第6期。

〔註307〕王明編《太平經合校》，中華書局，1960年，第578頁。標點略作改動。參考姜守誠《「命樹」考》，《哲學動態》2007年第1期。

〔註308〕〔宋〕宋敏求撰《長安志》卷八，《四庫全書》第587冊，第132頁下欄左。

〔註309〕《全唐詩》卷四〇二，第12冊第4499頁。

〔註310〕《全唐詩》卷五四四，第16冊第6283頁。

〔註311〕《全唐詩》卷六五二，第19冊第7489頁。

盤旋竹林路。」〔註312〕雖爲夢仙，也是當時仙界觀念的曲折反映。而且竹子確實附會某些仙人，如陳陶《竹》十一首其七：「一溪雲母間靈花，似到封侯逸士家。誰識雌雄九成律，子喬丹井在深涯。」後人涉道文學作品也多在成仙這一意義上咏竹，如張說《奉和聖製同玉眞公主過大哥山池題石壁應制》：「綠竹初成苑，丹砂欲化金。乘龍與驂鳳，歌吹滿山林。」〔註313〕張籍《靈都觀李道士》：「仙觀雨來靜，繞房瓊草春。素書天上字，花洞古時人。泥竈煮靈液，掃壇朝玉眞。幾回遊閬苑，青節亦隨身。」〔註314〕「青節」即竹杖。掃壇竹也附會這一色彩，更多地具有溝通仙凡的內涵。如元稹《種竹》：「丹丘信云遠，安得臨仙壇。」〔註315〕王維《沈十四拾遺新竹生讀經處同諸公之作》：「何如道門裏，青翠拂仙壇。」〔註316〕鄒登龍《入投龍洞》：「行入投龍洞，青青見竹竿。暮雲生道樹，夜月滿仙壇。」〔註317〕都可見掃壇竹的成仙象徵內涵。

　　傳說中的掃壇竹多在深山，這也與道教的發展緊密相關。「漢魏以降，隨著道教的發展，仙境與人世同構的仙境思想逐漸成熟，以『我命在我，不屬天地』爲標榜的充滿成仙自信心新神仙思想也得以確立。在這一道教神仙思想轉型的大背景之下，入山訪道、尋覓人間仙壇、拜謁仙眞以獲得成仙機會，就成爲道教徒熱衷於從事的重要宗教實踐活動。」〔註318〕「中土以山爲靈場和『神仙之廬』的觀念」〔註319〕因此得以確立。以長生成仙爲教旨的神仙道教，晉代以來逐步將活動中心從北方移到南方。這與掃壇竹分佈於沿長江流域當不無關係。除了道教活動地域的原因，掃壇竹之所以出現在南方傳說中，還可能因爲南方爲竹產區，北方已無大片竹林。但掃壇竹出現的地域僅是竹產區的極小部分，可知掃壇竹與竹子的自然地理分佈關係較小，其產生與傳播當更多地依賴於道教傳布。

〔註312〕《全唐詩》卷四二二，第 12 冊第 4635 頁。

〔註313〕《全唐詩》卷八七，第 3 冊第 943 頁。

〔註314〕《全唐詩》卷三八四，第 12 冊第 4311 頁。

〔註315〕《全唐詩》卷三九七，第 12 冊第 4459 頁。

〔註316〕《全唐詩》卷一二七，第 4 冊第 1293 頁。

〔註317〕《全宋詩》第 56 冊，第 35020 頁。

〔註318〕黃勇著《道教筆記小說研究》，成都：四川大學出版社，2007 年，第 166～167 頁。

〔註319〕蕭馳著《佛法與詩境》，北京：中華書局，2005 年，第 43 頁。

三、掃壇竹本事與本竹治

掃壇竹是秦漢以來崇道媚仙社會氛圍的產物。既與求仙成仙有關，當有附會的本事。杜光庭《洞天福地嶽瀆名山記·靈化二十四》云：「本竹化（治），在蜀州新津縣西北二十五里。黃帝所遊。郭子聲上昇於此，有掃壇竹，因此為名。」〔註320〕《雲笈七籤》卷二八：「第六本竹治，山在蜀州新津縣，……昔郭子聲得道之處也。後有林竹。」〔註321〕以為郭子聲升仙於其地，是道教造神中的一說〔註322〕。杜光庭並且為作《題本竹觀》詩：「樓閣層層冠此山，雕軒朱檻一躋攀。碑刊古篆龍蛇動，洞接諸天日月閒。帝子影堂香漠漠，真人丹澗水潺潺。掃空雙竹今何在，只恐投波去不還。」〔註323〕知其時已無竹。除前引文獻已經提到的葛洪、蘇仙公等，附會掃壇竹的還有多位仙人。范成大《毛公壇福地》：「綠毛仙翁已仙去，惟有石壇留竹塢。竹陰掃壇石槎牙，漢時風雨生蘚花。」〔註324〕云「綠毛仙翁」飛升，故稱「毛公壇」。元張天英《題蒲萄竹筍圖》：「王母初來漢殿時，青鸞踏折掃壇枝。天風吹老龍珠帳，掛墜瑤簪醉不知。」〔註325〕又附會西王母。掃壇竹本事的層出不窮，說明道教傳說的附會性及傳播中的變異性。

本竹治所在地也是眾說紛紜〔註326〕。龍騰以為「『掃壇竹』乃是自動為道士們打掃仙壇的竹子，屬於僕役一類。『本竹』孕育了夜郎人先王的神聖母親，在道教設治後，貶低為替道士打掃仙壇的掃壇竹，地位降低」，認為本竹山「是夜郎國人祭祀其神竹女神的神山」〔註327〕，並無可靠的文獻依據，又因誤解掃壇竹內涵而誣及本竹治。龍先生又以為張陵奪取本竹山，「保存本竹山『本竹』之名，用作道治之名。但他把本竹山神聖的本竹降低成為『掃壇

〔註320〕轉引自王純五《本竹治小考》，《宗教學研究》1996年第2期，第62頁。

〔註321〕《雲笈七籤》卷二八「二十四治」條，《四庫全書》第1060冊，第320頁上欄左。

〔註322〕王純五《本竹治小考》推測郭子聲是漢武帝時將軍郭昌（字子明），見《宗教學研究》1996年第2期，第64頁。

〔註323〕《全唐詩》卷八五四，第24冊第9665頁。

〔註324〕《全宋詩》第41冊第25939頁。唐陳陶《題僧院紫竹》：「新聞赤帝種，子落毛人谷。」可證唐時竹子已與毛人相聯繫。

〔註325〕〔元〕顧瑛編《草堂雅集》卷三，《四庫全書》第1369冊，第213頁上欄左。

〔註326〕有彭山縣、新津縣鄧雙鄉文峰山烏尤寺、新津縣永商鎮烽火村紅豆山等說，見龍騰《本竹山本竹治略考》，《成都文物》2005年第3期，第24～27頁。

〔註327〕龍騰《本竹山本竹治略考》，《成都文物》2005年第3期，第23頁右、第23頁左。

竹」〔註 328〕，也屬臆測。二十四治相傳是張陵傳教的二十四個教區。早期記載如葛洪《神仙傳》：「戰六天魔鬼，奪二十四治，改爲福庭。」〔註 329〕尚無各治之名，遑論本竹治。至南朝梁張辯《天師治儀》才稱：「本竹治在犍爲郡南安縣。」〔註 330〕可見二十四治因附會而逐漸豐富。龍先生所引張陵在本竹治的活動，如「居本竹山，眾眞授《靈寶上經》」（引元趙道一《歷代眞仙體道通鑒》卷十八）等，皆爲宋元人著作，早已沾染了擬託成分。趙益指出：「記述『二十四治』等較爲詳備的主要是《正一經》系統，但此類經典乃擬託張陵而敷演，與『五斗米道』絕不是一回事，實質上是晉以後某種道派的總結。」〔註 331〕故本竹治與張陵無關。郭子聲爲後出的道教人物，龍先生也認爲「據道書記載，本是『洛（陽）市作卜師者』，信奉天師道，『得太清道人名品』」〔註 332〕，所據道書爲北周宇文邕《無上秘要》卷八十四，而掃壇竹早在晉代即已出現。可見掃壇竹出現初期並未附會於某一仙人，而是道教成仙的普遍象徵。其附會於本竹治及郭子聲是在流行以後，而且還有其他傳說同時流傳（如蘇仙公、神女及毛公等），並非郭子聲獨享。

四、掃壇竹成仙內涵的影響

　　地方志及類書中關於掃壇竹的傳說都很簡略，缺乏故事情節，算不上嚴格意義上的文學作品。但作爲特定歷史時期頻繁出現的意象，還是值得作專題探討。「掃壇竹」之名是後人所取，未必能全面涵蓋其意蘊。但這一概括形象精鍊地表達了竹子的生長特性及與道教設壇求仙的關係。竹子常緣坡臨石而生，如馬融《長笛賦》：「惟鍾籠之奇生兮，於終南之陰崖。託九成之孤岑兮，臨萬仞之石磎。」〔註 333〕《丹陽記》：「江寧縣南二十里慈母山，積石臨江，生簫管竹。」〔註 334〕再如「鬱春華於石岸」（江淹《靈丘竹賦》）〔註 335〕、

〔註 328〕龍騰《本竹山本竹治略考》，《成都文物》2005 年第 3 期，第 23 頁右。該文以爲本竹山在四川新津縣。元陸文圭撰《墻東類稿》卷八《本竹山房記》：「本竹則眉之永豐山名也，距州七十里而近，其地產竹，穹林秀壁，仙官羽士之所宮。」

〔註 329〕〔晉〕葛洪撰、錢衛語釋《神仙傳》，北京：學苑出版社，1998 年，第 124 頁。

〔註 330〕轉引自王純五《本竹治小考》，《宗教學研究》1996 年第 2 期，第 62 頁。

〔註 331〕趙益著《六朝南方神仙道教與文學》，上海古籍出版社，2006 年，第 88 頁。

〔註 332〕龍騰《本竹山本竹治略考》，《成都文物》2005 年第 3 期，第 23 頁右。

〔註 333〕《全漢賦校注》下冊，第 798 頁。

〔註 334〕《初學記》卷二八，第 3 冊第 693 頁。

「修竹鬱兮翳崖趾」（夏侯湛《江上泛歌》）〔註336〕、「拂岳蕭蕭竹，垂空澹澹津」（陳陶《題贈高閒上人》）〔註337〕等，都道出了竹子的這一生長習性。文獻記載各地掃壇竹的不同在於或有池，或有洞，或有冢，或有天門，或有人於其地仙去，或大旱禱雨有應。細觀這些不同，其中又有某種相似點，即都與道教成仙有關，都與竹的靈異有關。人神道殊，掃壇竹在人間與仙境架起橋梁，將掃壇之竹理解爲仙境植物或象徵成仙的植物，或許更爲接近相關傳說的實質。明白掃壇竹與道教求仙的聯繫，我們就能正確闡釋其內涵，也有助於理解道教題材文學中的竹意象。

掃壇竹是特定歷史時期和特定地域的產物，在當時已滲透到文學藝術等方面。南朝及唐宋文學中多有掃壇竹意象，如庾肩吾《謝賚檳榔啓》：「形均綠竹，詎掃山壇。」〔註338〕陰鏗《侍宴賦得夾池竹詩》：「湘川染別泪，衡嶺拂仙壇。」〔註339〕李遠《鄰人自金仙觀移竹》：「圓節不教傷粉籜，低枝猶擬拂霜壇。」〔註340〕元稹《寺院新竹》：「詎必太山根，本自仙壇種。」〔註341〕鮑溶《宿青牛穀梁煉師仙居》：「隨雲步入青牛谷，青牛道士留我宿。可憐夜久月中行，惟有壇邊一枝竹。」〔註342〕這些掃壇竹意象各具特色，從不同方面展示了其道教內涵，可見南朝及唐代其流播之廣遠。唐吳筠《竹賦》云：「豈獨嬋娟於廣漠之壤，亦有璀璨於蓬萊之峰，結實珠粒，敷花紫茸，拂皓粉以飛雪，摧紺莖以韵鐘，固列仙之攸玩，匪吾人之所從也。亦有化雉吳國，成龍葛陂，容人篔簹，育蟲桃枝。一筭明其允嗣，三節獲乎嬰兒，榮燈纂以感孝，茂窗櫺以表奇。簨家壇以塵滅，環石床以蔭滋。皆靈變之譎怪，良難得而備知。」〔註343〕以「列仙之攸玩」、「靈變之譎怪」概括歷史上與竹有關的眾多傳說，未免簡單化，却道出其受道教影響的實質。吳筠生活於唐代，尚且發出難得備知之歎，可見傳說的虛無飄渺、難以徵實。宋以後人們偶或提到掃壇竹，多不明其內涵，如明楊應奎《郊園新雨移竹行》：「棲鸞

〔註335〕《全上古三代秦漢三國六朝文·全梁文卷三四》，第3冊第3149頁下欄左。
〔註336〕《全上古三代秦漢三國六朝文·全晉文卷六八》，第2冊第1853頁下欄右。
〔註337〕《全唐詩》卷七四六，第21冊第8484頁。
〔註338〕《全上古三代秦漢三國六朝文·全梁文卷六六》，第4冊第3343頁上欄右。
〔註339〕《先秦漢魏晉南北朝詩·陳詩卷一》，下冊第2459頁。
〔註340〕《全唐詩》卷五一九，第15冊第5935頁。
〔註341〕《全唐詩》卷三九八，第12冊第4464頁。
〔註342〕《全唐詩》卷四八七，第15冊第5533頁。
〔註343〕〔宋〕李昉等《文苑英華》卷一四六，《四庫全書》第1334冊第311頁。

鳴鳳未敢希，拂石掃壇還可掬。」〔註344〕顯然已沒有成仙的內涵。

元明清以來，掃壇竹的影響主要局限於人文歷史景觀，如談遷《談氏筆乘》云：「袁州蘋鄉縣羅霄山，晉葛洪修煉處，壇生二竹，風動如掃人，謂之『掃壇竹』。又岳州平江縣幕阜山，一名天岳山，上有仙壇瑞竹，同本異幹，隨風掃地，名為『掃壇竹』。」〔註345〕《大清一統志》卷二五二「袁州府」：「羅霄山，在萍鄉縣東一百里，高數千丈，延袤百餘里，上有羅霄洞，旁有葛仙壇，壇生二竹，風動如掃，人謂之掃壇竹，壇側有黃龍潭，山下又有石潭，深不可測，袁江之源出焉。」〔註346〕《福建通志》卷三：「雲居山，……章壽得仙於此石，鐫章仙峰三大字。有磨劍石、煉丹井、掃壇竹、石棋盤。」〔註347〕湖南至今仍流傳「荊竹掃墓」的傳說〔註348〕。但在同期詩文中已難覓掃壇竹踪迹，像「劉仙有古壇，解種不秋草。亭亭挺琅玕，主人後天老」〔註349〕這樣的詩句已屬罕見。傳說還在繼續，但已如流星的餘焰，漸呈消亡態勢。我們將其發掘出來，不僅展示了魏晉南北朝唐代道教天空中的一點星光及其在後代的餘焰，而且對於理解該時期的竹文化或許也有裨益。

五、掃壇竹的道教房中內涵及其他

以上僅探討掃壇竹意象的道教成仙內涵，這是主要方面。還有一類掃壇竹很特別，提到玉女，如：

> 肥城東南有玉女山，山有一石穴，中若房宇。玉女入穴不出。
>
> 穴前有修竹，下有石壇，風微動竹，拂壇如帚。（南朝齊劉澄之《梁

〔註344〕〔明〕楊應奎撰《海岱會集》卷五，《四庫全書》第 1377 冊第 48 頁。

〔註345〕〔清〕談遷著，羅仲輝、胡明點校《棗林雜俎》，北京：中華書局，2006 年，第 454 頁。

〔註346〕《大清一統志》卷二五二「袁州府」，《四庫全書》第 479 冊第 757 頁。

〔註347〕〔清〕郝玉麟等監修、謝道承等編纂《福建通志》卷三，《四庫全書》第 527 冊第 262 頁。

〔註348〕陳泳超《堯舜傳說研究》：「關於『珍珠墓』的傳聞，說舜除妖殉難後，受恩於舜的仙鶴們收葬了舜的遺體，並用七七四十九天時間從南海銜來無數珍珠，壘了一座珍珠墓，墓邊荊竹叢生，微風吹拂，沙沙作響，傳云竹尾自動為舜墓掃卻塵土，據說『荊竹掃墓』乃九疑勝景之一。」（南京師範大學出版社，2000 年，第 382 頁）

〔註349〕〔清〕厲鶚撰《樊榭山房續集》卷三《次韻顧丈月田以羅浮竹葉符見贈》，《四庫全書》第 1328 冊，第 174 頁下欄左。

州記》）〔註350〕

　　葭萌縣玉女房，昔有玉女入石穴，空有竹數莖，下有青石壇，
每因風恒自掃壇。（《郡國志》）〔註351〕

　　利州義成郡葭萌縣有玉女房，蓋是一大石穴也。昔有玉女入此
石穴，前有竹數莖，下有青石壇，每因風自掃此壇。玉女每遇明月
夜即出於壇上，閑步徘徊，復入此房。〔註352〕

以上各條缺乏故事情節，自然不能算作小說。如果將其置於同時代傳說故事
背景中，就會發現其屬於「女仙降臨」一類。「在道教裏，神女降臨成爲宣示
教義的重要手段，也是人、神交通的主要方式。」〔註353〕其所體現的引導凡
人悟道求仙的宗教意義是很明顯的。

　　上述各條都出現石穴、石壇、玉女和掃壇竹。在道教傳說中，石穴也是
仙洞，「約從東晉後期開始，洞窟傳說很快多了起來。晉宋之際的《搜神後
記》、《異苑》、《幽明錄》等志怪書有大量記敘，僅《後記》就有八個，此時
及後來的一些地理書亦有反映」〔註354〕，「大抵事關神仙或隱者」〔註355〕。
玉女早在漢代即被奉爲神。《漢書・郊祀志下》記載漢宣帝曾立玉女祠，東
漢《列仙傳》卷下《朱璜傳》云，道士阮丘與朱璜入浮陽山玉女祠。「玄女、
素女、玉女和采女，都是中國古代著名的房中女神。玄女、素女和玉女三位
房中女神，在漢代早期道經中風頭正健。六朝以後，四女神在道教中漸趨冷
清。唯獨出身最貴的玄女還保留一些昔日戰神或外丹祖師的榮光。玉女還常
見，但多爲屬神。」〔註356〕玉女山、玉女房的傳說，與房中女神當不無關
係。玉女既與房中女神有關，石壇當非普通石頭。據何新研究，「女巫師即
神女，其所居稱陽臺、春臺，亦稱樂府，正是後世秦樓、楚館、青舍的起源。

〔註350〕《太平御覽》卷四四，《四庫全書》第 893 冊，第 507～508 頁。《太平寰宇記》
　　　　　卷一三五略同。
〔註351〕《太平御覽》卷一八五，《四庫全書》第 894 冊第 758 頁上欄右。
〔註352〕《述異記》卷下，《四庫全書》第 1047 冊第 634 頁上欄。
〔註353〕孫昌武著《詩苑仙踪：詩歌與神仙信仰》，天津：南開大學出版社，2005 年，
　　　　　第 321 頁。
〔註354〕李劍國《六朝志怪中的洞窟傳說》，《天津師範大學學報（社會科學版）》1982
　　　　　年第 6 期，第 75～76 頁。
〔註355〕李劍國《唐前志怪小說輯釋》，上海古籍出版社，1986 年，第 80 頁。
〔註356〕朱越利《房中女神的沉寂及原因》摘要，《西南民族大學學報》（人文社科版）
　　　　　2004 年第 3 期。

從《楚辭》與《史記・封禪書》的內容看，直到西漢，祭神活動中仍然包含著性的活動」〔註357〕。房中術的演變軌迹大致同於房中女神。唐宋以降，隨著道教內丹學的興起及宋明理學的衝擊，房中術「部分轉入民間甚至地下，部分保存於道教之中，大部分則逐漸失傳」〔註358〕。如此看來，以上各條所載掃壇竹可能與道教房中術有關。

（一）掃壇竹的道教房中內涵

除附會玉女等房中神仙外，掃壇竹還附會男性房中神仙，如《臨海記》：「仙石山上有館，土人謂之黃公客堂，兩邊有石步廊，觸石雲起，崇朝必雨，有四竿修竹，風吹自垂空際，拂石皆淨，即王方平遊處也。」〔註359〕所云「黃公」可能即是黃山君。《神仙傳・黃山君》曰：「黃山君者，修彭祖之術，年數百歲，猶有少容，亦治地仙，不取飛升。彭祖既去，乃追論其言，爲《彭祖經》，得《彭祖經》者，便爲木中之松柏也。」〔註360〕所謂「彭祖之術」即房中術，《彭祖經》即房中經書。黃山君又稱「黃山公」。韓愈《題百葉桃花》詩云：「百葉雙桃晚更紅，臨窗映竹見玲瓏。應知侍史歸天上，故伴仙郎宿禁中。」〔註361〕以桃花映竹喻女侍史伴宿。既云「仙郎」，可見竹子的男性象徵意蘊。道教房中術在南北朝曾盛行，雖經陸修靜等人清整，其影響直至明清仍未斷絕。據苟波研究，「神女降臨的神話是古代中國人表達生命長存和自有性愛的世俗理想的一個象徵和隱喻」〔註362〕。

掃壇竹之所以同房中術附會　處，與道教對竹子生殖功能的推崇有關。天師道對竹子極爲崇拜，認爲是具有送子功能的靈草。陶弘景《真誥》甄命授第四云：「我案《九合內志文》曰：『竹者爲北機上精，受氣於玄軒之宿也。』所以圓虛內鮮，重陰含素，亦皆植根敷實，結繁衆多矣。公（引者按，指晉簡文帝）試可種竹於內北宇之外，使美者遊其下焉。爾乃天感機神，大致繼

〔註357〕何新著《愛情與英雄・離騷九歌新解》，北京：時事出版社，2002 年，第 167 頁。

〔註358〕邢東田《玄女的起源、職能及演變》，《世界宗教研究》1997 年第 3 期。

〔註359〕《太平御覽》卷四七引〔南朝宋〕孫詵《臨海記》，《四庫全書》第 893 冊，第 533 頁上欄左。《太平御覽》卷一九四引《郡國志》，文字略同，但謂台州仙石山。又見《太平寰宇記》卷九八。

〔註360〕〔晉〕葛洪撰、錢衛語釋《神仙傳》卷一，第 21 頁。

〔註361〕《全唐詩》卷三四三，第 10 冊第 3846 頁。

〔註362〕苟波著《仙境・仙人・仙夢——中國古代小說中的道教理想主義》，成都：巴蜀書社，2008 年，第 158 頁。

嗣；孕既保全，誕亦壽考；微著之興，常守利貞。此玄人之秘規，行之者甚驗。」〔註363〕竹子無疑有男性象徵意味，「使美者遊其下」可證。又《雲笈七籤》云：「服日月之精華者，欲得常食竹。笋者，日華之胎也，一名大明。」〔註364〕以笋爲「日華之胎」，具有陽性象徵內涵。

「掃壇竹」的房中象徵意義當來自道教性修煉與祭祀鬼神活動中的人神交歡。「陰陽合，乘龍去。」〔註365〕追求成仙的道士常設壇場進行性修煉。《上清黃書過度儀》有男女交接按九宮壇場八位做各種愛撫動作的內容〔註366〕。《雲笈七籤》載每月沐浴吉日，其中云：「十二月十三日夜半時沐浴，得玉女侍房。此皆當天氒月宿東井時與神仙合會。」〔註367〕竹與道教性修煉的關係，不僅在於竹子是掃壇之物，更在於其所具有的性象徵意義。《悟眞篇》云：「敲竹喚龜呑玉芝，鼓琴招鳳飲刀圭。近來透體金光現，不與凡人話此規。」〔註368〕是以竹喻男根。道教清靜派內丹仙術以煉精爲初關，如老年人精枯陽萎不舉，「須用敲竹喚龜（女用鼓琴引鳳）之法將眞陽喚起」〔註369〕。性學古籍《洞玄子》記述三十種性交姿勢，第十四式爲「臨壇竹」，曰：「男女俱相向立，（鳴）口相抱，以陽鋒深投于丹穴，沒至陽臺中。」〔註370〕「陽臺」即壇，喻女陰深處，竹則

〔註363〕《眞誥校注》卷八《甄命授第四》，第259頁。
〔註364〕《雲笈七籤》卷二三「食竹笋」條，《四庫全書》第1060冊，第285頁上欄左。
〔註365〕《廣弘明集》卷九引《玄子》，轉引自白化文著《三生石上舊精魂——中國古代小說與宗教》，北京出版社，2005年，第59～60頁。
〔註366〕李零認爲，天師道的房中術主要保存於張陵《黃書》和《老子想爾注》內。而「今《道藏》正一部階字號有《上清黃書過度儀》，廣字號有《洞眞黃書》，是其遺說。二書雖不必爲《黃書》之舊，但內容則相沿有自，仍可藉以考見天師道房中術的許多重要細節」。（李零《中國方術續考》，北京：東方出版社，2000年，第370頁）
〔註367〕《雲笈七籤》卷四一，《四庫全書》第1060冊，第431頁下欄。
〔註368〕〔宋〕張伯端撰、王沐淺解《悟眞篇淺解》卷中其五十三，北京：中華書局，1990年，第116頁。
〔註369〕胡孚琛著《道教與仙學》，太原：新華出版社，1991年，第156頁。
〔註370〕轉引自李零著《中國方術續考》，北京：東方出版社，2000年，第523頁。《洞玄子》所記三十式多是模仿某種動物的交合方式，僅「偃蓋松」、「臨壇竹」爲植物。此書在中國原已失傳，見於日人丹波康賴於982年編成的《醫心方》中。知「掃壇竹」用於房中術早在唐代或唐以前。高羅佩認爲《洞玄子》出自六朝：「這一重要著作最早見於《唐書‧經籍志》。馬伯樂認爲『洞玄』就是學者李洞玄，他在7世紀中葉曾任太醫之職。如果此說不誤，則李不過是該書編者，因爲從文章風格和內容看它是出自六朝時期。」（李零等譯，北京：

喻男根。駱賓王《代女道士王靈妃贈道士李榮》:「連苔上砌無窮綠,修竹臨壇幾處斑。此時空床難獨守,此日別離那可久。梅花如雪柳如絲,年去年來不自持。」〔註371〕雖加進斑竹傳說,仍不失性內涵。

《悟真直指》卷二絕句第八首:「竹破須將竹補宜,抱雞當用卵爲之。萬般非類徒勞力,爭似眞鉛合聖機。」〔註372〕以竹喻人的身體,強調以人補人。明孫汝忠《金丹眞傳·築基第一》云:「然補陽必用陰,補陰必用陽。竹破竹補,人破人補,取其同類。」〔註373〕道教倡導的「竹破竹補」更多的是性修煉,而非生殖崇拜,雖然道教也主張竹子有助於生育〔註374〕。而且「竹破竹補」的理念中,明顯是偏向男性的,因爲道教是以男性立場來陳說的。

(二)掃壇竹房中內涵溯源

掃壇竹的房中內涵有複雜來源〔註375〕。除道教房中內涵外,還與高禖祭祀有關。高禖是生殖神,主婚姻、子嗣。《通典》載:「高禖者,人之先也。故立石爲主,祀以太牢也。」〔註376〕可見高禖以石頭爲化身和象徵。聞一多

商務印書館,2007年,第127頁)
〔註371〕《全唐詩》卷十十,第3冊第838頁。
〔註372〕〔宋〕張伯端撰、王沐淺解《悟眞篇淺解》卷中共八,北京:中華書局,1990年,第42～43頁。王沐注云:「這是比喻的方法。『竹』比喻人的身體。人的身體在成年以後,按月經理論認爲都有不同程度的虧損,必須先下手築基補足。竹破,就是指人的身體氣血不足精神消耗;竹補,就是說補這些衰耗還得用眞鉛即元精。如果補虧不足,就不能進入煉精化氣階段。」(見該書第43頁)
〔註373〕徐兆仁主編《金丹集成》,北京:中國人民大學出版社,1990第142頁。
〔註374〕如陶弘景《眞誥》甄命授第四云:「竹者爲北機上精,受氣於玄軒之宿也,所以圓虛內鮮,重陰含素,亦皆植根敷實,結繁眾多矣。公(引者按,指梁簡文帝)試可種竹於內北宇之外,使美者遊其下焉。爾乃天感機神,大致繼嗣,孕既保全,誕亦壽考。」
〔註375〕「掃壇竹」房中內涵也可能是由「奉箕帚」引申聯想而來。《列女傳·楚白貞姬》:「白公生之時,妾幸得充後宮,執箕帚,掌衣履,拂枕席,詫爲妃匹。」貞姬爲楚白公勝之妻,執箕帚、拂枕席是婦人之事,爲所行婦道內容之一部分。奉箕箒,即從事家內灑掃之事,謂充當妻室。後來借指妻妾。《戰國策·楚策一》:「請以秦女爲大王箕帚之妾,效萬家之都,以爲湯沐之邑,長爲昆弟之國,終身無相攻擊。」《史記》卷八《高祖本紀》:「呂公因目固留高祖,高祖竟酒後,呂公曰:臣少好相人,相人多矣,無如季相,願季自愛,臣有息女,願爲季箕帚妾。」《傳奇·封陟》中,仙妹上元夫人向學者封陟施展魅力,被拒絕。臨走時留詩:「謫居蓬島別瑤池,春媚烟花有所思。爲愛君心能潔白,願操箕帚奉屏幃。」詩借箕帚示愛。元戴善夫《風光好》第二折:「學士不棄妾身,殘妝陋質,願奉箕帚之歡。」箕帚之歡又用以指稱妻妾之娛、男女之歡。
〔註376〕〔唐〕杜佑撰《通典》卷五五「高禖」條,《四庫全書》第603冊第679頁下

認爲：「古代各民族所祀的高禖，全是各該民族的先妣。」〔註377〕劉毓慶進一步指出：

《淮南子·覽冥訓》說：「女媧煉五色石以補蒼天」，《天問》補注引《淮南子》說：塗山氏（女媧）化爲山石，《搜神記》、《通典》及《文獻通考》等都說，高禖祀女媧所立之物是石。這幾乎可以說女媧與石是同體的。徐華龍先生在其《中國神話文化》中，曾列《女媧神話新考》專章，用大量篇幅論述女媧與石頭的關係，其結論是：「女媧的最初形象，是一塊石頭。」其實女媧與石頭的聯繫，說到底還是與生殖器的聯繫。〔註378〕

排除具體的怪石不論，就石的抽象意義而言，在東亞文化圈裏，石更多的是作爲「母體」（或女性生殖器）的象徵而出現的。〔註379〕石頭成爲女性的象徵，除女媧煉石補天、女狄吞石生禹、塗山氏化石生啓外，後代還衍生出巫山神女峰、乞子石、望夫石等〔註380〕。高禖石是生殖神的象徵，爲女性象徵物。

高禖石多立於壇上。馬端臨《文獻通考》卷八十五載：「宋仁宗景祐四年，御史張奎請親祀高禖，下禮院，定築壇南郊。春分之日祀青帝，本詩克禋以祓之義，配以伏羲、帝嚳，以禖神從祀，報古爲禖之先。石爲主，依東漢晉隋之舊。」可見高禖石是設在高禖壇（祭壇）中的一塊神石。如果說高禖石的形象用以象徵男性生殖器〔註381〕，那麼高禖壇更像是女性象徵物。爲竹所掃之壇，與古代的「臺」關係緊密。古代「臺」的功用很多，宗教祭祀是其中重要功用，統治階級進行遊樂同樣是其重要功用〔註382〕。《呂氏春秋·音初

欄左。

〔註377〕聞一多《高唐神女傳說之分析》，見氏著《聞一多全集·神話編》，湖北人民出版社，1993 年，第 18 頁。

〔註378〕劉毓慶《「女媧補天」與生殖崇拜》，《文藝研究》1998 年第 6 期，第 98 頁右～99 頁左。

〔註379〕劉毓慶《「女媧補天」與生殖崇拜》，《文藝研究》1998 年第 6 期，第 99 頁左。

〔註380〕參考柳蔭柏《〈紅樓夢〉與古代靈石傳說》，《民間文學論壇》1993 年第 2 期，第 56 頁：「在我國遠古時代，除了女媧氏煉石補天，女狄吞石生禹，塗山氏化石生啓外，還有蚩尤銅頭啖石，簡狄吞玄鳥卵生契（這也是石之變種），後來又衍出巫山神女石、乞子石，雲南大理一帶傳說的望夫石，以及五代時第一猛士李存孝的父親是石人的新傳說。」

〔註381〕孫作雲《中國古代的靈石崇拜》，《民族雜誌》第 5 卷第 1 期，1937 年。

〔註382〕陳智勇《先秦時期的「臺」文化》，《尋根》2002 年第 6 期，第 10 頁。

篇》：「有娀氏有二佚女，爲之九成之臺，飮食必以鼓。」《離騷》中屈子下界
求女，「望瑤臺之偃蹇兮，見有娀之佚女」，《天問》「簡狄在臺，嚳何宜」。《太
平御覽》卷一七八引《郡國志》：「衛州范城北十四里沙丘臺，俗稱妲己臺，
去二里有一臺，南臨淇水，俗稱爲上宮也。」〔註383〕這些涉及女性的臺或與
神話有關，或與統治者的遊樂有關。掃壇竹之壇具有女性象徵意義。盛弘之
《荊州記》：「佷山縣有一山，獨立峻絕，西北有石穴，以燭行百步許二大石，
其間相去一丈許，俗名其一爲陽石，一爲陰石。水旱爲災，鞭陰石則雨，鞭
陽石則晴。」〔註384〕這種鞭陰陽石以控制雨晴之法，類似竹掃壇祈雨，其間
不無陰陽交合的暗喩。言其實又是交感巫術的體現，人們希望通過性交以誘
發降雨。《春秋繁露・求雨》：「命吏民夫婦皆偶處。」〔註385〕佛經及後代傳說
中以妓女求雨的故事也是這個道理〔註386〕。

而高禖石又與竹有密切聯繫。高禖石以竹葉爲飾，我們還可以找到隱隱
約約的記錄，如《隋書・禮儀志二》：「梁太廟北門內道西有石，文如竹葉，
小屋覆之，宋元嘉中修廟所得。陸澄以爲孝武時郊禖之石。然則江左亦有此
禮矣。」〔註387〕這是竹與高禖石發生聯繫的極好證據。任昉《靜思堂秋竹應
詔》云：「入戶掃文石，傍檐拂象床。」〔註388〕「文石」似即指高禖石。顧野
王《拂崖篠賦》：「崖憐拂石，神貴掃壇。」〔註389〕如果說「崖憐拂石」表現
的是風竹拂石的形象美感，那麼「神貴掃壇」則指竹掃禖壇的生殖崇拜。

《墨子・明鬼篇》：「燕之有祖，當齊之社稷，宋之桑林，楚之雲夢也，
此男女之所屬而觀也。」聞一多說：「祖、社稷、桑林和雲夢即諸國的高禖。」
〔註390〕葉舒憲認爲：「關於高禖祭典，我們只知道有祈求生育和豐產的性
質。伴隨著該祭典的還有象徵性的性愛活動。」〔註391〕不僅高禖祭祀，其

〔註383〕《太平御覽》卷一七八引《郡國志》，《四庫全書》第 894 冊第 709 頁上欄左。
〔註384〕《事類賦》卷三「亦有洞中鞭石」句注，《四庫全書》第 892 冊第 823 頁下欄右。
〔註385〕〔漢〕董仲舒撰《春秋繁露》卷一六，北京：中華書局，1975 年，中冊第 554
　　　　頁。
〔註386〕參考季羨林《原始社會風俗殘餘——關於妓女禱雨的問題》，見氏著《比較文
　　　　學與民間文學》，北京大學出版社，1991 年，第 199～206 頁。
〔註387〕《隋書》卷七《禮儀志二》，第 1 冊第 146 頁。
〔註388〕《全上古三代秦漢三國六朝文・全梁文卷四一》，第 3 冊第 3187 頁。
〔註389〕《全上古三代秦漢三國六朝文・全陳文卷一三》，第 4 冊第 3474 頁下欄左。
〔註390〕聞一多《高唐神女傳說之分析》，《聞一多全集・神話編詩經編上》，湖北人民
　　　　出版社，1993 年，第 17 頁。
〔註391〕葉舒憲著《高唐神女與維納斯——中西文化中的愛與美主題》，北京：中國社

他祭祀如祈求豐收、土地崇拜等也會設壇御女，甚至作為遠古遺風留存於民間〔註392〕。屈原《天問》云：「禹之力獻功，降省下土四方。焉得彼塗山女，而通之於臺桑。」王逸注：「言禹治水，道娶塗山氏之女，而通夫婦之道於臺桑之地。」宋兆麟《巫與民間信仰》更指出：「臺桑，即桑臺，指社壇附近的桑林。」〔註393〕社常常設於林間。《周禮》說：「二十五家為社，各樹其所宜木。」可見社與木、石有密切關係。社壇也可能設在竹林，為男女野合之地。何新指出：「在古代宗教中，社中既有女神的『社母』，還有男神的『社公』。女神的象徵是神石或冢土，用以象徵地乳。而這位男神的象徵，卻正是社木——用以象徵陽具，所以，在典籍中，社木別名『田祖』或『田柱』。」〔註394〕唐光孝認為：

> 《禮記‧郊特牲》正義引《五經異義》又說：「今人謂社神為社公。」而「社公」的象徵之物是社木，即陽具的象徵。……「可知作為社木之桑，正如『且』一樣，其實也正是陽具的象徵」。如此，「高禖圖」畫像磚上的祭臺——代表女神的社，與桑樹——代表陽具的社木之相伴，也隱含著男女交媾之事和禮贊愛情之喻。〔註395〕

竹掃之壇與社壇、桑臺一脈相承，我們似乎也可以說，竹與壇分別象徵男女兩性〔註396〕，壇又是行高禖的場所，竹掃壇使之瑩潔，既是場所的美化，也象徵男女媾合。掃壇竹的象徵意義當是借鑒或模擬高禖崇拜「女陰象徵物與男根象徵物結合生人」〔註397〕的含義，而用於形容房中術的性交合修煉。這

會科學出版社，1997年，第387頁。參考葉舒憲《探索非理性的世界》，四川人民出版社1988年，第33～34頁。

〔註392〕《荊楚歲時記》注引《南嶽記》云：「其山西曲水壇，水從石上行。士女臨河壇，三月三日所逍遙處。」葉舒憲以為：「這裡的水邊之壇也正是三月三日祓禊之際男女交歡之地。『逍遙』實為隱語。」見葉舒憲著《詩經的文化闡釋——中國詩歌的發生研究》，武漢：湖北人民出版社，1994年，第634頁。

〔註393〕宋兆麟《巫與民間信仰》，中國華僑出版公司，1990年，第69頁。

〔註394〕何新著《華夏上古日神與母神崇拜》，北京：中國民主法制出版社，2008年，第162頁。

〔註395〕唐光孝《四川漢代「高禖圖」畫像磚的再探討》，《四川文物》2005年第2期，第60頁。

〔註396〕《淮南子‧說山訓》：「東家母死，其子哭之不哀。西家之子見之，歸謂其母曰：社何愛速死？吾必悲哭社」，高誘注：「江淮謂母為社。」此處象徵女性的「社」，當指壇。

〔註397〕趙國華《生殖崇拜文化論》，北京：中國社會科學出版社，1990年，第360頁。

也與世界普遍的石頭生殖崇拜相合。「世界各地都有發現原始人崇拜巨石的證明，以巨石作爲崇拜之對象，用於各種儀式，以爲大石可以孕育萬物，具有生殖能力，許多民族婦女不孕就去敬拜岩石，即崇拜石祖。」〔註398〕臺灣卑南族、排灣族都傳說祖先由長在巨石上的竹子中產生出來〔註399〕。掃壇竹其實是竹、石生殖崇拜內涵的組合。

祈雨也是掃壇竹的重要功能。《宋史》卷一百二：

> 景德三年五月旱，又以《畫龍祈雨法》，付有司刊行。其法擇潭洞或湫瀑林木深邃之所，以庚、辛、壬、癸日，刺史、守令耆老齋潔，先以酒脯告社令訖，築方壇三級，高二尺，闊一丈三尺，壇外二十步，界以白繩。壇上植竹枝，張畫龍。其圖以縑素，上畫黑魚左顧，環以天黿十星；中爲白龍，吐雲黑色；下畫水波，有龜左顧，吐黑氣如線，和金銀朱丹飾龍形。又設皂幡，刳鵝頸血置槃中，楊枝灑水龍上，俟雨足三日，祭以一豭，取畫龍投水中。大中祥符二年旱，遣司天少監史序祀玄冥五星於北郊，除地爲壇，望告。已而雨足，遣官報謝及社稷。〔註400〕

費長房故事中竹杖爲龍之化身，故後來竹子附會有龍的威靈，如降雨功能，這也解釋了掃壇竹「大旱則禱雨時應」的靈性。再如《南康記》載：「歸美山山石紅丹，赩若采繪，峨峨秀上，切霄鄰景，名曰女媧石。大風雨後，天晴氣靜，聞絃管聲。」〔註401〕此女媧石風雨天氣聞絃管聲，也與掃壇竹隱約可通。

先秦有桑林祈雨，後代有竹林祈雨，雲雨與生殖本就具有相通相感的聯繫。《漢書·董仲舒傳》：「故求雨，閉諸陽，縱諸陰，其止雨反是。」〔註402〕趙國華指出：「在以水象徵精液這一觀念的引導下，中國古代又用龍這一男根象徵物的神化物爲祭品，且有男子舞蹈。『四時皆以庚子之日，命吏民夫婦皆偶處』。這是以女性誘出男子的精液，祈求雨水沛然而降。」〔註403〕從男根崇

〔註398〕〔俄〕李福清（R. Riftin）著《神話與鬼話——臺灣原住民神話故事比較研究》，北京：社會科學文獻出版社，2001年，第72頁。

〔註399〕〔俄〕李福清（R. Riftin）著《神話與鬼話——臺灣原住民神話故事比較研究》，北京：社會科學文獻出版社，2001年，第76頁、86頁。

〔註400〕《宋史》卷一○二，第8冊第2500～2501頁。

〔註401〕《天中記》卷八引《南康紀》，《四庫全書》第965冊第362頁下欄右。

〔註402〕《漢書》卷五六，第8冊第2524頁。

〔註403〕趙國華《生殖崇拜文化論》，北京：中國社會科學出版社，1990年，第340頁。

拜角度看，竹既是象徵男根的龍的替代物，其本身旺盛的生命力也頗具象徵意義，因此也可能被選為社木或社樹。廖群指出：

> 最初的社則必在林中。「社」一名「叢」，《墨子‧明鬼》「建國營都，……必擇木之修茂者立以為叢位」、《六韜‧略地》「社叢勿伐」、《太玄‧聚》「示於叢社」等等可證。〔註404〕

在深受中華文化影響的鄰邦，「日本民間還有對竹的社樹崇拜的習俗」〔註405〕。我們從古代「鞭石」的求雨儀式也可推測掃壇竹求雨內涵的形成。《水經注‧夷水》：「二大石磧，并立穴中，相去一丈，俗名『陰陽石』。陰石常濕，陽石常燥。每水旱不調，居民作威儀服飾，往入穴中。旱則鞭陰石，應時雨多；雨則鞭陽石，俄而天晴。相承所說，往往有效。但捉鞭者不壽，人頗惡之，故不為也。」〔註406〕有學者以為「鞭石」是性行為的隱語，「鞭者不壽」是「縱慾」後的必然結果〔註407〕。就竹、石的性別象徵及掃壇動作來看，都可能與「鞭石」發生比附聯想。杜光庭《洞天福地嶽瀆名山記》云：「本竹化（治），在蜀州新津縣西北二十五里。黃帝所遊。郭子聲上昇於此，有掃壇竹，因此為名。」〔註408〕明代曹學佺《蜀中廣記》卷十二：「《七籤》云，本竹觀在彭山治北。相傳以為竹林，黃帝所手植者。」〔註409〕何新考證認為「黃」同於「光」，黃帝乃是崇拜太陽神部落的首領〔註410〕。葛洪曾記載：「聞房中之事能盡其道者，可單行致神仙」、「俗人聞黃帝以千二百女昇天，便謂黃帝單以此事致長生」〔註411〕。正如劉毓慶所說：「『蛇身』的黃帝，在古籍中關於他的最豐富的記載，卻是有關『色』的『性』探索。」〔註412〕

〔註404〕廖群《〈詩經〉比興中性意象的文化探源》，《文史哲》1995年第3期，第82頁右。

〔註405〕沈彙《哀牢文化新探》，《社會科學戰線》1985年第3期第138頁。轉引自蕭兵《中國文化的精英——太陽英雄神話的比較研究》，上海文藝出版社1989年，第399頁。

〔註406〕《水經注校證》卷三七，第863頁。

〔註407〕萬建中著《解讀禁忌：中國神話、傳說和故事中的禁忌主題》，北京：商務印書館，2001年，第208～210頁。

〔註408〕轉引自王純五《本竹治小考》，《宗教學研究》1996年第2期，第62頁。

〔註409〕〔明〕曹學佺撰《蜀中廣記》卷一二，《四庫全書》第591冊第170頁。

〔註410〕何新著《中國遠古神話與歷史新探》，哈爾濱：黑龍江教育出版社，1988年，第64頁。

〔註411〕《抱朴子內篇校釋‧微旨》，第118頁。

〔註412〕劉毓慶著《圖騰神話與中國傳統人生》，北京：人民出版社，2002年，第129頁。

從掃壇竹與黃帝千絲萬縷的聯繫中，我們還能窺見其房中內涵。

（三）巫山神女與掃壇竹

孫作雲認為：「各山之神，雖未必皆為女性，然有掃壇竹則與巫山同。各山的所在皆在長江流域，尤可玩味。大概這些地方有掃壇竹，也都是受了巫山傳說的影響吧？」〔註413〕我們認為，掃壇竹有求仙與房中的不同內涵，由南朝至唐又有發展演變，且所涉地域廣闊，不能籠統認為都是受巫山傳說影響。綜觀所有掃壇竹資料，似乎巫山周圍較近的地域有受影響的痕迹，而離巫山較遠地域的掃壇竹意象多無房中內涵。

關於「掃壇竹」與巫山神女，比較完整的故事見於杜光庭《墉城集仙錄》卷三「雲華夫人」條：

> 雲華夫人者，……名瑤姬，……嘗遊東海還，過江之上，有巫山焉，峰岩挺拔，林壑幽麗，巨石如壇，平博可玩，留連久之。時大禹理水駐其山下，大風卒至，振崖谷隕，力不可制，因與夫人相值，拜而求助，即敕侍女授禹策召百神之書，…助禹斬石疏波，決塞導厄，以循其流，禹拜而謝焉。禹嘗詣之於崇巘之巔，顧盼之際，化而為石……其後楚大夫宋玉以其事言於襄王，王不能訪以道要，以求長生，築臺於高唐之館，作陽臺之宮，以祀之，宋玉作《神女賦》以寓情荒淫，託詞穢褻，高真上仙豈可誣而降之也。
>
> 有祠在山下，世謂之大仙，隔峰有神女之石，即所化之身也。
> 復有石天尊神女壇，壇側有竹，垂之若箒，有槁葉飛物著壇上者，
> 竹則因風而掃之，終歲瑩潔，不為之污，楚世世祀焉。〔註414〕

此「雲華夫人」源於《高唐》、《神女》二賦，宋玉筆下「荒淫穢褻」的瑤姬已變為「瑩潔不污」的雲華夫人，但杜光庭並非全憑杜撰，而有依據民間傳說、歷史文獻的痕迹〔註415〕。上元夫人形象，在《仙傳拾遺》裏，「上元女仙

〔註413〕孫作雲《〈九歌〉山鬼考》，《〈楚辭〉研究》（下），開封：河南大學出版社，2003 年，第 488 頁注釋①。

〔註414〕《道藏》第 18 冊，文物出版社、上海書店、天津古籍出版社 1988 年，第 178 － 179 頁。《太平廣記》卷五六亦引。

〔註415〕神女佐禹治水故事有繼承痕迹，如連鎮標指出：「杜光庭編造的巫山神女佐禹治水的故事雖無文獻依據，但大禹巫山治水之神話，卻可以從先秦古籍《山海經》中找到蛛絲馬迹。」（連鎮標《巫山神女故事的起源及其演變》，《世界宗教研究》2001 年第 4 期，第 111 頁）

太眞者，即貴妃也」〔註416〕，「染上了情愛的色彩」〔註417〕；在《傳奇》「任生」條中，上元女仙更是向任生求愛，「願持箕帚」〔註418〕，雖遭拒絕仍不改其情〔註419〕。《墉城集仙錄》應是據民間所傳故事進行改編，並且進行了淨化處理〔註420〕。

但故事結尾「掃壇竹」被保留，突出「瑩潔」，可能經過重塑。竹意象在宋玉賦中尚未出現，是後來民間流傳過程中增加的，其源頭可追溯至《山海經》。《山海經·大荒南經》：「大荒之中，有山名歹塗之山，青水窮焉。有雲雨之山，有木名曰欒。禹攻雲雨，有赤石焉生欒，黃本，赤枝，青葉，群帝焉取藥。」〔註421〕袁珂已覺察到其與巫山神女神話之間絲絲縷縷的聯繫：

> 禹攻雲雨神話，當即禹巫山治水神話也。經文「赤石生欒」，郭注以爲「精靈變生」，或舊有成說，惜其詳已不可得而聞矣。巫山舊有高唐神女神話，謂神女瑤姬入楚懷王夢，自云是「巫山之女，旦爲朝雲，暮爲行雨」，因薦枕席。疑此巫山之或稱「雲雨山」也。而唐末杜光庭《墉城集仙錄》乃謂禹理水駐巫山下，遇大風振崖，功不能興，得雲華夫人即瑤姬之助，始能「導波決川，以成其功」：此雖後起之說，然知民間古固亦有禹巫山治水之神話也。其原始狀態維何？則曰：此經之「禹攻雲雨」是也。〔註422〕

除「禹攻雲雨」與大禹治水、「雲雨之山」與巫山這些線索，還有其他可疑之處，如欒木「赤枝青葉」就頗與竹子有關。《三輔黃圖》：「（蓬萊山）有浮雲之幹，葉青莖紫，子大如珠，有青鸞集其上。下有砂礫，細如粉，柔風至，

〔註416〕《太平廣記》卷二○「楊通幽」條，第 1 冊第 139 頁。

〔註417〕孫遜著《中國古代小說與宗教》，上海：復旦大學出版社，2000 年，第 263 頁。

〔註418〕《太平廣記》卷六八「封陟」條，第 2 冊第 424 頁。

〔註419〕參考孫遜著《中國古代小說與宗教》，第 263 頁。

〔註420〕孫遜《中國古代小說與宗教》云：「在先秦的文獻中，夏禹在風情問題上聲名頗著，屈原《天問》曾云：『禹之力獻功，降省下土四方，焉得彼塗山女，而通之於臺桑？……閔妃匹合，厥身是繼，胡維嗜欲同味，而快朝飽？』又《呂氏春秋·當務》曰：『禹有淫湎之意。』但宗教家們在《雲華夫人》這則傳說裏，既改造了女神，又重塑了夏禹，使得不論是女神抑或是先賢都以一種守身如玉的面目出現。不但神女的道教宣講使人生厭，竹掃稿葉的描寫更是矯飾氣十足。」（復旦大學出版社 2000 年，第 85～86 頁）

〔註421〕《山海經校注》，第 376 頁。

〔註422〕《山海經校注》，第 377 頁。

葉條翻起，拂細砂如雲霧，仙者來觀而戲焉。風吹竹葉，聲如鐘磬。」〔註423〕
此「浮雲之幹」即竹子，也是「葉青莖紫」，紫色即深赤色。「葉青莖紫」是
說顏色，是外在形態的，還有內在聯繫，至少還表現在兩方面：一、不死功
能；二、媚人功能。先說不死功能。唐余知古《渚宮舊事》卷三引瑤姬之言：
「我夏帝之季女也，名曰瑤姬，未行而亡，封乎巫山之臺。精魂爲草，摘而
爲芝，媚而服焉，則與夢期。所謂巫山之女，高唐之姬。」〔註424〕朱淡文指
出：「在古人的詩賦中，靈芝草被稱爲神木、靈草、不死藥，《文選》卷一班
固《西都賦》李善注：『神木靈草，謂不死藥也。』據說服後可以長生不老立
地成仙。」〔註425〕巧合的是，竹在傳說中也是靈草，也是不死藥。《南齊書·
劉懷珍傳》：「靈哲生母嘗病，靈哲躬自祈禱，夢見黃衣老公曰：『可取南山竹
笋食之，疾立可愈。』靈哲驚覺，如言而疾瘳。」〔註426〕據學者研究，南山
即會稽山，即巫山，欒木、竹笋等是不死草的變形〔註427〕。古代關於竹子與
不死樹的相關記載不少，如：「欒壽，木名也，似竹，有枝節」（《山海經·海
內經》郭璞注）〔註428〕、「山上有草，莖赤葉青，人死佩之便活」（《郡國志》）
〔註429〕，這些記載至少可使竹子與不死觀念發生聯想。古代也確實有不死竹，
且能使人死而復活。《齊民要術》卷十更載：「《外國圖》曰：高陽氏有同產而
爲夫婦者，帝怒放之，於是相抱而死。有神鳥以不死竹覆之。七午，男女皆
活。」〔註430〕這種起死回生的神奇功能當來自先民的竹生殖崇拜觀念。竹子
的強盛繁殖力和頑強生命力，在後代甚至演變爲插竹而活與枯竹復生的傳
說。所以，竹子與化身巫山神女的瑤草也可發生聯想。
　　我們再看竹子的媚人功能。神女原型之一的「瑤姬」「精魂爲草，摘而爲

〔註423〕陳直校證《三輔黃圖校證》卷四「池沼」條，西安：陝西人民出版社，1980
　　　　年，第97～98頁。
〔註424〕轉引自袁珂《古神話選釋》，人民文學出版社1979年，第91～92頁。
〔註425〕朱淡文《林黛玉形象探源》，《紅樓夢學刊》1994年第1期，第127頁。
〔註426〕《南齊書》卷二七，第2冊第504頁。《南史》所載與此小異。
〔註427〕段學儉《〈詩經〉中「南山」意象的文化意蘊》，《遼寧師範大學學報（社科版）》
　　　　1999年第3期，第53頁左。後世詩文中以「檀欒」形容竹之秀美，似乎與
　　　　此不無關係。如漢枚乘《梁王菟園賦》：「修竹檀欒，夾池水，旋菟園，并馳
　　　　道。」
〔註428〕《山海經校注》，第446頁注釋〔六〕。
〔註429〕《太平御覽》卷四一「會稽山」條，《四庫全書》第893冊第475頁上欄左。
〔註430〕《齊民要術校釋》，第632頁。

芝，媚而服焉，則與夢期」的傳說，在《山海經》中有類似記載。《山海經·中山經》云：「又東二百里，曰姑媱之山。帝女死焉，其名曰女尸，化爲䔄草，其葉胥成，其華黃，其實如菟丘，服之媚於人。」郭璞注：「爲人所愛也；一名荒夫草。」〔註431〕袁珂指出其間承續流變的關係：「知瑤姬神話乃䔄草神話之演變也。此一神話，又再變而爲瑤姬於巫山助禹治水，則唐末道士杜光庭於《墉（引者按，原作「鏞」）城集仙錄》所記是也。」〔註432〕袁先生是就故事流變的總體而言，如著眼於具體情節或意象，則媚人功能值得注意。竹子也具有此項功能，主要體現於竹葉，女性以竹葉裝飾衣裙飾物，如「裙垂竹葉帶」（李賀《馮小憐》），南朝盛傳的竹葉羊車故事中，宮女們以竹葉吸引羊車進而爭寵，可見竹葉具有媚人功能。

明確記載竹子附麗於神女的文獻至遲在梁代已出現，如江淹《靈丘竹賦》：「況有朝雲之館，行雨之宮；窗崢嶸而綠色，戶踟蹰而臨空。」〔註433〕張率《楚王吟》：「章臺迎夏日，夢遠感春條。風生竹籟響，雲垂草綠饒。相看重束素，唯欣爭細腰。不惜同從理，但使一聞韶。」〔註434〕祖孫登《咏風詩》：「飆颸楚王宮，徘徊繞竹叢。」〔註435〕以上三例都可見竹與楚宮的關係，《靈丘竹賦》尤爲明顯。到唐代，竹子與巫山神女的聯繫更廣爲流傳，如「一聞神女去，風竹掃空壇」（李頻《過巫峽》）〔註436〕、「何用高唐峽，風枝掃月明」（張蠙《新竹》）、「一叢斑竹夜，環佩響如何」（溫庭筠《巫山神女廟》），詩文中既有表述，則民間傳說可能更早更普遍。充滿艷情內涵的民間《竹枝詞》流行於此地，也可能與巫山神女有關〔註437〕。神女與掃壇竹的聯繫至宋代民間還有流傳，如蘇軾《巫山》詩云：「遙觀神女石，綽約誠有以。俯首見斜鬟，拖霞弄修帔。人心隨物變，遠覺含深意。野老笑吾旁，少年嘗屢至。去隨猿猱上，反以繩索試。石笋倚孤峰，突兀殊不類。世人喜神怪，論說驚幼稚。楚賦亦虛傳，神女安有是。次問掃壇竹，云此今尚爾。枝葉紛下垂，

〔註431〕《山海經校注》，第142頁。
〔註432〕《山海經校注》，第143頁。
〔註433〕《全上古三代秦漢三國六朝文·全梁文卷三四》，第3冊第3149頁。
〔註434〕《先秦漢魏晉南北朝詩·梁詩卷一三》，中冊第1782頁。
〔註435〕《先秦漢魏晉南北朝詩·陳詩卷六》，下冊第2544頁。
〔註436〕《全唐詩》卷五八七，第18冊第6819頁。
〔註437〕如李群玉《雲安》：「灘惡黃牛吼，城孤白帝秋。水寒巴字急，歌迴竹枝愁。樹暗荊王館，雲昏蜀客舟。瑤姬不可見，行雨在高丘。」

婆婆綠鳳尾。風來自偃仰，若爲神女使。」〔註438〕可知北宋流傳的掃壇竹傳說還與巫山神女有聯繫。修竹也成爲巫山廟前代表性植物，如「廟前溪水流潺潺，廟中修竹聲珊珊」（王周《巫山廟》）。

〔註438〕《全宋詩》第 14 冊第 9091 頁。

第三章　竹子佛教文化內涵研究

　　竹子是儒釋道三教共賞之物，積澱著深厚的文化意蘊。試瀏覽《文苑英華》卷二百十九至卷二百二十四「釋門」、卷二百三十三至卷二百三十九「寺院」類所收詩歌，竹意象出現的頻率是很高的。佛教文學是中國古代文學的重要組成部分，其中的竹子題材意象也是中國古代文學題材意象的重要組成部分。在印度佛教中，佛教始祖釋迦牟尼常住竹林，經常借竹說法。中土佛教融入了竹文化的本地特色，各地多建竹林寺，寺院也廣栽竹樹，僧人賞竹、食笋、用竹、咏竹、畫竹、作《笋譜》、借竹說法，甚至擊竹頓悟。「青青翠竹，總是法身」的話頭啓發了無數僧人悟禪，「三生石」的內涵讓多少有情人感慨唏噓，觀音菩薩身居紫竹林示現說法感化芸芸眾生。可見竹子已成爲佛教重要植物，所謂「法苑稱嘉柰，慈園羨修竹」（蕭統《講席將畢賦二十韻詩依次用》）〔註1〕。大量文獻史料告訴人們，竹子與佛教結下了不解之緣，竹子的佛教文化內涵、佛教文學表現值得探究。

第一節　竹子與印度佛教的因緣

　　印度盛產竹子，佛經中涉及竹子之處非常多。自東漢以來，隨著佛教傳入，佛經中的竹文化又與中國本土竹文化相結合，交融形成中土佛教竹文化內涵。

一、佛教與竹子的物質利用

　　佛教自產生之初就與竹子有密切關係。首先是佛祖及僧徒活動、說法於

〔註1〕　《先秦漢魏晉南北朝詩·梁詩卷一四》，中冊第 1798 頁。

竹林。佛教始祖釋迦牟尼成道之後，奔波四處宣揚教理，跟隨弘法的弟子常有數百人。印度氣候炎熱，竹林清靜蔭涼，是說法傳道的理想地點。西晉三藏竺法護譯《佛說大迦葉本經》載，迦葉說：「爾時世尊遊於王舍城。我時在竹樹間迦蘭園。明旦著衣持鉢入城分衛，見日大殿有千光出。時佛世尊在王舍城迦蘭竹樹間。」〔註2〕他們沒有固定休息的地方，白天在竹林及樹下學道，晚上在頹垣破屋住宿。

　　法顯《佛國記》和玄奘《大唐西域記》都記載了古印度最早寺廟之一的「竹林精舍」，此林種滿竹子，又稱迦蘭陀竹林，佛經中也稱作迦蘭陀竹園、迦陵竹園等。蕭齊跋陀羅譯《善見律毗婆沙》卷十三：「竹林園者，種竹圍繞，竹高十八肘，四角有樓兼好門屋，遙望靉靆猶如黑雲，故名竹林園。亦名迦蘭陀。」〔註3〕迦蘭陀竹林有兩種含義，一是指迦蘭陀鳥所棲息的竹林，據玄應《一切經音義》，迦蘭陀為鳥名，其鳥形似鵲，棲身這座竹林；二是指迦蘭陀長者所擁有的竹林，據《大唐西域記》卷九所載，上茅城中長者迦蘭陀，曾以竹園贈予尼犍外道，後聞佛法而生清淨信心，轉而奉獻佛陀為僧園〔註4〕。《四分律》卷三十三載：「爾時摩竭國王瓶沙復作是念：『若使世尊將諸弟子入羅閱城。先至園中者，我當即以此園地施之立精舍。』時羅閱城諸園中，迦蘭陀竹園最勝。時世尊知摩竭王心中所念，即將大眾詣竹園已。王即下象，自疊象上褥，作四重敷地。前白佛言：『願世尊坐。』世尊即就座而坐。時瓶沙王持金澡瓶水授如來令清淨。白佛言：『今羅閱城諸園中，此竹園最勝。我今施如來，願慈愍故受。』」〔註5〕從此釋迦牟尼於摩伽陀王舍城外的竹園設立竹林精舍，常住說法。如《佛說長阿含經》卷十四：「佛游摩竭國，與大比丘眾千二百五十人俱。遊行人間，詣竹林。」〔註6〕《大唐西域記》卷九：「竹林精舍北，行二百餘步，至迦蘭陀池，如來在昔多此說法。」〔註7〕《中阿含經》卷七：「佛遊王舍城，在竹林加蘭哆園。」〔註8〕類似記

〔註2〕　《大正藏》第 14 冊，761b。

〔註3〕　《大正藏》第 24 冊，765b。

〔註4〕　參考潘少平著《佛教的植物》，北京：中國社會科學出版社，2003 年，第 28～29 頁。

〔註5〕　〔姚秦〕佛陀耶舍共竺佛念等譯《四分律》卷三三「受戒捷度之三」，《大正藏》第 22 冊，798b。

〔註6〕　〔後秦〕佛陀耶舍共竺佛念譯《佛說長阿含經》卷一四，《大正藏》第 1 冊，88b。

〔註7〕　〔唐〕玄奘、辯機原著，季羨林等校注《大唐西域記校注》，北京：中華書局，

載佛經中很多。《金光明經・捨身品》中，捨身飼虎的佛本生故事，也發生在竹林。

從佛經記載可知，比丘們經歷了從竹林野居到建構僧舍的過程。後秦北印度三藏弗若多羅譯《十誦律》卷三十四：「爾時，跋提居士早起出王舍城，欲詣竹園禮觀世尊。時居士見諸比丘從山岩竹林樹下來，問言：『大德，從何處來？』答言：『從山岩竹林樹下來。』居士言：『何故在此山岩竹林樹下耶？』諸比丘言：『更無住處。』居士言：『我當為汝等起諸房舍。』答言：『佛未聽我等房舍中住。』諸比丘以是事白佛。佛言：『從今聽諸比丘房舍中住。』」〔註9〕沙門基撰《妙法蓮華經玄贊》卷一：「竹林蘭西南行五六里，南山之陰大竹林中有大石室，是大迦葉波結集法藏之處。」〔註10〕可知早期佛教僧徒於竹林或竹林中石室修行，後來才修築僧舍。《十誦律》卷三十八：「佛在王舍城。爾時瓶沙王於竹園中起五百僧坊，有成者，有未成者。」〔註11〕可知未有僧舍時僧徒棲息竹林，而僧舍也是建立於竹林。後代甚至建有竹林道場、竹笋道場。五百大阿羅漢等造、玄奘譯《阿毗達磨大毗婆沙論》卷二十九：「尊者阿難聞已合掌隨喜讚歎辭退，復詣竹林道場以此事問五百苾芻。」〔註12〕唐地婆阿羅譯《最勝佛頂陀羅尼淨除業障咒經》：「一時薄伽梵在室羅筏竹笋道場。」〔註13〕《十一面神咒心經義疏》解釋道：「以竹笋為嚴修道場窟，故曰竹笋道場也。」〔註14〕

竹子及竹製品在佛祖及僧徒的日常生活中也是不可或離的，其應用範圍之廣、數量之多，都是驚人的。以下略作敘述。竹子的衣著日用，如衣服、履屧、扇、席、傘蓋等。義淨譯《根本說一切有部毗奈耶藥事》卷十六：「竹葉為衣服，用草而為壁。」〔註15〕義淨譯《根本說一切有部毗奈耶雜事》卷十三：「時諸苾芻作支伐羅，葉不相似便不端正，以緣白佛。佛言若作衣時

1985 年，第 742 頁。
〔註8〕〔東晉〕罽賓三藏瞿曇僧伽提婆譯《中阿含經》，《大正藏》第 1 冊，461b。
〔註9〕〔後秦〕弗若多羅譯《十誦律》卷三四「八法中臥具法第七」，《大正藏》第 23 冊，243a～243b。
〔註10〕《大正藏》第 34 冊，665b。
〔註11〕〔後秦〕弗若多羅譯《十誦律》卷三八「明雜法之三」，《大正藏》第 23 冊，276c。
〔註12〕《大正藏》第 27 冊，148b。
〔註13〕《大正藏》第 19 冊，357b。
〔註14〕《大正藏》第 39 冊，1007c。
〔註15〕《大正藏》第 24 冊，81a。

葉應相似。苾芻不知云何相似。佛言，可取竹片量葉寬狹，然後裁之。」〔註16〕
這是以竹葉為衣服，用竹片為尺來量長短以便縫製。用於日常生活的情況還有
很多，如後秦弗若多羅譯《十誦律》卷五十「八法初」：「有八種屐不應畜：木
屐、多羅屐、波羅舍屐、竹屐、葉屐、文若屐、披披屐、欽婆羅屐。」〔註17〕
東晉跋陀羅共法顯譯《摩訶僧祇律》卷三十二「明雜跋渠法之十」：「諸比丘在
禪坊中患蚊子，以衣扇作聲。佛知而故問：『比丘作何等？如象振耳作聲。』比
丘答言：『世尊制戒不得捉扇。諸比丘患蚊，以衣拂故作聲。』佛言：『從今已
後。聽捉竹扇葦扇樹葉扇。除雲母扇及種種畫色扇。』」〔註18〕義淨譯《根本
說一切有部苾芻尼毗奈耶》卷十九「持蓋行學處第一百五十七」：「尼者謂珠
髻難陀等持傘蓋行者，謂持二種傘蓋：一者謂竹草葉蓋，二繒帛傘。」〔註19〕
以上是用於竹屐、竹扇、傘蓋等。還有一種佛戒僧眾的情況，如義淨譯《根
本說一切有部毗奈耶皮革事》卷下：「佛告諸苾芻：『不得用木履，當取竹葉
作履。』諸苾芻著竹葉履，乃生過患。佛告諸苾芻：『從今已後，不得畜竹
葉履，當著蒲履。』」〔註20〕佛陀跋陀羅共法顯譯《摩訶僧祇律》卷四十「明
一百四十一波夜提法之餘」：「佛住舍衛城。爾時比丘尼敷簟席縫衣，竹篾傷
小便道血出。諸比丘尼以是因緣往白世尊。佛言：『從今日後不聽比丘尼坐
竹席。若縫衣時，若在講堂溫室，巨摩塗地已縫衣。若無者當敷著床上若膝
上縫。若於竹簟席上坐越比尼罪。』是名席法。」〔註21〕佛戒僧徒用竹葉履、
戒比丘尼坐竹簟，表明此前曾普遍使用。

竹子還用作刀、筒、舍利等。南朝宋罽賓三藏佛陀什共竺道生等譯《五分
律》卷二十六「第五分雜法」：「有諸比丘鼻中毛長。佛言：『聽畜鑷拔之。』諸
比丘便以金銀作鑷，佛言：『不應爾。聽用銅鐵牙角竹木，除漆樹。』」〔註22〕
《五分律》卷二十六「第五分雜法」：「有諸比丘無刀，用竹蘆片割衣，衣壞。」
〔註23〕義淨譯《根本說一切有部毗奈耶雜事》卷三「火生長者之餘」：「緣在

〔註16〕《大正藏》第 24 冊，262b。
〔註17〕《大正藏》第 23 冊，367c。
〔註18〕《大正藏》第 22 冊，488a。
〔註19〕《大正藏》第 23 冊，1013c。
〔註20〕《大正藏》第 23 冊，1055c。
〔註21〕《大正藏》第 22 冊，544c。
〔註22〕《大正藏》第 22 冊，169c。
〔註23〕《大正藏》第 22 冊，174a。

室羅伐城。時諸苾芻刺三衣時，便以竹簽或用鳥翮，衣遂損壞。佛言應可用針。……苾芻畜針隨處安置，遂便生澀。佛言應用針筒。苾芻不解如何作筒。佛言有二種針筒，一是抽管，二以竹筒。」〔註24〕跋陀羅共法顯譯《摩訶僧祇律》卷三十二「明雜跋渠法之十」：「佛住舍衛城。時有比丘持竹作眼藥籌。佛知而故問比丘此是何等。答言：『世尊。是眼藥籌。』佛言：『眼是軟物，應用滑物作籌。』時有比丘便以金銀作。佛言：『不聽金銀及一切寶物作，應用銅鐵牙骨栴檀堅木作，揩摩令滑澤。下至用指頭。』」〔註25〕竹子用作鑷子、刀、竹簽、竹筒、眼藥籌等，可見其易得且應用廣泛。《五分律》卷二十六「第五分雜法」：「佛言：『我先不製無漉水囊，行不得過半由旬耶。若是無漉水囊，有衣角可漉水者聽。欲行時心念用以漉水。亦聽畜漉水筒。』諸比丘便用金銀寶作。佛言：『不應爾。聽用銅鐵竹木瓦石作之。』」〔註26〕姚秦罽賓三藏佛陀耶舍共竺佛念等譯《四分律》卷五十二「雜揵度之二」：「彼用寶作函若箱。佛言：『不應以寶作。應以舍羅草若竹木作。』」〔註27〕佛主張不用寶物而用竹子，正是因其便宜且易得。

　　佛教常將竹笋、竹瀝等當作諸藥。東晉卑摩羅叉續譯《十誦律》卷六十一「因緣品第四」：「佛在蘇摩國。是時長老阿那律比丘弟子病，服下藥中後心悶。佛言：『與熬稻華汁。』與與竟悶不止。佛言：『竹笋汁與。』與竟不差。」〔註28〕這是用竹笋汁治病。唐菩提流志譯《不空羂索神變真言經》卷一「母陀羅尼真言序品第一」：「若患眼疼，真言白線索用繫耳瑙。又真言，竹瀝甘草白檀香水，每日晨朝午時夜時洗眼。」〔註29〕此是以竹瀝洗眼。

　　在佛教法事及修煉儀軌中會用到竹。如唐天竺三藏阿地瞿多譯《佛說陀羅尼集經》卷五「毗俱知救病法壇品」：「咒師若欲救病人者，至於病家，香湯灑浴著新淨衣，與做法壇。……以青柏葉及竹葉枝梨柰葉枝，塞其罐口。」〔註30〕天息災譯《佛說大摩里支菩薩經》卷三：「如不降雨一切龍池其水涸竭，令彼諸龍心生熱惱。或就龍池邊用藥一丸，安竹竿上或安幢上，以青線

〔註24〕　《大正藏》第 24 冊，218a。
〔註25〕　《大正藏》第 22 冊，487c。
〔註26〕　《大正藏》第 22 冊，173b～173c。
〔註27〕　《大正藏》第 22 冊，953b。
〔註28〕　《大正藏》第 23 冊，462a。
〔註29〕　《大正藏》第 20 冊，231c。
〔註30〕　《大正藏》第 18 冊，832a～832b。

繫縛，復書眞言亦安其上。即降大雨，晝夜不住。若欲雨止，即去其藥。」
〔註31〕唐天竺三藏阿地瞿多譯《佛說陀羅尼集經》卷十一「祈雨法壇」：「其
壇四角各別安一赤銅水罐，其罐各受可一斗者，滿盛淨水。不須畫飾，其口
插柳柏枝，竹枝亦得中用，各并葉取。又各以生五色彩帛，繫其枝上，共成
一束，其彩色別各長五尺。」〔註32〕以上是治病、祈雨法壇用竹情況。南
天竺三藏金剛智譯《金剛藥叉瞋怒王息災大威神驗念誦儀軌》：「若又欲急殺
惡人，畫人像姓名置調伏壇，最初角削竹釘穿立腹中。誦大靈驗眞言，以曝
惡卒怒心，咒一百八遍，一遍一打便斃。」〔註33〕這是法術殺惡人用竹。
竹枝也不僅是插於罐口，還用於灑香水，如唐代阿謨伽撰《焰羅王供行法次
第》：「次以竹葉灑淨香水。」〔註34〕竹火也在咒法中起作用。如北天竺三
藏阿質達霰譯《大威力烏樞瑟摩明王經》卷中：「若紫礦末和水，一內勃羅
得迦子於中，進竹火中一千八諸咒師欽伏。」〔註35〕金剛智《吽迦陀野儀
軌上》：「但除火天王手持水瓶，次手持竹杖，身火繞相。」〔註36〕在與觀
音菩薩相關的壇法和咒法中也多有竹子。甚至以竹根爲舍利。不空譯《如意
寶珠轉輪秘密現身成佛金輪咒王經》「如意寶珠品第三」：「行者無力者即至
大海邊拾清淨砂石即爲舍利，亦用藥草竹木根節造爲舍利。」〔註37〕佛教
雖以竹根爲舍利，目的並非擡高竹子地位，而恰恰是爲普通人甚至窮人考
慮，因爲竹子易得。

二、竹子佛教文化內涵

佛教對竹子的植物定性，散見各經。最常見的是將竹子稱爲「節種」，
但表述有別。東晉天竺三藏佛陀跋陀羅共法顯譯《摩訶僧祇律》卷十四「明
單提九十二事法之三」：「種子者有五種：根種、莖種、心種、節種、子種，
是爲五種。……節種者，竹葦甘蔗，如是等當火淨若刀中析淨，若甲摘却芽
目，是名節種。」〔註38〕義淨譯《根本說一切有部毗奈耶》卷二十七「壞

〔註31〕《大正藏》第 21 冊，272a。
〔註32〕《大正藏》第 18 冊，880c。
〔註33〕《大正藏》第 21 冊，99b。
〔註34〕《大正藏》第 21 冊，375c。
〔註35〕《大正藏》第 21 冊，151a。
〔註36〕《大正藏》第 21 冊，235b。
〔註37〕《大正藏》第 19 冊，332c。
〔註38〕《大正藏》第 22 冊，339a。

生種學處第十一」：「云何節種，謂甘蔗竹葦等。此等皆由節上而生，故名節種。」〔註 39〕義淨譯《根本說一切有部毗奈耶頌》卷中「九十波逸底迦法」：「節種截取節，入地能生長。蘆荻蔗竹等，由斯故得名。」〔註 40〕可見節種得名之由有「節上而生」及截取節插地生長等。還有以竹爲「覆羅種」者。《四分律》卷十二「九十單提法之二」：「節生種者，蘇蔓那華蘇羅婆蒲醯那羅勒蓼及餘節生種者是。覆羅種者，甘蔗竹葦藕根及餘覆羅生種者是。」〔註 41〕也有以竹爲草者。東晉佛陀跋陀羅共法顯譯《摩訶僧祇律》卷十七「明單提九十二事法之六」：「草者，一切草及蘆荻竹等。」〔註 42〕

　　佛經中，竹子也有象徵意義。東晉佛陀跋陀羅共法顯譯《摩訶僧祇律》卷十六「明單提九十二事法之五」：「若繩若竹篾不離水者，是淨。」〔註 43〕此處說竹篾不離水爲淨，略見竹子的潔淨象徵內涵。竹子還是堅貞、正直的象徵。佛經中多次提到「寒風破竹」。後秦弗若多羅共羅什譯《十誦律》卷四十四「尼律第三」：「佛在舍衛國。爾時有比丘尼，名達摩提那，於冬八夜寒風破竹時著單薄衣行乞食。」〔註 44〕義淨譯《根本說一切有部毗奈耶》卷二十七「壞生種學處第十一」：「今既時屬嚴冬，寒風裂竹，幼稚男女夜無所依。」〔註 45〕《十誦律》卷十「明九十波逸提法之二」：「冬八夜時，寒風破竹，冰凍寒甚。」〔註 46〕所言「寒風破竹」都是爲了突出天氣寒冷。失譯人名今附秦錄《薩婆多毗尼毗婆沙》卷六「九十事第十一」：「冬八夜時寒風破竹。炎天竺冬末八夜春初八夜，是盛冬時。所以爾者，寒勢將盡，必先盛後衰。又云，以日下近地故，熱勢微少，是故寒甚。所以獨言破竹者，以竹最堅尚破，況餘木耶。又云，竹性法熱，冬夏常青，寒甚故破，何況餘木。」〔註 47〕已經說得較爲明白，可見佛教中竹子象徵堅貞。竹子正直等特點也爲佛教所推崇。西晉竺法護譯《賢劫經》卷八「千佛發意品第二十二」：「大多如來本宿

〔註 39〕《大正藏》第 23 冊，776b。
〔註 40〕《大正藏》第 24 冊，633a。
〔註 41〕《大正藏》第 22 冊，641c。
〔註 42〕〔東晉〕佛陀跋陀羅共法顯譯《摩訶僧祇律》卷一七「明單提九十二事法之六」，《大正藏》第 22 冊，365a。
〔註 43〕《大正藏》第 22 冊，358c。
〔註 44〕《大正藏》第 23 冊，316c。
〔註 45〕《大正藏》第 23 冊，775c。
〔註 46〕《大正藏》第 23 冊，75a。
〔註 47〕《大正藏》第 23 冊，543b。

命時。從供稱佛初發道心，時欲入城見佛出城。因爲稽首歸命供養，貢上至心而奉好竹。心自念言，使諸眾生行直如竹，莫有邪志。」〔註48〕以好竹奉佛、願眾生行直如竹，都是推尊竹子直性的表現。

佛陀及僧徒也常借竹說法。借竹子及竹製品說明佛理的，如竺法護譯《正法華經》卷三「正法華經藥草品第五」：「譬如三千大千世界，其中所有諸藥草木、竹蘆叢林，諸樹小大，根本莖節、枝葉華實，其色若干、種類各異，悉生於地。若在高山岩石之間、丘陵堆阜、嵚谷坑坎。時大澍雨，潤澤普洽。隨其種類，各各茂盛。巨我低仰，莫不得所。雨水一品，周遍佛土，各各生長，地等無二。如來正覺，講說深法，猶如大雨。」〔註49〕大雨周遍竹木等植物，如同佛法深入人心。尊者法救撰、吳天竺沙門維祇難等譯《法句經》卷下第三十三《利養品》：「利養品者，勵己防貪，見德思議，不爲穢生。芭蕉以實死，竹蘆實亦然。駏驉坐妊死，士以貪自喪。如是貪無利，當知從癡生。愚爲此害賢，首領分於地。」〔註50〕龍樹造、後秦鳩摩羅什譯《大智度論》：「心依邪見，破賢聖語。如竹生實，自毀其形。」〔註51〕這都是以竹生實喻貪邪心生則害己。世親菩薩釋、陳天竺三藏眞諦譯《攝大乘論釋》卷二「緣生章第六」：「謂芭蕉竹等果熟則死，業若已熟，不更生果。」〔註52〕此是反面取喻，謂業熟不生果，不同於竹死實熟。

佛經以竹爲喻，形式靈活，不拘常套。常常是同一個喻體說明不同道理，如《阿毗曇毗婆沙論》卷三：「復有說者，智生依陰，在陰智火，還燒於陰。猶如兩竹相摩生火，還燒竹林。」〔註53〕隋天台智者說、門人灌頂記《摩訶止觀》卷五：「今明內性不可改，如竹中火性，雖不可見，不得言無。燧人乾草遍燒一切。心亦如是，具一切五陰性，雖不可見，不得言無。」〔註54〕《摩訶止觀》卷九：「若言一切眾生皆有初地味禪，如大富盲兒竹中有火，心內煩惱而不并起。禪亦如是。事障麁礙不能得發，今修心漸利，性障既除，細法

〔註48〕《大正藏》第 14 冊，59b。
〔註49〕《大正藏》第 9 冊，83b。
〔註50〕《大正藏》第 4 冊，571b～571c。
〔註51〕龍樹造、後秦鳩摩羅什譯《大智度論》「大智度論釋初品中戒相義第二十二之一」，《大正藏》第 25 冊，158a。
〔註52〕《大正藏》第 31 冊，164b。
〔註53〕迦旃延子造、五百羅漢釋、北涼天竺沙門浮陀跋摩共道泰等譯《阿毗曇毗婆沙論》卷三「雜犍度世第一法品之三」，《大正藏》第 28 冊，20a。
〔註54〕《大正藏》第 46 冊，53a。

仍起，何必外來。」〔註55〕此三例雖都舉竹中有火爲喻，却說明不同道理，首例說明智與陰的關係，次例說「內性不可改」，末例說明「一切眾生皆有初地味禪」。隋天台智者說、門人灌頂記《觀音玄義》卷下：「聖人知覺，即識如彼相師，知此千種性相皆是因緣生法。若是惡因緣生法，即有苦性相，乃至苦本末，既未解脫，觀此苦而起大悲。若觀善因緣生法，即有樂性相，乃至樂本末，觀此而起大慈，具解如大本。今約初後兩界中間可解。地獄界如是性者，性名不改，如竹中有火性。若其無者，不應從竹求火，從地求水，從扇求風。心有地獄界，性亦復如是。」〔註56〕這是以竹中有火比喻人有惡性相。天台智者說《妙法蓮華經玄義》卷五下：「又凡夫心一念即具十界，悉有惡業性相。只惡性相即善性相。由惡有善，離惡無善。翻於諸惡，即善資成。如竹中有火性，未即是火事，故有而不燒。遇緣事成，即能燒物。惡即善性，未即是事。遇緣成事，即能翻惡。如竹有火，火出還燒竹。惡中有善，善成還破惡。故即惡性相，是善性相也。」〔註57〕這是以竹火說明惡性相與善性相的關係。

　　同一個道理也可借竹子爲喻從不同角度進行解說。「束竹」常被用以說明教義。元魏婆羅門瞿曇般若流支譯《正法念處經》卷六十七「身念處品之四」：「心不樂法，名色互相因緣而住。猶如束竹相依而住，相依力故。如是名色各各相依，如是行聚食因緣住。如水和麨，名爲麨漿。各各有力，名色得住。」〔註58〕《大般涅槃經集解》卷六十五「迦葉品之第三」：「佛說造。造四大亦造色，譬如束竹相扶得立。」〔註59〕《大般涅槃經集解》卷五十二「德王品之第八」：「明貪瞋乃至解脫，悉一時並有。事如束竹，但用有前後。」〔註60〕都是說各色相依，末條另有「用有前後」之義。姚秦鳩摩羅什譯《成實論》卷五云：「又經中說，是心與法，皆從心生，依止於心。又說眾生心長夜爲貪恚等之所染污，若無相應，云何能染。又心心數法性羸劣故，相依能緣。喻如束竹，相依而立。」〔註61〕《成實論》卷五：「又經中說，受等依心，非如

〔註55〕《大正藏》第46冊，119a。
〔註56〕《大正藏》第34冊，888c。
〔註57〕《大正藏》第33冊，743c～744a。
〔註58〕《大正藏》第17冊，395c。
〔註59〕《大正藏》第37冊，580b。
〔註60〕《大正藏》第37冊，535c。
〔註61〕呵梨跋摩造、姚秦三藏鳩摩羅什譯《成實論》卷五「有相應品第六十六」，《大正藏》第32冊，277b。

彩畫依壁，是名心數依心。汝言心數相依如束竹者，與經相違。若俱相應，何故心數依心，而心不依數？」〔註62〕則都是以「束竹」說明心數相依的道理。

佛經以竹為喻的例子還有很多，如東晉佛陀跋陀羅共法顯譯《摩訶僧祇律》卷二十八「明雜誦跋渠法之六」：「我當教汝，汝更教我，如逆捋竹節，汝莫更說。」〔註63〕以「逆捋竹節」比喻不應說的道理。《大般涅槃經集解》卷七十一「憍陳如品下」：「善男子，汝言用處定故說一切法有自性也。案，僧亮曰：『答第三也。若名義有因，實亦有因也。』寶亮曰：『答第二也。明竹木初生，本無箭鎩之性，工匠乃成。豈非因緣耶？』」〔註64〕借工匠以竹為箭鎩說明因緣對於修行的重要。

佛經中也虛構了一些竹子世界。吳月氏優婆塞支謙譯《佛說慧印三昧經》：「諸菩薩即受其佛教，持神足飛到竹園中，前為佛作禮，皆却坐蓮華上。」〔註65〕此處竹園雖為菩薩活動的環境，但「持神足飛到竹園中」顯然是虛構想像的情節。再如《佛說長阿含經》卷十八：「須彌山邊有山，名伽陀羅，高四萬二千由旬，縱廣四萬二千由旬，其邊廣遠，雜色間廁，七寶所成。其山去須彌山八萬四千由旬。其間純生優鉢羅花、鉢頭摩花、俱物頭花、分陀利花，蘆葦、松、竹叢生其中，出種種香，香亦充遍。」〔註66〕該經所記伊沙陀羅山、樹巨陀羅山、善見山、馬食上山、尼民陀羅山、調伏山、金剛圍山等等，也都是「蘆葦、松、竹叢生其中，出種種香，香亦充遍」。劉宋求那跋陀羅譯《央掘魔羅經》：「上方去此過八恒河沙剎，有國名竹，佛名竹香。」〔註67〕佛經中竹香甚至竹香國，其實是現實世界崇尚竹的反映。也有借竹表現惡性世界的情況。東晉西域沙門竺曇無蘭譯《佛說泥犁經》：「次復入鐵竹蘆，縱廣數千里，樹葉皆如利刀。人入其中者，風至吹竹令震動葉，皆貫人肌截人骨，形體無完處，苦痛不可忍，過惡未解故不死。泥犁勤苦如是」，於是，「佛告諸比丘，泥犁苦不可勝數我略麁粗為汝說耳」〔註68〕。這也許

〔註62〕 《成實論》卷五「非相應品第六十七」，《大正藏》第 32 冊，278b。
〔註63〕 《大正藏》第 22 冊，459a。
〔註64〕 《大正藏》第 37 冊，609b。
〔註65〕 《大正藏》第 15 冊，461a。
〔註66〕 《佛說長阿含經》卷一八，《大正藏》第 1 冊，115c。
〔註67〕 《大正藏》第 2 冊，535a。
〔註68〕 〔東晉〕竺曇無蘭譯《佛說泥犁經》，《大正藏》第 1 冊，908b。

就是「如魔試金粟」（陳陶《題僧院紫竹》）的境界。

第二節　中土竹子佛教文化內涵的形成

佛教「約自東漢明帝時開始傳入中國，但在當時並沒有產生多大影響。到魏晉南北朝時期，佛教和玄學結合起來，有了廣泛而深入的傳播。隋唐時期，中國佛教走上了獨立發展的道路，形成了眾多的宗派，在社會、政治、文化等許多方面特別是哲學思想領域產生了深刻的影響。這時佛教已經中國化，完全具備了中國自己的特點」〔註 69〕。中土佛教對印度佛教是既有繼承又有創新，其中竹文化也是如此。例如，「現在很多竹種的名稱也還帶有濃鬱的宗教色彩，如體態和藹的觀音竹、竹節象彌勒佛肚的佛肚竹、竹杆基部如十八羅漢的羅漢竹」〔註 70〕。當然，因為同是竹產區，在竹文化上還是有一些相同或相近的內容，如僧徒使用竹製品很普遍，多喜借竹講經說法，但畢竟處在不同的文化背景與精神氛圍中，其內涵也多不相同。以下試從佛寺、禪悟修行及象徵意蘊等方面論述竹了的佛教內涵。

一、竹林寺與竹子

在古印度，僧眾修行之所，梵語叫 Sangharama，漢語音譯為「僧伽藍」，或「僧伽藍摩」，簡稱「伽藍」；如果意譯，舊有「眾園」、「靜園」之含義。「寺」是中國的稱呼，原本是官署之稱。〔註 71〕東漢明帝敕修白馬寺於洛陽西雍門外〔註 72〕。白馬寺仿印度祇園精舍而建，成為中國最早的佛寺。

佛教寺廟又稱「叢林」，可見樹林與寺廟緊密相關〔註 73〕。而竹子與寺

〔註69〕〔南唐〕靜、筠二禪師編撰，孫昌武、〔日〕衣川賢次、〔日〕西口芳男點校《祖堂集》卷首《中國佛教典籍選刊編輯緣起》，北京：中華書局，2007 年，上冊第 1 頁。

〔註70〕劉海燕《竹林禪韵——論竹的環境意象之一》，《世界竹藤通訊》2008 年第 4 期，第 45 頁。

〔註71〕程俊英考證「寺」的流變，由「寺人」（即宦官）到官吏辦公室，而作為廟宇的含義由此演變而來。參考程俊英《名物雜考·寺的演變》，見朱杰人、戴從喜編《程俊英教授紀念文集》，上海：華東師範大學出版社，2004 年，第 355 頁。

〔註72〕《高僧傳》卷一：「相傳云：外國國王嘗毀破諸寺，唯招提寺未及毀壞。夜有一白馬繞塔悲鳴，即以啟王，王即停毀諸寺。因改『招提』以為『白馬』。故諸寺立名多取則焉。」見《高僧傳》第 2 頁。

〔註73〕《大智度論》卷二云：「僧伽，秦言眾，多比丘一處和合，是名僧伽；譬如大

廟的關係尤爲密切。中土很快就出現竹林寺。至遲晉代已有竹園寺、竹林寺
〔註74〕。梁釋寶唱《比丘尼傳》卷一載，比丘尼淨撿，「同其志者二十四人，
於宮城西門共立竹林寺」〔註75〕，寺在都城建康。梁釋慧皎《高僧傳》卷
二：「（曇無讖）初出《彌勒》、《觀音》二觀經。丹陽尹孟顗，見而善之，深
加賞接。後竹園寺慧濬尼，復請出《禪經》，安陽既通習積久，臨筆無滯，
旬有七日，出爲五卷。」〔註76〕此寺也在建康（今南京）〔註77〕，未知是
否一處。《高僧傳》卷六：「（釋曇邕）後往荊州，卒於竹林寺。」〔註78〕釋
曇邕「太元八年（383），從苻堅南征，爲晉軍所敗，還至長安，因從安公出
家。安公既往，乃南投廬山，事遠公爲師」〔註79〕。知其爲東晉人，其時
荊州有竹林寺。釋僧慧、釋慧球等都曾住此寺〔註80〕。又東晉時江陵有竹
林寺，見《高僧傳》卷六：「（慧）遠又有弟子曇順、曇詵，并義學致譽。順
本黃龍人，少受業什公，後還師遠，蔬食有德行。南蠻校尉劉遵，於江陵立
竹林寺，請經始。遠遣徙焉。」〔註81〕由以上所論知東晉時建康、荊州、

樹叢聚，是名爲林。」可見本以樹林譬喻僧眾，因和尚聚居修行處多樹林，
故又泛指寺院。佛寺又稱阿蘭若，即梵語 aranya，是樹林、森林之義。
〔註74〕《魏書·鄭道昭傳》載：「（道昭）從征沔漢，高祖饗侍臣於懸瓠方丈竹堂，
道昭與兄懿俱侍坐焉。」竹堂是用竹建造的廳堂或竹林中的廳堂，還不是寺
院。湯用彤《漢魏兩晉南北朝佛教史》：「西晉洛都有竹林寺。」（湯用彤《漢
魏兩晉南北朝佛教史》，北京：中華書局，1955年，第172頁）待考。
〔註75〕〔梁〕釋寶唱著、王孺童校注《比丘尼傳校注》，北京：中華書局，2006年，
第1頁。
〔註76〕〔梁〕釋慧皎撰、湯用彤校注《高僧傳》卷二「晉河西曇無讖」條，北京：
中華書局，1992年，第80頁。
〔註77〕王孺童校注《比丘尼傳校注》卷二「竹園寺慧濬尼傳二十」條注釋〔三〕引
《南朝佛寺志》卷上注「竹園寺」云：「宋元嘉十一年（434）置竹園寺，西
北去縣一里，在今建康東尉蔣陵里檀橋。」見該書第107頁。闕名《禪要秘
密治病經記》：「以宋孝建二年（455）九月八日，於竹園精舍書出此經，至其
月二十五日訖。尼慧濬爲檀越。」（見《全上古三代秦漢三國六朝文·全宋文
卷六十四》，第3冊第2790頁上欄）此「竹園精舍」與慧濬所在的竹園寺似
即一處。
〔註78〕《高僧傳》卷六「晉廬山釋曇邕」條，第237頁。
〔註79〕《高僧傳》卷六「晉廬山釋曇邕」條，第236頁。
〔註80〕《高僧傳》卷八：「釋僧慧，姓皇甫，本安定朝那人。高士謐之苗裔，先人避
難寓居襄陽，世爲冠族。慧少出家，止荊州竹林寺，事曇順爲師。順廬山慧
遠弟子。」《高僧傳》卷八：「釋慧球，本姓馬氏，扶風郡人，世爲冠族。年
十六出家，住荊州竹林寺，事道馨爲師。」
〔註81〕《高僧傳》卷六「晉吳臺寺釋道祖」條，第238頁。

江陵等地都有竹林寺，可見晉代寺院取名傾向。

　　佛教自東漢傳入，爲何到東晉才出現以「竹林」、「竹園」命名的寺院？一方面可能因爲晉代以前是佛教初傳階段，影響較小。佛教經籍傳入的較早記載是《三國志・魏志・東夷傳》注引《魏略・西戎傳》所云：「昔漢哀帝元壽元年（公元前 2 年），博士弟子景廬受大月氏王使伊存口授《浮屠經》。」〔註82〕據王曉毅統計，東漢至西晉，釋氏說法處譯爲「竹園」16 例，「竹林」1 例，「竹林園」4 例，共計 21 例，東晉共計 22 例，「竹園」12 例，「竹林」7 例，「竹林園」3 例〔註83〕。這個統計結果至少能夠表明，這些譯名將會通過翻譯的佛經傳播到更廣泛的群體并融入中土民眾的信仰。另一方面，晉室南遷以來，南方竹林遍布，易於觸目興感。《高僧傳》卷四：「（康僧淵）後於豫章山立寺，去邑數十里。帶江傍嶺，林竹鬱茂，名僧勝達，響附成群。」〔註84〕名僧響附聚集，竹林也是不可忽視的因素。加上佛經翻譯日盛，影響日隆，遂與佛經「竹林精舍」相比附而建有竹林寺、竹園寺。

　　南朝竹林寺漸多，主要分佈於沿長江一帶。宋時京口有竹林寺。《南史・武帝紀》：「（宋高祖劉裕）嘗遊京口竹林寺，獨臥講堂前，上有五色龍章，眾僧見之，驚以白帝，帝獨喜口：『上人無妄言。』」〔註85〕《宋書》卷九十三：「衡陽王義季鎮京口，長史張邵與（戴）顒姻通，迎來止黃鵠山。山北有竹林精舍，林澗甚美，顒憩於此澗，義季亟從之遊，顒服其野服，不改常度。」〔註86〕《高僧傳》卷八：「釋慧次，姓尹，冀州人。初出家爲志欽弟子，後遇徐州釋法遷，解貫當世，欽乃以次付囑。仍隨遷南至京口，止竹林寺。」〔註87〕《高僧傳》卷十三：「（釋道慧）晚移朱方竹林寺，誦經數萬言。每夕諷咏，輒聞暗中有彈指唱薩之聲。宋大明二年卒，年五十一。」〔註88〕京口、朱方皆爲鎮江別名。建康（南京）早在南齊就有竹林寺。如

〔註82〕轉引自王青先生著《西域文化影響下的中古小說》，北京：中國社會科學出版社，2006 年，第 32 頁。書中同頁還說：「在《四十二章經序》和牟子《理惑論》中，也有漢明感夢後派張騫、秦景、王遵至大月氏國寫取《四十二章經》的記載。」
〔註83〕王曉毅「竹林七賢」考，載《歷史研究》2001 年第 5 期，第 91～92 頁。
〔註84〕《高僧傳》卷四「晉豫章山康僧淵」條，第 151 頁。
〔註85〕《南史》卷一，第 1 頁。
〔註86〕〔梁〕沈約撰《宋書》卷九三《戴顒傳》，北京：中華書局，1974 年，第 8 冊第 2277 頁。《南史》卷七五所載略同。
〔註87〕《高僧傳》卷八「齊京師謝寺釋慧次」條，第 326 頁。
〔註88〕《高僧傳》卷一三「宋安樂寺釋道慧」條，第 500 頁。

《南齊書‧和帝紀》：「（中興元年）五月乙卯，車駕幸竹林寺禪房宴群臣。」
〔註89〕又《水經注‧漸江水》：「句踐霸世。徙都瑯邪，後爲楚伐，始還浙
東。城東郭外有靈汜，下水甚深，舊傳下有地道，通於震澤。又有句踐所立
宗廟，在城東明里中甘滂南。又有玉笥、竹林、雲門、天柱精舍，并疏山創
基，架林裁宇，割澗延流，盡泉石之好，水流徑通。」〔註90〕《高僧傳》
卷十二載：「釋慧益，廣陵人。少出家，隨師止壽春。宋孝建中出都，憩竹
林寺。精勤苦行，誓欲燒身。」〔註91〕不詳具體所在，但地在江南是可以
肯定的。《續高僧傳》卷七：「（釋法朗）年二十一，以梁大通二年二月二日，
於青州入道。游學楊都，就大明寺寶誌禪師受諸禪法，兼聽此寺象律師講律
本文，又受業南澗寺仙師成論、竹澗寺靖公毗曇。當時譽動京畿，神高學眾。」
〔註92〕是又有竹澗寺。蕭齊永明年間廣州已有竹林寺。永明七年（489），
僧伽跋陀羅在廣州竹林寺譯出《善見律毗婆沙》十八卷〔註93〕。

　　寺院後代又稱竹院、竹房、竹寺等。稱竹院者，如「因過竹院逢僧話」
（李涉《題鶴林寺上方》），楊巨源也有《春雪題興善寺廣宣上人竹院》詩。
稱「竹房」者，如「松院靜苔色，竹房深磬聲」（唐肅宗《七月十五日題章
敬寺》）、「方尋蓮境去，又值竹房空」（楊巨源《和鄭相公尋宣上人不遇》）。
稱「竹寺」者，如「竹寺清陰遠，蘭舟曉泊香」（鄭谷《李夷遇侍御久滯水
鄉因抒寄懷》）、「夜過秋竹寺，醉打老僧門」（齊己《過陳陶處士舊居》）。也
有名苦竹寺者，如黃庭堅《鄒松滋寄苦竹泉橙曲蓮子湯三首》：「松滋縣西竹
林寺，苦竹林中甘井泉。」〔註94〕種種命名，除了緣自印度佛教的竹林精
舍，還與寺廟植竹有關。竹林寺之名，既是寺院普遍植竹的客觀反應，也能
使人聞其名而聯想竹樹掩映之境。如劉長卿《送靈澈上人》：「蒼蒼竹林寺，
杳杳鐘聲晚。」喚起的不僅是視覺上顏色「蒼蒼」，更有層深幽邃的空間感。
總之，竹林寺的命名緣於印度佛教的聖迹傳說和中土竹子審美文化〔註95〕，
其與竹子的因緣是很明顯的，甚至出現因爲詩人歌咏竹子而使寺院改名的情

〔註89〕《南齊書》卷八，第1冊第113頁。
〔註90〕《水經注校證》卷四〇，第943頁。
〔註91〕《高僧傳》卷一二「宋京師竹林寺釋慧益」條，第453頁。
〔註92〕〔唐〕釋道宣撰《續高僧傳》卷七，《大正藏》第50冊，477b。
〔註93〕參見中國佛教協會編《中國佛教》（一），北京：知識出版社，1980年，第32頁。
〔註94〕《全宋詩》第17冊第11410頁。
〔註95〕參考金建鋒《「三朝高僧傳」中的竹林寺》，《宗教學研究》2009年第1期。

況〔註96〕。

二、竹子的風景美感與禪悟

最初佛教寺廟多建在名山深林，這是僧人與竹結緣的客觀之因。很多寺廟甚至在選址的時候就考慮有無竹子。如：

> 乃於鍾山竹澗，奉爲皇考太祖文皇帝造大愛敬寺焉。（蕭綱《大愛敬寺刹下銘》）〔註97〕

> 擁亭皋之絕勢，昇林野之殊形。肇開修竹之園，式揆旃壇之刹。（王勃《梓州元武縣福會寺碑》）〔註98〕

> 因竹林而起精舍，爲檜樹而製香爐。（李君政《宣霧山鐫經像碑》）〔註99〕

故可說「楚寺多連竹」（司空曙《送郎士元使君赴郢州》）。當然更多的情況則是先有寺院，後於周圍廣栽竹樹。如「空庭更擬栽」（劉得仁《昊天觀新栽竹》）、「階前多是竹，閒地擬栽松」（賈島《宿嵩上人房》）、「載上春栽竹，拋生日喂魚」（杜荀鶴《題戰鳥僧居》），都反映了這種栽竹意識。這樣普遍植竹的效果是，竹子與松、柏等樹相連成林，共同營造了寺廟幽靜的環境。如劉峻《東陽金華山棲志》：「寺觀之前，皆植修竹，檀欒蕭瑟，被陵緣阜。」〔註100〕支曇諦《廬山賦》：「映以竹柏，蔚以檉松。」〔註101〕以《洛陽伽藍記》爲例：

> （永寧寺）栝柏松椿，扶疏檐雷；叢竹香草，布護階墀。（《洛陽伽藍記》卷一）〔註102〕

> （景明寺）房檐之外，皆是山池，竹松蘭芷，垂列階墀，含風團露，流香吐馥。（《洛陽伽藍記》卷三）〔註103〕

〔註96〕 許圖南《古竹院考——從李涉的詩談到鎮江的竹林寺》認爲，鎮江鶴林寺因李涉詩《題鶴林寺僧舍》「因過竹院逢僧話」而改名竹林寺，《江蘇大學學報（高教研究版）》1981年第2期，第62～63頁。

〔註97〕 《全上古三代秦漢三國六朝文·全梁文卷一三》，第3冊第3026頁上欄右。

〔註98〕 《全唐文》卷一八五，第2冊第1881頁上欄左。

〔註99〕 《全唐文》卷一五六，第2冊第1601頁上欄左。

〔註100〕 《全上古三代秦漢三國六朝文·全梁文卷五七》，第4冊第3290頁下欄右。

〔註101〕 《全上古三代秦漢三國六朝文·全晉文卷一六五》，第3冊第2424頁下欄左。

〔註102〕 〔北魏〕楊衒之撰、周振甫釋譯《洛陽伽藍記校釋今譯》，北京：學苑出版社，2001年，第14頁。

〔註103〕 《洛陽伽藍記校釋今譯》，第88頁。

（寶光寺）葭菼被岸，菱荷覆水，青松翠竹，羅生其旁。（《洛陽伽藍記》卷四）〔註104〕

（永明寺）庭列修竹，檐拂高松，奇花異草，駢闐階砌。（《洛陽伽藍記》卷四）〔註105〕

可見寺院植竹非常普遍。這樣的規模種植能產生經濟效果。晚唐五代的寺院莊園「竹樹森繁，園圃周繞，水陸莊田，倉廩、碾磑，倉庫盈滿」〔註106〕，形成經濟與生態效益。寺院多竹，以至於人們想獲得竹種，多從寺院移植，如「移得蕭騷從遠寺」（鄭谷《竹》）。

竹子構成了寺廟風景。竹窗成爲僧人對竹悟禪的一扇窗口。從視覺上看，竹林顯得空蕩和開闊，在修禪者眼裏，「虛窗隱竹叢」（劉孝先《和亡名法師秋夜草堂寺禪房月下詩》）〔註107〕，窗爲禪房之窗，窗前之竹也就成爲禪的觀想物。如「倚杖雲離月，垂簾竹有霜」（李端《同裴員外宿薦福寺僧舍》）、「閉戶臨寒竹，無人有夜鐘」（司空曙《宿青龍寺故曇上人院》）、「竹窗回翠壁，苔徑入寒松。幸接無生法，疑心怯所從」（崔峒《宿禪智寺上方演大師院》）。僧人也會透過窗外竹間的雲、月去領悟禪理，因此竹又與雲、月構成不同的禪悟風景，如「雲向竹溪盡」（綦毋潛《登天竺寺》）、「寒窗竹月圓」（釋無可《青龍寺縱公房》）。

竹徑尤爲引人注目。因周圍廣植竹樹，寺廟一般是「複殿重廊，連甍比棟，幽房秘宇，窈窕疏通，密竹翠松，垂陰擢秀，行而迷道」（唐宣宗《重建總持寺敕》）〔註108〕。僧徒們每日必經竹徑，「竹陰行處密」（〔唐〕張喬《甘露寺僧房》）、「路經深竹過」（劉長卿《集梁耿開元寺所居院》）、「逶迤竹徑深」（〔唐〕寇坦《題瑩上人院》），在這樣的環境裏常會迷路，所謂「竹深行漸暗」（姚合《題山寺》）、「竹裏尋幽徑」（張喬《遊歙州興唐寺》）。竹徑與其他地理景物相連，構成更爲深廣的畫面，如「井甘桐有露，竹迸地多苔」（釋無可《安國寺靜居法師故院》）、「道人庭守靜，苔色連深竹」（柳宗元《晨詣超師院讀經》）、「竹陰移冷月，荷氣帶禪關」（賈島《宿慈恩寺郁公房》），苔蘚與

〔註104〕《洛陽伽藍記校釋今譯》，第120頁。
〔註105〕《洛陽伽藍記校釋今譯》，第141頁。
〔註106〕《續高僧傳》卷二九《釋慧胄傳》，《大正藏》第50冊，697c。
〔註107〕《先秦漢魏晉南北朝詩・梁詩卷二六》，下冊第2065頁。
〔註108〕《全唐文》卷八一，第1冊第849頁上欄右。

月影等襯托竹徑的幽深；如「竹徑通城下，松門隔水西」（張南史《寄靜虛上人雲門》）、「眾溪連竹路，諸嶺共松風」（劉長卿《登思禪寺題上方》）、「竹徑行已遠，子規啼更深」（韋應物《與盧陟同遊永定寺北池僧舍》），竹徑通向更深廣的遠境。

竹喜傍水而生，故竹子與溪水又構成勝景。如「松高半巖雪，竹覆一溪冰」（王貞白《雲居長老》）、「沓嶂圍蘭若，回溪抱竹庭」（宋之問《遊雲門寺》），都寫竹子依傍溪水而生。「松間鳴好鳥，竹下流清泉」（張九齡《冬中至玉泉山寺屬窮陰冰閉崖谷無色及仲春行縣復往焉故有此作》）、「竹間泉落山廚靜，塔下僧歸影殿空」（溫庭筠《開聖寺》）、「竹窗聞遠水，月出似溪中」（盧綸《宿澄上人院》），都是聽竹間泉水。

僧徒常在竹間讀經說法，如孫逖《奉和崔司馬遊雲門寺》「講坐竹間逢」、李端《同皇甫侍御題惟一上人房》「通經在竹陰」、韓翃《題青龍寺淡然師房》「竹裏經聲晚」、盧綸《過仙遊寺》「寂寞經聲竹陰暮」，唐詩中的這些描寫表明竹間讀經說法是普遍現象。再如釋皎然《宿法華寺簡靈澈上人》：「至道無機但杳冥，孤燈寒竹自青熒。不知何處小乘客，一夜風來聞誦經。」寒夜孤燈，對竹讀經，「孤燈寒竹自青熒」，孤竹形象某種意義上也就是僧人形象的體現。僧人甚至在竹林坐禪，如《法苑珠林》卷一百一：「隋益州響應山寺釋法進，不知氏族，爲輝禪師弟子，於竹林坐禪。」〔註109〕

寺院附近廣栽竹子，目的之一是爲了營造禪思氛圍，所謂「竹柏之懷，與神心妙遠；仁智之性，共山水效深」〔註110〕。《洛陽伽藍記》卷五：「（凝圓寺）房廡精麗，竹柏成林，實是淨行息心之所也。」〔註111〕可見竹子被認爲是組成「淨行息心之所」的重要植物，這應該是寺廟植竹的重要原因。竹子構成寺廟不可缺少的環境氛圍，其物色美感與禪思悟道息息相關。在禪門機鋒應對的話題中，竹子也常以「心象」、「心境」的形式出現，如《五燈會元》載：「僧問：『如何是龍華境？』師曰：『翠竹搖風，寒松鎖月。』」〔註112〕以下試從三方面論述：

〔註109〕《法苑珠林》卷一○一，《四庫全書》第 1050 冊第 614 頁上欄右。
〔註110〕《水經注校證》卷九「清水」，第 223 頁。
〔註111〕《洛陽伽藍記校釋今譯》，第 146 頁。
〔註112〕〔宋〕普濟著、蘇淵雷點校《五燈會元》卷八《龍華契盈禪師》，北京：中華書局，1984 年，中冊第 468 頁。

（一）境之幽

竹子掩映廟宇，意境深邃，如「映竹掩空扉」（劉長卿《過隱空和尙故居》）、「洞房隱深竹」（王維《投道一師蘭若宿》）、「竹色覆禪棲，幽禽繞院啼」（張喬《贈初上人》），竹子襯托佛教建築的肅穆莊嚴，營造清靜幽深的環境。溫庭筠《清涼寺》「竹蔭寒苔上石梯」、劉得仁《冬日題邵公院》「陰階竹拂苔」，竹下苔色也構成層深幽邃之境。這種幽邃不僅是視覺的，如「高筱低雲蓋，風枝響和鐘」（薛道衡《展敬上鳳林寺詩》）〔註113〕、「入夜鐘聲竹外聞」（趙嘏《贈天卿寺神亮上人》）、「夜聽水流庵後竹」〔註114〕，鐘聲遠傳、夜聽流水等聽覺印象更見其境清幽。竹林鐘聲甚至成爲典型意象。庾信《送炅法師葬詩》：「龍泉今日掩，石洞即時封。玉匣摧談柄，懸河落辯鋒。香爐猶是柏，塵尾更成松。郭門未十里，山回已數重。尙聞香閣梵，猶聽竹林鐘。送客風塵擁，寒郊霜露濃。性靈如不滅，神理定何從。」〔註115〕想像炅法師葬後猶聽竹林鐘聲。竹林環境優美，充滿禪意，遊方之士見而流連忘返。如徐鉉《大宋舒州龍門山乾明禪院碑銘》：「涼飇爽氣，五月可以披裘；修竹茂林，四時未嘗易葉。遊方之士，至輒忘歸。」〔註116〕

基於僧人的特殊身份與悟道追求，由風景審美引向覺悟才是他們的根本目的。竹林幽境常常表現爲「空」，如「竹向空齋合，無僧在四鄰」（李頻《贈立規上人》）、「柴門兼竹靜，山月與僧來」（錢起《山齋獨坐喜元上人見訪》）、「靜夜風鳴磬，無人竹掃墀」（釋皎然《早秋桐廬思歸示道該上人》）、「古松淩巨塔，修竹映空廊」（劉得仁《慈恩寺塔下避暑》），這種「空齋」、「無人」的沉寂之境，並非絕對空無，因而不是實體空間的空虛，而是暗示了遠離塵囂、看得林空的空觀禪思，境空說明心空。這在常建《題破山寺後禪院》中尤爲明顯，詩云：「清晨入古寺，初日照高林。竹徑通幽處，禪房花木深。山光悅鳥性，潭影空人心。萬籟此都寂，但餘鐘磬音。」竹林深處的禪房與周圍環境一起，引發「空人心」的寂滅思想，所謂「竹院靜而炎氛息」（王勃《夏日登韓城門樓寓望序》）〔註117〕。「林樹莊嚴，空無諸染」（《古尊宿語錄》卷二《百丈懷海大智禪師語錄之餘》），幽靜的竹林某種意義上也是具有佛教意

〔註113〕 《先秦漢魏晉南北朝詩・隋詩卷四》，下冊第 2685 頁。

〔註114〕 《景德傳燈錄》卷二二「興福竟欽」，《大正藏》第 51 冊，385b。

〔註115〕 《先秦漢魏晉南北朝詩・北周詩卷三》，下冊第 2384 頁。

〔註116〕 《全宋文》第 2 冊第 357 頁。

〔註117〕 《全唐文》卷一八一，第 2 冊第 1841 頁下欄右。

蘊的「空林」〔註118〕，所謂「檀欒映空曲」（王維《輞川集・斤竹嶺》）。

（二）境之閒

「閒」與「空」相通，「閒」是安閒、閒逸、閒暇，更是寂靜、空定的同義語。空觀下的自然給人的是「閒」的環境與景物。竹林爲安閒幽靜之地。如「松竹閒僧老，雲烟晚日多」（李嘉祐《奉陪韋潤州遊鶴林寺》）、「清磬度山翠，閒雲來竹房」（崔峒《題崇福寺禪院》），都可見竹林之境「閒」的特點。再如王勃《梓州慧義寺碑銘》：「松門不雜，禪清避俗之心；竹院長閒，響合遊仙之梵。」〔註119〕也是以境閒爲特徵。

幽靜閒適的竹林，是幽閒心境與禪修生活的寫照。「詩思禪心共竹閒」（李嘉祐《題道虔上人竹房》）、「僧閒見笋生」（齊己《禪庭蘆竹十二韵呈鄭谷郎中》），竹與笋是體現僧人心「閒」與寺院境「閒」的物質載體。再如常建《題法院》：「勝景門閒對遠山，竹深松老半含烟。皓月殿中三度磬，水晶宮裏一僧禪。」李嘉祐《同皇甫侍御題薦福寺一公房》：「虛室獨焚香，林空靜磬長。閒窺數竿竹，老在一繩床。」可見「竹深」、「林空」的特點對「閒」境的形成所起的作用。幽閒的竹林是幽閒之僧眼中所見，也是其幽閒心境的寫照。趙嘏《浙東陪元相公遊雲門寺》：「上方看竹與僧同。」僧人看竹不同於常人，僧人看竹在「閒」，境閒心閒，故有「羞見竹林禪定人」（戴叔倫《題武當逸禪師蘭若》）、「唯僧近竹關」（張籍《經王處士原居》）之說。如裴迪《夏日過青龍寺謁操禪師》：「安禪一室內，左右竹亭幽。有法知不染，無言誰敢酬。鳥飛爭向夕，蟬噪已先秋。煩暑自茲退，清涼何所求。」竹林安禪，清淨無染，故能寒暑不知、物我兩忘。動物也會打破竹林的寧靜，如「客來庭減日，鳥過竹生風」（裴說《寄僧尚顏》）、「魚沈荷葉露，鳥散竹林風」（盧綸《同崔峒慈恩寺避暑》），只有心閒的僧人才會注意到這些微不足道的動靜，從而與空觀發生聯想〔註120〕。

（三）境之淨

竹子受佛教推崇，也因竹林是清淨之地。姚秦罽賓三藏佛陀耶舍共竺佛

〔註118〕 參考張節末著《禪宗美學》，杭州：浙江人民出版社，1999年，第183～185頁。

〔註119〕《全唐文》卷一八四，第2冊第1874頁上欄右。

〔註120〕 佛經中多有飛鳥喻。《增一阿含經》卷十五《高幢品》：「或結跏趺坐，滿虛空中，如鳥飛空，無有掛礙。」《涅槃經》：「如鳥飛空，迹不可尋。」《華嚴經》：「了知諸法性寂滅，如鳥飛空無有迹。」所以竹林鳥過也體現空觀。

念等譯《四分律》卷五十三「雜揵度之三」：「時城內有多方便智慧大臣教以竹葦著池中，令眾蓮花在孔中生出竹上。」〔註121〕隋闍那崛多譯《大寶積經》卷一百九「賢護長者會第三十九之一」：「爾時賢護長者之子，宿福因緣受天果報，身體柔軟，猶如初出新嫩花枝。詣於佛所。到佛所已，觀見如來最勝最妙容色，寂靜澄定功德藏身，猶如金樹，光耀顯赫，遍滿竹林。是時賢護即於佛所生淨信心。」〔註122〕前例令蓮花自竹筒中生出，以遠離污泥；後例如來容色如金光布滿竹林，且使賢護生淨信心，都可見竹子潔淨的佛教象徵內涵。香氣繚繞於竹林，益增清淨之境與佛法氣氛，如「天香涵竹氣」（〔唐〕張說《清遠江峽山寺》）、「名香連竹徑，清梵出花臺。身在心無住，他方到幾回」（〔唐〕韓翃《題僧房》）。

「佛者，心清淨是。法者，心光明是。道者，處處無礙淨光是。三即一，皆是空名，而無實有。」〔註123〕禪修就是使眾生看清并反省自身本來就有的清淨眞如佛性，從而獲得覺悟。而竹林是清淨之地，給人遠離塵世之感，盡消塵俗之慮。自晉代以來竹林形成隱逸內涵，也易引起遠離塵世的聯想。如唐代李洞《題竹溪禪院》：「溪邊山一色，水擁竹千竿。鳥觸翠微濕，人居酷暑寒。風搖瓶影翠，砂陷屨痕端。爽極青崖樹，流平綠峽灘。閒來披衲數，漲後卷經看。三境通禪寂，囂塵染著難。」塵埃難染，關鍵在心，心淨才能無物，也就不會惹塵埃，也就是「六根清淨」，但是環境也是很重要的，所謂「三境通禪寂」。所以「淨」與「空」、「寂滅」也是相通的。心淨也需通過一定景物表現或借助某種景物覺悟，既然「看取蓮花淨，方知不染心」（孟浩然《題大禹寺義公禪房》），清淨空寂的竹林當也一樣，「竹凝露而全弱，荷因風而半翻。足以澡瑩心神，澄清耳目」（許敬宗《小池賦應詔》）〔註124〕，與僧人所追求的清靜禪境有相通之處。

總之，寺廟植竹構成禪意的風景，僧徒們生活修行於其間，以悟空色相、圓融無礙的禪悟思路朝夕面對，從而與佛理發生聯想。

三、竹子的象徵內涵、神通法力與佛教徒的修行

僧人日對竹林，吃的是竹笋，睡的是竹榻，其日常生活與竹子息息相關。

〔註121〕《大正藏》第 22 冊，961c。
〔註122〕《大正藏》第 11 冊，608a。
〔註123〕《鎮州臨濟慧照禪師語錄》，《大正藏》第 47 冊，501c～502a。
〔註124〕《全唐文》卷一五一，第 2 冊第 1536 頁上欄。

所謂「青松綠竹下」是「諸佛行履處」〔註125〕、「亂穿青影照禪床」〔註126〕，可見竹子在僧人物質生活中應用之廣泛。「翠竹伴幽禪」（沈與求《奉題思上人妙峰堂》）〔註127〕、「禪機參翠竹」（陳著《次韵西山寺主僧清月》）〔註128〕、「蕭森翠竹護禪關」（李昂英《贈海珠湛老》）〔註129〕、「不知竹雨竹風夜，吟對秋山那寺燈」（戴叔倫《憶原上人》），又可見竹子與僧徒的參禪活動有關，故有「地似竹林禪」（陳子昂《夏日遊輝上人房》）之說。「無論是早期禪宗混迹山林的沉思冥想，中期禪宗在日常生活中進行宗教體驗，還是後期文字禪的機鋒言句，自然山水都是禪僧們最重要的參禪對象或話題。」〔註130〕竹子也是自然山水的一部分，在佛教徒修行中的作用，不僅體現在以竹林爲坐禪的環境背景，還體現在對竹子佛教象徵內涵的感悟，對竹子相關話頭和公案的參透。

（一）竹子的佛教象徵內涵

多數情況下，竹子的中空特性是印度佛教所認爲妨礙解脫的因素。龍樹菩薩造、後秦鳩摩羅什譯《大智度初品中摩呵薩埵釋論》「大智度初品中菩薩功德釋論第十」：「內心智德薄，外善以美言。譬如竹無內，但示有其外。內心智德厚，外善以法言。譬如妙金剛，中外力具足。」〔註131〕「竹無內」喻「智德薄」。北涼天竺三藏曇無讖譯《大般涅盤經》卷五《如來性品第四之二》：「又解脫者名曰堅實。如佉陀羅栴檀沉水其性堅實。解脫亦爾，其性堅實。性堅實者即眞解脫，眞解脫者即是如來。又解脫者名曰不虛，譬如竹葦其體空疏，解脫不爾。」又云：「又解脫者名爲堅實，如竹葦蓖麻，莖幹空虛而子堅實。除佛如來，其餘人天皆不堅實。」〔註132〕解脫者其性堅實不虛，竹葦其體空疏，可見解脫者不像竹子。義淨譯《根本說一切有部毗奈耶藥事》卷十一：「佛告諸苾芻：乃往古昔有王名曰實竹，以法化世，人民熾盛，豐樂安穩，甘雨應時，花菓茂實，無諸詐僞，賊盜疾疫，常以法化。」

〔註125〕《五燈會元》卷一一《風穴延沼禪師》，中冊第 676 頁。

〔註126〕〔清〕鄭板橋《爲無方上人寫竹》，見卞孝萱編《鄭板橋全集》，濟南：齊魯書社，1985 年，第 203 頁。

〔註127〕《全宋詩》第 29 冊第 18764 頁。

〔註128〕《全宋詩》第 64 冊第 40151 頁。

〔註129〕《全宋詩》第 62 冊第 38853 頁。

〔註130〕周裕鍇著《禪宗語言》，杭州：浙江人民出版社，1999 年，第 391 頁。

〔註131〕《大正藏》第 25 冊，101a。

〔註132〕《大正藏》第 12 冊，393c、394c～395a。

〔註 133〕此王以法化世，其名「實竹」也許有某種象徵意味。蕭齊跋陀羅譯
《善見律毗婆沙》卷十七：「林界相者，若草林若竹林，不得作界相。何故
爾？草竹體空不堅實，是以不得作界。」〔註 134〕唐釋道宣撰述《四分律刪
繁補闕行事鈔》卷上之二「結界方法篇第六」：「善見云，相有八種：一山相
者，下至如象大。二石相者，下至三十秤。若曼石不得應別安石。三林相者，
草竹不得體空不實。下至四樹相連。」〔註 135〕竹子體空，不能作林界相。
法天譯《最上大乘金剛大教寶王經》卷下：「或得信心大悲心聞法開解，如
竹無節受持通達。」〔註 136〕雖以竹為喻，因竹是有節的，無形中也是說似
竹之人不易「聞法開解」。

佛教認為，參佛需明心見性，體認自己性空之本體。慧能《六祖壇經》
說：「心量廣大，猶如虛空」，「世界虛空，能含萬物色象。日月星宿、山河大
地、泉源溪澗、草木叢林、惡人善人、惡法善法、天堂地獄、一切大海、須
彌諸山，總在空中。世人性空，亦復如是。善知識。自性能含萬法是大，萬
法在諸人性中，若見一切人惡之與善，盡皆不取不捨，亦不染著，心如虛空，
名之為大」〔註 137〕。《華嚴經》曰：「佛身充滿於法界，普現一切眾生前，隨
緣赴感靡不周，而恒處此菩提座。」〔註 138〕《大智度論》云：「色無邊故，般
若無邊。」〔註 139〕由是觀之，人間草木無不是佛性的體現，竹子也是如此。
如姚秦罽賓三藏曇摩耶舍共曇摩崛多等譯《舍利弗阿毗曇論》卷十五「非問
分道品第十之一」：「比丘觀身盡空俱空，以念遍知解行，如竹葦盡空俱空。」
〔註 140〕借「竹葦盡空俱空」返觀自身性空之體。王維《竹里館》：「獨坐幽篁
裏，彈琴復長嘯。深林人不知，明月來相照。」竹林空境也是其晚年心靈空
境的折射。

竹子體空也成為佛禪悟空的象徵或媒介。佛教的般若智慧將引起煩惱的

〔註 133〕《大正藏》第 24 冊，51a。

〔註 134〕《大正藏》第 24 冊，792c。

〔註 135〕《大正藏》第 40 冊，15a。

〔註 136〕《大正藏》第 20 冊，547c。

〔註 137〕宗寶編《六祖大師法寶壇經‧般若第二》，《大正藏》第 48 冊 350a、350a～
350b。

〔註 138〕實叉難陀譯《大方廣佛華嚴經》卷六「如來現相品第二」，《大正藏》第 10
冊 30a。

〔註 139〕龍樹造、鳩摩羅什譯《大智度論‧釋曇無竭品第八十九》，《大正藏》第 25
冊 752c。

〔註 140〕《大正藏》第 28 冊，625c。

一切對象看空而且不執著於這種看空。延壽集《宗鏡錄》卷三十六:「又頓悟者,不離此生即得解脫。如師子兒,初生之時是真師子。即修之時,即入佛位。如竹春生笋,不離於春即與母齊。何以故?心空故。」〔註141〕心空故能修得解脫。雖是為頓悟者引為譬喻,也可代表禪宗乃至佛教對竹子性空象徵意義的認識。楚圓編集《汾陽無德禪師歌頌》卷下:「一條青竹杖,操節無比樣。心空裏外通,身直圓成相。渡水作良明(引者按,疑為「朋」之誤),登山堪倚仗。終須撥太虛,卓在高峰上。」〔註142〕「心空裏外通」可代表中土禪師的悟解。故有人認為:「因為竹子節與節之間的空心,是佛教概念『空』和『心無』的形象體現,亦表示了必須不斷地汲取營養,尋求現世間智慧,以充實無物之腹,方能擺脫塵俗瑣事,找到人間淨土。」〔註143〕

除體空外,竹子還有其他生物特性如堅貞、淩寒、有節等,也被用於譬喻佛理。隋釋慧遠述《涅盤義記》卷五:「戒有堅軟,堅者如竹,軟者如柳。」〔註144〕以竹之堅譬戒之堅。長者李通玄撰《新華嚴經論》卷二十:「如來及菩薩自福莊嚴無有限數。此會所將如是大悲,如是智慧,如是萬行。但為長養初發心住初生佛家之智慧人悲令慣習自在故。時亦不改,法亦不異,智亦不遷。猶如竹葦依舊而成,初生與終,無有麁細,小如小兒長,初生而為大,無異大也。」〔註145〕以竹葦依舊而成譬喻如來的智慧自具。沙門法寶撰《俱舍論疏》卷 :「今釋一面多者。六面之中一面多故,亦應是六面之中兩面多。恐難解故,故言一面。如竹、笋、越瓜等名為長色。若言兩面多,人即不解六面之中是何兩面,故言一面多也。」〔註146〕沙門法藏撰《華嚴經問答》卷上:「三道者,煩惱業生為三道,道通生義,謂三道互生如束竹。此觀所治即廢事執理執。」〔註147〕耐寒也是竹子重要特性之一。丹霞和尚《孤寂吟》云:「但看松竹歲寒心,四時不變流清音。春夏暫為群木映,秋冬方見鬱高林。」〔註148〕竹子四季常青象徵禪宗倡導的自性俱足。《祖堂集》卷九:

　　問:「如何是西來意?」師云:「颯颯當軒竹,經霜不自寒。」

〔註141〕《大正藏》第 48 冊,627b。
〔註142〕《大正藏》第 47 冊,627b。
〔註143〕曹林娣著《靜讀園林》,北京大學出版社,2005 年,第 141 頁。
〔註144〕《大正藏》第 37 冊,753b。
〔註145〕《大正藏》第 36 冊,854a。
〔註146〕《大正藏》第 41 冊,477b。
〔註147〕《大正藏》第 45 冊,605c。
〔註148〕《祖堂集》,上冊第 213 頁。

學人更擬申問。師云：「只聞風擊響，不知幾千竿。」〔註 149〕

「西來意」即「祖師西來意旨」。歷史上僧徒對祖師西來意的追問非常多，相關問答成了禪僧開悟的契機。達摩西來，是爲了讓東土人證悟自己的佛性本來圓滿〔註 150〕。竹子心虛有節也引起佛教徒的關注。惟俊法雲編《虛堂和尙語錄》卷二「婺州雲黃山寶林禪寺語錄」：「松有操則歲寒不凋，竹有節則虛心澹靜。」〔註 151〕竹子直性也有象徵意蘊，如「講徒云：說通宗不通，如日被雲籠；宗通說不通，如蛇入竹筒；宗通說亦通，如日處虛空；宗說俱不通，如犬吠茅叢。」〔註 152〕蛇入竹筒，曲心猶在，藉以比喻邪見尙未徹底根除。〔註 153〕

無盡居士張商英撰《撫州永安禪院新建法堂記》：「又罽賓國王在佛會聽法。出眾言曰：『大聖出世，千劫難逢。今欲發心造立精舍，願佛開許。』佛云：『隨爾所作。』罽賓持一枝竹插於佛前曰：『建立精籃竟。』佛云如是如是。以是精籃含容法界。以是供養，福越河沙。」〔註 154〕精籃即精藍，指佛寺。精，精舍；藍，阿蘭若。如高翥《常熟縣破山寺》詩：「古縣滄浪外，精藍縹緲間。」〔註 155〕罽賓國王插竹建精藍，以一枝竹而能含容無量法界，是取其象徵意義。

（二）竹子的神通法力與佛理宣揚

張君祖《道樹經贊》：「峨峨王舍國，郁郁靈竹園。中有神化長，空觀體善權。私呵晞光景，豈識眞迹端。恢恢道明元，解發至神歡。飄忽凌虛起，無雲受慧難。」〔註 156〕稱「靈竹」，可見竹子在佛教中是有神通的。早期佛教經典涉及竹子神通的不多，後與中土道教及民間神秘文化相結合，滋生許多神通傳說。作爲坐騎飛乘或渡水，是其常見功用。如《六度集經》曰：「昔者菩薩，爲鸚鵡王。徒眾三千。有兩鸚鵡，力幹逾眾。口銜竹莖，以爲車乘。

〔註 149〕《祖堂集》，上冊第 416 頁。
〔註 150〕參考方廣錩《〈祖堂集〉中的「西來意」》，《世界宗教研究》2007 年第 1 期。
〔註 151〕《大正藏》第 47 冊，1000a。
〔註 152〕《從容庵錄》卷一第十二則《地藏種田》，轉引自周裕鍇著《禪宗語言》，杭州：浙江人民出版社，1999 年，第 335 頁。
〔註 153〕參考周裕鍇著《禪宗語言》，杭州：浙江人民出版社，1999 年，第 335 頁。
〔註 154〕《緇門警訓》卷一〇，《大正藏》第 48 冊，1095b。
〔註 155〕《全宋詩》第 55 冊第 34132 頁。
〔註 156〕《全上古三代秦漢三國六朝文·全陳文卷一七》，第 4 冊第 3498 頁上欄右。

王乘其上，飛止遊戲。常乘莖車。」〔註157〕「口銜竹莖，以爲車乘」是竹子作爲坐騎具有的飛行功能。

　　菩薩及高僧的神迹、示現等也多涉及竹子。唐義淨譯《根本說一切有部毗奈耶破僧事》卷十三「爾時大目乾連見梵天去，便即入如是定，從膠魚山沒，即於王舍城迦蘭鐸迦竹林園中踴現。……爾時大目揵連禮佛雙足，入如是定從竹林沒，往膠魚山至本處已，如法而坐。」〔註158〕竹林作爲大目揵連表現神通的背景環境。傳說中達摩是乘蘆渡江的〔註159〕，後代佛門神通越來越多地出現竹子。《高僧傳》卷三：「元嘉將末，譙王屢有怪夢，跋陀答云：『京都將有禍亂。』未及一年，元凶構逆。及孝建（公元四五四至四五六年）之初，譙王陰謀逆節，跋陀顏容憂慘，未及發言，譙王問其故，跋陀諫爭懇切，乃流涕而出曰：『必無所冀，貧道不容扈從。』譙王以其物情所信，乃逼與俱下。梁山之敗，大艦轉迫，去岸懸遠，判無全濟，唯一心稱觀世音，手捉邛竹杖，投身江中，水齊至膝，以杖刺水，水流深駛，見一童子尋後而至，以手牽之，顧謂童子：『汝小兒何能度我。』恍忽之間，覺行十餘步，仍得上岸，即脫納衣欲償童子，顧覓不見，舉身毛豎，方知神力焉。」〔註160〕觀世音想藉由渡河的因緣來度化跋陀，可見邛竹杖是度人之物。

　　段成式《酉陽雜俎》續集卷七即記載了兩則傳說：

　　元和中，嚴司空綬在江陵。時溡陽鎮將王沔常持《金剛經》，因使歸州勘事，回至咤灘，船破，五人同溺。沔初入水，若有人授竹一竿，隨波出沒，至下牢鎮，著岸不死。視手中物，乃授持《金剛經》也。咤灘至下牢三百餘里。

　　大曆中，太原偷馬賊誣一王孝廉同情，拷掠旬日，苦極強首，推吏疑其冤，未即具獄。其人惟念《金剛經》，其聲哀切，晝夜不息。忽一日，有竹兩節墜獄中，轉至於前。他因爭取之，獄卒意藏刃，破視，內有字兩行云：『法尚應捨，何況非法？』書迹甚工。賊首悲悔，具承以舊嫌誣之。〔註161〕

〔註157〕〔三國吳〕康僧會譯《六度集經》卷六，《大正藏》第3冊，34a。
〔註158〕《大正藏》第24冊，169b。
〔註159〕〔宋〕本覺撰《釋氏通鑒》卷五「梁普通元年」條云：「帝不省玄旨。師知機不契，十九日遂去梁，折蘆渡江。二十三日，北趨魏境。」
〔註160〕《高僧傳》卷三「宋京師中興寺求那跋陀羅」條，第132頁。
〔註161〕《酉陽雜俎》續集卷七，《唐五代筆記小說大觀》，上冊第770頁、774頁。

這兩則都是借竹子的神通變化來宣揚誦念佛經的因果報應，第一則是竹子渡人離險，第二則是竹子顯靈救人出獄。

《宋高僧傳》卷二十二：「釋智廣，姓崔氏，不知何許人也。德瓶素完，道根惟固，化行洪雅，特顯奇踪。凡百病者造之，則以片竹爲杖，指其痛端，或一撲之，無不立愈。」〔註162〕《景德傳燈錄》卷十一「崇福慧日」：「泉州莆田縣國歡崇福院慧日大師。福州侯官縣人也。……師携一小青竹杖入西院法堂。……時有五百許僧染時疾。師以杖次第點之，各隨點而起。」〔註163〕此兩則傳說中青竹杖具有治病奇效。

四、若干與竹子有關的公案或話頭

「話頭」指禪宗和尚用來啓發問題的現成語句，往往拈取一句成語或古語加以參究。與竹子朝夕相處，佛經中又有大量與竹子相關的內容，因此僧人的話頭多涉及竹子，所謂「坐石與僧談翠竹」（趙抃《又白雲庵偶題》）〔註164〕。僧人日常所用竹製品，也會成爲話頭。以下舉例略談與竹子有關的話頭。

（一）六祖斫竹

南宋梁楷《六祖斫竹圖》是一幅寫意畫，描繪六祖慧能斫竹的故事。慧能，俗姓盧，世居范陽，曾爲樵夫，爲禪宗南宗的開創者。圖中，六祖在古樹襯托下，一手拿刀，一手持竹竿，正砍伐枯竹。六祖曾爲樵夫，斫竹符合其人生經歷。但此圖要告訴人們的，顯然意不在此。慧能的禪法理論，主張人人都有佛性，強調自修自悟，寄坐禪於生活日用之中，認爲人們如果能領悟清淨的自性，就能達到解脫，即「識心見性，自成佛道」。其禪法理論爲後來南宗五家所繼承，影響深遠。可見斫竹更有著深刻的象徵意蘊，即在斫竹這樣的日常生活瑣事中同樣能自修自悟。

斫竹喻早見於印度佛經。如隋天竺三藏闍那崛多譯《佛本行集經》卷十三：「是時色界淨居諸天，即便化作大猛威風，吹彼樹倒。其次難陀將一束竹，來太子前。其內密置按摩所用鐵棒著中，以奉太子。太子見此一束之竹，

〔註162〕〔宋〕贊寧撰、范祥雍點校《宋高僧傳》卷二二，北京：中華書局，1987年，下冊第 687 頁。
〔註163〕《景德傳燈錄》卷一一，《大正藏》第 51 冊第 286～287 頁。
〔註164〕《全宋詩》第 6 冊第 4208 頁。

不謂其間有於鐵棒，不用多力，左手執劍，一下鈠斷。譬如壯士手執利刀斫一莖竹，或斫一箭，如是如是。」〔註165〕太子斫竹體現的是神通。佛經更多的是以破竹喻修行開悟的過程。姚秦三藏羅什法師譯《思惟略要法》：「不淨觀法」：「欲除貪欲，當觀不淨。瞋恚由外，既爾可制。如人破竹，初節爲難。既制貪欲，餘二自伏。」〔註166〕大乘基撰《金剛般若經讚述》卷上：「謂諸修行者欲證菩提作大利樂，要先發起大菩提心方興正行。故經說言如竹破初節，餘節速能破。見道初除障，餘障速能除。若發菩提心，一切功德自應圓滿，故發菩提心。」〔註167〕除貪欲、除業障，都以破竹初節難爲喻。鳩摩羅什譯《坐禪三昧經》卷下：「次第生苦法智，苦法忍斷結，使苦法智作證。譬如一人刈一人束，亦如利刀斫竹，得風即偃。忍智功夫故。」〔註168〕長水沙門子璇錄《金剛經纂要刊定記》卷四：「入於見道，爲須陀洹。分別麁惑，一時頓斷。猶如劈竹，三節并開。即以見諦八智爲初果體。初果行相略明如是。」〔註169〕此兩則以斫竹而偃、破竹而開喻修行頓悟。

從佛經所載斫竹喻可知，斫竹常用以譬喻修行方式、開悟過程等。斫竹喻在中上影響深遠，尤其契合禪宗「普請」法，即全體僧眾參加勞動的制度，禪也就體現在這些運水搬柴、斫竹鋤地的活動中。佛經云：「然乾枯柴竹，疑似有蟲，即須細破看之。」〔註170〕可見竹子用作柴燒，斫竹應是日常勞動。因此成爲說法時隨手拈來的眼前之景。唐李通玄撰《新華嚴經論》卷七：「或遲速不同。劈竹蹬梯，柄機各別。因茲之類，延促不同。」〔註171〕唐窺基撰《大乘法苑義林章》卷三「表無表色章」：「預流果超證第四果，猶如刈竹，橫斷煩惱。」〔註172〕《筠州洞山悟本禪師語錄》：「師問：『闍黎，昨日東園斫竹誰？』其僧罔測云不知。」〔註173〕鑑於斫竹話頭的廣泛流行，梁楷以之爲創作題材也就不難理解。

〔註165〕《大正藏》第 3 冊，711b。
〔註166〕《大正藏》第 15 冊，298b。
〔註167〕《大正藏》第 33 冊，130a。
〔註168〕《大正藏》第 15 冊，280a。
〔註169〕《大正藏》第 33 冊，206c。
〔註170〕〔唐〕釋道宣述《教誡新學比丘行護律儀》「在院住法第五」，《大正藏》第
　　　　45 冊，870b。
〔註171〕《大正藏》第 36 冊，761a。
〔註172〕《大正藏》第 45 冊，309a。
〔註173〕《大正藏》第 47 冊，517c。

（二）香嚴擊竹

香嚴智閑（？～898），唐代僧人。青州（山東益都）人。《五燈會元》卷九載：

> 鄧州香嚴智閑禪師，青州人也。厭俗辭親，觀方慕道。在百丈時性識聰敏，參禪不得。泊丈遷化，遂參溈山。山問：「我聞汝在百丈先師處，問一答十，問十答百。此是汝聰明靈利，意解識想，生死根本。父母未生時，試道一句看。」師被一問，值得茫然。歸寮將平日看過底文字從頭要尋一句酬對，竟不能得，乃自歎曰：「畫餅不可充饑。」屢乞溈山說破，山曰：「我若說似汝，汝已後罵我去。我說底是我底，終不干汝事。」師遂將平昔所看文字燒却。曰：「此生不學佛法也，且作個長行粥飯僧，免役心神。」乃泣辭溈山，直過南陽睹忠國師遺迹，遂憩止焉。

> 一日，芟除草木，偶抛瓦礫，擊竹作聲，忽然省悟。遽歸沐浴焚香，遙禮溈山。贊曰：「和尚大慈，恩逾父母。當時若爲我說破，何有今日之事？」乃有頌曰：「一擊忘所知，更不假修持。動容揚古路，不墮悄然機。處處無踪迹，聲色外威儀。諸方達道者，咸言上上機。」溈山聞得，謂仰山曰：「此子徹也。」〔註174〕

香嚴擊竹悟道公案中，最爲核心的禪悟內涵是「無心」，即《金剛經》所說「應無所住而生其心」。無執著六塵之心，方生清淨佛心。吳言生指出：「『父母未生時』是本心的典型象徵之一，側重於時間的超越。……『父母未生前』是禪林普遍參究的話頭之一。個體生命的源頭則是『父母未生時』，宇宙生命的源頭是『混沌未分時』。」〔註175〕參禪的目的無非解除生死煩惱問題，「禪宗的方法之一是消除一切理路意識，進入一種無思慮的狀態。溈山所說『父母未生時』，就是想啓發香嚴智閑對無思慮狀態的體悟。可惜香嚴平時習慣用意識思維去解答各種問題，從來沒有抛開『意解識想』的經驗，所以對此狀態茫然無知」〔註176〕。抛瓦擊竹相撞作聲的一瞬間，香嚴覺悟到「父母未生時」的「本來面目」，參透生死煩惱之根。因此，竹子成了禪悟的契機，這如同靈

〔註174〕《五燈會元》卷九「香嚴智閑禪師」，中冊第 536～537 頁。
〔註175〕吳言生著《禪宗哲學象徵》，北京：中華書局，2001 年，第 239 頁。
〔註176〕周裕鍇著《百僧一案：參悟禪門的玄機》，上海古籍出版社，2007 年，第 127 頁。

雲見桃花而悟道。宋代圓悟禪師將香嚴擊竹悟道與靈雲睹桃花悟道放到一起歌咏，曰：「門下青山潑黛，途中細雨如膏。靈雲陌上桃華，處處芳菲溢目；香嚴岩畔翠竹，時時撼影搖風。值得一擊忘所知，一見絕疑惑。」〔註177〕

香嚴頓悟的故事又成為激發後代僧人悟入的話頭。如《五燈會元》卷二十「玉泉曇懿禪師」：「一日入室，（大）慧問：『我要個不會禪底做國師。』師（即曇懿禪師）曰：『我做得國師去也。』慧喝出。居無何，語之曰：『香嚴悟處不在擊竹邊，俱胝得處不在指頭上。』師乃頓明。」〔註178〕《五燈會元》卷二十「淨慈曇密禪師」：「偶舉香嚴擊竹因緣，豁然契悟。」〔註179〕

（三）風吹竹動

竹林來風是自然現象。寺院的修竹來風，與寺廟周圍景物組成特定風景，如「砌竹搖風直」（羅隱《封禪寺居》）、「竹廊高下風」（許渾《題恩德寺》）、「高竹半樓風」（趙嘏《越中寺居》）、「竹風雲漸散」（許渾《將歸塗口宿鬱林寺道元上人院》），可見由近而遠的動感、風雲變滅的虛幻。《景德傳燈錄》載清涼文益禪師：「師指竹問僧：『還見麼？』曰：『見。』師曰：『竹來眼裏，眼到竹邊？』僧曰：『總不恁麼。』」〔註180〕人的感覺到底生於感官（眼）還是現象（竹）？文益禪師「竹來眼裏，眼到竹邊」的話頭，目的是讓僧人體會「見」是如何產生的，又是怎樣具有虛妄性〔註181〕。白居易《觀幻》：「有起皆因滅，無暌不暫同。從歡終做戚，轉苦又成空。次第花生眼，須臾竹過風。更無尋覓處，鳥迹印空中。」「用『花生眼』、『竹過風』寫一切諸法生住異滅的禪理。」〔註182〕

風吹竹動不僅帶來視覺變化，也會有聲音效果，如劉商《同徐城季明府遊重光寺題晃師房》「竹風清磬晚」、李儼《益州多寶寺道因法師碑文》「松吟竹嘯，共寶鐸以諧聲」〔註183〕。聲音是可以聽見并欣賞的，但佛教以為聲音不過是寂滅之境，而寂滅本是無聲的即超乎聲音的境界。《大般涅槃經》說：

〔註177〕《圓悟佛果禪師語錄》卷二，《大正藏》第 47 冊，721b。
〔註178〕《五燈會元》卷二○「玉泉曇懿禪師」，下冊第 1339～1340 頁。
〔註179〕《五燈會元》卷二○「淨慈曇密禪師」，下冊第 1386 頁。
〔註180〕《景德傳燈錄》卷二四《金陵清涼文益禪師》，《大正藏》第 51 冊，399c。
〔註181〕參考周裕鍇著《百僧一案：參悟禪門的玄機》，第 172～173 頁。
〔註182〕高文、曾廣開主編《禪詩鑒賞辭典》，鄭州：河南人民出版社，1995 年，第 128 頁。
〔註183〕《全唐文》卷二○一，第 3 冊第 2035 頁下欄右。

「譬如山間響聲，愚痴之人謂之實聲，有智之人知其非眞。」〔註184〕《壇經》中即有著名的「風吹幡動」公案。風吹竹響，打破了靜止與寧靜，也啓示了悟禪的玄機。盧綸《宿定陵寺》：「古塔荒臺出禁牆，磬聲初盡漏聲長。雲生紫殿幡花濕，月照青山松柏香。禪室夜聞風過竹，奠筵朝啓露沾裳。誰悟威靈同寂滅，更堪砧杵發昭陽。」在佛家看來，「同寂滅」正是風吹竹動、風吹竹響所要啓示於人的。《祖堂集》卷九：

> 問：「如何是西來意？」師云：「颯颯當軒竹，經霜不自寒。」
> 學人更擬申問。師云：「只聞風擊響，不知幾千竿。」〔註185〕

韓維《遊北園輒成二頌呈芳公長老》：「萬法都來一道場，遊行何處不眞常。臨風不用提玄旨，翠竹森森自短長。」〔註186〕此詩與《祖堂集》所載都表達了相同的啓悟：風中竹子是多是少、是短是長，都無非是通向寂滅之境。釋克勤《偈五十三首》其三七：「香嚴岩畔翠竹，時時撼影搖風。」〔註187〕則結合了香嚴擊竹故事與風吹竹動話頭。

第三節 「翠竹黃花」話頭考論

自中唐以來，「青青翠竹，總是法身；郁郁黃花，無非般若」（以下簡稱「翠竹黃花」）成爲禪門重要話頭，對文學藝術也有一定影響。本文擬對這一說法的起源與背景略作探討。

一、「翠竹黃花」話頭的出現

我們先從文獻記載考察「翠竹黃花」語源。較早提到「翠竹黃花」的佛教著作，如《祖堂集》卷四：「古德曰：『青青翠竹，盡是眞如；郁郁黃花，無非般若。』」〔註188〕此處僅泛言「古德」。《祖堂集》卷十五又以爲「（僧）肇有『青青翠竹，盡是眞如；郁郁黃花，無非般若』」〔註189〕。僧肇（384～414）爲後秦人，不僅其著述《宗本義》及《肇論》四篇無此語，就是唐以前

〔註184〕〔北涼〕曇無讖譯《大般涅槃經》卷二○《梵行品》，《大正藏》第 12 冊 484a。
〔註185〕《祖堂集》，上冊第 416 頁。
〔註186〕《全宋詩》第 8 冊第 5280 頁。
〔註187〕《全宋詩》第 22 冊第 14422 頁。
〔註188〕《祖堂集》，上冊第 170 頁。
〔註189〕《祖堂集》，下冊第 687～688 頁。

佛教著述中也未見〔註190〕。澄觀《大方廣佛華嚴經隨疏演義鈔》卷四十一：「借外典語。《晉書》中說，王獻之好竹，到處即皆樹之。人問其故，答云：『人生不得一日無此君耳。』意在虛心貞節歲寒不移。今明萬行不得暫時而無般若。」〔註191〕可見澄觀其時已有「翠竹是般若」的觀念。澄觀（737～838）於唐德宗興元元年到德宗貞元三年間（784～787）撰《大方廣佛華嚴經疏》二十卷，解釋《華嚴經》〔註192〕，後來又為弟子僧睿等百餘人撰《大方廣佛華嚴經隨疏演義鈔》九十卷，解釋疏文。《祖堂集》卷六又是另一種相似說法：

> 問：「古人有言：『青青翠竹，盡是真如；郁郁黃花，無非般若。』此意如何？」師曰：「不遍色。」僧曰：「為什摩不遍色？」師曰：「不是真如，亦無般若。」〔註193〕

此處說「青青翠竹，盡是真如」，又與他處不同。這既可見該話頭形成過程中的不確定，也可看作具有互文性。「翠竹黃花」話頭至唐末五代才載於佛教著作，又多傳為「古德」所說，其說法也未定型，可見此前有一段口頭流傳的過程。

印順說：「『青青翠竹，總是法身；郁郁黃花，無非般若』，是（源出二論宗）牛頭禪的成語。傳為僧肇說（《祖堂集》一五歸宗章），道生說（《祖庭事苑》卷五），都不過遠推古人而已。牛頭禪的這一見地，為曹溪下的神會、懷海、慧海所反對。唯一例外的，是傳說為慧能弟子的南陽慧忠（約676～775）。《傳燈錄》卷二八所載『南陽慧忠國師語』，主張『無情有佛性』，『無情說法』。慧忠是『越州諸暨人』（今浙江諸暨縣），也許深受江東佛法的薰陶而不自覺吧！後來拈起『無情說法』公案而悟入的洞山良價，也是浙江會稽人。區域文化的薰染，確是很有關係的。」〔註194〕印順從區域文化傳承的角度來看，以為與「無情有性說」的盛行有關，確為洞見。考慮到佛教文化的傳承有超越地域的因素，如果將眼光從佛教文化的內部考察稍微擴

〔註190〕雖然今存文獻無法證明僧肇首先提出「翠竹黃花」，但還是為有些學者所接受，主要依據是《祖堂集》。如朱良志《禪門「青青翠竹總是法身」辨義》，《江西社會科學》2005年第4期。
〔註191〕《大正藏》第36冊，314b。
〔註192〕參見陳揚炯《澄觀評傳》，《五臺山研究》1987年第3期，第11頁左。澄觀生卒年亦從陳揚炯說。
〔註193〕《祖堂集》，上冊第308頁。
〔註194〕印順著《中國禪宗史》，上海書店，1992年，第124頁。

展開來，則佛教「法身說」以及竹子和菊花在生活和文化層面的傳統影響也不可低估。

《祖堂集》是南唐保大十年（952）由泉州招慶寺靜、筠二位禪僧編撰，《祖庭事苑》則是宋朝睦庵善卿所編佛學辭典。「翠竹黃花」又見於文偃（864～949）編《雲門匡眞禪師廣錄》卷中及《景德傳燈錄》（成書於宋眞宗景德年間）等。在此之前，司空曙《寄衛明府常見短靴褐裘又務持誦是以有末句之贈》已云：「翠竹黃花皆佛性，莫教塵境誤相侵。」司空曙約卒於貞元六年（790）以後〔註 195〕。這是今知「翠竹黃花」一語的最早文獻記載，可證「翠竹黃花」話頭唐代已廣泛流行。

二、「翠竹黃花」與佛教「法身說」

「翠竹黃花」是禪宗話頭，考察竹、菊從印度佛教到中國禪宗的象徵意義轉換，佛教「法身」說、禪宗「無情有佛性」說都值得注意。

法身是梵語意譯，謂證得清淨自性，成就一切功德之身。「法身」不生不滅，無形而隨處現形，也稱爲佛身。各乘諸宗所說不一。竹子在佛經中最初只是用來形容佛的化身而已。「從東漢大乘佛經一傳播進來，同時就有『佛身』的思想。」〔註 196〕杜繼文主編《佛教史》云：

> 與「法身」相對，佛的「生身」被稱作「色身」。「色身」是「法身」的幻化，是爲滿足眾生信仰需要的一種示現，亦稱「化身」。「化身」隨民俗不同，眾生構想不同，形象各異，差別很大，但大都認爲他們具有「十力」、「四無所畏」、「十八不共法」等超人的能力，和「三十二相」、「八十種好」等超人的身形。此類「化身」，遍布三世十方，其密集的程度，猶如甘蔗、竹蘆、稻麻。〔註 197〕

可見竹子最初只是與甘蔗、蘆葦、稻麻等用以形容佛的色身的數量之多。這

〔註 195〕傅璇琮考證：「從司空曙的行迹中，由符載的文章，知道貞元四年司空曙尚在劍南西川韋皋幕，後又爲虞部郎中，則其卒應當還有幾年的時間。聞一多先生《唐詩大系》以司空曙之卒年爲 790（？），即貞元六年左右。雖然因材料所限，司空曙的卒年不可確考，但貞元六～十年前後大致是不差的。」（傅璇琮著《唐代詩人叢考》，北京：中華書局，1980 年，第 513 頁）
〔註 196〕任繼愈主編《中國佛教史》第二卷，北京：中國社會科學出版社，1985 年，第 51 頁。
〔註 197〕杜繼文主編《佛教史》，南京：江蘇人民出版社，2006 年，第 89～90 頁。

在佛經中有大量例證，如《維摩詰所說經》：「三千大千世界，如來滿中，譬如甘蔗竹葦，稻麻叢林。」〔註198〕此處「甘蔗竹葦」僅是譬喻如來之多。竹子也用於形容佛身之美，如元魏菩提留支譯《大薩遮尼乾子所說經》卷六「如來無過功德品第八之一」：「地主聽我說，如來八十好。以是諸相好，莊嚴瞿曇身。瞿曇甲圓好，形如半竹筒。美艷赤銅色，光澤如油塗。」〔註199〕以竹筒形容如來之身，這種比擬符合佛教植物擬人傳統〔註200〕。竹子在佛經中也用以形容普通人之多，如晉竺法護譯《正法華經》卷一「正法華經善權品第二」：「假使十方，悉滿中人。譬如甘蔗，若竹蘆葦。悉俱合會，而共思惟。」〔註201〕甚至用以形容惡鬼等，如《鞞婆沙論》卷十一云：「爾時一切眾生地獄餓鬼畜生熾燃，如甘蔗竹葦稻麻，叢林熾燃。」〔註202〕北涼曇無讖譯《悲華經》卷八：「爾時世界諸大菩薩、修習大乘及發緣覺聲聞乘者、天龍鬼神摩睺羅伽，如是等類，其數無量，不可稱計，譬如甘蔗竹葦稻麻叢林，遍滿其國。」〔註203〕可知竹子在印度佛教不過是宣揚佛法時引為譬喻的植物而已。用以比擬法身，可能由於兩方面的聯繫：一是長存不變易。《大般泥洹經‧如來性品》：「知如來法身，長存不變易。」〔註204〕法身長存不變易，竹子也是四季常青，經年不變。二是性空。玄奘《大唐西域記‧劫比他國》：「嘗聞佛說，知諸法空，體諸法性。是則以慧眼觀法身也。」〔註205〕諸法性空，法身也是如此。如《雜阿毗曇心論》卷八云：「彼修行者於出入息作一想。觀身如竹筒，觀息如穿珠，出入息不動，於身不發身識，是名安般念成。」〔註206〕觀身如竹筒之空，故云「不發身識」。竹子與佛身的關係

〔註198〕〔後秦〕鳩摩羅什譯、〔後秦〕僧肇注、常淨校點《維摩詰所說經》卷十三，哈爾濱：黑龍江人民出版社，1994年，第150頁。

〔註199〕《大正藏》第9冊，345a。

〔註200〕苾芻亦作「苾蒭」，即比丘，本西域草名，梵語以喻出家的佛弟子。為受具足戒者之通稱。唐玄奘《大唐西域記‧僧呵補羅國》：「大者謂苾芻，小者稱沙彌。」

〔註201〕《大正藏》第9冊，68b。

〔註202〕阿羅漢尸陀盤尼撰、符秦罽賓三藏僧伽跋澄譯《鞞婆沙論》卷一一「四等處第三十四」，《大正藏》第28冊，496c。

〔註203〕《大正藏》第3冊，216c。

〔註204〕〔東晉〕法顯譯《大般泥洹經》卷五「如來性品第十三」，《大正藏》第12冊，886a。

〔註205〕《大唐西域記校注》卷四，第420頁。

〔註206〕尊者法救造、宋天竺三藏僧伽跋摩等譯《雜阿毗曇心論》卷八「修多羅品第八」，《大正藏》第28冊，934b。

還緣於傳說，婆羅門曾「以丈六竹杖，欲量佛身」〔註 207〕。

　　竹子在中土演化爲法身之象，竺法護、僧肇起到重要作用。竺法護使法身變成客觀實在〔註 208〕。僧肇則云：「法身無生而無不生。無生，故惡趣門閉；無不生，故現身五道也。」〔註 209〕又云：「法身者，虛空身也。」〔註 210〕正如任繼愈主編《中國佛教史》第二卷所指出的：

　　　　「虛空」一經被神秘化而爲「法身」，同時也具有了「無生而無不生，無形而無不形」的神通，它能夠「在天而天，在人而人」。隨著無限眾生的需要而神通變化。再聯繫到《物不遷》中的「不遷」、《不眞空》中的「空」、《般若無知》中的「無知」，以及作爲成佛之道的「菩提」等等，都成了這種「法身」所固有的屬性：既可以作爲眞諦存在，成爲般若、菩提的對象，又可以作爲般若、菩提的化身，成爲無所不爲的主體；既是湛然不動的彼岸世界，又是唯有通過此岸世界才能得以表現的存在。〔註 211〕

也許因爲僧肇「法身者，虛空身也」的觀點，後人才將「翠竹黃花」附會於他身上。後來翠竹是眞如的觀念也許與此有關〔註 212〕。

　　「翠竹盡是法身」說法的形成還與佛教化身觀念有關。據王立研究，「一以化多」母題早在西晉時期已被中土道教所關注和吸收〔註 213〕。如果我們只關注其中與法身有關的內容，也不乏其例。任繼愈主編《中國佛教史》：「《牟

〔註 207〕《大唐西域記校注》卷九「摩揭陀國下」，第 711 頁。

〔註 208〕參見任繼愈主編《中國佛教史》第二卷，北京：中國社會科學出版社，1985年，第 52～53 頁。

〔註 209〕僧肇《維摩詰所說經注》卷一《佛國品》，轉引自任繼愈主編《中國佛教史》第二卷，北京：中國社會科學出版社，1985 年，第 515～516 頁。

〔註 210〕僧肇《維摩詰所說經注》卷二《方便品》，轉引自任繼愈主編《中國佛教史》第二卷，北京：中國社會科學出版社，1985 年，第 517 頁。

〔註 211〕任繼愈主編《中國佛教史》第二卷，北京：中國社會科學出版社，1985 年，第 517 頁。標點有所改動。原書作「不眞空」，加雙引號，僧肇《肇論》主要由四篇論文《物不遷論》、《不眞空論》、《般若無知論》、《涅槃無名論》組成，聯繫前後文，知是排版之誤。又「空」字後本爲逗號，據文意應爲頓號，引文也已改爲頓號。

〔註 212〕《成唯識論》進一步解釋說：「眞謂眞實，顯非虛妄；如謂如常，表無變易。謂此眞實，於一切位，常如其性，故曰眞如。」可見眞如是佛教中與實相、法界等同義的概念。

〔註 213〕王立著《中國古代文學主題學思想研究》，天津教育出版社，2008 年，第 254 頁。

子》的描述中也有中國以往沒有的東西，例如說佛能『分身散體』等，這來自大乘佛教的法身、應身說。按照這種說法，佛的法身長存，但應身（化身）無限，可隨時隨地應機現身說法，而釋迦牟尼只不過是佛的一個化身。」〔註214〕後魏南嶽慧思偈云：「頓悟心源開寶藏，隱顯靈通見真相。獨行獨坐常巍巍，百億化身無數量。縱令逼塞滿虛空，看時不見微塵相。可笑物兮無比況，口吐明珠光晃晃。尋常見說不思議，一語標名言下當！」〔註215〕這種化身思想還體現於話頭和偈語，如「佛真法身，猶如虛空。應物現形，如水中月」〔註216〕、「燈分千室，元是一光；潮應萬波，本來一水」〔註217〕。再如元代普度編《廬山蓮宗寶鑑念佛正教》卷二《慈照宗主圓融四土選佛圖序》：「禪云，黃花翠竹總是真如。教云，一色一香無非中道。」〔註218〕「一色一香」即植物，從植物而言是「中道」，從教義而言，是佛的化身。「翠竹黃花」無疑也是這種思想的體現。法身還指高僧之身。如唐盧簡求《杭州鹽官縣海昌院禪門大師塔碑》：「法身魁岸，相好莊嚴，眉毛紺垂，顴骨圓聳。」〔註219〕

竹子既用以比擬普通僧人及佛身，禪師圓寂示現因此也多涉及竹子，如：

> 長安二年（702）九月五日，（釋法持）終於延祚寺，遺囑令露骸松下，飼諸禽獸，令得飲食血肉者發菩提心。其日空中有神幡數百從西而來，繞山數轉，眾人咸見。先居幽棲故院，竹林變白。〔註220〕

> （杭州文喜禪師）光化三年（900）示疾。十月二十七日夜子時，告眾曰：「三界心盡即是涅槃。」言訖跏趺而終。壽八十，臘六十。終時方丈發白光，竹樹同色。〔註221〕

> （齊安禪師）以會昌二年（842）壬戌十二月二十二日泊然宴

〔註214〕任繼愈主編《中國佛教史》第一卷，中國社會科學出版社，1985年，第207頁。轉引自王立著《中國古代文學主題學思想研究》，天津教育出版社，2008年，第252頁。

〔註215〕轉引自〔日〕忽滑谷快天撰、朱謙之譯《中國禪學思想史》，上海古籍出版社，2002年，第106～107頁。

〔註216〕〔北涼〕曇無讖譯《金光明經》卷二「四天王品第六」，《大正藏》第16冊，第344b。

〔註217〕《祖堂集》卷一七，下冊第777頁。

〔註218〕《大正藏》第47冊，315c。

〔註219〕《全唐文》卷七三三，第8冊第7569頁下欄左。

〔註220〕《宋高僧傳》卷八《唐金陵延祚寺法持傳》，上冊第182頁。

〔註221〕《景德傳燈錄》卷一二，《大正藏》第51冊，294a。

坐，俄爾示滅。先時竹柏盡死，至是精彩益振。爰有清響叩户，祥光滿室，如環佩之鏘鳴，若劍戟之交射。瑞相尤繁，事形別錄。〔註222〕

三位禪師圓寂都通過竹樹變白來示現。可見竹子成為牛頭禪的話頭是從一開始就有迹象的。更早的，如「嗚呼法師，何時復還，風嘯竹柏，雲靄岩峰，川壑如泣，山林改容」（謝靈運《廬山慧遠法師誄》）〔註223〕、「嗚呼哀哉，山泉同罷，松竹衰涼，秋朝霜露，寒夜嚴長」（張暢《若耶山敬法師誄》）〔註224〕，竹子都僅是借景渲染悲情的植物之一。《高僧傳》卷八：「汝南周顒目之曰：『隆公（引者按，指釋慧隆）蕭散森疏，若霜下之松竹。』」〔註225〕已經是以竹擬人，這顯然淵源於魏晉時代人物品藻的風氣以及自先秦以來的人格比德傳統。以竹子比佛身、比高僧的情況無疑對「翠竹是法身」觀念的形成有重要影響。《洛陽伽藍記》透露了這種意識的重要來源，云：「有沙門寶公者，不知何處人也。形貌醜陋，心識通達，過去未來，預睹三世。發言似讖，不可得解，事過之後，始驗其實。……時亦有洛陽人趙法和請占早晚當有爵否。寶公曰：『大竹箭，不須羽，東廂屋，急手作。』時人不曉其意。經十餘日，法和父喪。大竹箭者，苴杖。東廂屋者，倚廬。」〔註226〕竹為苴杖載於《周禮》，是喪禮所用。但這顯然不是「竹林變白」示現現象的源頭，其源頭在佛經。《大般涅槃經》中，世尊於印度拘尸那揭羅城跋提河畔入滅後，河畔婆羅樹林變白，猶如白鶴，故稱白鶴林、白林、鵠林。〔註227〕高僧示寂，竹林變白，也可能影響到「翠竹是法身」的觀念。

三、「翠竹黃花」與佛教「無情有性說」

蘇軾曾戲說：「瓦礫猶能說，此君那不知。」〔註228〕可見「翠竹黃花」

〔註222〕《宋高僧傳》卷一一《唐杭州鹽官海昌院齊安傳》，上冊第262頁。

〔註223〕《全上古三代秦漢三國六朝文·全宋文卷三三》，第3冊第2619頁下欄左。

〔註224〕《全上古三代秦漢三國六朝文·全宋文卷四九》，第3冊第2702頁上欄左。

〔註225〕《高僧傳》卷八「齊京師何園寺釋慧隆」條，第327頁。

〔註226〕〔北魏〕楊衒之撰、周振甫釋譯《洛陽伽藍記校釋今譯》，北京：學苑出版社，2001年，第120頁。

〔註227〕參考全佛編輯部編《佛教的動物》，北京：中國社會科學出版社，2003年，第270頁。

〔註228〕蘇軾《器之好談禪，不喜遊山。山中筍出，戲語器之，可同參玉版長老，作此詩》，《全宋詩》第14冊第9585頁。

還與無情有性說有關。晉宋之際，竺道生倡眾生有性說，而無情有性說的出現，使成佛理論更爲圓融全面。無情有佛性說的思想淵源幾乎與眾生有性的思想一樣悠久。賴永海論述道：

> 竺道生的眾生有性說，是以理佛性、眞理自然爲根據的，此外，在道生許多著作中，法、實相、佛、佛性都是名異而實同的，這實際上已經包含著一切諸法悉有佛性的思想。天台智者以實相說爲基礎，倡「一色一香，無非中道」，無情有性思想亦是題中應有之義。華嚴宗主淨心緣起，把一切諸法歸結於一如來藏自性清淨心，倡一花一世界，一葉一如來，也沒有把無情物排除在佛性之外。三論宗的嘉祥大師，更是明言「於無所得人，不但空爲佛性，一切草木是佛性也」。他以《涅槃經》的「一切諸法中，悉有安樂性」等經文爲根據，指出，依通門義，一切眾生悉有佛性，草木亦耳。可見，無情有性的思想，歷史上早已有之，並非湛然發明，湛然的作用是把那些題中應有之義點示出來罷了。〔註229〕

而「草木有佛性」早見於隋代吉藏（549～623）的論述〔註230〕。其後牛頭禪初祖法融（594～657）《絕觀論》也說：「道者，獨在於形器之中耶？亦在草木之中耶？」「道，無所不遍也。」故可說：「草木久來合道。」〔註231〕

追溯「翠竹黃花」話頭的形成，還不能不及湛然（711～782年）的「無情有性」說。湛然主張木石等無情之物亦有佛性，在《大涅槃經疏》中，湛然說：「章安（灌頂）依經具知佛性遍一切處，而未肯彰言，以爲時人尚未信有，安示其遍。佛性既具空等三義，即三諦，是則一切諸法無非三諦，無非佛性。若不爾者，如何得云眾生身中有於虛空。眾生既有，餘處豈無。餘處若無，不名虛空。思之思之。」〔註232〕湛然提出「無情有性」思想是有針對性的，有學者以爲針對法相宗末流〔註233〕，也有學者以爲針對華嚴宗

〔註229〕賴永海著《中國佛性論》，北京：中國青年出版社，1999年，第219頁。關於「無情有性」說的思想淵源，可參看俞學明《湛然研究——以唐代天台宗中興問題爲線索》第198～200頁。

〔註230〕參見賴永海著《中國佛性論》，北京：中國青年出版社，1999年，第225～226頁。

〔註231〕〔唐〕法融《絕觀論》，轉引自方立天著《中國佛教哲學要義》上卷，北京：中國人民大學出版社，2002年，第393頁。

〔註232〕《大正藏》第38冊，184a。

〔註233〕周叔迦《無情有佛性》，《佛教文化》1999年4月。

〔註234〕。湛然的「無情有性」說，其含義是：「一一有情，心遍性遍，心具性具，猶如虛空。彼彼無礙，彼彼各遍，身土因果，無所增減。故《法華》云：世間相常住。世間之言，凡聖因果，依正攝盡。」〔註235〕俞學明認為，「此『無情有性』，是從性具的角度說，而不能從實在的『性佛』的角度去理解，否則便是偏失」〔註236〕，「湛然認為，『佛性』之名，是以『因』說真如。討論眾生是否有佛性是因為眾生實未成佛、得理、證果。『無情有性』，是就因中，從果性、從悟性而言」〔註237〕，「若以『果』論，則唯佛有果性；非但草木，連一切眾生都無有佛性」〔註238〕。自湛然點示揭明「無情有性」之說，「木石有性」才更深入人心，也成為天台宗宣傳教義及禪門不同宗派論難的話頭。

印順法師在《中國禪宗史》中指出：

> 牛頭禪的「無情有性」、「無情成佛」、（「無情說法」），是繼承三論與天台的成說，為「大道不二」的結論。然在曹溪門下，是不贊同這一見解的，如慧能弟子神會，……南嶽門下道一（俗稱馬祖）弟子慧海……道一大弟子百丈……〔註239〕

南宗禪的創立者慧能明確提倡「無情無佛種」，其弟子神會（666～760）堅持師說，在答牛頭山袁禪師詢問時，指出「佛性遍一切有情，不遍一切無情」，故而主張「豈將青青翠竹同於功德法身，豈將郁郁黃花等於般若之智」，「若是將青竹黃花同於法身般若者，此即外道說也」〔註240〕。

馬祖道一的弟子大珠慧海反對法融的「無情成佛」說，他說：「黃華若是般若，般若即同無情。翠竹若是法身，法身即同草木。如人吃筍，應總吃法身也。」〔註241〕但慧海對「翠竹黃花」並不全盤否定，《景德傳燈錄》載大珠和尚的問答：

〔註234〕俞學明著《湛然研究——以唐代天台宗中興問題為線索》，北京：中國社會科學出版社，2006年，第182頁。

〔註235〕《金剛錍》，《大正藏》第46冊，第784頁中、下。

〔註236〕俞學明著《湛然研究——以唐代天台宗中興問題為線索》，第185頁。

〔註237〕俞學明著《湛然研究——以唐代天台宗中興問題為線索》，第186頁。

〔註238〕俞學明著《湛然研究——以唐代天台宗中興問題為線索》，第185頁。

〔註239〕印順著《中國禪宗史》，上海書店，1992年，第123頁。

〔註240〕〔唐〕神會《南陽和尚問答雜徵義》，楊曾文編校《神會和尚禪話錄》，北京：中華書局，1996年，第86～87頁。

〔註241〕《五燈會元》卷三《大珠慧海禪師》，上冊第157頁。

　　　座主問：「禪師何故不許『青青翠竹盡是法身、郁郁黃華無非
般若』？」師曰：「法身無象，應翠竹以成形；般若無知，對黃華而
顯相。非彼黃華翠竹而有般若法身。故經云：佛眞法身，猶若虛空；
應物現形，如水中月。黃華若是般若，般若即同無情；翠竹若是法
身，翠竹還能應用。……若見性人，道是亦得，道不是亦得。隨用
而說，不滯是非。若不見性人，說翠竹著翠竹，說黃花著黃花，說
法身滯法身，說般若不識般若，所以皆成爭論。」〔註242〕

他的著眼點在於是否悟見眞如本性，而不是草木是否體現佛性。《佛果圜悟禪
師碧巖錄》卷十對此有很詳細的說明：「大珠和尙云：向空屋裏堆數函經看，
他放光麼？只以自家一念發底心是功德。何故？萬法皆出於自心。一念是靈，
既靈即通，既通即變。古人道：『青青翠竹盡是眞如，郁郁黃花無非般若。』
若見得徹去，即是眞如。忽未見得，且道作麼生喚作眞如。《華嚴經》云：若
人欲了知三世一切佛，應觀法界性一切唯心造。爾若識得去，逢境遇緣，爲
主爲宗。若未能明得，且伏聽處分。」〔註243〕可見關鍵在於自性是否覺悟，
心中覺悟，翠竹喚作眞如亦無不可，如未覺悟，自然難以理解。

　　　馬祖弟子百丈懷海（720～814）指出：「從人至佛，是聖情執；從人至
地獄，是凡情執。祇如今但於凡、聖二境有染愛心，是名有情無佛性。只如
今但於凡、聖二境及一切有無諸法都無取捨心，亦無無取捨知解，是名無情
有佛性。只是無其情繫，故名無情，不同木石太虛、黃華翠竹之無情。將爲
有佛性，若言有者，何故經中不見受記而得成佛者？祇如今鑑覺，但不被有
情改變，喻如翠竹。無不應機，無不知時，喻如黃華。」〔註244〕他「說的
是有情衆生悟解即有佛性，屬於有情修行之列，與佛性的普遍性問題無關」
〔註245〕。「法身無象，應物現形。」〔註246〕故方立天指出「洪州宗人（引者
按，指馬祖道一的門派）正是以法身隨時隨處顯現的見解，反對把法身的顯
現局限於翠竹黃花的觀點」〔註247〕，所謂「不墮黃花翠竹間」（仲并《次韵答

〔註242〕《景德傳燈錄》卷二八，《大正藏》第 51 冊，441b～441c。
〔註243〕《大正藏》第 48 冊，220c。
〔註244〕〔宋〕賾藏主編集《古尊宿語錄》上，北京：中華書局，1994 年，第 18～19
　　　　頁。
〔註245〕俞學明著《湛然研究——以唐代天台宗中興問題爲線索》，北京：中國社會科
　　　　學出版社，2006 年，第 202 頁。
〔註246〕《五燈會元》卷三《大珠慧海禪師》，上冊第 157 頁。
〔註247〕方立天著《尋覓性靈：從文化到禪宗》，北京師範大學出版社，2007 年，第

友人四首》其二）〔註248〕。

　　大珠慧海說：「《華嚴經》云：『佛身充滿於法界，普現一切群生前。隨緣赴感靡不周，而恒處此菩提座。』翠竹既不出於法界，豈非法身乎？又《般若經》云：『色無邊故般若亦無邊。』黃花既不越於色，豈非般若乎？」〔註249〕這種引經據典的解釋，足以說明「翠竹黃花」緣起與佛教色空觀有關。翠竹、黃花在此處其實具有互文性，都不越於色，都是般若、眞如。佛教主張通過色相去把握實相（眞如）。《心經》：「色不異空，空不異色；色即是空，空即是色。」因爲「虛空爲道本」〔註250〕，虛空在本質上是無所不在的圓滿（眞如），故黃檗希運說「不用求眞，唯須息見」〔註251〕，停止各種妄念，「眞」不求自至，就能領悟到佛法一切現成，山水草木都呈露著眞如。正是在這個意義上，法演和尙說：「山河大地是佛，草木叢林是佛。」〔註252〕百丈懷海也說：「一切色是佛色，一切聲是佛聲。」（《古尊宿語錄》卷二《百丈懷海大智禪師語錄之餘》）故「萬類之中，個個是佛」〔註253〕。色相是所見假象，最終要回到人對實相（眞如）的覺悟。《寶藏論》說：「譬如有人，於金器藏中，常觀於金體，不睹眾相。雖睹眾相，亦是一金。既不爲相所惑，即離分別。常觀金體，無有虛謬。喻彼眞人，亦復如是。」〔註254〕意思是說，有人在貯藏金器的寶庫中見到各種形狀的金器，但是他未被不同形狀所迷惑，他見到的是金子的本質。這個比喻說明眞人的覺悟應如此人看待金子，雖然見到的是現象世界，但悟到的是佛性。故釋遁倫集撰《瑜伽論記》：「復云言說之道，但說諸法通相。自性離言，不可說如此。如言青色雖簡黃赤白，然青名通目法界，一切青竹根莖枝葉皆青故。」〔註255〕竹子的根莖枝葉各不相同，這是現象，但根莖枝葉都是青色，這是本質。馬祖道一：「凡所見色，皆是見心。心不自心，因色故有。」〔註256〕故「聞聲悟道，

　　　414 頁。
〔註248〕《全宋詩》第 34 冊第 21550 頁。
〔註249〕《大慧普覺禪師語錄》卷一五，《大正藏》第 47 冊，875a。
〔註250〕延壽編集《宗鏡錄》卷七七引法融語，《大正藏》第 48 冊，842b。
〔註251〕《黃檗斷際禪師宛陵錄》，《大正藏》第 48 冊，385a。
〔註252〕《法演禪師語錄》卷上，《大正藏》第 47 冊，652b。
〔註253〕《黃檗斷際禪師宛陵錄》，《大正藏》第 48 冊，386a。
〔註254〕釋僧肇著《寶藏論》「本際虛玄品第三」，《大正藏》第 45 冊，149b。
〔註255〕〔唐〕釋遁倫集撰《瑜伽論記》卷一九「論本第七十三」，《大正藏》第 42 冊，751b。
〔註256〕張節末著《禪宗美學》，杭州：浙江人民出版社，1999 年，第 161 頁。

見色明心」〔註 257〕。從禪宗思想史來看，較早從理論上論述色空相即的般
若空觀，是傳爲僧肇所作的《寶藏論》〔註 258〕。鳩摩羅什讚歎：「秦人解空
第一者，僧肇其人也。」〔註 259〕這也許是後人將「翠竹黃花」說遠推至僧
肇的重要原因。

　　我們看佛教史上對於「翠竹是法身」的諸多爭論，主要在於無情是否
有佛性，也涉及到禪悟方式等。一方面，禪宗認爲聲色世界均是虛妄的，
只有內心的佛性才是眞實的，因此有「不說破」的原則，「說似一物即不中」
〔註 260〕，「喚作竹篾則觸，不喚作竹篾則背」〔註 261〕。按照《楞伽經》的
說法：「第一義者，聖智自覺所得，非言說妄想覺境界。」〔註 262〕故禪宗多
採用直觀啓悟的方式來布道傳教。另一方面，禪宗認爲見聞覺知也是佛性，
道「無所不在」（《莊子·知北遊》），故多借助象徵物傳教，指示佛法眞諦。
如馬祖曾說：「今見聞覺知元是汝本性，亦名本心。更不離此心別有佛。」
〔註 263〕故靈雲志勤禪師見桃花也能悟道（《五燈會元》卷四《靈雲志勤禪
師》）。因此，禪宗對無情是否有佛性的爭論是必然的。對「翠竹黃花」的記
載常常就是爭論的記錄。如《祖堂集》卷一七：「師《誡斫松竹人偈》曰：
千年竹，萬年松，枝枝葉葉盡皆同。爲報四方參學者，動手無非觸祖翁。」
〔註 264〕從「翠竹是法身」的角度來理解，可以尊崇竹子是「祖翁」，而從反
對者的眼光來看，吃筍又被說成「吃法身」。這又涉及到禪宗解除執著的思
想以及對傳教象徵物的理解。翠竹黃花象徵佛法，但不等於佛法；翠竹黃花
之於佛法，只是權宜之計；借筏可以登岸，見翠竹黃花可以悟道，但登岸之
後應當捨筏，悟道之後不應執著於「翠竹黃花」。正如《楞嚴經》所說：「如
人以手指月示人，彼人因指當應看月，若復觀指，以爲月體，此人豈唯亡失
月輪，亦亡其指。」〔註 265〕種種爭論客觀上使「翠竹黃花」話頭擴大了影

〔註 257〕《雲門匡眞禪師廣錄》卷中「室中語要」引古禪語，《大正藏》第 47 冊，554a。
〔註 258〕參見吳言生著《禪宗思想淵源》，北京：中華書局，2001 年，第 78 頁。
〔註 259〕《淨名玄論》卷六「十一得失門·第一性假門」，《大正藏》第 38 冊，892a。
〔註 260〕《壇經·機緣品》，轉引自周裕鍇著《百僧一案：參悟禪門的玄機》，第 26 頁。
〔註 261〕《大慧普覺禪師語錄》卷一六《普說》，轉引自周裕鍇著《百僧一案：參悟禪
　　　　門的玄機》，第 200 頁。
〔註 262〕〔南朝宋〕求那跋陀羅譯《楞伽阿跋多羅寶經》卷二「一切佛語心品之二」，
　　　　《大正藏》第 16 冊，490c。
〔註 263〕《宗鏡錄》卷一四，《大正藏》第 48 冊，492a。
〔註 264〕《祖堂集》，下冊第 770 頁。
〔註 265〕《楞嚴經》，《大正藏》第 19 冊，111a。

響。一花一世界，一葉一如來，竹子只不過是體現佛性的眾多佛教植物之一，實質是以形象直覺的方式傳達難以言說的教義。眞如本體和現象世界，二者之間是體與用、一般與個別的關係。正是基於「無情有佛性」的觀念，才會出現翠竹體現眞如的說法。如張鎡《桂隱紀咏》「翠竹是眞如」〔註266〕、謝逸《送曹聖延劉濟道歸宜春》其二「門前翠竹盡眞如」〔註267〕等，都是以竹子四季常青的本性比喻自性圓滿具足。

四、「翠竹黃花」話頭的形成與竹、菊並美連響的傳統

禪宗思想除淵源於佛教經典，還接受傳統文化的影響。「翠竹黃花」顯然是中土形成的佛教話頭，因此還得從傳統文化來尋源。「翠竹黃花」以竹、菊宣揚佛教義理，佛教推崇的植物很多，爲何單單拈出竹、菊？應是竹、菊這種物物組合有某種特殊內涵，而且已經深入人心易於爲人接受。

首先，竹、菊的佛教因緣有不同發展過程。其中竹子與佛教的因緣較深。竹子是西域與中土共有的植物。《法顯傳》：「自葱嶺已前，草木果實皆異，唯竹及安石留、甘蔗三物，與漢地同耳。」〔註268〕佛教傳入，也漸漸吸收融入中國本土竹文化。佛教文化藝術的一些重要方面，如寺廟周圍植竹，寺廟稱竹林寺或竹園寺，觀音道場在紫竹林，甚至佛像雕塑、壁畫中也有竹子，佛教傳說中有關竹子的也越來越多，這些都進入社會生活與意識形態。

菊花與竹子不同，它一開始並未與佛教結緣。印度佛教不崇拜菊花，但崇尚黃色〔註269〕。黃色在佛教徒的修行中起著舉足輕重的作用，所謂「修黃一切入」〔註270〕。佛教崇尚黃色，黃花自然受到尊崇。西域黃花樹，或稱瞻蔔、詹波、瞻博迦〔註271〕。黃花也能表示法身，如法賢譯《佛說妙吉祥最勝

〔註266〕《全宋詩》第50冊第31628頁。

〔註267〕《全宋詩》第22冊第14852頁。

〔註268〕〔東晉〕釋法顯撰、章巽校注《法顯傳校注》所記之「竭叉國」，上海古籍出版社，1985年，第21頁。

〔註269〕參考楊健吾《佛教的色彩觀念和習俗》，《西藏藝術研究》2005年第2期，第66～67頁。

〔註270〕阿羅漢優波底沙梁言大光造、梁扶南三藏僧伽婆羅譯《解脫道論》卷五「行門品之二」，《大正藏》第32冊，423b。

〔註271〕〔宋〕釋元照撰《四分律行事鈔資持記》上三「釋受戒篇」：「瞻蔔此云黃花，花小而香。西土所貴，故多舉之。」翻經沙門慧琳撰《一切經音義》卷一三「大寶積經第三十七卷」：「瞻博迦（舊曰旃簸迦，或作詹波，亦曰瞻蔔，又作占波花，皆方夏言音之差耳，此云金色花。大論云，黃花樹形高大，花亦

根本大教經》卷中記幻化之法：「若塗黃花擲於空中，能現千數大阿羅漢。」
〔註272〕佛教崇尚黃色的觀念很早就傳入中土，如《後漢書·西域傳》載：「世
傳明帝夢見金人，長大，頂有光明，以問群臣。或曰：『西方有神，名曰佛，
其形長丈六尺而黃金色。』帝於是遣使天竺，問佛道法，遂於中國圖畫形象
焉。」〔註273〕菊花也稱黃花。《呂氏春秋·十二紀》和《禮記·月令篇》均記
載：「季秋之月，菊有黃華。」《史氏菊譜》說：「菊，草屬也，以黃爲正，所
以概稱黃花。」〔註274〕菊稱「黃花」，與佛經「黃花」易於引起聯想。菊花這
樣「以假亂眞」地進入佛教，僧徒們誦經參悟的時候，不再是經中心中有黃
花而眼前無黃花。菊花以這樣一種形式進入佛教，因緣湊泊，爲「翠竹黃花」
的形成奠定了基礎。

　　其次，竹、菊連稱並舉有多方面因素的促進和逐漸形成的過程。就自然物
性來講，秋冬萬物凋零，而「翠竹黃花最耐秋」（周孚《次韵安民》）〔註275〕，
易於引人注目。就文化因素來講，一方面與道教長生有關，另一方面又都涉
及隱逸與比德。在追求長生的道教者看來，竹實、竹汁和菊花同是長生之藥。
如吳均《與顧章書》曰：「有石門山者……既素重幽居，遂葺宇其卜，幸富
菊花，偏饒竹實，山谷所資，於斯已辦，仁智所樂，豈徒語哉。」〔註276〕
可見以竹實與菊花服食。竹與菊相關聯還因爲同是酒名，如「竹葉於人既無
分，菊花從此不須開」（杜甫《九日五首》）。竹子淩寒不凋，早在先秦就成
爲堅貞的象徵。菊花也是如此，「菊尤爲人所重者，花只草本，而有晚節之
名」〔註277〕。這種感物觸興的聯想，與禪宗藉境悟心的思維模式有類似之
處。物又以人貴，王子獻之於竹，陶淵明之於菊，自東晉以來傳爲佳話。魏
晉以來隱逸思想盛行，隱居山林，尊慕竹林七賢和陶淵明，這也是竹、菊并
美連譽的重要原因。繁榮於百花眾草凋零之時，同是氣節和隱逸的象徵，竹、
菊因此獲得了聯姻的條件。

　　　　甚香，其氣逐風甚遠）。」
〔註272〕《大正藏》第 21 冊，87b。
〔註273〕《後漢書》卷八八，第 10 冊第 2922 頁。
〔註274〕〔宋〕史正志撰《史氏菊譜》，《四庫全書》第 845 冊第 29 頁上欄右。
〔註275〕《全宋詩》第 46 冊，第 28739 頁。
〔註276〕《全上古三代秦漢三國六朝文·全梁文卷六〇》，第 4 冊第 3306 頁上欄右。
〔註277〕陳衍《石遺室詩話》卷二四，張寅彭主編《民國詩話叢編》，上海書店出版社，
　　　　2002 年，第 1 冊第 327 頁。

　　竹、菊並舉的傳統早在唐前已出現。庾信《暮秋野興賦得傾壺酒詩》：「劉伶正捉酒，中散欲彈琴。但使逢秋菊，何須就竹林。」〔註 278〕可見竹、菊并提的道教及隱逸內涵。南朝宋范泰《九月九日詩》：「勁風肅林阿。鳴雁驚時候。籬菊熙寒藂，竹枝不改茂。」〔註 279〕也可見對凌寒氣節的賞美。再如沈約《郊居賦》：「風騷屑於園樹，月籠連於池竹。蔓長柯於檐桂，發黃華於庭菊。」〔註 280〕則是對物色之美的欣賞。到唐代，竹、菊并提更爲普遍。《全唐詩》中，「竹」、「菊」在一首詩中同時出現的情況已經很多，不下十幾例〔註 281〕，說明人們觀念中將其相提並論的傾向更爲明顯。如「人追竹林會，酒獻菊花秋」（李嶠《餞駱四二首》）、「東籬摘芳菊，想見竹林遊」（儲光羲《仲夏餞魏四河北覲叔》）等，都可見「竹」、「菊」并提淵源於魏晉風流。更多的還是作爲詩中並列的景物出現，如「屈原江上嬋娟竹，陶潛籬下芳菲菊」（徐光溥《題黃居寀秋山圖》）、「籬菊黃金合，窗筠綠玉稠」（白居易《履道新居二十韵》）、「晴攀翠竹題詩滑，秋摘黃花釀酒濃」（許渾《寄題華嚴韋秀才院》），也有濃縮於一句之中如「風篁雨菊低離披」（鄭嵎《津陽門詩》）），這樣就使竹、菊在更廣泛的意義上并提共舉，可知竹、菊已逐漸融入生活與意識。

　　總之，「竹」、「菊」并提已經越來越普遍，在人們的觀念中，「竹」、「菊」有著共同的特質，或關乎魏晉風流，或關乎隱逸內涵。當「竹」、「菊」并提成爲時尚，其進入僧徒眼界進而成爲話頭，也就爲期不遠而且不難理解了。

第四節　觀音與竹結緣考論

　　晉武帝泰始年間（265～274），竺法護譯出《正法華經》，觀世音進入中土。觀音是大乘佛教十分崇奉的菩薩，最初譯名爲「觀世音」，後略稱「觀音」〔註 282〕。

〔註 278〕《先秦漢魏晉南北朝詩・北周詩卷四》，下冊第 2405 頁。
〔註 279〕《先秦漢魏晉南北朝詩・宋詩卷一》，中冊第 1144 頁。
〔註 280〕《全上古三代秦漢三國六朝文・全梁文卷二五》，第 3 冊第 3099 頁下欄左。
〔註 281〕這裡所統計的情況主要指「竹」、「菊」在同一首詩中有一定聯繫，或竹菊并提，或在幾句中，但作爲景物並列。毫無有機關係的詩不計。
〔註 282〕有學者以爲避唐太宗李世民之諱而改稱「觀音」。參考羅偉國著《話說觀音》，上海書店，1992 年，第 4 頁。但也有學者持異議。

一、觀音與竹結緣的時間及原因

觀音與竹結緣早在南北朝。梁釋慧皎《高僧傳》卷十三《曇穎傳》載：

> 穎嘗患癬瘡，積治不除，房內恒供養一觀世音像，晨夕禮拜，求差此疾。異時忽見一蛇從像後緣壁上屋，須臾有一鼠子從屋墮地，涎漫沐身，狀如已死。穎候之，猶似可活，即取竹刮除涎漫。又聞蛇所吞鼠，能療瘡疾，即刮取涎漫，以傅癬上。所傅既遍，鼠亦還活。信宿之間，瘡痍頓盡。方悟蛇之與鼠，皆是祈請所致。〔註283〕

「取竹刮除涎漫」，竹子僅是其中曇花一現微不足道的道具，顯然還不能說是竹子與觀音結緣。再如《高僧傳》卷三載：

> 元嘉將末，譙王屢有怪夢，跋陀答云：「京都將有禍亂。」未及一年，元凶構逆。及孝建（公元四五四至四五六年）之初，譙王陰謀逆節，跋陀顏容憂慘，未及發言，譙王問其故，跋陀諫爭懇切，乃流涕而出曰：「必無所冀，貧道不容扈從。」譙王以其物情所信，乃逼與俱下。梁山之敗，大艦轉迫，去岸懸遠，判無全濟，唯一心稱觀世音，手捉邛竹杖，投身江中，水齊至膝，以杖刺水，水流深駛，見一童子尋後而至，以手牽之，顧謂童子：「汝小兒何能度我。」恍忽之間，覺行十餘步，仍得上岸，即脫納衣欲償童子，顧覓不見，舉身毛豎，方知神力焉。〔註284〕

在這則傳說中，竹子是作為觀音神通法力的體現而顯靈的，宣揚的是因果報應觀念。這一則傳說放到南北朝眾多果報神通故事中，無甚特色，也顯示不出與觀音結緣的特殊含義。竹與觀音真正意義上的結緣還要等到唐代，因為唐代觀音寶相多以竹為背景，又出現紫竹林道場。

觀音為何與竹結下不解之緣？可能有以下原因：

首先，觀音與竹的關係源自佛經。唐代，竹子作為佛的法身象徵廣泛流行，「青青翠竹盡是法身」成為僧人時尚的話頭，也波及民間。翠竹也演變為觀音真如之體。如義遠編《天童山景德寺如淨禪師續語錄》「念念勿生疑，碧波江上靜。觀世音淨聖，翠竹真如體。於苦惱死厄，曾錦紋添花。能為作依怙，山色春猶香。畢竟如何。世界無心塵不染，山河不盡意無巧。」〔註285〕

〔註283〕《高僧傳》卷一三「宋長干寺釋曇穎」條，第511頁。
〔註284〕《高僧傳》卷三「宋京師中興寺求那跋陀羅」條，第132頁。
〔註285〕《大正藏》第48冊，134c～135a。

竹林清淨無塵,翠竹體現真如法身,這可能是觀音化身示現與竹結緣的重要原因。「觀音可以示現種種身份說法。《法華經‧觀世音菩薩普門品》說有『三十三身』,《楞嚴經》說有『三十二應』。二者大同小異。」〔註286〕正如白化文所說,觀音形象「雖說源自《普門品》,但經典依據不多,而是在創造中加以定型」〔註287〕。如果僅就觀音三十三形象而言,此論無疑是正確的。但若就觀音與竹的因緣而言,還有可商之處。我們試從佛經尋找線索。唐天竺三藏阿地瞿多譯《佛說陀羅尼集經》載,觀世音菩薩說七日供養壇法,「次於壇四角各豎一竿,西門兩個竹竿,以繩繞繫四角竿上」,「次取水罐一十三口,各授一升許,滿盛淨水。於中少少盛著五穀,并著小小龍腦香、鬱金香等及石榴黃,共前五寶。裹中盛已,著於罐內。其罐口上以柳柏枝并葉竹枝塞頭縱豎,各以白絹束令不散。次咒水罐一百八遍,用十一面觀世音咒咒罐如是一百八遍」,「次於壇中心著一香爐,四方八門各一香爐。總燒香竟,然後阿闍梨把一香爐燒種種香。從壇外邊右繞一匝。行道已竟後,放著香爐,當於西水罐邊,次取西門水罐之上五色線一頭,將右轉繞於壇外邊竹竿之上」〔註288〕。可知竹子應用於觀音壇法,其用途不止一處,既作為竹枝與柳柏枝塞於盛淨水的罐口,又作為竹竿豎立於壇四角及西門。後來的觀音寶相有淨瓶柳枝而無竹枝,是民間流傳發展變化所致。

我們再看中土的觀世音形象。《觀世音持驗記》卷二「宋溧水俞集」條載:

> 宣和中,赴任興化尉。挈家舟行,淮上多蚌蛤,舟人日買食之。集見,輒買放諸江。偶見一筐甚重,眾欲烹食,集倍價償之不可。遂置諸釜中,忽大聲從釜起,光焰上騰。舟人恐,啓視之,一大蚌裂開,殼間現觀世音像,傍有竹兩竿,相好端嚴,衣冠瓔珞及竹葉枝幹,皆細珠綴成。集令舟中皆誦佛悔罪,取殼歸家供奉焉。(出感應篇傳)〔註289〕

觀音像旁「有竹兩竿」,與佛經正相合。

〔註286〕白化文《觀世音菩薩》,見氏著《漢化佛教與佛寺》,北京出版社,2003年,第156頁。
〔註287〕白化文《觀世音菩薩》,見氏著《漢化佛教與佛寺》,北京出版社,2003年,第156頁。
〔註288〕〔唐〕阿地瞿多譯《佛說陀羅尼集經》卷四《十一面觀世音神咒經》,《大正藏》第18冊,814b、815b、815c。
〔註289〕《觀世音持驗記》卷二,藏經書院編《卍續藏經》,臺灣:新文豐出版公司,1993年,第78冊100b。

　　其次，觀音與竹子結緣也因爲竹子的神通與佛性。佛教爲宣揚佛法，常借助神通情節宣傳果報思想。如上引《高僧傳》卷三所載竹杖渡人的傳說。在儒釋道三教融合的背景下，關於竹子的神通也有來自道教的影響。道教對竹子的崇拜使其逐漸仙化，竹子已成仙境象徵植物，如掃壇竹等。如《雲笈七籤》卷一一六「王奉仙」條：

> 　　王奉仙者，宣州當塗縣民家之女也。家貧，父母以紡績自給。
> 而奉仙年十三四因田中餉飯，忽見少年女十餘人，與之嬉戲，久之
> 散去。他日復見如初，自是每到田中餉飯，即聚戲爲常矣。……一
> 日將夕，母氏見其自庭際竹杪墜身於地。母益爲憂懇，問其故，遂
> 以所遇之事言之，父母竟未諭其本末。諸女剪奉仙之髮，前露眉，
> 後垂至肩。自此數年，髮竟不長。不食歲餘，肌膚豐瑩，潔若冰雪，
> 蟑首蠐領，皓質明眸，貌若天人，智辯明晤，江左之人謂之觀音
> 焉。……奉仙曰：「某所遇者道也，所得者仙也，嗤俗之徒加我以觀
> 音之號耳。」〔註290〕

奉仙「自庭際竹杪墜身於地」是道教法術，體現竹子溝通仙凡的神化功能。奉仙經年不食仍年輕貌美的秘訣在於得遇仙人，江左之人不知就裏，謂之觀音，因此招來奉仙不滿。這則小說透露了當時人們的潛意識，即觀音形象的塑造曾部分地受到女仙形象的影響。佛、道融合的情況也會融入觀音形象的塑造，如宋人徐道《歷代神仙通鑒》載：「普陀洛迦巖潮音洞中有一女眞，相傳商王時（《普陀山志·靈異》謂「周宣王」時），修道於此，已得神通三昧，發願欲普渡世間男女。嘗以丹藥及甘露水濟人，南海人稱之曰慈航大士。」〔註291〕這也許某種程度上可以解釋與女仙結緣的竹子轉化爲觀音寶相一部分的原因。

　　再次，觀音與竹結緣還因爲竹子的生殖崇拜內涵。這表現在兩方面：一是觀音在傳播中逐漸變爲女性。「觀世音爲女身，其事見於南北朝」〔註292〕。王青先生論述道：「北魏時期，女性佛教信仰者急劇增多，而在眾多佛教神祇中，觀音成爲女性歡迎的神祇，這也是觀音後來女性化的一個重要原因。」

〔註290〕《雲笈七籤》卷一一六「王奉仙」條，《四庫全書》第 1061 冊第 358 頁。
〔註291〕轉引自貝逸文《普陀紫竹觀音及其東傳考略》，《浙江海洋學院學報（人文科
　　　　學版）》2002 年第 1 期，第 15 頁。
〔註292〕〔清〕俞正燮撰《癸巳類稿》，遼寧教育出版社，2001 年，第 513 頁。

〔註293〕「觀音女性化的主要依據應當在經文中，《觀世音菩薩普門品》當中觀世音以三十三身化身示現的人物中有比丘尼、優婆夷、長者婦女、居士婦女、宰官婦女、婆羅門婦女、童女七種人物是明顯的女性形象。這就爲中土觀音女性化提供了依據。」〔註294〕趙克堯認爲：「概括前人見解，觀音變相的時代有以下幾種看法。清趙翼《陔餘叢考》主張六朝時已變女相，清黃艾庵《見道集》認爲在唐末，明胡慶（引者按，「慶」當是「應」字之誤）麟及王世貞又主元明間，三說變相時間雖有先後不同，但忽視漸變過程却是共同的。拙以爲觀音變相不是一蹴而就的，因此應作歷史的過程性考察，大體說來，經歷了三個階段：始於東晉南北朝，發展於唐，定型於宋，沿習至今。」〔註295〕自東晉到唐宋，觀音完成了由男性到女性的轉變。而竹子在南北朝也是女性象徵逐漸形成的時期，在民間主要表現爲湘妃竹、臨窗竹等女性象徵。唐代觀音寶相涉及竹子的主要有水月觀音、紫竹觀音等，而普陀山紫竹道場更是影響廣泛。

二是民間竹生殖崇拜視竹爲具有生殖功能的靈物，而觀音在民間也逐漸形成送子功能。竹生殖崇拜自先秦即有，南北朝時期經道教宣傳，在民間與貴族間大爲流行，甚至唐代還有祭祀竹林神求子的風俗。竹生殖崇拜觀念又與觀音送子職能相結合。貝逸文認爲：「關於觀音送子的職能，亦可在古印度典籍《梨俱吠陀經》中找出原型，經文說觀音能使『不孕者生子』。《法苑珠林》記有晉代居士孫道德求子如願的故事。史載唐代高僧萬回由『母祈於觀音像而妊』；宋代海神媽祖林默，爲其母夢觀音賜藥遂懷妊生之。」〔註296〕趙克堯認爲：「女相觀音發展爲送子觀音的出現，並不是陰錯陽差的表現，而是納孝於釋進入人們日常世俗生活的深刻反映。」〔註297〕當然，也有經典依據。《妙法蓮華經》卷七：「若有女人設欲求男，禮拜供養觀世音菩薩，

〔註293〕王青先生著《魏晉南北朝時期的佛教信仰與神話》，北京：中國社會科學出版社，2001年，第154頁。

〔註294〕王青先生著《魏晉南北朝時期的佛教信仰與神話》，北京：中國社會科學出版社，2001年，第156頁。

〔註295〕趙克堯《從觀音的變性看佛教的中國化》，《東南文化》1990年第4期，第240頁右。

〔註296〕貝逸文《普陀紫竹觀音及其東傳考略》，《浙江海洋學院學報（人文科學版）》2002年第1期，第16頁。

〔註297〕趙克堯《從觀音的變性看佛教的中國化》，《東南文化》1990年第4期，第243頁左。

便生福德智慧之男。設欲求女，便生端正有相之女，宿殖德本，眾人敬愛。」
〔註298〕

二、水月觀音與竹子

　　佛教尊像畫一般只畫佛像本身而少畫背景，水月觀音像的構圖不僅有背景，還多有竹子。松本榮一認爲「水月觀音圖」及其特點與周昉創制的「水月之體」有密切關係，并總結了「水月觀音圖」的六個特點，其中之一是「菩薩背後描畫了竹或棕櫚」〔註299〕。《歷代名畫記》卷三：「（勝光寺）塔東南院，周昉畫水月觀自在菩薩、掩障菩薩、圓光及竹，并是劉整成色。」〔註300〕可見周昉水月觀音圖有竹子。敦煌繪畫中水月觀音寶相也有竹子。斯坦因從藏經洞盜走的文物中有兩幅水月觀音像，一紙本一絹本，皆坐岩石上，紙本觀音身邊有三竹二筍，絹本觀音身旁兩側各有竹三株。伯希和從藏經洞盜走的文物也有兩幅水月觀音像，也是一紙本一絹本，紙本觀音身旁有二筍一竹，絹本觀音背後有三竹二筍。不僅紙絹畫，敦煌壁畫中也多有竹子〔註301〕。水月觀音傳至鄰國日本和朝鮮，也以竹林爲背景。《李相國集》載：「幻長老以墨畫觀音像求予贊，曰：『觀音大師，觀世音子，白衣淨相，如月映水；卷葉雙根，聞熏所自，宴坐竹林，虛心是寄。』」〔註302〕

　　觀音宴坐石上，源自佛經。唐實叉難陀譯《八十華嚴》卷六八：「西面岩谷之中，泉流縈映，樹林翁鬱，香草柔軟，右旋布地。觀自在菩薩於金剛石上，結跏趺坐，無量菩薩皆坐寶石，恭敬圍繞，而爲宣說大慈悲法，令其攝受一切眾生。」〔註303〕這與佛祖修行方式沒有不同。《大唐西域記》卷九載：

　　　　孤山東北四五里，有小孤山，山壁石室，廣袤可坐千餘人矣。

　　　　如來在昔於此三月說法。石室上有大磐石，帝釋、梵王摩牛頭旃檀

〔註298〕〔後秦〕鳩摩羅什譯《妙法蓮華經》卷七「觀世音菩薩普門品第二十五」，《大正藏》第 9 冊，57a。
〔註299〕說見姜伯勤著《敦煌藝術宗教與禮樂文明》，中國社會科學出版社，1996 年，第 48 頁。
〔註300〕〔唐〕張彥遠著、蕭劍華注釋《歷代名畫記》卷三，南京：江蘇美術出版社，2007 年，第 80 頁。
〔註301〕參考王惠民《敦煌水月觀音像》，《敦煌研究》1987 年第 1 期，第 33～36 頁。
〔註302〕轉引自王惠民《敦煌水月觀音像》，《敦煌研究》1987 年第 1 期，第 32 頁。
〔註303〕〔唐〕實叉難陀譯《八十華嚴》卷六八《入法界品》之九，《大正藏》第 10 冊，366c。

　　塗餙佛身，石上餘香，於今郁烈。〔註304〕

　　　　精舍東北石澗中，有大磐石，是如來曬袈裟之處，衣文明徹，
　　皎如雕刻。其傍石上有佛脚迹，輪文雖暗，規模可察。〔註305〕

可見宴坐石上是諸佛菩薩修行的普遍方式。

　　水月觀音爲何以水月澄明、竹樹蔥蘢爲背景環境？從宗教文化角度而
言，是體現和宣傳教義。白化文解釋，水月觀音「作觀水中月影狀。水中月，
喻諸法無實體。此像具哲理性，受知識界崇敬」〔註306〕。王惠民指出：「水月
觀音，就是『世間所繪觀水中月之觀音』，是佛教三十三觀音之一。而三十三
觀音中，只有白衣、葉衣、青頸、延命、多羅尊和阿麼提等少數幾個觀音見
諸漢譯密教經典，餘爲中國、日本和朝鮮在唐及以後民間流傳、信奉的觀音，
沒有經典依據。如馬郎婦觀音就是唐朝元和十二年（817 年）觀音在陝右的化
身，以後就列爲三十三觀音之一。」〔註307〕二位先生未能提供水月觀音涉及
竹子的佛教經典依據。李翎《水月觀音與藏傳佛教觀音像之關係》作了進一
步論述：

　　　　從設計思想上分析，周昉的「水月觀音」來自大乘般若的空性
　　理論，「水」、「月」是這一身形觀音代表的主題。……「空性」是「水
　　月觀音」表達的主旨，唯識學、《了本生死經》、《般若心經》是「水
　　月觀音」設計思想的經典出處。〔註308〕

其所論水月觀音形象的經典出處主要從「水」、「月」著眼，認爲「水」、「月」
體現「空性」，這無疑是正確的。水月觀音身後的竹子當也與此有關，也有佛
經依據。佛教多記佛祖和僧徒於樹林或竹林修行成道。唐天竺三藏阿地瞿多
譯《佛說陀羅尼集經》卷四「闍咤印咒第五」：「是法印咒。若居聚落，若在
山中，離雜聲處。有華果樹竹林，水池中央，起舍。日日洗浴入於道場。先
作護身結界印竟，請觀世音菩薩。作華座印安置座上，然三盞燈。種種香華

〔註304〕〔唐〕玄奘、辯機原著，季羨林等校注《大唐西域記校注》，北京：中華書局，
　　　　1985 年，第 715 頁。原注：「餙爲飾之俗字。」
〔註305〕〔唐〕玄奘、辯機原著，季羨林等校注《大唐西域記校注》，北京：中華書局，
　　　　1985 年，第 728 頁。
〔註306〕白化文《觀世音菩薩》，見氏著《漢化佛教與佛寺》，北京出版社，2003 年，
　　　　第 157 頁。
〔註307〕王惠民《敦煌水月觀音像》，《敦煌研究》1987 年第 1 期，第 31 頁。
〔註308〕李翎《水月觀音與藏傳佛教觀音像之關係》，《美術》2002 年第 11 期，第 51
　　　　頁。

供養禮拜讚歎畢已，掬珠一心，念觀世音菩薩名字。若人日日作此咒法，滿十萬遍即得見觀世音菩薩。」〔註309〕不僅有水池，也有竹林，這可能就是觀音道場在竹林的佛典依據。

從美感角度而言，水邊月下的環境具有清淨的象徵意義，如水月觀音、南海觀音等都取爲背景。關於「水」、「月」意象的文化意蘊，程杰已有論述：

> 「水」、「月」在中國文學中是兩個特殊的意象，在漫長的歷史過程中尤其是入唐以來積澱了豐富的意蘊。……「水」不只是一個植物生長環境，「月」的作用也遠不是一種光色氣氛的擬似詞，而是一個比雪、霜、冰、玉等都更具文化積澱的境象。〔註310〕

竹與水月的風景組合很早就有，到唐代更是普遍。五代南唐詩人江爲詩句「竹影橫斜水清淺，桂香浮動月黃昏」，甚至影響到梅花與水、月的組合象徵〔註311〕。稍後出現的楊枝觀音也多以水、月、竹爲背景，因此是水月觀音的變體。自唐五代形成竹石組合的背景環境，宋元以後水月觀音像傳承延續這一傳統。《冷齋夜話》：「鄒志完南遷，自號道鄉居士。在昭州江上爲居室，近崇寧寺，因閱《華嚴經》於觀音像前，有修竹三根生像之後，志完揭茅出之，不可，乃垂枝覆像，有如今世畫寶陀山岩竹，今猶在。昭人扃鎖之，以俟過客遊觀。」〔註312〕釋志磐記：「淳祐元年（1241），上夢觀音大士坐竹石間，及覺，命圖形刻石。」〔註313〕可見觀音坐於竹石間的形象在宋代已經深入人心。

三、紫竹林道場的形成

道場，原指佛成道之所。梵文 Bodhimanda 的意譯，音譯爲菩提曼拿羅。如《大唐西域記》卷八稱釋迦牟尼成道之處爲道場。後借指供佛祭祀或修行學道的處所。關於觀音的道場，《華嚴經・入法界品》載：

〔註309〕《大正藏》第 18 冊，817b。

〔註310〕程杰《梅與水、月——一個咏梅模式的發展》，《江蘇社會科學》2000 年第 4 期，第 113 頁右。

〔註311〕參考程杰《梅與水、月——一個咏梅模式的發展》，《江蘇社會科學》2000 年第 4 期，第 113 頁右。

〔註312〕〔宋〕釋惠洪《冷齋夜話》卷二「昭州崇寧寺觀音竹永州淡山狐」條，北京：中華書局，1988 年，第 23 頁。

〔註313〕〔宋〕釋志磐撰《佛祖統記》卷四八《法運通塞》，轉引自汪聖鐸著《宋代社會生活研究》，北京：人民出版社，2007 年，第 74～75 頁。

於此南方，有名補恒洛迦，彼有菩薩，名觀自在，……其西面
岩谷之中，泉滾瑩映，樹林蓊葱，香草柔軟，右旋布地，觀自在菩
薩於金剛寶石上，結跏趺坐，無量菩薩，皆坐寶石，恭敬圍繞，而
爲宣說大慈悲法，令其攝受一切眾生。〔註314〕

「補恒洛迦又作布旦恒洛迦、普陀恒洛伽等，都是梵語 Potalaka 的音譯，簡化
則可爲逋多羅、寶陀羅等。意爲小白華、小花樹、小樹鬘、光明等，至於其
具體方位，大約在南印度海岸地區。」〔註315〕觀音信仰傳入中土後，浙江舟
山群島的普陀山建造道場始於唐宣宗初年。元代盛熙明《普陀洛迦山傳》載：

宣宗大中元年（847），有梵僧來潮音洞前，焚十指，指盡，親
見大士說法，授以七色寶石。靈感遂起，始誅茅建屋焉。〔註316〕

一般以此爲普陀建寺之始。《華嚴經》體現的是佛教經典，《普陀洛迦山傳》
更多地代表民間視角，其中都沒有竹子，可見一種觀念和意識的形成需要經
過漫長時間的不斷改造和磨合。

竹子與印度補陀山的聯繫在佛經中多有，可能因此附會於浙江普陀洛迦
山觀音。「宋郭象《睽車志》云：紹興時，四明巨商泛海十餘日，抵一山，飯
僧，得丹竹一莖，前至一國，有老叟見其竹，曰：補陀洛伽山觀音坐後旃檀
林紫竹也，後遂於此立刹，亦謂之南海。」〔註317〕《睽車志》所載傳說中旃
檀紫竹還能治病，「有久病醫藥無效者，取竹煎湯飲之輒愈」〔註318〕。宋理宗
在給上天竺廣大靈感觀音殿撰寫的記文中云：「我聞補陀山，宛在海中島，是
爲菩薩現化之地，距杭之天竺一潮耳。故神通威力，每於天竺見之。」〔註319〕
汪聖鐸指出：「他講距杭州天竺一潮之遠的補陀山，顯然不是遠在印度的補陀
山，而是明州補陀山。皇帝親自講明州補陀山是觀音現化之地，表示朝廷已

〔註314〕 轉引自張鴻勛《敦煌本〈觀音證驗賦〉與敦煌觀音信仰》，見氏著《敦煌俗文
學研究》，蘭州：甘肅教育出版社，2002 年，第 344 頁。
〔註315〕 張鴻勛《敦煌本〈觀音證驗賦〉與敦煌觀音信仰》，見氏著《敦煌俗文學研究》，
蘭州：甘肅教育出版社，2002 年，第 344 頁。
〔註316〕 轉引自孫昌武著《中國文學中的維摩與觀音》，北京：高等教育出版社，1996
年，第 296 頁。
〔註317〕 〔清〕俞正燮撰《癸巳類稿》卷一五「觀世音菩薩傳略跋」條，遼寧教育出
版社，2001 年，第 514～515 頁。
〔註318〕 《天中記》卷五三引《睽車志》，《四庫全書》第 967 冊第 544 頁下欄右。
〔註319〕 轉引自汪聖鐸著《宋代社會生活研究》，北京：人民出版社，2007 年，第 83
頁。

正式承認明州補陀山觀音道場的地位。」〔註320〕宋末黃震《紹興府重修圓通寺記》：「蓋聞四明大海中有山曰補陀，世稱爲觀音之居。凡焚香而往航海而求者，率見紫竹旃檀，見淨瓶岩石，見眞珠瓔珞，往往與世之祠其像者巧相合，是大海爲百川之宗，觀音爲大海神異之宗。宜雨歟？翻溟渤雨下土。宜暘歟？卷浮雲歸太虛。靈變應禱，理勢則然。誰謂雨暘非山川之事而鬼神非造化之迹乎！」〔註321〕元馮福京等編《昌國州圖志》卷七：「寶陀寺在州之東海梅岑山，佛書所謂東大洋海西紫竹旃檀林者是也。」〔註322〕宋代俗文學作品《香山寶卷》載觀音三十二相中也「或現紫竹綠柳」〔註323〕。

「度眾生在白蓮臺上，挽浩劫於紫竹林中。」〔註324〕觀音形象爲人所熟知在於其紫竹林道場。紫竹唐末才見於記載，《全唐詩》僅三例。如陳陶《題僧院紫竹》：「青葱太子樹，灑落觀音目。法雨每沾濡，玉毫時照燭。」貫休《贈景和尚院》：「貌古眉如雪，看經二十霜。尋常對詩客，只勸療心瘡。炭火邑湖澄，山晴紫竹涼。怡然無一事，流水自湯湯。」邑湖即南湖〔註325〕。劉言史《葛巾歌》：「十年紫竹溪南住，迹同玄豹依深霧。」前兩例顯與佛教有關，第一例「灑落觀音目」已涉及觀音。

觀音紫竹林道場逐步擴大影響，波及其他地方。四川安岳縣石羊場外毗盧山上有紫竹觀音像，主尊水月觀音高 3 米，遊戲坐，身後壁刻圓形頭光和青竹。岩右刻明萬曆三十九年碑云：「閱自唐代，有西人柳本尊者，爲諸眾生開示覺悟梯航。勒大士像於毗盧山之石。紫竹飛鳳，有風晴雨露之態。」〔註326〕王家祐認爲「據此知主像創自唐末」〔註327〕，曾德仁則以爲北宋中

〔註320〕汪聖鐸著《宋代社會生活研究》，北京：人民出版社，2007 年，第 83 頁。
〔註321〕〔宋〕黃震撰《黃氏日抄》卷八七，《四庫全書》第 708 冊第 925 頁上欄。
〔註322〕〔元〕馮福京等編《昌國州圖志》卷七，轉引自汪聖鐸著《宋代社會生活研究》，北京：人民出版社，2007 年，第 78 頁。
〔註323〕《香山寶卷》卷下，轉引自張靜二《論觀音與西遊故事》，載《政治大學學報》第 48 期，1983 年 2 月出版，第 156 頁。參考佛學研究網網址：http://www.wuys.com/news/article_show.asp 抬 articleid=6406。
〔註324〕岳晨曦書揚州觀音山聯，轉引自羅偉國著《話說觀音》，上海書店，1992 年，第 132 頁。
〔註325〕南湖古稱邑湖。《岳陽風土記》載：「邑湖在洲南，亦稱南湖，春冬水涸，秋夏水漲，即渺彌勝千石舟。」古謂水倒流爲邑，因洞庭湖納湘、資、沅、澧四水，流經此處注入長江時，有一湖汊，向南回拐，因名邑湖。又因其位於岳陽城南，故又稱南湖。
〔註326〕引自王家祐《安岳（縣）毗盧洞造像》，《宗教學研究》1985 年第 s1 期，第

後期所作〔註 328〕。

四、觀音與竹結緣的影響

　　觀音與竹結緣，對於民俗文化及文學藝術的影響是明顯的。其影響於民俗方面，如求子、祈雨等，延續和強化了竹子生殖崇拜在民間的流傳。如祈雨，據汪聖鐸研究，「仔細考察北宋時期皇帝或朝廷直接開啓的佛教祈雨祈晴道場，不難發現，記載儘管數量可觀，却沒有一例是專門向觀音祈雨祈晴的」〔註 329〕。而地方舉辦的向觀音祈雨祈晴的活動却有記載，如《吳郡志》：「光福寺，在吳縣西南七十里。舊有銅像觀音，歲有水旱，郡輒具禮迎奉入城，祈禱必應。……元祐中，建安黃公頡《銅觀音像記》：『光福寺距城六十里，有銅像觀音，其始作者與其歲月予不得知也。康定改元六月，志里張氏於廟傍之泥中睹焉，時久旱弗雨，相與言曰：觀音示現，殆有謂乎。乃具梵儀禱焉。實時雨降。以是凡有禱而弗獲者，州人必請命於刺史而致敬，無不得其感報。』」〔註 330〕民間較早接受觀音與竹子的聯繫，竹子也具有祈雨功能，可能與此有關。

　　影響於藝術方面，以觀音畫像爲例，徐建融編著《觀音寶相》收錄的觀音寶相，畫中有竹子的，如南宋張月湖畫《白衣觀音菩薩》（第 116 頁）、宋元豐五年刻《送子觀音菩薩》石刻線畫（第 117 頁）、元趙奕畫《觀音大士像》（第 187 頁）、元趙雍畫《觀音菩薩像》（第 190 頁）、元代石刻線畫《送子觀音菩薩像》（第 191 頁）、明唐寅畫《竹林觀音菩薩》石刻線畫（第 211 頁）、明吳彬畫《南海觀音菩薩像》（第 228 頁）、清秦大士畫《觀音菩薩與善財、龍女》（第 244 頁）、清戴熙畫《竹林觀音菩薩》（第 246 頁）、清郭元舉畫《白衣觀音菩薩》（第 247 頁）、清王自英畫《岩洞觀音菩薩》石刻線畫（第 257 頁）、近代《抱子觀音菩薩壽山石雕像》（第 310 頁）、張大千畫《觀音菩薩像》

---

44 頁。

〔註 327〕引自王家祐《安岳（縣）毗盧洞造像》，《宗教學研究》1985 年第 s1 期，第 44 頁。

〔註 328〕曾德仁《四川安岳石窟的年代與分期》，《四川文物》2001 年第 2 期，第 58 頁左。

〔註 329〕汪聖鐸《南宋王朝與觀音崇拜》，見氏著《宋代社會生活研究》，北京：人民出版社，2007 年，第 65 頁。

〔註 330〕〔宋〕范成大《吳郡志》卷三三，《四庫全書》第 485 冊第 252 頁下欄右。

（第 312 頁）、張大千畫《白衣觀音菩薩》（第 313 頁）、張大千畫《觀音大士像》（第 314 頁）、張大千摹敦煌壁畫《竹林觀音菩薩像》（第 315 頁）、近代金業畫《白衣觀音菩薩》（第 318 頁）等。

　　影響於文學創作，如明傳奇《觀世音修行香山記》「敘述妙莊王三女妙善本爲正法明王，偶因過犯，謫在陽間，不慕榮華，不樂婚配，深樂佛法修行，以拒絕父王成婚之命，受到責罰磨難，至被處死，還魂到香山寺紫竹林修行；時妙莊王以業報得惡疾，求醫不救，妙善施以手眼，始得痊癒；佛陀金旨宣講緣起，封妙善爲大慈大悲救苦救難靈感觀世音菩薩」〔註 331〕。再如《西遊記》第四十九回《三藏有災沈水底，觀音救難現魚籃》中，觀音清早在紫竹林中做魚籃。再如孫悟空參見觀世音菩薩的情形，見觀音紫竹林景象，「汪洋海遠，水勢連天。祥光籠宇宙，瑞氣照山川。……觀音殿瓦蓋琉璃，潮音洞門鋪玳瑁。綠楊影里語鸚歌，紫竹林中啼孔雀」〔註 332〕。

　　也影響民間文學創作。民歌唱道：「陽山頭上竹葉青，新做媳婦像觀音。」顧頡剛說：「新做媳婦的好，並不在於陽山頂上竹葉的發青；而新做媳婦的難，也不在於陽山頂上有一隻花小籃。它們所以會得這樣成爲無意義的聯合，只因『青』與『音』是同韻，『籃』與『難』是同韻；若開首就唱『新做媳婦像觀音』，覺得太突兀，站不住，不如先唱了一句『陽山頭上竹葉青』，於是得了陪襯，有了起勢了。」〔註 333〕周英雄指出：「興無所取義，只限於某一程度。事實上，凡是好的詩歌，韻腳或多或少都孕含有語義的價值。就以『青』、『音』相押而論，我們大可把『竹葉青』與『像觀音』視爲對等的單位：觀音身居紫竹林，與陽山的竹林似乎是不謀而合；可是相反的，觀音身心閒適，普渡世人，與新媳婦初至夫家那種臨淵履薄的心情，恰成一強烈的對比。」〔註 334〕所論誠然有理，似乎還有未盡之義。如果明瞭竹葉的生殖崇拜内涵，則更可發現「竹葉青」與「像觀音」之間内在的聯繫，觀音送

〔註 331〕孫昌武《觀音信仰與觀音傳說》，孫昌武著《文壇佛影》，北京：中華書局，2001 年，第 83 頁。

〔註 332〕〔明〕吳承恩著、曹松校點《西遊記》第十七回，上海古籍出版社，2004 年，第 136～137 頁。

〔註 333〕顧頡剛《寫歌雜記‧起興》，載顧頡剛等輯《吳歌‧吳歌小史》，南京：江蘇古籍出版社，1999 年，第 135 頁。

〔註 334〕周英雄《賦比興的語言結構》，見《結構主義與中國文學》，臺灣東大圖書公司，1983 年，第 146 頁。轉引白葉舒憲《詩經的文化闡釋——中國詩歌的發生研究》，武漢：湖北人民出版社，1994 年，第 400 頁。

子，與竹葉青青所蘊含的子嗣繁榮的內涵也相對應。

第五節　「三生石」名義考

　　三生果報觀念隨佛教傳入我國，魏晉至隋唐時期產生了許多生命輪迴故事，在此背景下產生了三生石傳說。唐代袁郊《甘澤謠》和清代《紅樓夢》是三生石傳播接受過程中影響最爲突出的小說。三生石並不局限於小說，也是詩文中的常見意象，還是繪畫題材，又多被附會成景點。可見「三生石」名目雖小，却具有多方面的影響。這樣一個較爲重要而常見的文學文化意象，至今未有專文系統探討。關於「三生石」的最早出處、意象構成、分佈地域以及象徵意蘊等，都頗多誤解與未明之處。以下試梳理源流、考辨名義。

一、「三生石」語源

　　《甘澤謠》載，李源與僧圓觀友好，約定死後十二年相見於杭州天竺寺。十二年後李赴杭，遇牧童歌《竹枝詞》云：「三生石上舊精魂，賞月吟風不要論；慚愧情人遠相訪，此生雖異性長存。」〔註335〕牧童即圓觀所化。一般認爲這就是廣爲人知的「三生石」的出處〔註336〕。關於「三生石」一詞的形成時間，除源於《甘澤謠》之說，尚有晉代說。鍾毓龍認爲：「考劉宋時，謝靈運已有三生石詩。則《太平廣記》所載李源事，殆因此三生石而演成神話耳。」〔註337〕謝靈運並未作「三生石」詩，僅《石壁立招提精舍詩》云「四城有頓躓，三世無極已」，雖提到「三世」，與「石」的關係却很模糊，還不是嚴格意義上的「三生石」。唐前似未形成「三生石」一詞或相關表述。

　　袁郊生卒年不詳，但《甘澤謠》成於咸通九年（868）可以肯定〔註338〕。《全唐詩》提到「三生石」或類似表述的，如皎然《送勝雲小師》：「昨日雪

〔註335〕袁閭琨、薛洪勣主編《唐宋傳奇總集·唐五代》，鄭州：河南人民出版社，2001年，下冊第754頁。
〔註336〕如《辭源》云：「（圓觀故事）本來是宣揚佛教輪迴宿命的故事，後來又有人附會，把杭州天竺寺後面的山石指爲三生石，說是李源和圓觀相會的地方。」見《辭源》（修訂本），北京：商務印書館，1988年，合訂本第24頁。
〔註337〕鍾毓龍著《說杭州》，杭州：浙江人民出版社，1983年，第89頁。
〔註338〕宋陳振孫撰《直齋書錄解題》卷一一：「《甘澤謠》一卷，唐刑部郎中袁郊撰。所記凡九條，咸通戊子自序，以其春雨澤應，故有甘澤成謠之語，遂以名其書。」故知作於咸通九年。

山記爾名，吾今坐石已三生。」貫休《酬張相公見寄》：「感通未合三生石，騷雅歡擎九轉金。」齊己《荊渚感懷寄僧達禪弟三首》其三：「自拋南嶽三生石，長傍西山數片雲。」處默《三生石》：「聖迹誰會得，每到亦徘徊。一尚不可得，三從何處來？清宵寒露滴，白晝野雲限。應是表靈異，凡情安可猜。」貫休（832～912）、齊己（860～約 937）、處默三詩時間大致與《甘澤謠》相後先，是否受《甘澤謠》影響尚難確定，但至少能夠說明其時「三生石」意象及相關傳說已流佈較廣。皎然生卒年不詳，活動於大曆（766～779）、貞元（785～805）年間，顯然早於《甘澤謠》成書。又李涉《題澗飲寺》：「還似蕭郎許玄度，再看庭石悟前生。」據《資治通鑒・梁紀十九》，武昌有澗飲寺。「庭石」、「前生」云云，應與「三生石」有關。許玄度即東晉許詢，唐代可能流傳關於他的輪迴故事。《全唐詩》卷三百七載丘丹《蕭山祇園寺》：「東晉許徵君，西方彥上人。」據傅璇琮主編《唐才子傳校箋》，李涉當生於大曆四、五年（769 或 770），卒年不可考，或當在大和中（827～835）〔註 339〕，知其詩也早於《甘澤謠》。再往前追溯，值得注意的是李商隱（813～858）和駱賓王（640～684）。李商隱《唐梓州慧義精舍南禪院四證堂碑銘》云：「三生聚石，九子垂鈴。」〔註 340〕梓州在今四川綿陽。「三生聚石」的表述，既體現三生輪迴思想，也以石為象徵物。駱賓王《代女道士王靈妃贈道士李榮》云：「漫道燒丹廿七飛，空傳化石曾三轉。」〔註 341〕詩中處處突出今世的相親相愛，不寄託希望於來生，目的在於挽回愛情。由「空傳化石曾三轉」一句可推知初唐已經出現「三生石」傳說〔註 342〕。因此我們可以得出結論，「三生石」的相關表述見於初唐，「三生石」成詞則在《甘澤謠》成書前後已流行。

二、「三生石」的早期分佈

以上涉及三生石的詩文標明的地點有南嶽、武昌和梓州，都早於《甘澤謠》，可見《甘澤謠》成書前三生石傳說已經流傳較廣，而且關涉的具體人物

〔註 339〕傅璇琮主編《唐才子傳校箋》卷五「李涉」條，北京：中華書局，1989 年，第 2 冊第 298、308 頁。

〔註 340〕《全唐文》卷七八〇，第 8 冊第 8143 頁下欄左。

〔註 341〕《全唐詩》卷七七，第 3 冊第 838 頁。

〔註 342〕據傅璇琮主編《唐五代文學編年史・初盛唐卷》，此詩作於高宗龍朔二年（662）春或稍後春日。見傅璇琮主編《唐五代文學編年史・初盛唐卷》，瀋陽：遼海出版社，1998 年，第 171～172 頁。

至少有許詢。這些傳說多已湮沒於歷史塵埃之中，難以考索，所以人們說到三生石，目光首先聚焦於《甘澤謠》。《甘澤謠》中，牧童所歌《竹枝詞》雖言及「三生石」，卻並未明確天竺寺前是否有三生石。《全唐詩》中涉及天竺寺的詩歌不下二十首，有不少詠及天竺寺前立石，但都沒有明言是三生石。如白居易（772～846）《畫竹歌》云：「西叢七莖勁而健，省向天竺寺前石上見。」就沒有說明是三生石。故一般以爲杭州天竺寺的三生石是受《甘澤謠》影響所致。

圓觀傳說另一版本中的「三生石」在湘西嶽麓寺。北宋釋惠洪《冷齋夜話》卷十敘其始末云：

> 唐《忠義傳》，李澄之子源，自以父死王難，不仕，隱洛陽惠林寺，年八十餘，與道人圓觀遊甚密，老而約自峽路入蜀。源曰：「予久不入繁華之域。」於是許之，觀見錦襠女子浣，泣曰：「所以不欲自此來者，以此女也。然業影不可逃，明年某日，君自蜀還，可相臨，以一笑爲信。吾已三生爲比丘，居湘西嶽麓寺，寺有巨石林間，嘗習禪其上。」遂不復言，已而觀死。明年如期至錦襠家，則兒生始三日，源抱臨明檐，兒果一笑。却後十二年，至錢塘孤山，月下聞扣牛角而歌者，曰：「三生石上舊精魂，賞月吟風不要論。慚愧情人遠相訪，此身雖壞性常存。」東坡刪削其傳，而曰圓澤，而不書嶽麓三生石上事。贊寧所錄爲圓觀，東坡何以書爲澤，必有據，見叔黨當問之。〔註343〕

惠洪所記，顯然得自傳聞，而非襲自袁郊所記。所載情事也頗有不同，《甘澤謠》中圓觀爲寺僧，此處却是道人，更重要的是，不僅明確了三生石地點在湘西嶽麓寺，也照應到圓觀三世爲僧、習禪石上的經歷。所謂「三生石上舊精魂」，說的就是坐禪於石上的經歷。「寺有巨石林間」，似指一塊石頭，當即三生石。在這個傳說中，三生石是故事情節的有機組成部分，而《甘澤謠》所載三生石僅是牧童歌中的臨時象徵物，出現得有些突兀。相較之下，惠洪所記可能更多地保留了圓觀傳說的原貌。又明曹學佺《蜀中廣記》卷二十三：「碑目又云：『大雲寺碑有唐僧圓澤傳，及元和間萬州守李裁書聖業院碑，在周溪大江之濱，三生石旁。蘇封，可見者咸通三年壬子歲十一月建十餘字耳。』按周溪在縣東四十里。」咸通三年（862）建碑，早於《甘澤謠》

〔註343〕《冷齋夜話》卷一〇「三生爲比丘」條，第75～76頁。

成書。此則材料晚出，如果可信，則圓澤（圓觀）傳說在《甘澤謠》成書前已流行四川。其地也有三生石，未知何時出現。無論《甘澤謠》還是《冷齋夜話》，都沒有明確提到天竺寺前有三生石。因此，說天竺寺三生石因《甘澤謠》而出，是大致可信的。既然沒有三生石，圓觀與李源為何又相約再會於天竺寺？可能的解釋是，借老子「化遊天竺」〔註344〕的傳說表達轉世觀念，以啓發李源勤修悟道。

　　《冷齋夜話》提到的湘西嶽麓寺三生石，向未引起重視，却是追溯三生石傳說起源的重要材料。前引齊己詩云「南嶽三生石」。嶽麓寺三生石與南嶽三生石當有淵源〔註345〕。南嶽三生石源於慧思。慧思（515～577），俗姓李，武津（今河南上蔡縣境）人。他於十五歲出家，精進苦行，後感夢而「勤務更深，克念翹專，無棄昏曉，坐誦相尋，用為恒業。由此苦行，得見三生所行道事，又夢彌勒彌陀說法開悟」（《慧思傳》）〔註346〕。陳光大二年（568），率弟子四十餘人至南嶽，創建福嚴寺，當時名叫般若禪林。慧思在南嶽弘法前後十年，名滿大江南北，後被譽為南嶽衡山的開山祖師。赴日唐僧釋思託撰《上宮皇太子菩薩傳》，敍南嶽衡山梨樹開花，慧思至該山修道，立石記其生；後梨樹又開花，更立　石記其第二生將仕東方無佛法處化人度物；唐開元間梨樹又開花，慧思乃託生為日本皇太子。唐朝時人皆云「往南嶽觀思禪師三生石」〔註347〕，可見影響之大。此「三生石」顯係三塊。釋思託於日本天平勝寶六年（754）隨唐僧鑒眞赴日，其敍慧思轉世為日本皇太子，可能出於弘法需要。但慧思三生石並非全是釋思託杜撰。釋道宣（596～667）《慧思傳》已載其「得見三生所行道事」，可能是唐代流傳「南嶽三生石」的源頭。

　　惠洪所記「三生石」在湘西嶽麓寺，可見圓觀故事的源頭在南嶽三生石。南嶽三生石不斷擴大影響，傳播中加進「本地風光」，三生石遂遍布各地，如武昌、梓州及周溪等地都有三生石。由於《甘澤謠》的影響，三生石又附會於杭州天竺寺。這種推測可能比較符合三生石流傳的時序。

〔註344〕《廣弘明集》卷一《佛爲老師》引：「《老子西升經》云：吾師化遊天竺，善入泥洹。」
〔註345〕嶽麓山與南嶽衡山本是兩地，此處視爲一體。自地理文化觀之，「嶽麓」即是南嶽衡山之足；自歷史文化而言，嶽麓山的歷史文化與南嶽衡山同爲一宗。
〔註346〕《續高僧傳》卷一七《慧思傳》，《大正藏》第50冊，562c。
〔註347〕〔唐〕釋思託撰《上宮皇太子菩薩傳》，網址：http://miko.org/~uraki/kuon/furu/text/seitoku/bosatu.htm。另參考藍吉富主編《中華佛教百科全書》「上宮皇太子菩薩傳」條，臺南：中華佛教百科文獻基金會，1994年，第2冊第541頁。

三、竹、石與「三生石」生命輪迴意義的形成

　　三生石傳說屬於佛教生命輪迴故事，其得名當緣於竹、石在生命輪迴過程中的象徵作用。三生石的生命輪迴意蘊來自兩方面：「生」與「死」。先說「生」。借女體受胎的母題在佛教轉世傳說中比較常見，如《五燈會元》卷一記載，五祖弘忍先身爲破頭山中栽松道者，託孕於周氏處女。《圓觀》故事也是這樣，一見浣衣婦，圓觀死而嬰兒生，暗示進入生命輪迴的軌道，體現了重返母體子宮的觀念。既然女體是生死輪迴的必經之地，那麼女體象徵物竹、石也可用以象徵生命輪迴。因爲石是母體的象徵，所以女性能化石（如啓母石、望夫石），石也能生人（如摸子石、求子石）。值得注意的還有石與女媧的聯繫，如「補天殘片女媧拋，撲落禪門壓地坳」（姚合《天竺寺殿前立石》）。石稱「女媧」，雖繼承煉石補天的神話傳統，也具有生殖內涵，因爲女媧在中國神話中被視爲生育之神。我國古代主管生殖的高禖神即立石爲主。「三生石」旁有竹，當與竹生殖崇拜有關。中土一直流行竹生殖崇拜觀念與相關風俗，民間有祭祀竹林神、竹林求子的風俗。竹生殖崇拜的觀念也早見於佛經，流行於傳說。如《宋高僧傳》卷二十：「（釋難陀）初入蜀，與三少尼俱行，⋯⋯遂斫三尼頭，皆踣於地，血及數丈。⋯⋯徐舉三尼，乃節竹杖也，血乃向來所飲之酒耳。」〔註348〕此則材料雖然晚出，也頗涉怪誕，仍依稀可見竹子是女體象徵物的觀念。

　　再說「死」。佛化身爲石或石顯佛迹佛影，如「釋迦文佛踊身入石」〔註349〕，「窟前有方石，石上有佛迹」〔註350〕，「（石柱）碧鮮若鏡，光潤凝流。其中常現如來影像」〔註351〕，這類傳說在佛經中比比皆是。《大唐西域記》卷九載：「石室東不遠，磐石上有斑采，狀血染，傍建窣堵波，是習定比丘自害證果之處。」〔註352〕是說比丘在石上證果。後代高僧示寂也常是坐石而化。如《五燈會元》卷二：「梁貞明三年丙子三月，師將示滅，於岳林寺

〔註348〕《宋高僧傳》卷二〇《唐西域難陀傳》，下冊第 512～513 頁。

〔註349〕〔東晉〕佛陀跋陀羅譯《佛說觀佛三昧海經》卷七，《大藏經》第 15 冊，第 681 頁。

〔註350〕〔北魏〕楊衒之撰《洛陽伽藍記》卷五，《大正藏》第 51 冊，第 1021～1022 頁。

〔註351〕《大唐西域記校注》卷七「婆羅痆斯國」，第 561 頁。

〔註352〕〔唐〕玄奘、辯機原著，季羨林等校注《大唐西域記校注》，北京：中華書局，1985 年，第 732 頁。

東廊下端坐磐石，而說偈。」〔註353〕因爲有化形入石或石上示寂的傳說，所以佛教認爲「雖復劫盡恒沙，衣消巨石，儼如常住，妙相長存」（蕭綱《大愛敬寺刹下銘》）〔註354〕。道教也有類似傳說。《列子‧周穆王》：「周穆王時，西極之國有化人來，入水火，貫金石。」再如《夷堅志》補卷二二《武當劉先生》載，武當山劉道士見仙童相召，「乃沐浴更衣，趺坐磻石上，與眾訣別，將即騰太空」〔註355〕。雖然小說後來的情節表明是巨蟒作祟，但從「趺坐磻石上」的升仙訣別儀式，可見道教觀念中石頭溝通仙凡的作用。志怪小說也多記道士「亡立壇上，以候上昇」〔註356〕。同是一死，佛、道二教却都渲染爲石上不死，或成佛或成仙。不僅石頭是脫離現實世界的橋梁，竹子也是到達彼岸的船筏。唐義淨譯《根本說一切有部毗奈耶藥事》卷十七「諸大弟子說業報緣」：「廣嚴竹林村，命當於彼過。於其竹林下，而欲取歸化。」〔註357〕可見竹林是生命輪迴之地。自南朝以來道教有掃壇竹傳說。如南朝宋鄭緝之《永嘉記》：「陽嶼有仙石山，頂上有平石，方十餘丈，名仙壇。壇陬輒有一筯竹，凡有四竹，葳蕤青翠，風來動音，自成宮商。石上淨潔，初無粗籜。相傳云，曾有却粒者於此羽化，故謂之仙石。」〔註358〕此處「仙石」意象是合竹、石而言，可見竹林又是飛升成仙之地。

　　「生」更強調生殖意義上的生命新生，女性自然成爲託身之所，而竹、石是母體的象徵；「死」更側重於脫離現實飛向彼岸，在佛門是坐化、圓寂、涅槃，在道家是羽化、仙遊、飛升，而佛門有化形入石或石上示寂的傳統，道家則有竹林爲成仙之地的傳說。這兩方面都以竹、石爲象徵物。除竹子的「生」、「死」象徵意義外，人與竹、石的互化也體現生命輪迴觀念。人與竹子的互化，如唐菩提流志譯《大寶廣博樓閣善住祕密陀羅尼經‧序品》載，三位得了佛法的神人「於其住處便捨身命。所捨之身由（猶）如生酥消融入地，即於沒處而生三竹。金爲莖葉，七寶爲根。於枝梢上皆有眞珠，香氣芬馥常有光明。所有見者無不欣悅。其竹生長十月便自剖裂，各於竹內生一童

〔註353〕《五燈會元》卷二「明州布袋和尚」，上冊第 122 頁。
〔註354〕《全上古三代秦漢三國六朝文‧全梁文卷一三》，第 3 冊第 3026 頁上欄左。
〔註355〕〔宋〕洪邁著《夷堅志》補卷二二《武當劉先生》，北京：中華書局，1981 年，第 4 冊第 1756 頁。
〔註356〕《夷堅志》再補《道人符誅蟒精》，第 4 冊第 1798 頁。
〔註357〕《大正藏》第 24 冊，86c。
〔註358〕《藝文類聚》卷八九，下冊第 1551 頁。

子，顏貌端正，令人樂見」〔註359〕。人死生竹，竹內又生人，體現了佛教三生轉世觀念。

　　竹林或竹叢石柱之所又是目睹三生輪迴之地。後秦僧肇《注維摩詰經》卷二「方便品第二」載，一外國女人「還與長者子（達暮多羅）入竹林，入林中已自現身死，膖脹臭爛。長者子見已甚大怖畏，往詣佛所，佛爲說法亦得法忍，示欲之過有如是利益也」〔註360〕。此處竹林是目睹三生輪迴之所。再如《宋高僧傳》卷二十二載，釋亡名與法本相善，法本約相訪於鄴都西山竹林寺前石柱，其僧「追念前約」，於「竹叢石柱之側」相見。贊寧說：「此傳新述於數人，振古已聞於幾處。且如北齊武平中，釋圓通曾瞻講下僧病，其僧夏滿病差，約來鄴中鼓山竹林寺，事迹略同。此蓋前後到聖寺也。」〔註361〕此處竹林寺「竹叢石柱」也是目睹三生輪迴之所。如贊寧所說不謬，則北齊武平中（570～576）已有三生石相關傳說，早於《慧思傳》，地點則在今河北境內。

　　可見在「生」、「死」等生命輪迴的關鍵時段，在目睹生命輪迴的關鍵地點，都有竹、石。或曰「三生石」，或曰「竹叢石柱」，其稱名稍有不同，其象徵意義則幾乎一致，都在於展現三生輪迴、揭示果報因緣。

四、「三生石」的意象構成

　　由以上所論可知，「三生石」的生命輪迴意蘊源於竹、石在生命輪迴過程中的象徵作用。與之相對應，三生石意象也由竹、石構成。「三生石」由石組成，從它的命名可知。「三生石」之「石」，或云三塊，或云一塊。以爲三塊者，可能受慧思傳說影響，將「三生」落實到具體數字「三」，進而坐實「三」塊石頭。後代杭州天竺寺三生石也有三塊之說，如明高濂撰《遵生八箋》「三生石談月」條：「中竺後山，鼎分三石，居然可坐，傳爲澤公三生遺迹。」〔註362〕但一般認爲「三生石」是一塊石頭，一塊石頭如何象徵三生輪迴，主要在於竹、石爲母體及輪迴之所，已見上文論述。

　　竹子也是「三生石」意象的一部分，此點常被人忽略。因爲三生石稱名取「石」遺「竹」，所以人們意識中的三生石多無竹子。慧思三生石旁原是梨

〔註359〕《大正藏》第 19 冊，622c～623a。
〔註360〕《大正藏》第 38 冊，340a。
〔註361〕《宋高僧傳》卷二二《晉襄州亡名傳》，下冊第 565 頁。
〔註362〕〔明〕高濂撰《遵生八箋》「三生石談月」條，蘭州：甘肅文化出版社，2004年，第 127 頁。

花，竹子取代梨花形成三生石的竹、石組合可能在宋代。宋代及以後「三生石」意象多有竹子，如宋代周孚《題蘇庭藻竹堂》「三生石上老徽之，水竹風流自一時」〔註363〕、明代袁宏道《三生石》「此石當襟尚可捫，石旁斜插竹千根」、清代厲鶚《下天竺寺後尋三生石》「風篁解笑有眞意，蒼石能言非俗情」〔註364〕，可見宋代以來人們意識中的三生石意象有竹子。其中竹與石的關係是竹生石畔，而不是竹生石上。

　　一種藝術意象的產生，必有一定的時代背景和文化傳統，「三生石」也是如此。「三生石」雖反映佛教三世輪迴觀念，其實也融攝了道教因素。《甘澤謠》中，李源後適吳地赴約，於葛洪川畔見牧童。葛洪川是道教色彩濃厚的地名。天竺寺而有葛洪川，佛教寺廟與道家仙迹並存，可見佛、道交融互滲的文化狀態。附會葛洪川，恐非巧合。《後漢書·費長房傳》載，費長房從仙人壺公入深山學道，後「長房辭歸，翁與一竹杖，曰：『騎此任所之，則自至矣。既至，可以杖投葛陂中也。』……長房乘杖，須臾來歸……即以杖投陂，顧視則龍也」〔註365〕。《費長房傳》又載費長房以竹杖爲尸解替代物，以青竹「懸之舍後。家人見之，即長房形也，以爲縊死，大小驚號，遂殯葬之。長房立其傍，而莫之見也」〔註366〕。後代提到葛陂，常常就是在說竹子，如「侍立於葛洪陂上，願附龍鱗」（顧雲《投刑部趙郎中啓》）〔註367〕、「豈念葛陂榮，幸無祖父辱」（陳陶《題僧院紫竹》）。陂即川，「葛陂」與葛洪川的聯繫較爲明顯〔註368〕。《甘澤謠》提到葛洪川，其意恐不僅暗示三生石畔有竹子，可能也有意以道教的尸解與佛教的三生輪迴相比附。竹生石畔的意象組合，也使人聯想到道教的掃壇竹意象。

〔註363〕《全宋詩》第 46 冊第 28748 頁。

〔註364〕〔清〕厲鶚撰《樊榭山房續集》卷三，《四庫全書》第 1328 冊第 181 頁下欄。

〔註365〕〔宋〕范曄撰、〔唐〕李賢等注《後漢書》卷八二下《費長房傳》，北京：中華書局，1965 年，第 10 冊第 2744 頁。

〔註366〕《後漢書》卷八二下《費長房傳》，第 10 冊第 2743 頁。

〔註367〕《文苑英華》卷六六四，《四庫全書》第 1339 冊，第 279 頁上欄左。

〔註368〕如施肩吾《弋陽訪古》：「行逢葛溪水，不見葛仙人。空拋青竹杖，咒作葛陂神。」雖未點明葛仙人所指爲誰，但葛仙人、葛陂與竹子之間的聯繫很明確。竹子又與稚川相聯繫，也與葛洪有關。李商隱詩云：「昨夜春霞迷蘚根，亂披烟篁出柴門。稚川龍過應回首，認得青青幾代孫。」（載《全芳備祖》後集卷二三）葛洪字稚川，因其好神仙，人們附會他死後成仙，於是以稚川爲仙都。〔唐〕張讀《宣室志》卷一：「稚川，仙府也。」（見該書第 12 頁，中華書局 1983 年）

五、「三生石」象徵意義的泛化及其影響

三生果報故事中的仙、佛或僧、道通常都能前知人事、逆測禍福，通達過去、現在、未來的一切因緣及其結果。《甘澤謠》中，圓觀今世以牧童騎牛的方式出現，也是在暗示李源要像牧牛一樣，時時不忘制心、息妄，所唱《竹枝詞》更有「身前身後世茫茫，欲話因緣恐斷腸」之句，甚至直截明白地以「勤修不墮」〔註369〕相期。可見圓觀故事同其他三生石故事一樣，主題是宣揚三生果報觀念的。

自產生之初起，三生石的象徵意蘊就在逐步泛化，由證悟佛性轉向追尋凡心，由善惡報應發展為因緣前定。《甘澤謠》擴大了三生石的影響，也推動其象徵意蘊由佛門走向世俗。在三生輪迴的情節背景下，作者突出的是人間世俗情義，甚至是帶有同性戀意味的友情〔註370〕。宋代以後，三生石意象或故事多與世俗情緣相關。應用於友情的，如「吾聞三生石，曾歌舊精魂。他年葛洪陂，相尋定煩君」（釋覺範《同遊雲蓋分題得雲字》）〔註371〕、「因君喚起故園夢，彷彿三生石上逢」（倪瓚《贈姚掾史》）〔註372〕，強調的是緣分前定、情續三生的友情。三生石應用於男女愛情，似乎接受了「三生杜牧」語典的影響〔註373〕。所以「三生石」在宋代以後既可應用於婚姻，如《說唐三傳》第39回：「二人（指一虎、秦漢）聽了大喜，便叫：『仙翁，既有婚姻簿在此，快快與我兩人查一查看。』仙翁說：『你們隨我進洞，到三生石上查看便了。』」〔註374〕也可應用於艷情，如《喻世明言》卷三十亦載圓觀故事，并添加男女故事，後附瞿宗吉詩：「清波下映紫襜鮮，邂逅相逢峽口船。身後身

〔註369〕袁闔琨、薛洪勣主編《唐宋傳奇總集・唐五代》，河南人民出版社，2001年，下冊第754頁。

〔註370〕《圓觀》記，李源「惟與圓觀為忘言交，促膝靜話，自旦及昏。時人以清濁不倫，頗生譏誚」。故宗璞推測：「《太平廣記》記載有李源和武十三郎轉世相識之情，似乎是一種斷袖之癖。」見宗璞著《中華散文珍藏本：宗璞卷》，北京：人民文學出版社，2000年，第154頁。

〔註371〕《全宋詩》第23冊第15128頁。

〔註372〕〔元〕倪瓚撰《清閟閣全集》卷六，《四庫全書》第1220冊第235頁下欄右。

〔註373〕黃庭堅《廣陵春早》詩：「春風十里珠簾卷，彷彿三生杜牧之。」因杜牧去官後，落拓揚州，好作青樓之遊，自云「十年一覺揚州夢，贏得青樓薄倖名」（《遣懷》）。其《贈別》詩云：「娉娉嫋嫋十三餘，豆蔻梢頭二月初。春風十里揚州路，卷上珠簾總不如。」黃庭堅借「三生杜牧」自比，以言風情。其後姜夔也云：「東風歷歷紅樓下，誰識三生杜牧之。」（《鷓鴣天・十六夜出》）

〔註374〕如蓮居士《說唐三傳》第三十九回《仙翁開看姻緣簿，迷魂沙亂習月娥》，北京：寶文堂書店，1987年，第217頁。

前多少事？三生石上說姻緣。」〔註375〕

　　三生石因緣前定意蘊與竹、石意象構成對《紅樓夢》中木石前盟的構思也有啓發。朱淡文指出：「生於『西方靈河岸上三生石畔』的絳珠草，其實也就是生於青埂峰頑石之旁了。他們確實是情結三生：前生是頑石和絳珠草，在天國（太虛幻境）是神瑛侍者和絳珠仙子，在人間是賈寶玉和林黛玉。」〔註376〕這是指三生輪迴的情節結構而言。三生石意象又濃縮了寶、黛形象及其命運，既將黛玉化身爲絳珠草（斑竹的變形），將寶玉化身爲靈石，又都寄託於三生石，涵容前世今生經歷，揭示因緣前定思想。明瞭三生石意象由竹、石構成，對於木石前盟的內涵，我們就不會猜測跟工石與海棠有關〔註377〕，或者寬泛地聯想到石頭與樹崇拜〔註378〕。《紅樓夢》曾名《石頭記》，也可能是一塊具有因緣前定內涵的三生石。

　　以上僅是對三生石早期傳說的分佈、三生石的意象構成及其生命輪迴意蘊的形成、因緣前定意蘊的影響等進行了初步探討，主要著眼於三生石形成初期的情況，至於三生石對文學藝術以及民俗、名勝等方面的影響，還有待進一步研究。

〔註375〕〔明〕馮夢龍《喻世明言》，北京：中華書局，2002年，第309頁。

〔註376〕朱淡文《〈紅樓夢〉神話論源》，《紅樓夢學刊》1985年第1輯，第13頁。

〔註377〕黃崇浩《兩性崇拜與木石前盟》以爲絳珠草即海棠花，進而以爲玉石與海棠體現兩性崇拜，并與木石前盟相對應，見《黃岡師範學院學報》2001年第6期。

〔註378〕參見鄭晨寅《從木石崇拜看〈紅樓夢〉之「木石奇緣」》，《紅樓夢學刊》2000年第3輯；李燁《〈紅樓夢〉「木石前盟」原型的文化考察》，《聊城大學學報（社會科學版）》2006年第6期。